KB052455

버티컷

THE THICKET

by Joe R. Lansdale

THE

THICKET

빅 티켓

조 R. 랜스데일 Joe R. Lansdale

박미영 옮김

황금가지

테릴 리 랭크포드를 위하여

우리는 우리의 삶을 우화처럼 기억한다.

—작자 불명

차례

1장

할아버지가 오셔서 나와 여동생 룰라를 데리고 나룻배를 타러 간 그날, 이미 우리에게 벌어진 것보다 더 나쁜 일에 곧 얽혀들고 총질하는 난쟁이와 노예의 아들, 크고 성난 돼지와 친해지리라고는 생각도 못 했다. 더군다나 내 진정한 사랑을 찾게 되고 내가 사람을 죽이게 될 줄은 꿈에도 몰랐다. 하지만 일은 바로 그렇게 흘러갔다.

그 모든 일의 시작은 천연두였다. 천연두는 도망친 노새처럼 지방을 휩쓸었고 특히 힌지 게이트 근교 마을에 가혹했다. 고생스럽고 질질 흐르는 죽음으로 형태를 드러냈고 너무 많은 사람이 죽어 유행병이라고 했다. 죽은 이들 중에는 내 부모님도 있었고 두 분 다 평생 단 하루도 아픈 적이 없었다. 반면, 나는 유년기 내내 비실비실하다가 튼튼해졌고 룰라는 평생 말라깽이였으나 우리 둘 다

걸리지 않았다. 그 무렵 나는 튼튼한 열여섯 살이었고 룰라는 열네 살에 막 피어나려는 참이었다. 천연두는 마치 우릴 눈감아준 듯이 지나갔다. 엄마와 아빠는 그 병에 걸려 고열이 나고 온몸이 수포로 뒤덮였으며 숨을 쉬려고 하면 고장 난 손풍금처럼 바람 빠지는 소리가 났다. 설상가상으로 우리는 그냥 멀거니 그분들이 죽어가는 모습을 지켜보아야 했고 아무것도 할 수 없었다. 옮을까 봐 건드릴 수조차 없었다.

천연두는 마치 돈이라도 찾는 듯 마을을 휩쓸었다. 집 밖에 시신이 쌓이고 수레에 실려가 급히 매장되었다. 사망자가 누군지 아무도 모르는 경우에는 화장했다. 여행길에 마을을 지나다가 병에 걸려 이름이나 행선지를 밝히지 않은 채 죽은 경우였다. 개스톤 보안관이 마침내 마을 입구 도로에다가 아무도 나가서 병을 퍼뜨리면 안 되며 옮을 가능성이 있으니 아무도 들어오지 말라는 글을 써 붙였다.

천연두를 물리치는 데 효과가 있으리라 믿고 집 주위와 실내에 연기 항아리를 피우는 사람들도 있었으나, 소용없었다. 그냥 공기가 매캐해져서 이미 병에 걸린 사람들이 숨쉬기만 더 힘들어질 뿐이었다.

우리는 마을 변두리에 살았고 내 짐작엔 땜장이가 마차에 실려 있던 철물과 함께 그 병을 우리 집에 가져왔을 것이다. 아빠가 땜장이와 악수를 하고 팬을 샀을 때 그걸로 끝이었을 것이다. 겉보기엔 땜장이에겐 물집 하나 없었지만 아빠와 엄마는 금세 병에 걸렸다.

곧장 나는 노새를 타고 마을에 가서 의사를 데려왔다. 의사는 와서 보자마자 그들을 구하기란 그림에 생명을 불어넣으려 애쓰는 거나 마찬가지임을 알았다. 해줄 수 있는 일도 없었지만 그래도 애쓴 티를 내기 위해 의사는 약을 몇 개 주었다. 며칠 후 엄마 아빠는 상태가 정말 나빠졌고 나는 의사를 다시 데려올 수 있을까 하고 마을로 갔다. 의사 본인도 그 병으로 죽어서 이미 묻혔고 누군가 그의 무덤에 불붙인 연기 항아리를 두었다. 나는 마을에 들어가는 길에 묘지에서 그 모습을 보았고 다시 나올 때야 그게 누구 무덤인지 알 수 있었기에 알게 되었다. 아마 누군가 시신에서 병이 퍼지는 것을 연기가 막아주리라 여긴 모양이었다. 사람들이 정말 무슨 생각을 했는지는 알기 어려웠다. 천연두로 사람이 많이 죽었을 뿐만 아니라 살아남은 사람들은 겁에 질려 이성을 잃었고 나 역시 그렇게 멀쩡했다고는 볼 수 없었기 때문이었다.

집에 돌아와 보니 엄마 아빠는 두 분 다 돌아가셨고 룰라가 마당에서 울고 있었다. 한 손에는 목 졸린 닭이 여전히 퍼덕거리고 있었는데, 집안에 부모님이 죽어 있는 와중에도 저녁 준비를 하고 있었기 때문이다. 나와 룰라는 천연두에 걸리지 않으려 밖에 나와 나무 아래에서 지내며 거기서 요리하고 먹었다. 할아버지는 병이 옮지 않을 테니 와서 엄마 아빠를 확인할 것이다. 할아버지는 젊었을 때 그 병에 걸렸으나 살아남았고 이제 다시는 걸릴 일이 없었다. 할아버지가 윈드 리버 레인지 산맥 근처 샤이엔족과 지낼 때였고 우리가 살던 이스트 텍사스와는 전혀 가깝다고 할 수 없는 곳이었다. 할아버지는 샤이엔족과 같은 감염 경로로 걸렸다. 백인들이 장난이랍시고 감염된 담요를 선물로 줬던 것이다. 할아버지는 선교사였고 거기서 그들과 살고 있었다. 할아버지와 할머니 두 분 다 걸렸고 살아남았으며 그러고 나서 몇 년 후 할머니는 텍사스 길머 근방에서 젖을 짜려 소를 진정시키던 중 겁에 질린 소에 밟혀 돌아가셨다. 천연두는 할머니를 죽이지 못했으나 젖 짜기가 싫었던 젖소가 죽이고 말았다.

나는 할머니를 거의 기억하지 못했다. 할머니가 젖소에 돌아가셨을 때 나는 다섯 살쯤이었을 거다. 룰라는 세 살이었다. 집안 이야기에 따르면 할아버지는 그 젖소를 쏴 죽여 먹어버렸단다. 아마 할아버지는 살인자를 스테이크로 만들어 먹는 걸로 비긴 셈 쳤던 모양이었다. 할아버지가 할머니의 죽음이나 젖소에 대해 슬프게 말하는 건 들어보지 못했지만 할아버지와 할머니는 사이 괜찮게 지내는 듯했고 바로 그날까지 할아버지나 젖소나 단 한 순간도 문제를 겪은 적 없었다고 들었다.

엄마 아빠가 죽던 날, 나는 들어가서 그분들을 보았지만 가까이 가진 않았고 아무것도 건드리지 않았다. 끔찍해 보였고 긁은 자리가 온통 얽고 피투성이에다가 가운데 홈이 있는 조그맣고 이상한 물집이 터져 피가 흐르고 있었다. 나는 늙고 지친 노새를 타고 우리 집에서 좀 떨어져 살던 할아버지에게 갔고 할아버지는 먼지 앉은 정장 코트와 모자를 차려입고 짐마차를 몰아 나와 나란히 돌아왔다. 할아버지는 정원에서 쓰던 석회 자루 몇 개와 닥쳐올 일을 거의 확신하고 미리 만들어둔 소나무 상자 두 개를 가져왔다. 그리고 가방 몇 개를 챙겨 짐마차에 실었으나 당시에 나는 그게 뭔지 몰랐고 넋이 나가 묻지 못했다. 돼지가 잇새에 카드를 주르륵 끼고 날아갔다 한들 나는 아랑곳하지 않았을 것이다.

나와 할아버지는 엄마 아빠 무덤을 팠다. 할아버지는 천연두에 걸리지 않으니까 할아버지가 깨끗한 시트 위로 그들을 굴려서 집 밖으로 끌고 나와 나무 관에 넣고 그 위로 석회를 부었다. 나는 할아버지를 도와 밧줄로 묶은 나무 관을 구덩이에 내렸다. 무덤을 덮을 때 할아버지는 석회가 병을 막아줄 테니 시신에서 퍼져 나와 다른 사람들에게 옮지 않을 거라고 말했다. 나는 모르겠다. 2미터 깊이의 흙이 도움이 되었겠지.

우리는 두 분을 매장했고 할아버지가 손에 성경을 들고 설교 몇 마디를 했지만 어떤 구절로 설교를 했는지는 알 수가 없다. 나는 넋이 나가 말문이 막혔고, 룰라는 마치 아무도 찾을 수 없는 곳에 정신이 가 있는 것 같았다. 룰라는 죽은 닭을 들고 있는 걸 발견한 이후로는 아무 말도 하지 않았고 그 닭은 결국 도랑에 던져버렸다. 설교를 마치고 나자 할아버지는 집에 불을 지르고 우리를 짐마차에 태워 출발했고 나의 늙은 노새는 밧줄로 짐마차 뒤에 묶었다.

"어디로 가요?" 나는 불타는 우리 집을 돌아보며 말했다. 떠오르는 말이라고는 그것뿐이었다. 룰라는 잔뜩 웅크린 채 아무 말이 없었다. 모르는 사람이라면 벙어리라 생각할 만했다.

"음, 잭." 할아버지가 뒤도 한 번 돌아보지 않고 말했다. "저 불타는 집으로 돌아가지 않을 건 확실하지. 캔자스에 가서 너희 테슬 고모할머니와 살 거다."

"본 적이 있는지도 모르겠는데요." 그 화제에 무감각 상태서 벗어나 말문을 찾은 룰라가 말했다. 너무 느닷없이 예상치도 못하게 개가 말을 하는 바람에 나는 약간 화들짝 놀랐고 할아버지도 그랬던 것 같았다.

"거의 기억 안 나요." 내가 말했다.

"그렇다 해도, 너희는 거기서 살아야지." 할아버지가 말했다. "테슬은 아직 모르지만 괜히 궁리할 시간을 주지 않는 게 낫다. 불시에 찾아가야지. 그리고 좀 이따 가겠지만 나도 거기서 지낼 참이니 버겁지 않도록 예고 없이 갈 거다. 사실 테슬을 좋아한 적이 없긴 해. 늘 어머니한테 예쁨받던 자식이라. 하지만 비극을 겪다 보면 별별 사람과 얽히는 거니까."

"그게 최선이라고 확신하세요?" 나는 말했다. "그냥 들이닥치는 게?"

"최선이 아닐지도 모르지." 할아버지가 말했다. "하지만 그렇게 하는 거다. 두 가지 더 말해줄 게 있다. 이렇게 될 거 같아서, 이 노새 두 마리만 빼고 내 가축은 다 팔았고 너희 아버지 노새 한 마리 그리고 이제 너희 아버지와 내 땅 토지 문서가 네 거다. 실베스터에 있는 은행에 있어. 천연두가 휩쓰는 마당이라 난리통이겠다 싶어서 너희 고향 은행은 피했지. 카우튼 리틀이라는 변호사에게 다 일임했다. 그 사람이 좋은 값에 토지를 팔아주고 네가 준비가 되면 너희 둘에게 돈을 줄 거야. 물론 본인 수수료는 떼고 말이지. 이 상황이 얼마나 오래 갈지는 모르겠다만 마을이 성장하면 내 땅은 알짜배기 부동산이 될 거는 확실하지. 너희 집 땅도 좋은 땅이야, 천연두가 지나가고 네 부모가 어찌 죽었는지 신경 쓰지 않게 되면 거기도 알짜배기가 될 거다. 무슨 말인지 알겠냐?"

우리는 둘 다 알겠다고 대답했지만 룰라는 다시 또 어딘가로 떠나간 듯했다. 마치 풍선처럼. 룰라는 원래 보통 상황에서도 엉뚱했고 항상 구름 모양을 궁금해하거나 왜 어떤 건 녹색이냐는 등의 질문을 해댔으며 '주님께서 그렇게 만드셨단다'라는 대답으로 넘어가는 법이 없었다. 항상 더 대단한 진실을 찾고 있었다. 마치 그런 게 세상에 있기라도 한 듯이. 만약 땅에 구멍이 있고 그 안에 뭔가 있다면 룰라는 본인은 알 수 없더라도 거기에 이유가 있고 사연이 있으리라 여겨야 하는 아이라고 할아버지는 그랬다. 룰라는 구멍이 비어 있을 수 있다는 것을, 혹시 그 안에 뭔가 있다면 그게 애초에 왜, 어째서 거기 들어갔는지 생각하지 않을 수도 있다는 것을 받아들이질 못했다. "만사에 이유를 원하는 여자를 조심하렴." 할아버지는 그렇게 말했다.

할아버지는 정장 코트 안주머니에서 서류를 꺼내고 말했다. "여기 토지 건에 필요한 서류 다 있다. 나는 캔자스로 가서 다시 돌아오지 않을 거고 너도 그럴지 모르지만 필요하다면 변호사와 우편으로 거래를 처리할 수 있을 거다."

나는 할아버지에게서 서류를 받아 접어서 오버올 주머니 깊숙이

쩔러넣었다.

"그 서류 잘 간수하고." 할아버지가 말했다.

"그럴게요."

"너희 둘 이름으로 되어 있지만 혹시 너희 중 한쪽이 살해당하거나 죽으면 다 다른 쪽에게 갈 거다. 너희 둘 다 죽으면 글쎄, 내가 아직 살아 있다면 나한테 돌아오겠고, 혹시 우리 다 죽으면 아마 테슬이 전부 갖게 되겠지. 마을 교회 중 한 곳에 줄까 생각해 봤지만 다들 침례교라 지옥에 갈 거다. 내 땅에 감리교 교회를 시작할까 생각해 봤지만 지금은 아니지. 떠나는 길이 아니었다 해도 그럴 기력이 없어. 너를 집행자로 해뒀다, 잭. 룰라도 토지 판매분 몫을 받겠지만 거래는 네가 맡아서 하는 거다, 네가 맏이고 남자니까."

부모님의 죽음이며 이 모든 상황을 내가 잘 받아들이고 있는 것처럼 보일지 모르지만 확실히 말해두자면 아니었다. 며칠간 상황을 지켜봤고 주위에 너무 많은 죽음이 있었기에, 그냥 어느 날 일어나서 아무 아픈 징조 없이 부모님이 돌아가신 것을 발견했을 경우보다는 이 모든 것을 잘 받아들이긴 했을 것이다. 우리는 심지어 일찌감치 옷을 따로 할아버지네 갖다 두기까지 했다. 혹시나 부모님이 이겨내지 못할 경우를 대비해서. 그 옷은 천연두에 오염되지 않았을 테고 집 밖에 있었다. 그제서야 그 깨끗한 옷이 할아버지가 챙겨온 우리 가방에 다른 필요한 물건과 함께 있겠구나 하고 깨달았다. 할아버지는 아들 부부를 그냥 시트에 싸서 구덩이에 내려놓았다. 냉정하게 여겨질 수도 있겠지만 할아버지는 현실적인 사람이었다.

그래도, 내 가슴 깊은 곳에선 — 그리고 그 점에선 룰라도, 할아버지도 마찬가지였을 거다 — 부모님이 그렇게 참혹하게 순식간에 우리 곁을 떠났다는 사실을 마음과 머리로 받아들이려 애쓰고 있었다. 마치 너무 메말라 눈물도 나오지 않는 것 같았다. 울고 싶었지만 그럴 수 없었다. 룰라도 마찬가지였다. 우리 파커 가족은 그랬다. 닥쳐온 일을 그대로 받아들였다. 최소한 겉으로 보이는 대로. 하지만 표면을 조금 긁어내면 금방 속이 드러날 것이다. 우리는 잘 울지 못하는 편이었지만 일단 한번 터지면 홍수를 각오해야 했다.

그래서 우리는 마치 머리 위에 돌멩이라도 떨어진 듯 멍하니 덜컹거리는 짐마차에 앉아 있었다. 아빠의 노새는 마차 뒤에 묶여 있었다. 룰라는 짐마차 침상에 있었고, 나는 할아버지 옆에 앉아 있었다. 할아버지는 혀를 차며 노새를 몰았고 상당히 온화했는데 내겐 익숙지 않았다. 아빠는 늘 노새를 욕하고 상스러운 말로 부르곤 했다. 그게 진심으로 하는 소리는 아니었다. 그 노새들에게 잘해주었다. 그런 소리는 그저 습관이었고 노새들은 그걸 이해하고 흘려버렸다. 말보다 훨씬 똑똑했다. 말 두 마리 머리를 합쳐도 늙은 노새 한 마리 머리만도 못했고 말은 나쁜 소리를 들으면 불안해할 수 있었다.

"내 어림으론," 할아버지가 말했다. "며칠 시간을 내어 너희를 타일러까지 데려가서 기차 태워 보내면 캔자스까진 너희끼리 갈 수 있겠지. 테슬을 찾을 방법을 알려주기야 하겠다만 거기 도착하면 집을 물어봐 찾는 것도 나쁘지 않을 거야. 테슬이 어디 사는지 잘 기억이 안 나서 말이다. 나는 들러볼 곳이 몇 군데 있어 짐마차로 가면 되겠고. 아무튼 이게 내 마지막 여행이지 싶구나. 게다가, 뭐 하러 표를 세 장이나 사냐."

나는 할아버지가 표를 두 장이나 사겠다는 데 놀랐다. 아빠는 항상 할아버지를 소금보다도 더 짠 양반이라고 그랬다. 할머니는 항상 이런저런 자질구레한 물건을 원했고 할아버지는 사주려 하지 않았다고 엄마가 얘기해 주었다. 할아버지는 가진 것을 전부 훌륭히 건사해서 교체할 필요가 있는 게 별로 없었다. 할아버지가 중고로 산 연장은 워낙 잘 관리해서 새것보다도 나아 보였다. 뭘 사고 싶은데 실용적인 용도가 아니거나 먹을 수 없는 거라면 할아버지는 필요 없는 것으로 여겼다. 그리고 거기에는 할머니가 원하던 새 해가림 모자와 드레스가 포함되었다. 엄마 아빠가 죽고 캔자스까지 가는 내내 우리를 견뎌야 하는 상황이 되자 할아버지는 평화롭고 조용히 혼자서 갈 수 있다면 기차표 두 장 가치는 된다고 여긴 모양이었다.

"편지를 쓰셔야 하지 않을까요?" 나는 테슬 고모할머니를 생각하며 말했다. "우리가 간다고요?"

"편지를 써서 부치고 그게 도착할 즘이면 너희는 이미 천연두에 걸릴 수도 있어. 안 돼. 너하고 동생은 오늘 여기를 떠나는 거다."

"네, 할아버지."

"며칠 전만 해도 엄마 아빠 멀쩡했는데." 룰라가 말했다. 마치 석

류에서 씨앗을 짜내듯 튀어나온 말이었다.

"원래 그런 법이다." 할아버지가 말했다.

옆에 앉아 있던 나는 할아버지가 약간 떠는 것을 느꼈고 이 모든 것에 어떤 식으로든 할아버지도 영향을 받았다는 유일한 표시였다. 자식 여럿을 묻고 장례식 설교를 하고 식량을 마련하려 동물을 잡고 샤이엔족 사이에서 죽음을 목격하고, 천연두에서 살아남기까지 했으니 할아버지는 죽음에 관한 생각이 어느 정도 굳어졌으리라 본다. 그리고 젖소한테 죽은 할머니 일도 있고. 할아버지는 신앙심이 깊었고 모두 다시 천국에서 만나리라는 견해를 항상 갖고 있었다. 그것은 굳고 확고한 신념이었고 어느 상황에서든 위안이 되어주었다. 그리고 할아버지는 그게 세상을 사는 방식이라고, 너무 스스로 생각하지 말라고, 그러면 옳을지는 몰라도 달갑지 않은 괜한 생각을 하게 될 수 있다고 가르쳤다.

길을 가노라니 북서쪽 하늘이 점점 더 어두워지고 공기 중에는 젖은 개처럼 달지만 지저분한 비 냄새가 났다. 사빈강에 다다르니 하늘은 시커멓게 성나 있었고, 다리는 불에 타 끊어져 있었다. 강 양쪽으로 목재 몇 개만 남아 있었는데, 숯이 되어 부러져 있었다. 넓게 펼쳐진 강은 아니었지만, 아주 건조한 계절이 아닌 이상 보통 다리가 필요할 만큼의 폭과 깊이는 충분히 되었다.

8킬로미터쯤 아래에 얕은 건널목이 있긴 하지만 그건 필요 없을 것이다. 다리 대신에 오가는 줄나룻배가 있었으니까. 강 맞은편에 배가 보였다. 제법 폭이 넓은 줄나룻배였고 말 여러 마리에 이것저

것 실을 만했다. 운항을 맡은 남자는 덩치가 크고 모자를 쓰지 않았으며 나 같은 빨간 머리였다. 남자는 커다란 백마 두 마리가 끄는 짐마차가 줄나룻배에서 내리기를 기다리고 있었고 그게 완료되자 게이트를 닫고 트롤리 장치에 연결된 밧줄을 당겨서 줄나룻배를 이쪽으로 끌어왔다.

줄나룻배는 최근 건조된 새것이었고 뱃사공은 고생하고 있었다. 그의 동작에는 어딘가 이 작업이 손에 익지 않은 듯한, 최근에 이 일을 시작했나 보다 생각하게 되는 구석이 있었다. 우리는 그가 이쪽에 다다르기를 기다렸고 이쪽에 오자 남자는 제동 장치 구실을 하는 밧줄 매단 나뭇조각을 던지고 우리 쪽 강둑에 해치를 내렸다. 남자는 의족이라도 달고 있는 듯한 동작으로 땅에 발을 디뎠고 이 직업을 새로 시작했다는 또 다른 증거였다. 할아버지는 내게 고삐를 넘기고 짐마차에서 내려 남자에게로 다가갔다. 둘의 얘깃소리가 들렸다.

"다리는 어찌 된 거요?" 할아버지가 말했다.

"불에 탔죠." 뱃사공이 말했다.

"그건 보면 알고. 언제?"

"아, 한 달쯤 전인가."

"어쩌다?"

"불이 났어요."

"불이 난 거야 알지, 그런데 어쩌다 불이 난 거요?"

"모르죠."

"누가 다시 짓는답니까?"

"난 아니죠." 뱃사공이 말했다.

"아닌가 보군. 얼마요?"

"25센트요."

할아버지는 마치 뱃사공이 막대로 눈을 쑤셔버리겠다고 한 것처럼 처다봤다.

"25센트? 설마 과장이겠지."

"아뇨." 뱃사공이 말했다. "아닌 거 같은데요. 과장이라는 게 뱃삯을 틀리게 불렀냐는 소리면, 그런 거 안 하죠, 조금도."

"순 노상강도지 뭔가." 할아버지가 말했다.

"아뇨, 손님. 내 줄나룻배로 강을 건너는 요금인데요." 뱃사공이 붉은 머리를 긁적이며 말했다. "내기 싫으면 8킬로미터를 올라가서 얕은 데서 건너시고. 하지만 그러려면, 험한 데를 지나고 나야 오솔길이고 그게 한 2킬로미터는 되어야 도로가 나올 텐데. 짐마차로 가기는 힘들 겁니다."

"나는 지금 건너야 한다오." 할아버지가 말했다. "8킬로미터 떨어진 데가 아니라."

"그럼 두 푼을 내셔야겠네, 안 그래요? 말은 헤엄쳐 건널 수 있을지 모르겠지만, 짐마차가 지나가긴 너무 깊고, 그걸 띄우려면 나무를 베다가 옆에 묶어야 할 텐데, 그러면 시간과 공이 이만저만 들 텐데 그걸 바라시겠냐고. 게다가, 보나마나 도끼도 없으실 거고, 난 빌려드릴 생각 없고. 그럼 이제 다른 방법밖에 없네요, 얕은 데까지 8킬로미터를 가시든가 아니면 돌아가시든가."

뱃사공이 돈을 요구하듯 손을 내밀었다. 할아버지는 모자를 으쓱 치켜올리자 부스스한 백발이 삐져나왔다.

"알겠소, 하지만 항의의 뜻을 분명히 밝히고, 주님께선 도둑을 좋아하지 않으신다는 말을 꼭 해야겠군."

"이건 요금입니다, 도둑질이 아니라. 그냥 손님이 내고 싶은 액수보다 많을 뿐이고, 주님께선 강을 건널 필요가 없지요. 손님은 건너야 하고. 자, 타요 말아요?"

할아버지는 컴컴한 탄광에서 세상에 마지막으로 남은 석탄 한 덩이를 캐내듯 주머니 속 깊이 손을 넣어 동전 두 개를 꺼내 뱃사공 손바닥에 철썩 내려놓고는 짐마차로 돌아왔다. 할아버지는 좀 전에 아들 내외를 땅에 묻었을 때보다 뱃삯 일에 더 기분이 상한 듯했다.

할아버지는 짐마차에 올라와 앉아서 한동안 하늘을 쳐다보았다.

"8킬로미터를 갈 수도 있겠지만 폭풍이 꽤 빨리 올 거 같으니 그냥 바가지 쓰고 주님의 재판에 맡기도록 하자꾸나."

"네, 할아버지." 나는 말했다.

"저자가 줄나룻배 장사를 하려고 다리를 불태운 게 아닐까 싶다." 할아버지는 뱃사공을 내려다보며 말했다. "그럴 만한 작자 같거든, 안 그러냐? 하나님 두려운 줄 모르는 사람이야."

"모르겠는데요. 그렇게 말씀하신다면야."

"내 말 맞아, 하지만 우린 강을 건너야 해. 그리고 줄나룻배에 오르면 뱃사공을 조심하고 거리를 둬라. 머리에 이가 득실거리는 것 같으니까."

할아버지는 혀 차는 소리를 내며 노새를 몰아 짐마차를 줄나룻 배 쪽으로 이끌었다. 할아버지가 마차에 앉아 생각에 잠겨 있는 사이 밤색 말을 탄 덩치 큰 남자가 와서 줄나룻배에 올랐다. 남자가 뱃사공과 요금을 논하는 소리가 들렸다. 남자는 돈을 낼 만하다는 결론에 할아버지보다 훨씬 빨리 도달한 듯했고 우리가 거기 다다 랐을 무렵엔 들판 저쪽 아직 양쪽으로 나무가 우거진 오솔길 사이로 남자 둘이 말을 타고 오고 있었다. 먹구름이 그들 위로 더러운 이끼처럼 그늘을 드리웠다. 저 사람들과 말 그리고 우리 짐마차까지 하면 줄나룻배가 꽉 차게 생겼다.

할아버지 노새들은 앞쪽 난간에 묶었고 짐마차 뒷바퀴에는 돌덩 이를 괴어 구르지 않게 고정했다. 늙은 내 노새 벳시는 짐마차 뒤에 묶은 채 두었고 나와 룰라는 그 곁에 서 있었다. 하지만 벳시는 누가 자기 뒤에 가까이 서면 젖소처럼 옆으로 발길질을 해서 걷어 차려 들기 때문에 너무 가까이 서진 않았다. 벳시가 뒤쪽에서 우리가 뭘 하려 한다고 생각하는진 모르겠지만 먼저 우리가 벳시의 첫 주인은 아니었음을 분명히 하고 싶다.

덩치 큰 남자가 말에서 내려서 자기 말을 앞으로 끌어가 우리 짐마차 노새 옆에다 묶었다. 남자는 우리한테 와서는 룰라를 보고 말했다.

"여기 예쁜이가 있네?"

앞서 룰라의 외모에 대해 말하지 않았지만 이제는 해야 할 것 같다. 룰라는 키가 크고 날씬하며 한쪽에 노란 조화가 달린 예쁜 파란 여행용 모자 아래로 빨간 머리를 드리우고 있었다. 목에는 은으로 된 별 목걸이를 걸고 있었다. 내가 시내 잡화점에서 사다 준 목걸이였다. 은제 꽃과 작은 하트로 된 다른 장신구도 있었고 동생에게 잘 어울리기야 했겠지만 그 전해에 룰라가 나를 집 밖으로 끌어내 밤하늘을 가리키며 말한 적이 있었다. "저기 별 보여, 잭? 저걸 내 별로 할 거야." 나에겐 폴카 음악만큼이나 알 수 없는 소리였으나 기억에 남았고, 어느 날 시내에 나갔을 때 돈이 좀 있기에 동생 주려고 그 목걸이를 샀다. 룰라는 절대 그걸 벗지 않았다. 내가 그걸 줬다는 게 뿌듯했고 빛이 목걸이에 반사되어 룰라의 목 주위에서 반짝이는 게 마음에 들었다. 룰라는 꽃과 매치되는 노란 테를 두른 밝은 파란색 드레스 차림에 목이 긴 끈으로 묶는 부츠는 차축 윤활유만큼이나 검고 반짝거렸다. 천연두에 오염되기 전에 할아버지가 미리 집에서 꺼내놓은 옷이었다. 그렇게 차려입으니 젊은 여자 같기도 하고 어린애 같기도 했다. 룰라는 그림처럼 예뻤지만 그 남자의 말투는 영 거슬렸다. 어쩌면 남자의 미소와 그 애를 위아래로 훑는 눈길 때문이었을 것이다. 뭐라 꼭 짚어내거나 말로 표현할 수는 없으나 아무튼 그 남자를 주의 깊게 보게 되는 그 무언가.

룰라는 그냥 "고맙습니다." 말했고 고개를 숙이니 겸손해 보였다.

남자가 말했다. "거 노새들도 못나지 않았고." 그 바람에 내 마음속에선 아까 한 말이 더 지저분하게 느껴졌다.

할아버지는 이 대화를 듣지 못한 듯했다. 아직도 심기가 언짢아 뱃사공과 얘기하며 혹시 돈을 일부라도 돌려받을 수 있는지 알아보고 있었다.

뜻대로 되지 않자, 할아버지는 말했다. "그럼 뭘 기다리는 거요?"

"저기 말에 탄 남자 둘이요." 뱃사공이 말했다.

"우리를 먼저 건네주고 돌아와서 저 사람들을 태우면?"

"뭐 하러 헛수고를 해요." 뱃사공은 붉은 머리를 긁으며 말하더니 혹시 뭐 재미있는 거라도 있나 확인하듯 손톱을 들여다보았다.

"뱃삯을 냈잖소." 할아버지가 말했다. "우리를 건네줘야지. 게다가 사람이 둘 더 늘면 이 배에는 빠듯할 텐데."

덩치 큰 남자가 말했다. "내 친구들인데, 우리 다 기다리면 되지."

"그럴 필요는 없소." 할아버지가 말했다.

"없지만," 남자가 말했다. "기다리라고."

"그래야 할 것 같아요." 뱃사공이 말했다. "그래야 할 것 같아요."

여기서 설명하고 갈 게 있다. 할아버지는 체격이 큰 분이었다. 나이가 칠십 가까이 되었을지는 몰라도 여전히 위풍당당했고 예전에는 붉은색이었던 숱 많은 백발이 사자 갈기처럼 머리를 둘러싸고 있었다. 지저분한 목화 색의 풍성한 턱수염을 길렀고 그 덕분에 모자를 쓰고 있어도 더 사자처럼 보였다. 얼굴은 항상 벌겋게 달아올라 있었다. 마치 언제라도 끓어 넘치려는 것처럼 보였다. 할아버지는 그걸 아일랜드인 피부라고 했다. 어깨가 넓고 강인해 보였으며, 평생 힘든 일을 해왔다. 그리고 할아버지에겐 당신한테 헛소리는 안 통한다는 분위기가 있었는데 단순히 체구와 경험에서 나오는 것이 아니라 주님은 당신 편에 계시며 다른 사람에게는 그만큼 크게 신경쓰지 않으신다고 진짜로 굳게 믿기 때문이었다. 내 짐작에는 선교사로서의 경력과 삶에 대한 특별한 지식을 받았다는 감각, 그리고 천국에 가면 주님과 함께 찬양을 부를 것이며 둘이 얼굴에 미소를 띠고 기대어 고상한 농담을 나누리라는 그런 믿음에서 나오는 자세였으리라. 물론 여자나 변소와는 아무 관련 없는 그런 화제로 말이다.

하지만 그런 체구와 위세에도 불구하고 밤색 말을 타고 온 덩치 큰 남자를 보자 할아버지는 푹신한 이불 위를 기어가는 생쥐마냥 조용해졌다. 나와 마찬가지로 할아버지는 그 남자에게서 뭔가 좋지 않은 느낌을 감지했던 것이다. 할아버지는 많은 경우 침묵할 수 있는 분이었지만 당신 뜻을 관철하려 안달할 때나 돈에 절절맬 때는 아까 그랬듯이 말 많고 화낼 수 있었다. 그 남자를 보자 그 기세가 싹 사라지고 죽은 듯이 조용해졌다. 그 이유를 알 만했다. 남자는 할아버지만큼 덩치가 컸고 나이는 절반 정도에, 성난 서커스 원숭이가 휘두른 돌과 막대기로 두들겨 만든 듯한 얼굴을 하고 있었다. 흉터투성이에 코는 휘었으며 한쪽 눈꺼풀이 반쯤 늘어져서 눈이 항상 교활해 보였다. 누가 목을 그으려 들었는지 군데군데 들쭉날쭉한 흉터가 길게 목을 가로지르고 있었다. 말을 할 때면 입에 음식을 가득 물고 양치질하는 것 같은 소리가 났다. 낡은 중산모를 썼고, 없어도 상관없었겠지만 길고 하얀 깃털이 달려 있었다. 그의 검은 정장은 비싸 보였고 새것이었으나 몸에 맞지 않는 것을 보니 빌린 것 같았다. 그 코트 단추를 채우려면 남자에게서 공기를 5킬로 그램쯤 쥐어 짜낸 다음 양쪽에서 노새로 끌어당겨야 할 판이었다.

할아버지는 나름 덩치 큰 남자의 의견에 반대한단 뜻으로 큼큼 목을 가다듬고는 손을 짐마차에 올리고 마치 예수님이 걸어오기를 기대하기라도 하는 듯이 물을 쳐다보았다. 폭풍이 올 때처럼 공기가 무거워졌고 하늘은 주정뱅이의 꿈처럼 컴컴했다.

중산모 쓴 남자가 할아버지에게 말했다. "거 자기 뜻대로 해 버릇한 양반이시군?"

할아버지는 그를 돌아보았다. 이 시점에서 할아버지는 그냥 흘려보내고 싶었던 것 같지만, 그놈의 파커 가 자존심이 발목을 잡았다.

"나는 다들 빠릿빠릿 움직여 일을 끝내야 한다고 생각하는 사람이오, 설령 가족을 장사 치르는 일이라 해도. 바로 오늘만 해도 아들 부부를 묻고 왔지."

"영감님이 불행하다고 내가 특별히 신경 써줘야 하는 줄 아나 본데." 중산모를 쓴 남자가 말했다.

"아니오." 할아버지가 말했다. "그런 게 아니라. 댁의 질문에 사실로 답하는 거지."

"내가 언제 누구 묻고 왔냐고 물었나. 자기 뜻대로 해 버릇한 양반이냐고 했지."

"아들 부부를 묻은 일이 뇌리에 남아 있어 말했소."

"거 영감 의견은 그냥 속에 간직하시지?" 덩치 큰 남자가 말했다.

"오늘 아침에 나도 장례식장에 있었거든. 내가 도착했을 땐 막 끝나고 모두들 가려는 중이고 무덤 파는 인부와 깜둥이 두어 명이 구덩이를 덮으려는 참이었지. 나는 총을 뽑아 들고" 여기서 남자는 코트 자락을 젖혀 총집에 뒤로 돌려 끼운 누렇게 바랜 리볼버 권총 손잡이를 손가락으로 툭 쳤다. "하던 일을 중단시킨 다음에, 그 관을 구덩이에서 도로 꺼내게 해서 열었다 이거요. 아니나 다를까, 좋은 정장을 입고 있더라고. 내가 입은 것보다 더 나은 옷이라 깜둥이들을 시켜 옷을 벗긴 다음 내 옷을 주고 그걸 대신 입히라 했지. 아무도 모를 거고 나는 땅속에서 썩을 뻔한 좋은 정장 한 벌을 건졌고 그 깜둥이들은 목숨을 건졌다 이거요."

"왜 이런 말을 하는 거요?" 할아버지가 말했다.

"지금 어떤 사람을 상대하는지나 알아두라고."

"무덤 도굴꾼? 그게 자랑스러운가? 나는 댁 같은 사람과 상대 안 해요."

"그러니까 당신이 마음에 안 든다 이거야, 영감. 생긴 것도 마음에 안 들고. 말하는 것도 마음에 안 들고."

"말해 봐야 아무 결론도 안 나겠군." 할아버지가 말했다. "자칭 무덤 도굴꾼에게 할 말은 없지만 그 죗값은 치르게 될 거요."

"주님 얘긴가 본데." 남자가 말했다.

"그렇겠지." 할아버지가 말했다.

"내가 보기엔 당신 교활한 겁쟁이가 되어놔서 날 어디다 신고할 것만 같은데 말이야. 주님의 판결을 기다릴 거 같지 않아. 날 보안관에게 신고할 거 같다고."

"누가 이러쿵저러쿵하는 게 싫다면, 본인이 먼저 나서서 떠들지 말아야지." 할아버지가 말했다.

"그런가?" 덩치 큰 남자가 말했다. 남자가 시비를 걸고 있다는 건 꽤 분명했다.

할아버지도 일이 험악해지고 있음을 감지했는지 이렇게 말했다. "이봐요, 그건 댁의 일이지. 나는 영 마음에 들지 않지만, 댁의 일인데. 그냥 난 내버려 둬요."

"말로만 그렇게 하는 거 같은데." 덩치 큰 남자가 말했다. "내 생각엔 영감이 말이 많아서 강 건너자마자 어디다 내가 한 얘기를 신고할 거 같다 이거지."

할아버지는 대꾸하지 않았다. 남자와 마주하던 몸을 약간 돌려 짐마차에 기대고 강을 바라보았다. 오른손을 코트 주머니에 넣고 그대로 있었다. 나는 그 주머니에 오래된 2발 데린저 권총이 있고 할아버지가 상태를 주의 깊게 지켜보며 여차하면 뽑아 들 준비를 하고 있다는 걸 알았다. 이삼 년 전인가 마을에서 행패 부리는 주정꾼에게 할아버지가 총을 뽑아 드는 것을 보았는데 그 속도가 주정꾼이 정신을 차리고 꽁지 빠지게 도망칠 만했다. 그래서 나는 할아버지가 준비하고 있다는 걸 알았지만 늘어뜨린 다른 한 손은 살짝 떨고 있는 것도 보았다. 아마도 두려움보다는 분노에서 떠는 거였겠지만 그래도 할아버지가 감당할 수 없는 상황에 직면했으며 그걸 알고 어떻게든 헤쳐나가려 애쓰고 있단 생각이 들었다. 또한 남자가 말한 대로 강 저편에 다다르면 할아버지는 법 집행 기관에 무덤 도굴 건으로 남자를 신고하리라는 걸 나는 알았다. 물론, 그 얘기 자체가 실화가 아니고 덩치가 할아버지 성미를 건드리려 지어낸 허풍일 수도 있겠지만, 안 맞는 정장을 보면 그건 아닐 듯했다. 느낌에 남자는 진실을 말하고 있었고 그걸 자랑스러워하고 있었다. 마치 옷을 잘 골라 샀다는 듯이.

말발굽 소리가 들려오기에 나는 몸을 돌려 말을 타고 오는 두 남자를 쳐다보았다. 바람이 불고 비가 조금씩 내리기 시작했으며 점차 거세져 가는 와중에도 그 소리는 뚜렷했다. 다시 강을 돌아보니, 숲 사이로 밀려오는 비와 강에 뚝뚝 떨어지는 빗방울이 보였고 그 빗방울이 굵어지더니 물결이 거칠어지기 시작하고 줄나룻배가 출렁거렸다. 말을 탄 남자들이 가까워졌고 이제 제대로 보였다. 한 명은 실크햇을 쓴 키 작고 뚱뚱한 남자로, 이가 빠져 있어 얼굴에 무성한 수염이 입 안으로 들어가는 것처럼 보였다. 눈은 블랙베리 두 알이 머리에 박혀 있는 것처럼 보였다. 다른 남자는 키가 컸고 어깨가 넓은 흑인 남자로, 벽돌과 반죽으로 지은 듯이 단단한 체구였다. 남자는 커다란 솜브레로 모자를 썼고 모자챙 끈에는 더러운 면 공이 달랑달랑 달려 있었다. 뚱뚱한 남자보다 어리진 않을 것 같지만 어쩌면 그냥 이가 다 있어서 그렇게 보이는 것일 수도 있었다. 얼굴에 대조되어 이가 하얗고 튼튼해 보였고 남자는 뭔가 재미있는 듯 미소 짓고 있었다. 둘 다 옷차림이 흡사 돼지우리에서 구른 다음 염소가 오줌을 싼 듯한 몰골이었다. 바람이 이쪽을 향해 불어오고 있었고 비에 악취가 살아나는 바람에 냄새가 지독했다. 둘 다 총을 드러내어 소지하고 있었다. 흑인 남자는 총집에 든 히코리나무 손잡이 권총을 싸구려 서부물 소설에서 하듯 구식으로 차고 있었고, 뚱뚱한 남자는 비교적 최신인 자동 권총을 벨트에 찔러넣어, 불룩한 배에 밀려 튀어나와 있었다.

두 남자가 말을 배에 태우자 줄나룻배가 묵직하게 출렁 내려앉았다. 줄나룻배 사방에서 물이 튀기고 배가 흔들거렸다.

"저 사람들은 이쪽에서 기다리게 하고 우리 먼저 건네줘야지 않나." 할아버지가 말했다. "너무 무게가 많이 나가는데."

"저 친구들이 기다릴 필요 없어." 덩치 큰 남자가 말했다. "멀쩡하기만 한데."

"괜찮을 거 같습니다." 뱃사공이 강물과 비를 쳐다보며 말했지만 표정을 보아하니 그렇게 확신하지 않는 걸 알 수 있었다. 할아버지와 마찬가지로 나 역시 뱃사공이 강 건너기나 심지어 기본 상식에도 서툰 사람이라 여기게 되었지만 아무리 그래도 상황이 잘 풀릴 줄만 알았다. 내 성격이 더 명랑하고 긍정적이던 시절이었다.

뚱뚱한 남자가 나를 보더니 웃음을 터트렸다.

"뱃사공 양반, 그쪽 아들인가?"

물론 내 얘기였다. 이가 빠져 남자의 목소리는 이상하게 들렸고 말은 웅얼거렸다.

"본 적 없는 아이요." 뱃사공이 나를 흘깃 보며 말했다.

"똑같이 새빨간 머린데." 뚱뚱한 남자가 말했다. "거 모자라도 구해다가 머리를 가리든가 해야지. 그런 말도 있잖아. 머리 빨갱이 되느니 차라리 죽겠다고." 뚱뚱한 남자는 낄낄대더니 몸을 빙글 돌려 룰라를 쳐다보았다. 비 때문인지 두려움 때문인지 혹은 둘 다인지 룰라는 떨기 시작하고 있었다. 뚱뚱한 남자가 입을 벌려 미소 지었지만 이가 없다 보니 바닥에 구멍이 뻥 뚫린 것 같았다. "그야 물론 거기엔 예외가 있지만."

"배 출발합시다." 덩치 큰 남자가 말했다.

"말했잖소, 무게가 너무 나간다니까." 할아버지가 말했다.

"무게가 너무 나간다 싶으면," 덩치 큰 남자가 말했다. "그 짐수레를 뒤로 밀고 노새들하고 같이 지금 당장 내리시든가."

"참을 만큼 참았어." 할아버지가 말했다.

"그러시겠다?" 덩치 큰 남자가 말하고 코트 자락을 젖혀 할아버지에게 자기 권총을 다시 보였다.

"아까도 봤지." 할아버지가 말했다.

"그럼 신경 좀 쓰라고." 덩치 큰 남자가 말했다.

"총 들고 있으니 세게 나오는데." 할아버지가 아무렇지도 않은 척 말했지만 나는 할아버지가 주머니 속에서 데린저를 쥐고 있음을 알았다.

"자, 그럼." 덩치 큰 남자가 말했다. "할 일이라면 권총 없이도 할 수 있지. 패티."

패티(뚱뚱한 남자 말이다)가 다가왔고, 덩치 큰 남자가 그에게 자기 권총을 건넸다. 패티는 권총을 손에 들고 물러나 짐마차에 기대

섰고 기름투성이 그릇을 핥으려는 개처럼 룰라를 쳐다보았다. 룰라는 가슴 앞에 팔짱을 끼고, 크고 넓은 모자챙을 우산처럼 드리워 가렸다. 그래봤자 시간 낭비였다. 비 때문에 모자가 사방으로 처지고 머리가 젖어 핏줄기가 뺨과 어깨에 흘러내리는 것처럼 보였다.

"여러분," 뱃사공이 말했다. "서로 의견 차이는 덮어둡시다."

"닥쳐." 덩치 큰 남자가 말했다. "이제 배나 출발시키라고. 오래 걸리지 않을 거니까."

"네, 손님." 뱃사공이 말하고 램프를 올린 다음 윈치를 작동시키기 시작했다. 분위기를 가볍게 할 모양인지 휘파람까지 불어봤지만 아무 소용 없었고 결국 곧 그만두었다.

그때 덩치 큰 남자가 할아버지에게 갑자기 주먹을 날렸다. 할아버지는 몸을 숙여 피했다. 빠르고 능숙한 동작이었고 고개를 들며 왼손으로 덩치 큰 남자 얼굴을 쳤다. 좋은 한 방이었다. 남자 코에서 난 피가 입과 턱으로 흘러내려 빗물에 씻겨 내려갔다.

"허, 이 늙은 새끼가." 덩치 큰 남자가 말하며 코를 만졌다. "그냥 성깔만 있는 건 아니네?"

"직접 알아보든가." 할아버지가 발을 옮기며 미소 지었다.

"내 코를 부러뜨려 놓은 거 같은데." 덩치 큰 남자가 말했다.

"이리 오면 어디 고칠 수 있나 봐주지." 할아버지가 말했다.

그 무렵 우린 강에 나와 있었고 뱃사공은 필사적으로 크랭크와 도르래를 돌리고 있었으며 사방에서 물이 출렁였다. 패티와 흑인 남자는 이 모든 상황을 흥미진진하게 지켜보고 있었다. 룰라는 아무 말도 하지 않았지만 표정을 보면 강 저편에 도착하여 멀리 가고 싶은 마음이 굴뚝 같은 게 뻔했다.

덩치 큰 남자가 다시 덤벼들었고 할아버지는 댄서처럼 다시 주먹을 피하고 안쪽으로 발을 디디며 다시 남자에게 잽을 날리고 라이트를 꽂고 몸을 숙여 덩치 큰 남자의 갈비뼈에 레프트를 먹인 다음, 턱에 라이트 어퍼컷을 날려 남자를 주저앉게 했다. 뱀의 공격만큼이나 빨랐다.

그리고 그만큼 빠르게 비가 얼음장처럼 차가워졌으며 강물이 줄나룻배 가장자리로 더 심하게 출렁거렸다. 그 바람에 덩치 큰 남자가 입은 무덤에서 훔친 정장이 흠뻑 젖었다.

"이만하면 상대할 만한가 모르겠네." 할아버지가 덩치 큰 남자를 내려다보며 말했다. "좀 피곤한 날이라 힘을 좀 뺐는데."

"이 늙은이가." 덩치 큰 남자가 말했다. 남자는 일어나 비틀거리며 한 걸음 물러서더니 말했다. "패티."

패티가 즉시 리볼버를 던져주었다.

"더러운 놈." 할아버지가 말하고 주머니에서 데린저를 꺼내 방아쇠를 당겼다. 데린저가 발사되었고 덩치 큰 남자의 왼쪽 어깨가 휙 젖혀졌으나 아주 약간이었다. 덩치 큰 남자는 리볼버를 들어 올려 발사했다. 총탄의 엄청난 위력에 할아버지는 뒤로 나가떨어져 주저앉았다. 줄나룻배가 흔들거렸다. 물이 사방에서 튀어 할아버지에게 쏟아졌다. 할아버지는 피가 나는 배를 한 손으로 움켜쥐고 앉아 있었다.

"할아버지." 룰라가 소리를 지르고, 달려가 할아버지를 붙들었다.

덩치 큰 남자는 어깨에서 피를 흘리며 할아버지에게 권총을 겨눴다.

내가 말했다. "이미 상처를 입혔잖아요. 다쳤다고요. 그만둬요."

"너도 쏴버릴 거니 닥쳐." 남자는 날 노려보며 말했다. "그다음 나하고 친구들이 네 여동생을 좀 예뻐해 줄까 생각 중인데 다만 우린 식은 안 올리고 곧장 첫날밤을 치를 참이지."

그때 할아버지가 다시 데린저로 남자를 쐈다. 마치 누가 손가락을 부러뜨리는 듯한 총소리가 났다. 총알은 덩치 큰 남자의 허벅지에 맞았고 남자는 한쪽 무릎을 털썩 꿇었다.

"젠장." 덩치 큰 남자가 말했다. "또 쐈어."

패티와 흑인 남자가 할아버지에게 달려들었으나 바로 그 순간 할아버지는 몸에 힘이 탁 풀려 룰라가 겨우 지탱하고 있을 뿐이었다. 그리고 그때 줄나룻배 밧줄이 투둑투둑 끊어지기 시작했다. 설상가상으로, 덫에 발이 끼인 늑대가 울부짖는 듯한 소리가 났다. 강으로 몰아닥친 바람이 회오리를 일으켰고 사빈강 한가운데로 불어오며 물이 휘말려 올라가 양쪽 강변의 나무들을 찢어발겼다. 그리고 줄나룻배를 덮쳤다. 밧줄이 마침내 완전히 끊어지고 우리는 모두 허공으로 날아갔다.

물에 떨어지기 전 내가 기억하는 마지막 광경은 내 노새가 날개가 달려 우리를 두고 먼저 가기로 한 듯이 머리 위를 날아가는 것이었다.

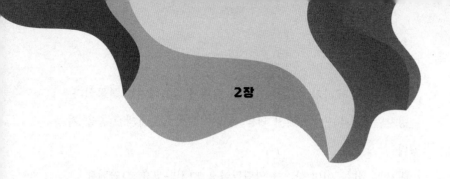

2장

 물 아래 소용돌이에 휩쓸리며 나는 끝장이라고 생각했다. 온갖 물체가 부딪혀왔고, 내가 의식을 잃어가기 시작할 때, 강이 나를 위로 밀어 올렸다. 공기를 너무 격하게 들이쉬는 바람에 폐가 터져 나갈 것만 같았다. 나는 한두 번 더 물속에 가라앉았다가, 마침내 정신이 들고 보니 나 스스로 한 일은 아무것도 없었지만 강둑에 누워 있었다. 정확히는 반쯤 걸쳐져 있었다. 다리는 아직 물속에 있었 지만, 신체 나머지는 강둑 팬 부분에 구겨 넣어지듯 되어 있었다.

 그때 작지만 거센 물 회오리바람을 보았다. 시커먼 바람과 강물 과 짐마차 파편의 소용돌이가 내 옆을 스쳐 갔다. 그 소용돌이는 나를 잡아채기라도 할 듯이 내 다리를 약간 들어 올렸으나 나는 강 둑에 삐져나온 나무뿌리를 붙들고 버틸 수 있었다. 내 몸은 둥실 떠올라 빨려 들어갔으나 그 굵은 뿌리에 매달려 버텼고, 물회오리가 지나가자 몸이 털썩 떨어졌다. 허둥지둥 구덩이 주변을 둘러보니 그 회오리바람은 강을 가로질러 방향을 바꿔 육지로 상륙하고 사방에 나뭇조각을 토해내고 있었다. 그것은 마치 상처라도 입은 듯 마지막 울부짖음 후, 나타났을 때와 마찬가지로 순식간에 스러지고 부스럭거리며 낙엽과 나뭇가지 진흙 무더기와 물이 숲에 쏟아져 내렸다.

나는 머리를 만져보았다. 피가 좀 나긴 했지만 방금 겪은 상황을 고려하면 아무것도 아니었다. 나는 구덩이에서 빠져나와 강변을 기어갔다. 기어갈 수밖에 없었다. 일어날 수가 없었다. 갓 태어난 고양이처럼 힘이 하나도 없었다. 나는 강둑에 앉아 강을 바라보았다. 아직 비가 내리고 있었지만 빗발은 거세지 않았다.

짐마차 파편과 줄나룻배 파편이 떠내려가고, 그와 함께 뱃사공의 시체를 봤다. 그는 소용돌이치는 물속에 엎드려 있었고 등 뒤로 돌아간 오른팔은 어깨 관절에 제대로 끼워져 있을 수가 없는 각도였다. 손 역시 뒤틀려 있었고 손가락은 마치 들어 올려 인사라도 할 듯이 꿈틀거렸지만, 본인이 움직이는 게 아니라 물결에 흔들리고 있었다. 강이 그를 집어삼켜 모습이 사라졌다. 나는 일어나려 했으나 다시 주저앉을 수밖에 없었다. 하늘이 아래로, 땅이 위로가 있는 기분이었다.

그때 어깨에 와닿는 손길을 느끼고 고개를 들어보니 남자와 젊은 여자가 있었다. 손을 얹고 있는 사람은 남자 쪽이었다. 체구가 말랐으며 커다란 모자에 거의 머리가 푹 파묻혀 있었다. 머리에 양동이를 쓰고 있다 한들 그 이상 웃겨 보이진 않았을 것이다. 남자가 말했다.

"애, 괜찮냐?"

"좋진 않네요." 나는 말했다.

"그래 보인다." 그가 말했다. "전부 다 봤어. 나하고 마틸다가."

"그래 맞아." 여자가 말했다. "우리가 봤어."

남자와 마찬가지로, 여자도 푹 젖어 있었다. 짙은 머리에는 아무 것도 쓰지 않았고 얼굴은 길었으며 턱은 여백이 있었다. 여자가 조금만 더 마르고 옷이 조금만 더 낡았더라면 여자의 등뼈와 그 너머 경치까지 비쳐 보일 지경이었다.

"바람에 그냥 다 날아가던데." 남자가 말했다.

"누구 살아남은 사람 있나요?" 내가 물었다.

"누가 죽었는진 모르겠는데," 남자가 말했다. "하지만 남자 셋하고 여자애랑 말 몇 마리가 저쪽 강변으로 올라갔지. 뚱뚱한 사람과 덩치 큰 남자가 같이 말 한 마리에 타고, 깜둥이와 여자애가 다른 말에 타고. 여자애가 그 사람들하고 가게 되어 기쁜 거 같진 않았어."

"혹시 노인 시신은 못 보셨어요?"

"아니." 남자가 말했다. "못 봤는데. 저기 나무에 커다란 밤색 말이 걸려 있긴 하더라." 남자가 가리켰다. 그쪽을 보니 강둑의 쪼개진 느릅나무에 말 다리 하나가 걸려 있는 게 보였다.

"그래서 둘씩 타고 간 거군요." 내가 말했다. 딱히 깨달음은 아니지만 입에서 절로 흘러나왔다.

"그런가 보다." 남자가 말했다.

"혹시 노새들 보셨어요?"

"줄나룻배에 있을 때." 남자가 말했다. "그리고 강에 빠졌을 때 조금. 한 마리는 허공을 날아갔고 다른 두 마리는 강에 빠졌지. 그 후로는 못 봤다. 조금 전까지 있더니 다음 순간 사라져버리더라고. 물고기 밥이 되었든가, 바람 부는 모양새를 보아하니 나중에 코앞에 뚝 떨어질지도 모르지."

여자는 말처럼 코웃음을 쳤고, 남자는 그걸 재미있어했다. 남자는 약간 웃었다. 나는 유머를 즐길 기분이 아니었다.

"저쪽으로 건너간 사람 중 아는 사람 있어?" 마틸다가 물었다.

"여동생 룰라하고 우리 할아버지요. 할아버지는 총에 맞았어요. 회오리바람이 닥치기도 전에 돌아가셨고. 그 사람들이 제 동생을 데려갔어요. 동생을 찾아야 해요."

"네가 만일 강을 헤엄쳐서 저쪽으로 건너가더라도, 걸어서 그 사람들을 쫓아갈 때쯤이면 그 사람들은 훨씬 앞서 있을 테니 못 따라잡는다. 물살도 아직 거칠고. 지금 당장은 약어도 헤엄 못 칠걸. 이 문제는 어디다 신고하는 게 나을 거다. 일어설 순 있나?"

남자의 도움을 받아 일어설 수는 있었지만, 다리가 후들거렸다.

"널 어디 데려다줘야겠는데." 남자가 말했다. "우리 부부는 새로 생긴 줄나룻배를 타보려고 왔어. 맞은편에 소풍이나 가려고. 언덕에서 지켜보고 있었지. 나룻배가 너희를 태워다주고 돌아오면 타려고 했는데, 그러다가 그 회오리바람을 본 거야."

"그런 회오리는 처음 봤어." 마틸다가 말했다. "땅에서든 물에서든."

"난 서너 번 봤지." 남자가 말했다. "하지만 그렇게 작은 건, 게다가 강을 타고 내려가는 건 못 봤어. 거 대단하던데. 깜둥이들이 강에 부는 회오리 얘기하는 거 들어보긴 했는데 그냥 깜둥이들 헛소리겠거니 했지."

"진짜 같지 않았어." 마틸다가 말했다.

"그야말로 진짜였어요." 내가 말했다.

남자가 내 어깨를 토닥였다.

힌지 게이트로 돌아가 신고해봤자 소용없을게, 천연두가 마을을 휩쓸고 있는 데다 앞뒤로는 무장한 경비가 지키고 있었다.

나는 잠깐 생각해 보고 말했다. "실베스터까지 데려가 주신다면 고맙겠어요. 제일 가까운 마을이 아닌 건 알지만 힌지 게이트처럼 격리 상태는 아니니까요. 돈을 드리고 싶은데 제가 가진 게 없네요."

"문제없어." 남자가 말하고 말처럼 커다란 치아를 내보였다. "실베스터면 몇 킬로미터 안 돼. 어려울 거 없다. 아, 우린 실베스터에서 왔는걸. 이름은 뭐냐?"

"잭." 나는 말했다.

"나는 톰이야." 남자가 말했다.

그들의 짐마차는 언덕 위에 세워져 있었다. 옛날 포장마차처럼 지붕이 달린 마차였다. 내가 앉은 자리에서 돌아보면 마차가 보였다. 그들은 양쪽에서 나를 부축해 일으켜 세우고 짐마차로 이끌었다. 거기 도착하자 그들은 마차 뒤쪽 판을 내려 나를 거기 앉혔다. 샌드위치와 커다란 과일병에 든 따뜻한 차를 나눠주며 먹고 마시라고 권했다. 우리 남부 사람들은 그런 식이다. 비극이 벌어지면, 제일 먼저 먹고 차나 커피를 마셔야 한다.

아무튼 도움이 되긴 했다. 전부는 아니더라도 기운을 좀 되찾고 나자 나는 부부에게 보안관과 얘기할 수 있도록 실베스터에 데려다 달라고 부탁했다. 할아버지도 찾고 싶었지만 폭풍이 닥치기 전에 이미 총에 맞아 돌아가셨음을 알았다. 어디론가 떠내려간 할아버지 시신 생각을 하면 속이 뒤집혔지만 룰라가 납치당하고 시간을 낭비했으니 선택을 할 수밖에 없었고 나는 산 사람을 택했다.

부부는 나를 마을로 데려가 보안관 사무실에 내려주었다. 우리가 도착했을 때는 뭔가 일이 벌어졌는지 마을이 무슨 고양이가 가득 든 상자를 뒤집어 쏟아놓은 듯했다. 사람들이 바삐 움직이고 있었고 강둑 쪽에 뭔가 움직임이 있었다. 길 건너엔 할아버지가 말한 카우튼 리틀이라는 변호사 사무실이 보였다. 이름과 업종이 창문에 흰 페인트로 깔끔하게 찍혀 있었다. 하지만 난 거기에 쏟을 정신이 없었다. 그저 오버올 주머니를 더듬어 안에 든 젖은 증서만 확인했다. 그야말로 신경 쓰이는 게 너무 많았다. 은행 앞에 서 있는 짐마차라거나, 그 뒤쪽에 삐죽 삐져나와 있는 부츠 신은 발이라거나. 그리고 그게 누군진 몰라도 몸의 나머지는 얼룩진 방수포에 덮여 있었다. 거리는 얼룩덜룩하고 군데군데 젖어 있었다. 은행 앞 널빤지 깔린 길에는 검게 변해가는 피 같은 짙은 웅덩이가 여럿 있었다. 거기서 몇 걸음 떨어진 곳엔 죽은 말 한 마리가 있었다. 은행 문가에는 널빤지가 하나 벽에 기대어 세워져 있었다. 죽은 사람이 그 널빤지에 기대 있었고 거리에는 아코디언 같은 렌즈가 달린 코닥 카메라를 세워둔 남자가 있었다. 남자는 시신의 사진을 찍고 있었다. 멀리서 봐도 죽은 사람은 온통 총을 맞은 것을 알 수 있었다. 머리 일부분이 날아갔지만 희한하게도 운두가 낮은 모자를 쓴 채였다. 모자가 옆쪽으로 살짝 들려 있었고, 그쪽 머리가 귀와 함께 사라지고 없었다. 옷은 갈기갈기 찢기고 뻣뻣하게 피가 말라붙어 있었다. 남자 머리 양쪽으로 못이 박혀 있었고 그 못에 밧줄을 묶어 남자의 턱 밑을 지나게 했다. 그렇게 해서 시신을 세워둔 것이다. 남자의 두 팔을 가슴 위로 모으고 손에 권총을 들려 행동에 나설 준비가 된 것처럼 보이게 만들려 했다. 죽은 것처럼 보일 뿐이었다.

"이런 젠장." 톰이 말했다. "여기서 무슨 지저분한 일이 벌어졌나 본데."

물론 궁금했지만 내 머릿속은 내 걱정으로 차고 넘쳤다. 나는 톰과 마틸다에게 감사 인사를 하고 보안관 사무실로 향했고 둘은 짐마차를 몰아 멀어져갔다. 문은 활짝 열려 있었다. 나보다 별로 나이 많지 않은 남자가 책상 뒤에 서서 서랍에 든 물건들을 몽땅 책상 위에 비우고 있었다. 뒤쪽에는 유치장이 있었고 안에는 숱 많은 금발 남자가 있었다. 남자는 침상에 앉아 있었고 머리에는 누더기를 두르고 있었다. 누더기엔 피가 배어 나와 있었다. 한쪽 다리엔 부목을 대고 얼굴은 점박이 개처럼 온통 멍투성이였다.

나는 서랍을 비우고 있는 남자에게 말했다.

"보안관님을 뵈려고 하는데요."

"문 닫지 마라." 남자가 말했다. "내가 이 안에서 농성 중이라고 남들이 생각하지 않게."

무슨 말인지 알 수가 없었으나 설명해달라고 부탁하진 않았다. 대신, 책상으로 가서 보안관을 만나게 해달라고 다시 말했다.

"길 건너 서 있는 짐마차 뒤 방수포 아래 실려 있지."

"그쪽은 누구신데요?"

"부보안관." 남자가 말했다. "원래는 그랬지. 내 물건하고, 보안관 물건 좀 챙기는 중이야. 본인도 신경 쓰지 않을 거고. 가족도 없고 별로 호감도 사지 못했지."

나는 그가 책상 위에 놓은 물건들을 보았다. 잡동사니와 쓰레기들이었고, 배지 두어 개와 열쇠고리만이 예외였다.

"부보안관님이시라니까 말인데, 범죄 신고하려고요. 그리고 얼른 추적대를 파견해 주셨으면 해요."

그는 고개를 들어 나를 쳐다보았다.

"그러냐? 글쎄, 나는 관둘 거고, 오 분이나 십 분쯤 있으면 사람들이 밧줄을 들고 저 문으로 쳐들어와서 여기 이 열쇠들을 찾을 테고, 저기 있는 작자는 ─ " 그는 금발 남자를 향해 고갯짓했다. "그 밧줄에 목이 매달려 혀를 길게 빼 물고 바지에 똥이나 잔뜩 지릴 텐데."

"그건 모를 일이야." 유치장에 있는 남자가 말했다.

"어떤 거 말이야? 바지에 똥 지리는 거, 혀를 길게 빼 무는 거, 아니면 밧줄?" 부보안관이 말했다.

"뭐든 간에." 남자가 말했다.

"내 사촌이 여자친구가 자길 차고 목수와 결혼했다고 목을 맸는데," 부보안관이 말했다. "밧줄이 목숨을 끊었고 나머지는 자연히 그리 됐지."

"날 지켜줘야 할 거 아냐." 남자가 말했다.

부보안관은 책상 위 배지를 손가락으로 쿡 찌르고는 금발 남자에게 말했다. "그건 이 배지를 다는 사람의 임무지. 하지만 나는 이제 아니야. 너 같은 놈에게 총 맞기 싫고, 너를 지키다가 총 맞기도 싫고. 아니, 됐어. 보안관 일은 때려친다. 이발이나 배울까 생각 중이야."

"하지만 나는?" 금발 남자가 자기 차례를 놓친 아이처럼 말했다. "그냥 여기 두면 안 되지, 사람들이 날 잡아가려 올 텐데."

"그야 은행을 털고 보안관을 죽이지만 않았어도 이런 상황은 아니었겠지." 전직 부보안관이 책상 서랍을 닫으며 말했다. "그 생각은 해봤어?"

"보안관을 쏜 건 내가 아니야." 유치장에 있는 남자가 말했다.

"그건 네가 마을 사람들하고 알아서 해결하고." 전직 부보안관이 말했다.

"왜 나만?" 남자가 말했다. "다른 놈들은 잘만 빠져나갔는데. 곧장 도망가버렸다고. 그런데 난 붙들렸어."

전직 부보안관은 뒤쪽 벽에 걸린 모자를 내려서 책상 위 물건 대부분을 그 안에 쓸어 담고는 열쇠와 배지만 거기 남겨두었다. 모자를 테이블에 놓고 금발 남자를 바라보았다.

"네 말이 느렸고 총을 맞았으니 그걸로 끝이지. 하지만 너만 운이 나빴던 건 아냐. 너희 일당 중에 최소한 한 명은 도망치지 못했고 남은 시신은 저기 널빤지 위에 널려 있으니 곧 저세상에서 만나게 될 거다. 만나면 데크가 안부 전하고 구린 총솜씨에 고마워한다고 해줘. 아니었으면 나도 저 짐마차에 개스톤 보안관하고 같이 누워 있을 텐데 말이야."

"평생 운이 좋았던 적이 없어." 남자가 말했다. "그리고 이걸로 끝장이야. 불운을 타고 태어난 거지. 그런 사람들이 있어, 내가 그렇고."

"어." 본인을 데크라고 밝힌 남자가 말했다. "하난 확실하네, 너한테 운 좋은 날은 아니야."

"도움을 받고 싶은데요." 나는 말했다. "할아버지가 목에 흉터 있는 남자에게 살해당했고, 여동생이 그 사람과 다른 두 남자에게 납치됐어요. 한 명은 흑인이고, 다른 하나는 뚱뚱한 체격이고요."

"컷스로트 빌, 니거 피트, 패티 워스겠네. 그놈들하고 밖에 널빤지에 내걸린 놈, 그리고 여기 무뢰한이 같이 은행을 털고 보안관을 죽이고 나한테 총을 쐈지. 아주 아슬아슬하게 스쳐서 직업을 바꿔야겠다고 생각하게 되더라고."

그럴 즈음 문가에 남자들이 잔뜩 몰려왔다. 그중 한 명은 남들보다 성이 나 보였고 챙 작은 검은 모자에 교회 가는 길 같은 차림새였다.

"우리를 막으려 해봐야 소용없어, 데크. 결심했으니까." 그가 말했다.

"나는 법 집행관 자리에서 물러납니다." 데크가 말했다. 그는 책상 위의 열쇠를 툭 건드렸다. "이 중 하나가 유치장 열쇠고. 알아서 찾아요."

데크는 자잘한 물건들이 가득한 모자를 챙겨 문으로 향했고 몰려온 남자들은 그를 보내주었다. 그들은 나를 쳐다보았지만 내게는 아무 말도 하지 않았다. 교회 가려는 차림 같은 남자가 와서 책상에서 열쇠를 낚아채 유치장으로 향했다. 그다음에는 빠르게 일이 벌어졌다. 금발 남자가 소리치기 시작했고 높은 데 있으면 저들이 자기를 못 붙잡기라도 할 듯이 일어나 침상 위에 올라섰다. 한쪽 다리에 부목을 대고 있음에도 아무 어려움이 없었다. 너무 겁을 먹어서 그걸 댄 채 벽을 걸을 수도 있을 것 같았다. 남자는 큰소리로 예수님께 구해달라고 기도했다. 예수님은 나타나지 않았고 그자가 가담한 짓을 고려하면 예수님을 탓할 일은 아니었다. 사람들이 유치장을 열고 단박에 놈을 붙들었다.

"오 하나님." 남자는 사람들에게 끌려 나가며 소리쳤다. "바비 오델의 영혼에 자비를 베푸소서. 우리 어머니는 날 이렇게 키우시지 않았는데, 엇나간 게 이렇게 후회될 줄은."

"당연히 그렇겠지." 그중 한 명이 말했다.

그들은 남자를 길거리로 끌어냈고, 남자는 부목 댄 다리가 이리 저리 부딪혀 인상을 썼다. 나는 뒤따라가 인파 사이를 헤치고 제일 앞까지 나섰다. 나는 몸부림치는 남자에게 외쳤다. "그 컷스로트란 사람은 어디로 간 건가요? 당신하고 있던 사람이요."

남자는 빨랫감처럼 목 매달리게 된다는 사실에 정신이 팔려 내게 전혀 신경 쓰지 않았다. 사람들은 그를 반쯤 끌고 반쯤은 들어서 거리 가장자리의 전기 가로등으로 향했다. 가로등에는 일종의 발판처럼 작은 금속 막대가 여기저기 튀어나와 있었다. 어깨에 밧줄 뭉치를 짊어진 작은 남자가 그걸 밟고 다람쥐처럼 재빠르게 올라갔다. 그는 밧줄을 가로등 꼭대기 금속 막대에 걸고는 아래로 떨궜다. 아래 있던 사람이 그 밧줄을 낚아챘고 금방 올가미가 만들어져 바비 오델의 목에 걸렸다.

"너무 길잖아." 군중 속 누군가가 외쳤고, 참나무 위 마른 잎새처럼 가로등 꼭대기에 매달려 있던 작은 남자가 밧줄을 조절하여 목에 올가미가 걸린 남자를 제외하고 모두가 만족할 수 있게 했다. 교회 복장을 한 남자가 가죽 줄을 가지고 와서 바비 오델의 양손을 등 뒤로 묶었고, 바비가 아프다고 불평하자 누군가 고함쳤다. "괜찮아. 뭐 얼마나 오래 불편하겠어."

나는 군중 속에서 뒤쪽으로 밀려났고 다시 앞으로 나아가려 애쓰고 있었다. 겨우 제일 앞, 사형 선고를 받은 남자 옆까지 왔다. 두려움으로 얼굴은 거의 잿빛으로 질렸고 휘둥그렇게 뜬 시커먼 눈은 집으로 가는 길을 찾는 술꾼처럼 이쪽저쪽을 헤맸다. 얼굴은 힘이 빠져 풀려 있었지만 말은 똑똑히 했다. "여기서 빠져나갈 길은 없겠지. 우리 어머니 잘못이 아니라는 걸 모두 알아줘."

"니미 씨발." 아까 바비 오델에게 포박을 얼마나 오래 하겠냐고 핀잔주었던 남자가 말했다.

"왜 우리 어머닐 욕해." 바비가 말했다. "그럴 필요는 없잖아."

"필요가 없긴." 군중 속 남자가 말했다.

그러던 중에 다른 남자가 무리 속에서 뛰쳐나와 선고받은 남자의 옆머리를 주먹으로 갈겼다. 그 일격에 바비는 땅에 쓰러졌다. 곧 끌려서 일으켜 세워졌고 너무나 많은 사람에 둘러싸여 선 채로 떠가는 것처럼 보였다.

덩치 큰 남자가 금속 막대에 걸린 밧줄 끝을 붙들어 당겼다. 팽팽해진 밧줄을 바비의 목에 감고 발끝으로 서게 했다.

"이러는 게 아니지." 머리에 감은 누더기 아래 피를 흘리며 바비가 말했다. "이런 식으로 교수형을 하는 게 어디 있어. 재판은?"

"이게 재판이야." 밧줄을 잡은 남자가 말했다.

"이건 교수형이 아니야. 목을 조르는 거지."

"이제 알아들었네." 덩치 큰 남자가 말하고, 그다음 남자 몇 명이 밧줄을 잡아 끌어당기기 시작하고 이어 지원이 붙었다. 바비 오델은 위로 끌려 올라갔다.

바닥에서 십오 센티미터나 끌려 올라갔을까, 남자들이 밧줄 끝을 기둥에 감아 묶었다. 그러자 밧줄이 약간 미끄러졌고 남자는 발끝이 거의 땅에 닿을 만큼 내려왔다. 남자는 미친 듯이 발버둥을 치며 몸을 지지할 만큼 발을 뻗어보려 했으나 허사였다. 어찌나 발버둥을 쳤는지 부츠 한쪽이 벗겨져 인파 속으로 날아갔고 어린 남자애의 가슴에 맞았다.

아이는 앞으로 달려 나와 말했다. "봤어요? 저게 날 찼어."

아이는 달려가 바비를 쳤고, 그 힘없는 일격은 목이 졸리고 있는 남자의 가슴에 맞았다. 다음 순간, 바비가 진짜로 걷어차려 하는 통에 아이는 허둥지둥 물러났다. 밧줄에 매달려 천천히 목 졸려 죽어가는 사람치고 거센 발길질이었고, 내 마음 한편으로는 제대로 맞지 않은 게 아쉬웠다.

바비가 피냐타 인형처럼 빙글빙글 도는 사이, 남자들이 나와 거의 순서대로 돌아가며 그를 때렸다. 일부는 흙을 집어 던졌고, 거친 말이 거의 끊이지 않고 틈틈이 이어졌다. 목 매달린 남자의 혀가 입 밖으로 쭉 튀어나와 거의 턱 아래를 핥을 수 있을 지경이었다. 잠시 후, 좁은 공간을 파고드는 뱀이 꿈틀거리듯 남자가 몸을 부르르 한 번 떨더니 정지했다. 사람들은 계속 그를 때렸다.

"목 매단 걸로 충분하지 않아요?" 나는 외쳤다.

"네 돈이 아니니까 그렇겠지." 교회 복장 남자가 말했고, 누군가 내 뒤통수를 후려갈겼다. 그 사람 다음 기억나는 것은 입에 흙 맛이 느껴졌고 앞을 보려 애썼지만 눈에 들어오는 것은 내 쪽으로 다가오는 부츠 발 여럿뿐이었고, 그다음은 총에 맞는 할아버지와 그 빌어먹을 폭풍 기억 외엔 아무것도 떠오르지 않았다.

깨어나 보니 거의 어둑어둑했고 나는 아직 길바닥에 누워 있었다. 뭔가 축축한 게 날 쿡쿡 건드리고 있었고 머리와 시야가 제대로 돌아오고 나서 보니 배에 하얀 털이 난 커다란 검은 멧돼지였다. 나는 벌떡 일어나 앉았고 돼지가 슬금슬금 다가왔다. 커다란 멧돼지로 너끈히 삼백 킬로그램 가까이 되어 보였으며 엄니는 곡괭이 끝만큼이나 길고 튼튼했다. 한쪽 눈이 다른 쪽보다 낮게 처져 있어 몸과 별개로 다른 데로 가버릴 것처럼 보였다. 짐승의 숨결에선 옥수수와 소똥 섞인 내가 났고 그게 그놈 주둥이에, 그리고 이제 내 얼굴에 묻어 있었다.

"다시는 빨리 움직이지 마." 웬 목소리가 말했다. "그놈은 놀라는 걸 안 좋아해. 네 얼굴 먹어 치울라."

천천히 고개를 돌려보니 내 뒤에 옥수숫대 파이프를 입에 문 흑인 남자가 서 있었다. 남자는 기름때에 전 바지에 성냥을 그어 불을 붙였다. 겨드랑이에 삽자루를 껴 바닥에 지탱하고 거기 기대어 있었다. 그는 컷스로트 빌보다 덩치가 컸다. 단단하고 두툼한 체격에, 팔다리는 나무둥치 같았다. 성냥불이 마치 그의 검은 손안에 갇힌 반딧불처럼 보였다. 그는 튼튼한 이로 불을 붙인 파이프를 꽉 깨물었다. 얼굴은 실크처럼 매끄럽고 오래 끓인 커피처럼 검었다.

"이 돼지 아세요?" 나는 그 짐승에게서 슬금슬금 물러났다.

"잘했어." 남자가 성냥개비를 흔들어 끄며 말했다. "나하고 저놈
은 최근까지 러틀리지 농장 뒤편 숙소 조그만 구석에서 같이 살았
지. 난 거기서 일하고, 저놈은 날 쫓아다니고. 저게 야생 새끼돼지
일 때 발견했어. 개떼들이 저놈을 찢어발기려 들고 있었지. 거 겨
우 배부른 쥐만 한 놈이 그 개들하고 맞서 싸우려 들데. 그래서 내
가 개들을 쫓아버리고 저놈을 집에 데려갔지. 키워서 잡아먹으려
고. 그런데 그럭저럭 잘 지내게 되어서 그냥 내버려 두고 있지. 이
따금 싸우기도 하는데 대체로는 괜찮아. 여느 개보다 똑똑해."

"둘이 행복하시다니 다행이네요." 나는 말했다. "아저씨 돼지를
좀 뒤로 물러나게 해주실래요?"

"내 돼지 아냐." 흑인 남자가 말했다. "나랑 같이 지낸다 했지. 가
끔은 내가 잡아먹으려고 했고 혹시 상황이 어떻게든 뒤집히면 진
짜 그럴지도 모른다는 걸 저놈이 안다는 기분이 들어. 저놈도 나에
대해 거의 비슷한 기분이지 싶네."

일어나고 보니 쿵쿵 소리가 들리는 것을 깨달았다. 소리가 나는
곳을 바라보자 죽은 남자가 걷어차려 했던 그 아이가 있었다. 아이
는 막대기로 목 매달린 남자를 때리고 있었다. 전혀 서두르는 기색
이 없었다. 느긋하게 막대기를 젖혀 휘둘렀지만 세게 때렸고 그 커
다란 소리에 나는 약간 고통스러웠다. 바비 오델은 물론 진작 죽었
고 사람들이 던진 흙덩이가 엉겨 붙어 있었으며 얼굴은 프라이팬
위에 엎드려 있었던 것처럼 온통 시커먼 자국투성이였다.

"그만해." 나는 아이에게 말했다. "이미 죽은 사람인데."

"그럼 본인도 상관하지 않겠지." 흑인 남자가 말했다.

"옳지 않아요."

"세상에 옳지 않은 일이 한둘인가." 남자는 파이프 담배를 피우며 아이가 막대기를 휘두르는 모양을 지켜보았다. 남자가 아이에게 말했다. "됐다, 인제 그만, 그 정도면 충분하지."

아이는 멈추지 않았다.

흑인 남자는 꽤 큼직한 돌멩이를 길에서 주워들어 휙 던졌다. 귀바로 위에 돌이 맞아 아이는 넘어졌고 그 바람에 막대기가 손에서 날아갔다. 흑인 남자는 다시 파이프 담배를 피웠다. 아이는 손을 바닥에 짚고 천천히 몸을 일으켜 무릎을 대고 서서 고개를 저었다.

흑인 남자는 다른 돌멩이를 주워 들었다. 아이는 몸을 돌려 그를 쳐다보았다.

"무슨 상관이야." 아이가 말했다.

"또 그랬다가는 일어나서 네 발로 가지 못할 줄 알아." 흑인 남자가 말했다. "저 돼지를 부추겨 너한테 덤비게 할 거다."

아이는 벌떡 일어나서 도망쳤지만 돌멩이 맞은 쪽으로 미묘하게 몸을 기울이고 달렸다. 돼지는 잠깐 아이 뒤를 따라 달려갔다가 마치 웃는 것처럼 쿵쿵대며 돌아왔다.

"애한테 한 방 제대로 먹였네요." 내가 말했다.

"어느 쪽인데?" 흑인 남자가 돌멩이를 떨구며 말했다. "걱정되는 게 죽은 사람이야, 산 사람이야?"

"여동생이 걱정돼요." 나는 말했다. "동생은 납치당했고 할아버지는 살해당했어요."

"그랬어?" 흑인 남자가 말했다. "음, 저기 보안관 사무실은 가봤겠지?"

"부보안관은 그만뒀고, 보안관은 죽었던데요."

거리를 바라보니 보안관의 시신이 실려 있던 짐마차는 사라졌고 널빤지에 기댄 남자와 죽은 말 역시 마찬가지였다.

"보안관은 용감했지." 흑인 남자가 말했다. "저쪽 잡화점 구석에서 다 봤어. 내가 그 뒤쪽 골목에서 오던 중에 무슨 폭풍처럼 몰아치더라고. 그 도둑놈들이 쉽게 해먹을 줄 알았나 봐. 어림없지. 총질이 많이 오갔어. 하지만 도망친 놈들은 돈을 갖고 튀었지. 저 거리 끝에서 흩어졌어. 아마 다른 데서 만나기로 했겠지."

"강가 나룻배에서요."

"아, 사빈강 가로지르는 그 줄나룻배 말이냐. 그 빌어먹을 주인놈이 그 나룻배 한다고 다리를 불태워 버렸지."

"본인에게도 아무 이득이 없었죠." 내가 말했다. "할아버지가 총에 맞은 직후 물 회오리바람이 나룻배를 덮쳤거든요. 난 하마터면 빠져 죽을 뻔했고 다른 사람들은 그 은행털이범들이었고. 놈들이 동생을 끌고 갔어요."

"거 달가운 일은 아닌데." 흑인 남자가 말했다. "그중 한 놈이 컷스로트 빌이라면. 그리고 거기 니거 피트가 같이 있었지 싶거든. 그놈들은 신문에도 났어, 대부분 저 북쪽에서 은행털이를 저질러서. 그놈들 머리에는 돈이 걸려 있다고, 제법 큰 돈이. 신문 보니까 빌이 겨우 어린애일 때 프랭크와 제시 제임스(1800년대 유명했던 무법자 형제 — 옮긴이)와 함께 했다던데. 은행털이를 좋아해서 거의 삼십 년을 했다더라, 다른 짓 하며 사이사이. 뚱뚱한 놈은 모르겠고. 컷스로트 빌에 대한 소설 나부랭이도 좀 있지, 비록 그놈을 영웅으로 만들어놓긴 했지만. 영웅 따위는 없어."

"패티라는 별명밖에는 몰라요." 나는 말했다. "자기들끼리 그렇게 부르더라고요. 부보안관, 아니 전 부보안관은 누군지 아는 거 같았어요. 어차피 상관없지만. 그 사람은 그만뒀고 다른 일자리를 구하러 갔어요, 아마 이발사겠죠."

"어, 이발은 꽤 안정적인 일이지, 본인이 직접 하지 않아도 깔끔하게 머리나 면도 하고 싶은 사람이 많으니까."

나는 일어나려 했으나 다리에 아직 힘이 안 들어가서 도로 주저앉았다. 그때 흙이 내 몸에서 우수수 떨어지는 바람에 기절해 있는 동안 사람들이 내게 흙뭉치를 던져댔음을 알았고, 말할 필요도 없이 걷어차이고 얻어맞아 온몸이 다 욱신거렸다. 그 아이가 막대기로 나를 손본 모양이었다.

"덕분에 잘된 일이라고는 그 나룻배가 사라졌단 것뿐이야." 흑인 남자가 말했다. "완벽하게 멀쩡한 다리가 있었는데 강 건너는 데 돈 내긴 싫지. 비록 그 나룻배는 제법 머리를 잘 굴렸다 싶지만. 진작 생각했으면 나도 했을지도."

"여동생을 찾아야 해요. 무슨 수를 써서 법 집행 기관을 동원해야 해요."

"행운을 빈다, 꼬마야." 흑인 남자가 말했다. "그 일당과 얽히고 싶은 법 집행 기관은 없을걸. 여기서 이런 일이 벌어진 마당에. 보안관은 용감했지만, 결국 짐마차 뒤에 방수포에 덮여 실려 갔지. 부보안관은 총격전이 시작되고 총알이 자기 쪽으로 날아오자마자 토끼처럼 튀더라. 조금만 더 빨랐더라면 아예 몸이 옷 밖으로 튀어나갔을걸."

"법 집행이 자기 천직이 아니라는 일종의 깨달음을 얻었다고 그러더라고요."

"너한테야 그렇게 말했겠지."

나는 다시 일어나려 했고, 이번에는 흑인 남자가 내 팔뚝 아래를 잡아 일어서게 도와주었다.

"텍사스 레인저를 끌어들이는 방법도 있겠구나." 그가 말했다. "독한 사람들이지. 하지만 네가 레인저를 찾아냈을 때쯤엔, 네 여동생은 암울한 처지에 있을 테고, 그 레인저들이란 게 영 확실하지 않아서."

"달리 뭐가 있을까요?"

"현상금 사냥꾼이나 추적꾼을 고용할 수 있겠지."

"누구 아는 사람 있어요?"

"어, 내가 해본 적은 있다. 내가 백인, 흑인, 코만치 인디언 혼혈이고, 그 코만치 혈통이 추적을 할 줄 알거든. 우리 어머니하고 그쪽 사람들에게 배웠지. 그 사람들은 호수 바닥 돌멩이 밑에 있는 방귀라도 찾아낼 수 있어. 난 사실 그 정도로 잘하는 건 아닌데, 하기야 하지. 그러니까, 꽤 잘한다고. 그놈을 찾아낼 순 있는데 쇼티가 같이 가지 않으면 안 해, 가겠다고 할지 모르겠다. 우리 둘 다 공짜로는 안 가. 그리고 돼지도 데려갈 수 있지. 추적에 도움이 될 거야. 어, 진짜 도움이 되는 건 아니지만 곁에 있는 게 익숙해서. 하지만 내가 밥값은 제대로 해. 보안관 같은 꼴이 될 위험을 무릅써야 하는 마당에 일한 대가는 받아야 할 거 아니냐. 그리고 그 사람보다 더."

"그게 문제가 있어요." 나는 말했다. "가진 돈이 변변치 않아서."

"변변치 못한 돈이 어느 정도인데?" 그가 말했다.

그때 번뜩 생각이 났다. 나는 오버올을 뒤져 할아버지가 준 서류를 찾았다. 내 몸의 나머지는 말랐지만 서류는 아직 젖은 채여서 조심조심 꺼냈다. 접혀 있었고 질 좋은 튼튼한 종이라 물기를 버텨냈다.

"마르고 나서 보면 토지 문서라는 걸 알 거예요. 아저씨하고 그 쇼티라는 친구분이 나를 도와서 동생을 찾아내 구해준다면, 그리고 우리 할아버지의 죽음에 대한 복수로 그 사람들을 붙잡아준다면, 문서를 아저씨한테 넘길게요. 그다음엔 땅을 팔든가 마음대로 하세요."

"그거 소유권이 있는 땅이야?"

"제 땅이고, 서명해서 양도하면 아저씨와 쇼티 땅이죠. 그리고 그 권한이 있는 사람이 바로 이 마을에 있고요. 하지만 동생을 찾지 못한다면 제가 서명할 필요가 없겠죠. 동생만 구해주면 이 서류와 땅은 아저씨 거니까 마음대로 해도 돼요."

"땅이 얼마나 되냐?"

"둘로 나뉘어 있는데요, 하나는 100에이커인데 우리 할아버지 옛
집이고, 다른 하나는 25에이커로 우리 부모님 집이지만 좋은 농지
에 있어요. 할아버지 땅은 그만큼 좋진 않아요."

"농지는 본인 만들기 나름이지." 흑인 남자가 말했다. "가축 분변
을 제대로 부수는 방법을 알아야 하는데 내가 알거든. 내가 땅이
좀 있어서 옥수수를 키웠는데 어찌나 높이 자랐는지 하늘을 나는
새나 그 너머를 볼 수 있을 정도였어. 러틀리지 영감네서 그 일을
했는데 영감은 죽고 부인은 나를 좋아하지 않아서. 그 부인 친정인
콕스 가가 예전에 우리 가족 주인이었는데 변화가 닥쳐왔을 때 영
감은 받아들였지만 부인은 그렇지 못했지. 예전에는 공짜로 노예
를 부리던 일인데 나한테 곡식과 품삯을 줘야 한단 게 싫었던 게
야. 새 일거리를 찾던 중에 이 마을에 왔고 그 일당들이 은행을 털
었지. 매장 일자리를 얻을 수 있지 않을까 싶었어. 농장에서 버는
돈은 얼마 안 되어서 몇 년 동안 가끔 매장 일을 했거든. 아, 이제
는 농장을 떠나 추적을 하고 잡일을 하지, 무덤 파는 인부 같은 거.
보통 한 구 매장하는 데 25센트야, 최소한 나한텐. 꽤 여러 번 해봤
지. 백인이 무덤을 파면 시신 한 구당 50센트야. 뭐 백인이 파면 내
가 25센트 받고 파는 무덤이랑 달리 훌륭하게 되기라도 하나."

나는 부모님이 천연두로 돌아가셨고 석회 가득한 관에 묻혔다는
얘기는 꺼내지 않기로 마음먹었다. 아무래도 토지 가치가 떨어질

것 같았다.

"그럼 할 거예요?"

"쇼티를 끌어들일 수 있느냐에 달렸지. 쇼티가 한다면 나도 할게. 하지만 쇼티 같은 놈이 곁을 지켜야 해. 그리고 내 짐작엔 그놈들, 특히 컷스로트 빌은 목에 돈이 걸려 있을 거야. 제대로만 풀리면 나하고 쇼티가 한몫 잡을 수 있겠지. 아니면, 뭐, 우리 목숨 날아가는 거고 너도 마찬가지고. 그리고 너는 워낙 어려 보여서 놈들이 두 번은 죽이고도 남겠네."

"동생을 구하고 할아버지를 죽인 놈들을 잡게 도와주고 법의 심판을 받게 해준다면 토지 둘 다 양도할게요. 그리고 아저씨 말대로 그 더러운 놈들 현상금 가능성도 있고."

남자는 턱을 문질렀다.

"준비물이 좀 필요한데 뭘 마련하려면 훔치는 수밖에 없겠지."

"잠깐만요. 나쁜 길로 빠졌다가 저기 바비처럼 목 매달리고 싶진 않아요. 도둑질은 안 돼요. 우리 파커 집안은 그러지 않아요."

"너희 파커 집안이 지금까지 해온 걸 보면 살해당하고 납치당하고 길거리에서 맞아 기절하고. 좋은 시작이라곤 할 수 없겠는데."

"도둑질은 안 돼요. 못 해요. 우리 할아버지는 선교사셨고 내가 도둑이 되면 무덤에서 돌아누우실걸요. 다만 사빈강 강물 속이나 아니면 강둑에 떠내려가 계시겠죠. 할아버지가 저 하류 어딘가 나무뿌리에 걸려 메기 밥이 되고 있을 생각을 하면 속이 뒤집혀요."

"이렇게 하자." 흑인 남자가 말했다. "가서 쇼티를 만나서, 어떻게 생각하는지 들어보고, 거기서 구할 수 있는 준비물이 있나 보자. 안 가겠다고 할지도 모르니까. 먼저 쇼티부터 만나보고. 네 성이 파커랬냐?"

"잭 파커요."

"난 유스터스 콕스야, 우리 먼 친척쯤 되겠다."

"어떻게요?"

"거 흑인 피가 섞였을지도 모른다니 기분이 상한 모양인데. 안심해, 백인 꼬마, 그런 얘기 아니니까. 콕스 집안과 파커 집안이 결혼했고 그 콕스 아들이 45년 전쯤에 우리 어머니한테 날 갖게 했지. 말해두자면 어머니가 동의한 관계는 아니었어. 그리고 어머니가 흑인에 코만치 혼혈이라 지금의 내가 된 거지. 그러니 친척일 수도 있다 그거야."

"맞든 아니든 상관없고. 얼른 동생을 구하고 싶은데 시간이 없다고요."

"여태 흙바닥에 드러누워 있던 사람이 나냐, 동생아." 남자가 말했다. "하지만 지금은 거의 밤이 다 되어서 별로 할 수 있는 게 없다. 가서 쇼티를 만나보고 얘기는 할 수 있겠지. 그다음 너한테 답을 주마. 우리가 돕지 못하면 너 혼자 해야겠지, 다른 수가 없는데. 아까 말했다시피 같이 뛸 사람이 필요한데 이런 말 하긴 그렇지만 넌 아직 다 자라지도 않지 않았냐."

"열아홉이에요."

"거짓말." 그는 말했다.

"어, 열일곱에 가깝긴 해요." 나는 여전히 억지를 썼다.

"나 때는 그만하면 다 컸다고 했지만 요샌 아니지." 그가 말했다. "넌 아직 경험도 적고 그냥 다 미숙하지. 사실, 군데군데 익었구나. 길바닥에 종일 뻗어 있느라 목 뒤가 익었어. 늦어도 아침이 되면 그거 꽤 따갑겠는데. 어디 쇼티를 찾으러 가보자. 하지만 먼저 이 친구를 묻어야 해. 다른 한 사람은 이미 묘지에 치워놨지."

"널빤지에 있던 사람요?"

"그 사람 맞아. 이제 이 친구를 옮겨야지. 밧줄을 끊어 내려서 끌고 가야겠다. 말이 없어서."

거짓말은 하지 않겠다. 나는 그 소리에 경악했고 남자가 내게 삽을 들고 있으라고 주고는 자기 파이프를 집어넣더니 커다란 칼을 꺼내 까치발로 서서 밧줄을 끊으려 하자 더욱 경악했다. 밧줄이 끊어지자 시신은 털썩 떨어졌고 남자는 밧줄 매듭을 붙들고 길을 따라 질질 끌고 갔으며 커다란 돼지가 그 뒤를 터덜터덜 따랐다. 잠시 후 남자와 돼지가 멈춰 서더니 둘 다 나를 돌아보았다.

유스터스가 말했다. "올 거냐?"

삽을 들고 나는 그들의 뒤를 따라갔다.

유스터스는 시신을 끌고 골목을 지나 시내 건물 뒤쪽으로 빠져나갔고 울퉁불퉁한 땅을 지나 실베스터를 내려다보는 언덕 위 줄지어 선 나무 쪽으로 향했다. 가는 길은 제법 고생스러웠고 바비 오델의 시신은 계속 뒤집히고 뒤집힌 바람에 우리가 나무 있는 데 도달했을 즈음엔 그의 남은 얼굴은 그렇게 멀쩡하지 못했다. 그동

안 그의 눈이 어떻게 되었는지는 언급하지 않겠다.

마침내 나무 있는 데 다다라 유스터스가 시신을 끌고 나무 사이를 조금 더 지나치자 또 언덕이 나왔고 그 언덕 위로 십자가들이 있었다. 묘비는 없고 온통 십자가뿐, 싸구려 목재로 만든 소박한 물건이었다. 그 무렵엔 해는 졌고 나는 이 모든 것을 달빛 속에 보았지만 반달이라 충분히 밝았다. 달빛에 십자가가 묘하게 빛났다.

앞서 유스터스가 얘기했던 새로 만든 무덤이 하나 있었고 그는 밧줄을 놓고 그 옆에 땅을 파기 시작했다. 돼지가 땅바닥에 앉아 지켜보는 모양이 마치 제대로 일이 되어가는지 확인이라도 하는 것 같았다. 얼마 안 가 유스터스는 깊이 일 미터에 폭 이 미터 정도까지 붉은 흙을 파 내려갔다. 그는 내게 삽을 넘겼다. 나는 땅을 팠다. 유스터스는 십자가에 등을 기대고 땅바닥에 앉아 내게 지시를 내렸다. 나는 한참을 파 내려갔다. 유스터스는 교대해주겠다고 하지 않았고 돼지야 물론 예외로 구경꾼에 가까웠다.

유스터스가 말했다. "여기는 흑인, 거지, 무법자를 묻는 곳이야. 나는 이 일을 하고 돈을 벌어, 잘된 일이지. 가끔은 무덤을 팠는데 시 의회에서 돈을 안 주려 들어. 전에 한 번 그런 적이 있지, 선량한 백인 묘지에서. 그래서 그 나이 든 여자와 아이 시신을 파내다가 시장 집 현관 앞에다 갖다 놨거든. 화재로 죽었으니 보기에 썩 좋지 않았지. 밀린 돈을 얼른 줘야 했고, 거기에 다시 그 사람들을 묻는 비용을 더 내야 했어. 누구 다른 사람을 시킬 수도 있었겠지만 그럼 내가 성낼 줄 안 거지. 내 성미 건드려 좋을 게 없거든. 특히 내가 취했을 때는 성미 건드리지 않는 게 좋아, 그래서 내가 술을 안 마셔. 내가 술을 마시면 술병에 악마가 깃드는 거 온 마을이 다 알아. 흑인 혐오자들이 나를 제압하려 들었지만 되려 저들이 제압되고는 그냥 놔두고 있지. 그놈의 위스키, 그게 날 망친다니까. 한 모금이면 기분이 좋고 두 모금이면 화가 치밀고 세 모금이면 미치지. 인디언 피가 섞여 그러나, 아니면 그냥 내가 문제인가."

나는 그쯤에선 거의 귀를 기울이지 않고 있었다. 그가 말한 여자와 아이 얘기를 아직도 생각하고 있었기 때문이다.

"여자와 아이를 파냈다고요?"

"관에서 바로 꺼냈지. 죽었잖아, 본인들에겐 아무 상관 없다고. 나한텐 그 오십 센트가 필요했고 일이 다 해결되고 나선 일 달러를 손에 넣었으니. 그나저나, 땅 좀 팠다고 무덤 삯은 못 나눠준다. 네 여동생을 잡아간 놈들 추적하는 일 계약금으로 치자. 거 있지 않냐. 여기서 무덤이나 좀 다지고 있으면 내가 가서 말을 빌려다가 널 태우러 오마."

내키진 않았지만 이 시점에서 할 수 있는 걱정에는 한계가 있다고 느꼈다. 다만 예수님의 이름을 꺼내어 그가 마음을 바르게 고쳐먹을 수 있는지 볼 수도 있었을 것이다. 유스터스와 돼지는 임무를 맡아 떠났고 나는 남아 작업 마무리를 하게 되었다.

룰라 생각을 떠올리자 몸이 떨렸다. 우리는 늘 잘 지냈고 나는 심지어 동생과 인형 놀이와 티파티 놀이까지 해주곤 했다. 비록 내가 아는 사람 중에 실제로 티파티를 하는 사람은 없었지만. 룰라는 착한 아이였고 우리는 남매치고는 사이가 좋았다. 비록 어렸을 때는 개구리나 가시나무 회초리를 들고 쫓아다니며 겁을 주곤 했던 기억이 한두 번이 아니었지만 말이다. 룰라는 달리기를 잘했다. 굉장히 희한하게 다른 사람은 아무도 관심을 두지 않는 주제를 파고들고 궁리하던 것이 제일 기억에 남는다. 벌새가 어떻게 뒤로 날아가는지, 닭은 날개가 있는데 왜 제대로 날지 못하는지 그런 것 말이다. 내겐 심사숙고할 만한 일로 보이지 않았다. 동생은 늘 그런 걸 들고 왔고 나는 늘 주님께서 우리가 그런 걸 알기를 원하셨다면, 진작 적어놓으셨을 거라 말했다. 한번은 내가 그렇게 말하자 동생이 나를 쳐다보더니 말했다. "오빠는 주님께서 성경을 당신 손으로, 우리말로 쓰셨다는 거야? 그리고 그 모든 것을 알면서 벌새와 닭에 대해 한마디도 안 하셨다고?"

나는 한 번도 그런 것을 생각해 본 적이 없었고 내가 그렇게 말하기도 전에 동생은 이미 십중팔구 아무런 해답이 없을 다른 문제로 넘어간 후였다.

나는 무덤을 더 다지다가 지루해져서 삽에 몸을 기댔다. 그러다가 피곤해져 앉았다. 볕에 탄 목덜미가 따끔거리기 시작했지만 참는 것 말고는 어쩔 도리가 없었다. 이거 사기당해서 공짜로 무덤 파준 거 아닌가 하는 생각이 슬슬 들기 시작했을 즈음, 유스터스가 말을 타고 그림자에 뒤덮인 언덕을 올라오고 그 뒤로 돼지가 터덜터덜 따라오는 것이 보였다. 말에는 굴레와 고삐가 씌워져 있었으나 안장은 없었다.

나 있는 데까지 오고 나니, 그의 벨트에 꽂힌 자동 권총이 눈에 들어왔다. 패티가 갖고 있던 것과 같은 종류였다.

"가야 해."

남자가 손을 내밀었고 나는 그 손을 잡았다. 그는 나를 휙 끌어 올려 말 뒤에 태웠다. 우리는 말을 타고 갔고, 돼지는 숨조차 가빠하지 않고 우리 옆에서 달렸다.

맨 등에 그리 탔으니 편하진 않았고, 나는 하마터면 몇 번 떨어질 뻔했다. 말 등에 붙어 있으려면 유스터스의 허리를 껴안아야 했다. 나로서는 조금 곤혹스러웠는데, 당시 나 스스로는 다 큰 어른이라고 여겼으니 젖 조르는 아이처럼 그렇게 달라붙어선 안 될 일이었다. 하지만 신세 지는 마당에 가려 받을 순 없는 노릇이었다. 돼지는 가뿐하고 재빠르게 길을 나아갔고 나는 돼지가 그렇게 빠르다는 것에 놀랐다.

달이 높이 떴을 즈음 목적지인 강 건너 쪽에 도착했다. 우리는 강폭이 좁은 곳으로 건넜으나, 전날 내린 비로 물이 깊었고 물살이 거칠다고 할 정도는 아니라 해도 아직 제법 빨랐다.

강을 건너는 사이 물살이 말 배를 스치고, 그다음으로 옆구리를, 그리고 계속 올라와 우리 무릎까지 잠겼다. 한번은 강바닥이 움푹팬 곳을 디뎌 물이 말 목까지 차올랐고 우리는 흠뻑 젖었다. 나는 하마터면 말에서 쓸려나갈 뻔했다. 마침내 우리는 강 건너에 이르러 경사진 높은 강둑을 올라갔다. 나는 정말 죽을 둥 살 둥 매달려야 했으나, 마침내 가장자리까지 올라갔고 돼지는 거기 멈춰 서서 개처럼 몸을 털었다.

유스터스는 토끼나 다닐 법한 오솔길로 말을 몰았다. 그 길로 한동안 내려가고 밤공기에 몸이 좀 마르기 시작했을 때, 눈앞이 확 트였다. 풀이 자란 언덕이 있었고, 언덕 위에는 뭔지 제대로 알아볼 수 없는 것이 있었다. 우리가 말에 올라 언덕을 올라가는 사이, 달빛이 그 위로 우유처럼 쏟아졌다. 언덕 위에 별들을 향해 설치된 망원경과 그걸 들여다보고 있는 아이가 보였다. 그리고 언덕 꼭대기에 다다르자, 아이 뒤로 늘어선 집과 울타리 그리고 작은 헛간이 보였다.

더 가까워지자, 그 아이가 아이가 아니라 어른 난쟁이임을 깨달았다.

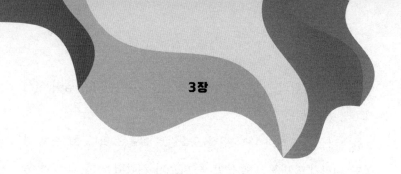

3장

　내가 처음으로 본 쇼티의 모습은 그 언덕 위 달빛 아래에서였다. 그는 우리가 올라오기 한참 전에 알아챘지만 우리를 제대로 보고 나자 도로 망원경을 들여다보았다.

　유스터스는 말 고삐를 당겨 세웠다. 돼지는 주저앉아 뒷다리를 치켜들더니, 개가 하듯 귀를 발굽으로 탁탁 쳐댔다.

　나는 말에서 미끄러져 내려왔고, 엉덩이는 다리만큼이나 저렸다. 유스터스가 털썩 내려와 말 고삐를 붙들었다. 그는 난쟁이에게 인사 대신 말했다. "사람 몇 명 추적하고 혹시 죽이는 일에 관심 있어? 이 아이 여동생 구출하고?"

　난쟁이는 망원경에서 눈을 떼어 유스터스를 뜯어보았다.

　"돈이 얽힌 일이야? 내가 돈 좀 필요하게 될 상황인데."

　"좀 일이 복잡하긴 하지만 돈이 될 수도 있지."

"어쩌면 된다라." 난쟁이가 말했다. "모르겠네. 확실한 제안만큼 끌리진 않아."

"괜찮을 거 같아." 유스터스가 말했다. "모험을 하지 않으면 아무것도 안 되잖냐?"

"그 중에도 가망성이 적은 일이 있지." 난쟁이가 말했다.

"너희 집에 가서 커피나 마시면서 얘기하면 어때?"

"시간 낭비예요." 내가 말했다. "일 분 일 초 룰라의 상황은 위험해질 텐데."

"룰라?" 난쟁이가 말했다.

"제 여동생이요." 내가 답했다.

"그러냐. 자, 내 여동생도 아니고 이 건의 목표와 결과물을 알기 전까지는 내가 낀다고 당연히 여기면 안 된다 이거야."

"자 그럼." 유스터스가 말했다. "토론을 해 보지."

"둘 다 강을 건너온 모양인데." 난쟁이가 말했다.

"응." 유스터스가 말했다. "하지만 상당히 말랐어."

그쯤 되자 할아버지 말마따나 나는 상당히 안달이 났지만, 할아버지가 안달을 내는 바람에 총에 맞아 돌아가신 거나 다름없다는 걸 떠올리고 감정을 단단히 추슬러 난쟁이를 따라 집으로 향했다. 유스터스는 훔친 말을 끌고 갔고 돼지는 우리와 함께 터덜터덜 걸었다.

난쟁이가 걷는 동작은 다 큰 어른과 아이의 그 중간 어디쯤이라 보기 이상했다. 머리는 크고 무거워 보였으며 어깨는 그 체격치고는 넓었다. 모자를 쓰지 않았고 밤의 어둠 속에 머리 색은 짙었고 검어 보이기까지 했다. 깎지 않은 수염으로 인해 얼굴이 약간 거뭇했으나 쇼티에게는 뭔가 몸가짐이 섬세하다는 느낌이 있었고, 출신 환경이 더 나은 사람 같았다. 달리 어떻게 설명해야 할지 모르겠는데 아무튼 그게 내가 받은 첫인상이었다. 그는 마치 몰락한 왕족을 찾아오게 되어 화가 나 있는 것 같았다.

오두막에 도착하자 그는 안으로 들어갔고 말들을 보살핀 후 돼지까지 포함해서 우리도 들어갔다. 소박하고 작긴 했지만 깨끗했다. 방이 두 개 있었다. 우리가 선 곳에서 열린 문을 통해 다른 방이 보였고 안에는 단순한 나무 프레임에 놓인 작은 침대가 있었다. 우리가 서 있는 방의 맞은편에는 책과 종이와 잡지가 쌓여 있었다. 쇼티가 등유 램프에 불을 붙였고 곧 안이 노랗게 밝아지며 나는 처음으로 그를 제대로 볼 수 있었다. 진짜로 짙은 머리칼에 시커멓게 수염 자국이 나 있었다. 눈은 파란색 아니면 녹색이었다. 불이 밝지 않아 확신할 수 없었으나 나중에 나는 회색이라고 결론내렸다. 밖에서 일해 피부가 그을렸으며 첫눈에는 섬세해 보이던 얼굴 뒤에는 단단한 골격이 자리하여 광대와 턱이 두드러졌다. 그는 잘생긴 난쟁이였고 키가 훤칠했더라면 틀림없이 소위 말하는 난봉꾼감이었을 것이다.

주철 스토브 앞에는 나무 발 받침대가 놓여 있었으며 그는 장작 몇 개를 화구에 넣고 불을 붙였다. 양동이에 든 물을 주전자에 따르고 커피를 넣은 다음 불에 올렸다. 그는 방 한가운데 있는 테이블 앞 의자에 앉았다. 의자는 그것 하나뿐이었다. 낮은 테이블이었고 나와 유스터스는 따로 상의할 것도 없이 바닥에 정좌했다. 그러니 쇼티와 키가 비슷했다. 우리는 테이블 너머 그를 쳐다보았다. 돼지는 열린 문간에 드러누워 머리와 어깨는 오두막 안에, 몸뚱이 나머지는 마당에 걸친 채 있었다.

쇼티가 말했다. "사방을 돌아다니고 어쩌면 누굴 추적하고 죽여야 한다면, 먼저 어떻게 된 일인지 전부 알아야겠는데."

"정말 하실 수 있겠어요?" 나는 말했다. "제가 예상했던 것과는 달라서."

"키가 큰 사람?" 쇼티가 말했다.

"솔직히 말할게요. 네, 키하고 체격이 좀 되는 사람이요."

"화약과 총탄은 온갖 크기 틀에 들어 있지만 그래도 전부 화약이고 총탄이고, 그중 일부는 작을지언정 속이 꽉 차서 파괴력이 제법 되지. 내가 그 속이 꽉 찬 물건이다, 그거야."

미덥지 못했지만, 상황이 절박했다. 나는 있었던 일을 전부 털어놓았다. 살해당해 강물에 휩쓸려간 할아버지, 납치당한 여동생, 그리고 내가 갖고 있는 토지 문서. 더 확실히 하기 위해 나는 서류를 꺼냈다. 애초에 강에서 푹 젖지 않아 이제 말라 있었다. 그 서류를 조심스레 테이블에 펼쳐 그들이 볼 수 있게 해주었다. 그들이 훑어보는 사이, 나는 쇼티에게 은행 강도 얘기를 하고 같은 악당들이라고 알렸다. 컷스로트 빌, 니거 피트, 패티한테 걸린 현상금에 대해 얘기하고, 유려하고 설득력 있게 말하려 애썼다.

"내가 생각을 해봤는데." 유스터스가 말했다. "거기 악당 놈들이 무리 지어 있을지 모른다 이거야. 시내에 있는 것보다 더. 내 짐작엔 다들 현상금이 걸려 있지 않을까 싶은데."

"노다지일 수 있다 그거구만." 난쟁이가 말했다.

"내 계산으론." 유스터스가 말했다.

난쟁이는 몸을 뒤로 기대고 궁리했다.

"나름 장점이 있지."

난쟁이는 일어나 서랍장에서 상자를 찾아왔다. 거기에서 시가를 한 대 꺼냈다. 커다란 시가였다. 그걸 입에 물고는 커피 주전자를 치우고, 스토브 위로 몸을 숙여 얼굴을 불 쪽으로 들이밀었다. 붉은 그림자가 그의 피부 위로 번졌고, 몸을 바로 하더니 시가를 빼끔거렸다. 커피 주전자를 도로 놓고는 조그만 의자로 돌아와 새하얀 시가 연기를 공중으로 뿜어냈다.

"출발해야 해요." 나는 말했다. "이제 동생이 사라진 지 하루가 다 되어가고, 상당히 멀어졌을 거예요."

"아, 그렇겠지." 쇼티가 말했다. "꽤 멀리 갔겠지만 내 생각엔 그 놈들도 밤엔 쉬고 있을 거라고."

"그건 모를 일이잖아요."

"맞아." 그는 말했다. "모르지. 그들은 밤에도 이동하고 있을지 모르지만, 우린 안 그러는 게 좋겠다. 밤중에 흔적을 찾기 쉽지 않은데 내일 해가 뜨면 찾아서 빨리 추적할 수 있어."

"저 먼저 가고 두 분은 현상금 포기하고 나중에 오실 수도 있죠."

"그럴 수도 있지." 난쟁이가 말했다. "네 마음대로 해도 좋아. 하지만 우리가 내일 따라가기로 한다면 금방 널 따라잡을 테고 너는 아마 토끼굴을 잘못 디뎌 다리가 부러졌거나 길을 잘못 들어 강에 빠져 있을지도 몰라. 게다가 말도 없이 걸어갈 테니 속도도 느리겠지. 나는 말 빌려줄 생각이 없거든."

"유스터스 말은 훔친 거잖아요. 그걸 가져가면 되죠."

"어라, 도둑질은 하기 싫다더니?" 유스터스가 말했다. "이제 말 도둑처럼 말하네."

"너무 초조해서요."

"그럼 뭐?" 유스터스가 말하더니, 나를 비웃었다.

"말은 못 가져가." 쇼티가 말했다. "우리가 그 사람들을 쫓아가 네 동생을 구출해주길 원한다면, 해 뜨자마자 말 타고 가는 거야."

"유스터스가 추적을 잘한다고, 강바닥 돌멩이 아래 방귀라도 찾을 수 있다던가 그랬는데요."

"아니." 유스터스가 말했다. "우리 어머니 일족들이, 인디언 쪽 사람들이 그렇다고 했지. 나는 그만큼 잘하진 못한다고."

"하지만 잘하는 거죠?" 나는 말했다. "네?"

"그래." 유스터스가 말했다.

"있잖냐, 얘야." 쇼티가 말했다. "유스터스는 본인 생각만큼 뛰어나지 않아. 자랑하는 거에 비하면 어림도 없지. 밤이나 폭풍우 속에선 추적할 수 없고, 날이 추워지고 나면 못하는 날이 많아. 그 어머니나 어머니 쪽 사람들은 할 수 있지. 타고나는 그런 게 아냐. 익

혀서 하는 거고, 유스터스는 좀 안다 그거야."

"내 실력 괜찮아."유스터스가 말했다.

"그래, 괜찮지."쇼티가 말했다. "한번은 우리 둘이 탈주 인디언을 나흘이나 추적했는데 잡고 보니 당나귀 탄 늙은 백인이더라. 무시하는 건 아닌데, 유스터스 너는 추적할 수 있긴 하다만 햇빛과 운이 따라줘야 하고 이따금 잘못 짚는다고."

유스터스는 쿵 소리를 냈고, 나는 심장이 쿵 내려앉았다.

"내 말 틀려?"쇼티가 그에게 말했다.

"나 실력 괜찮다고."유스터스가 다시 말했다.

"물론 그렇지."쇼티가 말했다. "괜찮은 편이지만 엄청난 실력자는 아니라 그 얘기야. 동트기 직전에 여길 출발해서 일이 벌어진 곳으로 가서 무슨 흔적이 남았나 보면 되겠지. 그렇지만 미리 말해두는데 꼬마 네 여동생이 그 불한당들과 있다면 이미 험한 일을 당했을 수 있어, 무슨 뜻인지 알겠냐."

"알아요."그 말을 하기는 괴로웠다. "저도 생각해 봤어요."

그리고 그 생각을 하면 욕지기가 치밀었다.

"우리 일은 그 애를 구출하고, 납치한 놈들을 죽이고 보상금을 챙기는 거, 맞지?"쇼티가 말했다.

"공식 현상금은 생사에 상관없을 테니 굳이 누굴 죽일 필요는 없을걸요. 동생을 구해주시면 드릴 보상은 땅이고."

쇼티와 유스터스는 마치 내가 그 자리에서 바지를 내리고 방 한복판에다 큰 똥을 싸놓은 것처럼 쳐다보았다.

"굳이 누굴 죽일 필요는 없어?" 유스터스가 말했다. "내가 모르는 사이 술이라도 마셨냐?"

"그냥 살인이 필요하진 않다고요." 나는 말했다.

"감내할 배짱이 없단 소린가?" 쇼티가 말했다.

"그들을 재판에 걸 수 있다면 굳이 필요하지 않겠단 뜻이죠."

"마을에서는 네가 낮에 본대로 가로등에 매다는 판결을 내릴 텐데." 유스터스가 말했다.

"다른 마을을 시도해볼 수 있겠죠."

"각 마을마다 관할이 따로야." 쇼티가 말했다. "어차피 은행이 털린 실베스터로 끌려올걸. 결국 실베스터로 데려올 거면 죽이지 않는 게 의미가 없어, 재판이 있든 없든 그리로 이송될 거다. 우리가 애초에 일을 처리해 버리면, 모두의 시간과 근심을 덜게 된다고. 납치범들도 다 알아, 그러니 우리가 놈들을 찾아 법 집행 기관으로 끌고 간다면 그 틈을 타서 도망치려 들겠지. 그런 성가신 일은 달갑지 않아. 죽었으면 도망을 못 친다고. 그게 진리다 이거야."

"어쩔 수 없는 경우가 아니면 사람을 죽이고 싶진 않아요."

쇼티는 몸을 젖히고 손을 깍지 끼더니 가슴에 얹었다. 천장을 올려다보았다.

"음, 다른 방도가 있을지도 모르지." 쇼티가 말했다. "고려해볼 수도 있고."

그는 유스터스를 쳐다보았다.

유스터스가 말했다. "그래, 우리가 잘 생각해 보마."

유스터스나 쇼티가 하는 말은 그렇게 진심으로 들리지 않았고 이 모든 상황에 나는 기운이 빠졌다. 동생을 되찾고 싶었다. 정의가 이루어지길 바랐다. 하지만 누구든 죽게 되는 건 싫었다. 그 문제엔 더 말 얹지 않기로 하고 닥치면 해결을 보기로 마음먹었다.

"물자 조달해야 하는데." 유스터스가 말했다.

"그 말은 어디서 빌려왔어?" 쇼티가 유스터스에게 물었다.

"실베스터. 은행이 털린 데."

"좋아, 그럼." 쇼티가 말했다. "타고 갈 말은 나한테 있고 빌려 온 말은 가는 길에 팔 수도 있겠지, 구매자가 얻어걸린다면. 그리고 그때까지 필요한 정도의 물자는 내가 어떻게 조달할 수 있을 거야."

"빌린 말을 팔게요?" 나는 물었다.

"어, 그렇게 되겠지." 쇼티가 말했다.

"내 샷건 여기 있나?" 유스터스가 물었다.

"여기다 뒀어?" 쇼티가 물었다.

"뒀던 거 알잖아."

"그럼 여기 있겠지, 유스터스. 그게 다리가 달려 도망가기라도 했을까 봐?"

"그렇진 않겠지만, 네가 바꿔오거나 팔았을까 봐."

"그걸 여기 보관하는 이유 알잖아." 쇼티가 말했다. "내가 그걸 팔거나 바꿔버리겠냐, 알면서."

유스터스는 고개를 끄덕였다. "힘든 시기가 닥치면 난 그럴걸."

"뒷방에 있어, 챙겨갈 거면. 네 탄알 주머니랑 혹시 필요할 것 같으면 재료도 더 있고."

"그걸로 충분하길 바라야지." 유스터스가 말했다. "그자들을 한데 모이게 만들 수 있다면 한 번 장전하고 전부 다 쓸어버릴 수 있을 텐데."

우리는 커피와 빵 보관함에 있던 식은 콘브레드를 먹은 다음, 유스터스는 쇼티의 담요 몇 장으로 안쪽 바닥에 침상을 만들어 잠자리에 들었다. 침대는 쇼티 몫이 되었다. 쇼티는 내게 담요를 주었고, 그렇게 나와 돼지 자리는 앞쪽 작은 방바닥으로 정해졌다.

나는 아직도 현상금 사냥꾼으로서의 쇼티에 대해 확신이 들지 않았다. 내가 사기극에 휘말린 건 아닌지, 저들이 내 토지 문서를 노리고 죽이려는 건 아닌가 의심이 들기 시작했지만, 그들이 내 서명을 제대로 흉내 낼 수 있을지는 의문이었다. 그러나, 나를 고문해서 서명하게 만들기란 일도 아닐 것이다. 나는 스스로의 터프함에 대한 환상 따위 없었다. 그저 여동생을 찾고 할아버지를 살해한 악당들에게 갚아주고 싶었을 뿐이었다. 내게는 그들이 감옥에서 형기를 치르는 것이면 그 빚으로 충분했다.

나는 토지 문서를 접어 주머니에 도로 넣고, 거실 바닥 난쟁이의 낮은 테이블 아래, 마른 땀내가 나는 담요를 깔고 잤다. 밤사이 돼지가 내 옆으로 기어들어 왔는데 그 고약한 입 냄새에 고개를 제 가랑이에 처박고 수염에다 오줌을 싸는 버릇이 있는 숫염소 유령과 씨름 하는 기분이었다. 나는 기도를 드리려 했으나 공허하게 느껴졌다. 집에 가족들과 함께 있으며 모든 것이 제대로 돌아가던 때와 같을 수 없었다. 그때는 기도가 괜찮았으나 지금 당장은 텅 빈 기분이었다. 나는 주님께 흔들린 신념을 용서해주십사 기도했고 이상황에서라면 용서하시리라 여겼다. 쉬려고 애썼지만 별로 못 잤고, 잠깐씩 졸기만 했더니 깨어 있는 것보다 오히려 더 안 좋았다.

결국 나는 일어나 램프에 불을 켜고 방 안을 돌아다니며 쇼티의 책들을 둘러보았다. 온갖 종류가 다 있었지만 여행서가 상당수였고, 마크 트웨인의 책이 몇 권 있었는데 그중에는 나도 읽은 여행기가 있었다. 책을 더 살펴보니 많은 책의 지도와 경로에 표시가 되어 있고 만년필로 문장에 밑줄을 쳐두었다. 대부분 이국적인 장소로 상당수는 난 들어보지도 못한 곳이었다. 여기저기 조금씩 읽어보았으나 상황이 상황인지라 흥미가 가진 않았다. 나는 램프를 끄고, 코 고는 돼지를 내버려 두고 살금살금 밖으로 나가 땀 난 말다리처럼 묵직하고 끈적거리는 공기를 들이마셨다. 온통 매미와 귀뚜라미 소리에 이따금 개구리 소리도 들려왔다.

밤의 어둠 속에 서 있다가 언덕을 올려다보니 쇼티가 그 위에서 망원경을 들여다보고 있었다. 나는 쇼티가 뒷방에서 자는 줄만 알았으며 거의 내내 뜬눈이었는데도 그가 집을 나가는 소리를 듣지 못했다. 허공엔 반딧불이 가득했고 마치 요정처럼 그의 주위를 맴돌아 그 작은 노란 불빛이 후광처럼 자리했다.

나는 그의 전망대로 걸어갔지만, 멀찍이 돌아서 뒤쪽으로 다가

가려 했다. 이유는 나도 알 수 없었지만 그렇게 했다.

최대한 소리죽여 언덕을 올라 마침내 그에게 다가가니 그가 말했다. "무슨 물소처럼 걷네. 시간 나면 그것 좀 어떻게 해보자."

"꽤 조용히 걸었는데요."

나는 그의 옆에 가서 섰다. 그는 망원경에서 눈을 떼지 않았다.

"물소치고는 아주 조심스럽긴 해." 그가 말했다.

"정말 도와주실 거예요? 전 진지해요."

"그래, 하지만 네가 묻고 싶은 건 다른 얘기 같은데. 내가 작아서 미덥지 못하냐? 그게 네가 처음 내보인 기색이지, 우리가 만났을 때 했던 말."

"모르겠어요." 나는 말했다. "지금 당장은 이것저것 내가 어떤 기분인지 모르겠다고요. 솔직히 정신없는 상태고 그 와중에 목덜미는 타서 따가운데. 그리고 네, 아저씨가 난쟁이라 일이 힘들지 않을까 걱정돼요. 이제 됐죠. 물어봤고, 답 들었잖아요."

"사람들이 날 어떻게 생각하는지 솔직히 털어놓는 게 나아. 거짓말하고 슬슬 피하고 곁눈질하는 게 짜증이 나지. 나는 진작 자신에 대해 편안한 결론에 도달한 사람이야. 뭐, 좀 더 편안한 결론에 도달했다고 할까. 그야 완전히 깃털 베개처럼 편한 거야 아니지만, 내가 바꿀 수 없는 것을 받아들이니 예전보다는 훨씬 살기 낫더라고. 대부분은 내 체격은 남들 문제지, 내 문제가 아니고. 다만 말에 더 쉽게 올라탈 방법은 고안해 볼 만하다만. 그러니까 내가 미덥지 못하다 이거지. 다른 질문은 없고?"

"유스터스가 정말 추적할 수 있나요?"

"가능해. 그리고 내가 아까 말한 것보다는 잘하지, 하지만 유스터스가 자기 잘났다고 생각하게 하면 안 돼. 그럼 자만하게 되고, 신기하게 그러면 술을 찾더라고. 유스터스는 술을 못 이겨. 지루한 것도 좋지 않지. 술을 마시면 돌아버리거든. 그래서 내가 그놈 샷건을 보관하는 거야. 유스터스는 수중에 돈이 너무 많지 않은 게 제일 나아. 가끔 나한테 가진 돈 일부를 맡기는 이유지. 지금은 없지만. 돈을 무슨 주머니 속에 든 뱀으로 아는지 그걸 얼른 치워버리지 못해 안달이거든, 반면에 나는 짠돌이고."

"총을 팔아 술을 마시지 못하게 대신 보관하는 거예요?"

"눈에 보이는 대로 누구든 뭐든 쏴버리지 못하게 하려고. 피부색 때문에 격분할 일이 많이 벌어지고, 유스터스는 피부색으로 자길 무시하는 사람과 잘 지내지 못해. 유스터스에겐 피부색이, 내겐 체격, 그게 우리 연결 고리지. 우리 둘 다 제약이 있어. 하지만 우리가 해낼 수 있을까 싶은 거라면 걱정 접어둬. 다만 끝에 일이 지저분해지지 않을 거란 장담은 못 하겠다. 지저분한 게 이 일의 본성이라, 꼬마야"

"저 열여섯 살이에요." 나는 말했다.

"좋겠네." 그가 말했다. "열일곱이 된다면."

그는 망원경에서 눈을 떼지 않은 채 이 모든 대화를 했다. 그러더니 눈을 떼고 말했다. "한번 볼래? 그냥 눈만 갖다 대고 손은 대지 마. 내가 해놓은 설치를 망칠 수 있으니까. 내가 딱 각도를 맞춰

났거든."

나는 가서 들여다보았다. 거대한 달이 보였다. 달 표면에는 군데
군데 그림자가 있었다.

"저 그림자는 뭐예요?"

"크레이터. 산일 수도 있고. 최근 잡지에서, 아니 내가 최근에 본
잡지에서 읽은 이야기가 있어. 힌지 게이트 잡화점에 있는 남자가,
안 팔린 잡지를 모아두곤 했거든. 그걸 나한테 주더라고. 내가 읽
은 이야기에선, 어떤 남자가 양팔을 들고 저기 가고 싶다고 소원하
는 것만으로 화성에 갔어. 그곳에서 이상한 존재와 괴물들이 있는
이상한 세상을 보았지. 그 이야기가 정말 재미있어서 어느 날 밤
여기 서서 달이 아니라 화성을 망원경으로 보며 나도 그렇게 해볼
까 했는데. 그러다가 문득 이런 생각이 드는 거야. 정말 그렇게 되
어서 거기로 가버리면? 여기보다 더 나쁘겠지. 그 책에 나온 온갖
괴물에 더해, 메마르고 나무라곤 없는 화성에 떨어질 테니. 읽을
때는 좋았지만 결국 거기 사는 건 전혀 아니라는 결론을 냈어. 화
성인들까지 더하지 않아도 지금도 문제는 충분한데. 게다가 소원
따위는 오래전 포기했어. 어쩌면 저 너머 다른 세상에 무언가가 있
을지도 모르지. 우리 같거나 아니면 더 나은 존재. 가끔은 내가 다
른 사람들 키인 세계가 아니라 모든 사람이 내 키인 세계를 꿈꿔.
하지만 그건 꿈이지, 소원이 아니라. 나도 알아. 소원은 이루어지지
않고 세상엔 진정한 사랑이나 죽은 다음 가는 천당 따위는 없어."

"글쎄요. 전 있다고 믿는데요." 나는 망원경에서 물러나며 말했

다. "진정한 사랑은요, 어쨌든. 진정한 사랑은 존재하고 모두에게
짝이 있으니까 나타날 때까지 기다리면 된다고 생각해요."

"그래?"

"우리 부모님은 무척 사랑하셨죠."

"하셨다?"

"돌아가셨어요."

"어쩌다가?"

"두 분 다 병에 걸려서요." 나는 두 분의 죽음을 너무 자세히 설
명하지 않으려 조심했다. 내가 천연두를 옮길지도 모른다고 쇼티
가 생각할까 두려웠다. "그래서 룰라와 제가 할아버지와 함께 캔자
스로 가던 중이었고요."

"그리고 너한테 그 농장을 모두 팔라고 남겼고?"

"네. 할아버지는 돌아올 계획이 없으셨어요."

"그 예상은 맞았네."

"그런 셈이네요." 나는 말했다.

"너희 부모님은 사이가 좋았다지만 그게 진정한 사랑이나 첫눈
에 반한 사랑, 아니면 나를 기다리는 짝에 대한 내 생각이 변하진
않아. 내 나이 사십을 훌쩍 넘겼는데 이제껏 기꺼이 제 긴 다리 사
이에 난쟁이를 받아줄 여자를 찾지 못했어. 돈을 주고 하는 게 아
닌 이상. 진정한 사랑이라? 난 그렇게 생각 안 해. 익숙함은 있을
수 있고 누군 그걸 사랑이라 부르겠지만, 나는 첫눈에 반한 사랑이
나 책에서 읽은 운명적 사랑 같은 건 믿지 않아. 둘이서 사랑이라

고 부르는 무언가를 만들어갈 순 있겠지만 사랑이 기다리고 있다니 말도 안 되지, 상상 속에서나 그럴까. 첫눈에 빠진 욕망, 사랑으로 발전할 가능성이라면 모를까, 운명적 사랑은 아니야."

"되게 슬픈 사고방식 같네요." 내가 말했다. "모든 것이 우연이나 본인 하기에 따른 거고 하나님의 계획은 없다니."

"그렇게 부르냐? 하나님의 계획?" 쇼티는 고개를 내저었다. "슬프단 건 뭐, 그게 사람의 본성이지. 진정한 사랑이 존재하지 않고 모든 것에 정해진 운명이 있지 않다고 생각하는 게 슬프다는 거면 오히려 그 반대야. 수많은 실망과 헛된 기대를 막을 수 있다고."

"전 주님께서 우리 모두에 대해 계획을 갖고 계시다 믿어요."

"고정된 계획?"

"네."

"운명?"

"네."

"그럼 회오리바람이 불어 나룻배를 침몰시키고, 네 할아버지가 총 맞아 죽고, 네 여동생은 납치당해 끌려가고, 너는 물에 빠져 죽을 뻔한 게 다 그분의 계획이라고?"

"그렇게 믿어요."

"그럼 동생 걱정은 뭐 하러 하냐? 그게 그분 계획의 일부라면 네가 얼마나 걱정하든 관여하든 상관없지, 어차피 전부 정해진 대로 풀릴 텐데."

"할아버지는 걱정이 많은 분은 아니었어요." 나는 말했다. "전 그렇고요. 할아버지는 주님을 믿으셨죠. 그분의 계획을 믿으셨어요."

"그리고 주님께서 좋은 계획을 마련해주셨네?"

"이유가 있어요."

"우리는 모르는 이유지, 물론."

"언젠가 아마도, 천국에서."

"시내에 나갔는데 거리에 양방향에서 말들이 달려오고 있어, 빠르게. 길 건너기 전에 양쪽 다 확인하나?"

"그럼요."

"그럼 너의 믿음은 말뿐이야." 그가 말했다. "모든 게 운명이라면 어느 방향을 확인하든 상관없이 너는 말에 치이거나 치이지 않거나 하겠지, 다 정해져 있으니까."

"그건 상식이에요." 나는 말했다.

"네가 믿는 방식대로라면 아니지."

머리가 아팠고 룰라가 물어보던 엉뚱한 질문들이 떠올랐다. 나는 침묵으로 대화에 종지부를 찍기로 마음먹었다.

쇼티가 도로 망원경으로 눈을 가져갔다.

"내가 어쩌다 별과 달 그리고 행성에 관심을 두게 되었는지 알아?"

정말이지 관심 없었지만 그의 도움을 받으려는 판이라 최소한 그런 척이라도 해야겠다 싶었다.

"아뇨. 어쩌다가요?"

그는 망원경에서 눈을 떼어 나를 쳐다보았다.

"로웰이란 사람이 쓴 책이었지. 화성에 대해, 거기 존재한다고 그가 생각한 운하에 관한 내용이었고 망원경으로 보면 왜 그렇게 생각했는지 확실히 이해가 가. 내 망원경은 그만큼 성능이 뛰어나진 않지만. 거기에 아까 말한 이야기 있잖냐, 물론 허구지만, 이 책에 대한 설명이 되어 상상력에 불을 붙이더라고. 이 망원경을 사느라 여기저기 조금씩 돈을 아껴서 모아야 했지."

"그 값어치를 하던가요?"

"그런 거 같아. 그래."

이 대화를 하는 사이 내 머릿속에는 온통 그 끔찍한 놈들과 한데 있을 여동생 생각뿐이었다. 그중 한 놈은 우리 할아버지를 죽였고 전원이 은행강도에 살인자인 데다 또 무슨 짓을 저질렀을지 모른다. 그 얘기를 꺼내고 싶었지만 그래 봐야 소용없다는 걸 알았다. 우리는 오늘 밤 출발하지 않을 것이다. 이성적으로는, 흔적을 확인하는 일에 있어선 쇼티와 유스터스 말이 십중팔구 맞으리라는 걸 나도 알았다.

"넌 그런 일이 벌어지지 않았더라면 하고 바라겠지." 쇼티가 말했다. "그리고 여동생이 탈출하기를, 너희 둘이 만나 예전처럼 살 수 있기를 바랄 테고. 그래, 네 동생이 탈출할 수도 있어. 가능이야 하지만 그건 네가 소원을 빌었기 때문이 아니라 운과 상황이 따라주고 거기에 동생이 계획을 잘 세우고 행동에 옮겼기 때문이겠지. 동생이 계획 잘 짜고 머리 굴리는 편이야?"

"아뇨, 딱히 그렇지는."

"그렇구나. 마음의 각오를 해. 동생을 찾아 구해냈을 때, 이제 예전 같을 수 없고 너 하기에 달렸어. 그리고 동생을 구하지 못할 수도 있고. 동생이 살아 있다면 그리고 아마 죽었어도 찾아내리라 보장할 수 있어. 또한 그놈들도 찾아내서 해결을 보고 우리 계약을 이행할 거야. 다만 다시 말하지만 모든 상황이 끝났을 때 그렇게 행복하지만은 않을 수 있다."

"알아요." 나는 말했다.

"알지도 모르지만 젊음은 사람을 헷갈리게 할 수 있어. 내가 소원을 믿지 않는 이유를 말해주마. 우리 아버지는 내가 태어나자 레지날드 존스라는 이름을 지어주었지. 보통 키로 자라서 아버지의 귀한 아들이 될 줄만 알았어. 하지만 나는 보통 키로 자라지 못했고. 아버지는 나를 빌어먹을 땅꼬마라고 했어. 어머니는 나를 사랑했고 레지라고 불렀지. 내가 아홉 살 때 돌아가셨다. 아버지는 그 나이에 나한테 일을 시켰어, 진짜 일 말이야. 모진 사람이었지. 열 살 먹은 아들을 노새처럼 목화 농장주에게 임대했어. 어느 날 아침 올드 찰리라는 얼룩무늬 조랑말을 타고 일 가다가 떨어져서 고막이 터졌지. 이만저만 세게 떨어진 게 아니라. 똑바로 설 수도 없고 온 세상이 기울어진 것만 같고. 귀에서 피를 철철 흘리며 말을 타고 집에 갔지. 아버지가 말 채찍을 가져다 내 셔츠 등짝에 피가 배어 나올 때까지 후려쳤어. 나는 다시 말에 올라 목화밭에 가서 하루 치 일을 다 했고. 그런 생활이었지. 일은 고되고, 배려는 거의 없고. 일 년 후 아버지가 서커스에 가자고 하더라. 얼마나 들떴는지 말로 다 표현할 수가 없어. 그냥 내가 어린애이고 미지의 세계인 서커스에 가기 때문만이 아니라 아버지가 계획을 세우고 나를 거기 끼워주었으니까. 진짜로 가긴 했지만 아버지는 날 두고 가버렸지. 난 거기 남겨졌어. 아버지가 나를 서커스에 판 거야, 별로 많지도 않은 돈에. 상상이 가냐? 기대한 아들이 아니었고 사랑해주던 어머니가 죽고 나니 꼴 보기 싫다고 집안 살림 팔아치우듯 한 거야. 나는 거기에 야생 동물처럼 붙잡혀 주인 뜻대로 할 수 있게 되었지. 내가 말해줄게, 서커스는 내 기대처럼 재미있는 곳과는 거리가 멀다고 금방 결론짓게 되더라. 어림도 없지."

"안타깝네요."

쇼티는 바닥에 앉았고 나도 따라 했다.

"그럴 필요 없어." 그가 말했다. "뭐 어쩌겠냐, 그리고 어떤 각도에서 보면 유머도 있고. 덕분에 인생 철학을 얻었는걸. 아무도 완전히 믿지 마라. 일부 예외는 있지. 유스터스는 대체로 믿어, 다만 술 취했을 때는 사람이고 짐승이고 그를 믿어선 안 되지. 그때는 겁대가리 없는 돼지도 숨는다니까. 해가 뜨고 진다는 규칙도 믿지. 어느 날 내가 세상에 없더라도 여전히 그러리라는 걸 알지만. 그렇게 생각하니 참 희한하더란 말이야. 안 그러냐?"

"생각해 본 적 없어요."

"깊은 생각을 하는 편은 아니구나?"

"모르겠어요."

"생각을 생각해 본 적이 없네." 쇼티가 말하고는 짖는 소리 같은 웃음소리를 냈다. "서커스에 있을 때 난쟁이 월터란 사람이 그런 걸 생각하게 가르쳐줬지. 그걸 다행으로 여겨야 할지 무지의 그림자에 잠겨 있는 게 나았을지 모르겠다. 월터는 자신이 하는 행동을 생각해 보지 않으려 하는 사람들은 어리석음의 그림자를 뒤집어쓰고 있지만 그 어둠을 즐긴다고 말했어. 그 어둠 속은 시원하고 편안하다고. 월터와 서커스가 내 선생이었지. 이게 현명한 소리로 들리지야 않겠다만 우리 대부분은 별생각 없이 삶을 거쳐 갈 뿐이라고 여기는 거나 또는 죽은 후엔 약속의 땅으로 간다는 소리는 웃긴다 그거지. 마음속으론 그게 소망에 불과하단 걸 알면서 사후의 막막한 공허함이 두려워서 자신을 속이는 짓이야."

"말했다시피, 저는 주님께서 우리를 보살피신다고 믿어요."

"그분이 있다면 내가 살아오는 동안 다른 쪽을 보고 있던 게 틀림없네. 우선 장애가 있지, 최소한 남들은 장애라고 여길 만한 걸 줬단 말야."

"그분께선 도전을 주신 거예요."

"난 도전 따위 바라지 않아." 그가 말했다. "키가 크고 싶었다고. 하지만 내가 받은 건 난쟁이 월터와 다른 난쟁이들, 그리고 서커스였어. 하지만 월터는 배운 사람이라, 나한테 셰익스피어, 단테, 호머, 시집과 철학서, 그리고 본인의 실용적인 경험을 가르쳐줬지. 광대 노릇과 내 작은 키로 사람들을 웃기는 방법도. 그 이후로 웃을 일은 아주 적었고 남을 웃기는 일에는 흥미가 사라졌다.

난쟁이 월터에게 배운 게 내 진정한 교육의 전부야. 하지만 서커스는 싫었어. 윗사람들도 싫었고, 우리가 한 것을 정직한 일이라고 말할 수 있다면 말이지만. 한번은 사자가 채찍에 맞고 의자로 찔리다 못해, 많은 관객 앞에서 링마스터를 죽이고 그 시신 일부를 먹었지. 관객들은 그 사고 중에도 나가지 않고 사자가 잡아먹는 걸 지켜보며 모욕당한 양 굴더란 말이야. 우리 난쟁이 광대들에게는 기념할 만한 날이었고 축배를 들었어. 사람들이 사자를 죽였을 때가 더 슬프더라. 사자는 우리 대부분이 하고 싶던 일을 했을 뿐이야. 키 큰 놈을 죽이는 것. 별로 좋지 않은 삶에서 좋은 한때였지.

그러다 어느 날 사고가 나서 중심 천막에 불이 붙었어. 어떻게 화재가 시작되었는지는 잘 몰라. 시가나 담배 피우던 멍청이가 바깥 천막 벽에다 꽁초를 던졌거나. 모를 일이야. 하지만 그 천막이란 게 말이다, 빗물이 새지 않게 기름과 송진 그리고 왁스를 입혀놔 방수는 아주 잘 되는데 불이 나면 죽음의 덫이기도 해. 불길이 천막 꼭대기까지 번져 다른 텐트로 옮아가자 기름과 왁스의 혼합으로 만들어진 그 뜨거운 잔여물이 녹아내려 동물과 사람과 아이들 위로 공평하게 쏟아졌지. 천막은 무너져 불타는 생지옥이 되었어. 몸이 작다 보니 우리 광대들은 관람석 아래로 재빠르게 빠져나왔지. 비록 왼쪽 어깨에 뜨거운 액체가 흘러 흉터가 남긴 했지만. 아무튼, 짧게 줄이자면 ─ 생각해 보니 이거 말장난 같구나 ─ 월터와 나는 둘 다 천막 틈새로 빠져나와 도망쳤어. 우리는 세상에 나왔지. 다른 난쟁이 광대들은 서커스에 남았거나 아니면 불길에 휩쓸렸을 거야. 전혀 모르겠다. 월터와 나는 겪을 만큼 겪었고, 이 마을에서 저 마을로 돌아다녔어. 서커스에서 배운 재주 몇 가지, 주로 우리 체구에 의존한 코미디로 웃음을 사면 먹고살 만한 돈은 되더라. 우리를 비참하게 만든 바로 그걸로 자립할 수 있었던 거야. 비록 가끔은 마구간에 머물고, 심지어는 빗속에 노숙하기도 했지만.

추운 날씨와 비 때문에 월터가 기침병에 걸린 것 같아. 나쁜 날씨를 거듭 겪으니 독한 감기에 걸리고 더 악화되었지. 하필이면 묘지에서 죽었어, 나무 아래서. 어째야 할지 알 수가 없어서 그냥 거기 두고, 그날 밤 말 보관소에 숨어들어 삽을 하나 훔쳤다. 돌아와서 원래 있던 무덤에다가 월터를 묻었어. 남북전쟁에서 죽은 어느 군인 위에다가. 내 마음속에선 월터도 그만의 전쟁을 치렀고 그런 대접을 받아 마땅했고, 솔직히 말하면 그 자리가 땅이 부드럽고 뿌리가 뻗치지 않았거든. 그래서 내가 아는 한에선 월터는 여전히 그 군인 시신 위에 누워 있고, 나는 계속 나아갔지."

"저기요," 내가 말했다. "전 내려가서 잘까 해요."

"마저 들어. 중요한 대목으로 넘어가니까. 그래서 길을 떠나 다름 아닌 버펄로 빌의 웨스트 와일드 쇼(서부 개척시대를 다룬 순회공연 — 옮긴이)와 맞닥뜨리게 됐지 뭐냐. 마지막 순회공연 중이었고, 곧 다른 쇼의 일부가 될 예정이었어. 당시 빌은 뭐 처량한 늙은 주정뱅이였고 공중에 던진 표적을 더 잘 맞히려고 권총에다 탄환 대신 새 사냥용 산탄을 넣었지. 하지만 거기에는 애니 오클리(유명한 여성 명사수 — 옮긴이)가 있었는데 그 사람이야말로 눈부셨어. 섬세하고 다정하며 내가 겪어 본 중에 가장 뛰어난 라이플과 권총 사수였어. 애니가 죽고 나면 그녀를 능가할 사람은 없을 거 같다. 빌리 딕슨이 샤프스 라이플로 일 마일(약 1.6킬로미터) 조금 안 되는 거리에서 코만치 전사를 쏘아 말에서 떨어뜨리는 걸 보긴 했지만."

"일 마일 거리에서 사람을 맞힐 순 없어요." 내가 말했다.

"딕슨은 맞혔어. 그 한 발로 서부 텍사스 쪽 아도비 월스라는 곳에서 버펄로 사냥꾼들을 구할 수 있었지. 딕슨은 명예훈장을 받기까지 했어. 민간인 중에 그걸 받은 사람은 정말 드물거든. 하지만 애니 오클리 얘기 중이었지. 그리고 말할 게 또 있는데, 그때는 진정한 사랑이 헛소리라는 걸 알기 전이었다. 그녀를 보자마자 사랑에 빠졌거든. 불길처럼, 서커스 천막을 태운 그것보다 더 뜨겁게. 애니가 유부녀임에도 그런 기분이었고 당시에는 어리석다 보니 나의 진정한 사랑이 그녀의 진정한 사랑이리라고, 사랑이 보답 받으리라 여겼어. 하지만 그렇지 않았지. 애니는 나를 받아주었지만 그런 식으로는 아니었고 부채질을 하지 않으니 그 열기도 수그러들어 결국 우린 친구가 됐어. 우리끼리 얘기다만 나는 여전히 그녀를 의자 위로 엎드리게 하고 야만인처럼 해버리고 싶었지만 그런 일은 없었지.

애니는 내게 라이플과 권총 사격을 가르쳐주었고 말했다시피 그녀는 최고의 명사수였어. 아마 빌리 딕슨이 두 번째일까. 그래도 나도 엉터리 아니지. 총 관련이라면 필요한 일을 처리할 수 있고, 와일드 웨스트 쇼에 잠깐 있었던 시팅 불(미국 정부와 맞서 싸운

홍크파파족의 지도자 — 옮긴이)이 칼 쓰는 법을 가르쳐줬어. 사실 별 거 없지만. 그냥 빨리 움직이고, 피가 많이 나는 부위를 노려 찌르고 베고, 상대가 무기가 없기를 바라는 거야. 시팅 불이 최고의 방법은 그냥 상대가 보지 않는 사이 몰래 다가가 해치우는 거라고 해서, 이후로 나는 그 격투 신조를 따르고 있어. 아슬아슬한 상황에서 여러 번 잘 써먹었거든. 군대에 고용된 가장 어리고 작은 정찰병으로 마지막 아파치족을 추적할 때 도움이 되었지. 버펄로 빌과 애니 오클리의 추천 덕분에 그 일자리를 얻었어. 나중엔 핑커톤 탐정 사무소에 취업해서 파업 해산 몇 건을 도왔고 그러느라 사람 몇 명 쏘아 죽였지."

"어째서 그런 거예요?" 나는 말했다. "무법자들이었나요?"

"하루에 일 달러짜리 일이었으니까." 그가 말했다. "내가 어떤 사람인지 알게끔 분명히 해두려는 거야. 그러면 이제, 우리 목전에 있는 문제로 돌아가 보자. 나는 그 일을 할 수 있어. 유스터스와 난 그 일을 할 능력이 있어. 누구나 그렇듯이 가끔은 헛다리를 짚기도 하겠지만. 하지만 이걸 분명히 해두고 싶다. 나는 아직 너에 대해 몰라. 끝까지 진짜로 알고 싶은 마음이 안 생길 수도 있지. 내가 아끼는 사람은 얼마 안 되니까. 사실 아끼는 사람이라 봐야 유스터스뿐이고, 사람은 아니지만 돼지 놈도 아끼긴 해. 정이 덜 가기는 해도 동물이라서가 아니라 성깔이 예측불허라. 유스터스도 예측불허의 행동을 몇 번 했던 걸 감안하면, 대단하단 걸 알겠지. 다른 사람들에겐 어떨지 몰라도 내 입장에선 유스터스는 위스키만 멀리하면 예측 가능한 편이야. 얘기가 샜는데 너무 길게 늘어놓은 게 아닌가 싶다. 간단히 말해 내가 널 모른다는 뜻으로 한 얘기야. 납치당한 여동생을 구하겠단 생각에 땅이나 소유권에 대해 거짓말을 한 거라면, 나를 속이거나 일 시키고 돈 떼어먹은 경우에 대해 내 스스로 정한 원칙에 예외를 두지 않을 거다. 널 미친 개새끼처럼 죽여 길가 구덩이에 버리고 갈 거야. 알겠냐?"

나는 기가 질려 말문이 막혔다.

그는 되풀이했다. "알겠냐고?"

나는 머릿속의 말을 끌어모아 입 밖으로 냈다. "알겠어요."

"좋아. 이제 가서 자라. 해는 항상 생각보다 일찍 뜨고, 우린 사실 그보다 먼저 일어나 하늘이 환해지기 전에 떠날 거다."

일어서니 위협으로 몸이 후들후들 떨렸다.

"누굴 속일 생각 따위 없어요, 아저씬 화만 내는 조그만 개새끼고."

난쟁이는 미소 지었다.

"잘됐네. 그 말 진짜인지 보자. 그리고 집에 들어갈 때 유스터스 깨우지 않게 조심해. 그런 식으로 깜짝 놀라는 걸 안 좋아하거든. 그리고 돼지도 놀라게 하지 않는 게 좋을 거야. 둘이 성격이 비슷하거든. 다만 돼지가 때로 더 사납고 아까 말한 대로 더 예측불가 이긴 해."

나는 언덕을 내려가 집 안으로 들어가려다 말았다. 길을 계속 내려가며 진지하게 그냥 떠나버릴까, 길 따라 도로로 나가서 실베스터로 돌아갈까 생각했다. 그때 나서면 오전 중반쯤 실베스터에 도착할 테고, 룰라 구출 계획을 새로 세울 수 있을지도 모른다고 여겼다. 유스터스, 난쟁이, 사나운 돼지가 끼지 않은 계획. 하지만 얼마 걷지 않아 공터에 이르렀다. 졸졸 흐르는 시냇물 소리가 먼저 들렸고 그다음 달빛 속에 냇물이 보였다. 나는 물가로 향했다. 그물이 나오는 작은 샘가에 있었다. 그 옆에 앉아서 손으로 물을 떠서 마신 다음, 눈물을 터트렸다. 그야말로 펑펑 울었다. 우리 파커 집안 사람들은 막막한 환경 속에서도 잘 지내거나 혹은 겉으론 그렇게 보였지만, 그게 우리에게 닥치고 나쁜 일이 오랫동안 이어질 참이면 통곡하고야 말았다. 그리고 그날의 내가 그랬다. 나는 넋을 놓았고 울음소리가 새어나가지 않게 손으로 입을 막아야 했다. 거리가 멀어서 그 빌어먹을 난쟁이가 내 울음소리를 듣고 고소하게 여길 일이 없기만을 바랐다. 그 순간엔 난쟁이가 서커스 화재에서 불에 타고 성난 코끼리에게 밟혀 죽거나 막대기를 든 원숭이들에게 맞아 죽었더라면 얼마나 좋았을까 싶었다. 그러다가 얼마나 기독교인답지 못한 생각인지 깨닫고 뇌리에서 내몰려 애썼다.

유스터스에 대해서도 딱히 좋은 감정은 없었다. 돈 때문에 불에 탄 여자와 아이 시체를 파내서 문 앞에다 갖다 놓는 사람이었으니. 별일 없이 한 잠자리에 든 돼지에 대한 감정이 제일 나았겠지만, 밤은 아직 끝나지 않았다.

다 울고 나니 시간이 꽤 지났고, 나는 샘물에 얼굴을 씻은 다음 언덕을 도로 올라가 집에 들어갔다. 돼지를 놀라게 하지 않게 조심하며 테이블 아래로 들어갔다. 돼지는 지독한 냄새에도 불구하고 협조적인 잠자리 파트너였다. 머리를 살짝 들더니 내게 등을 기대곤, 코를 울리는 소리를 내고 다시 바닥에 머리를 떨구었다. 이내 짐승은 곤히 잠들어 코를 골았다.

난쟁이가 한 말이 뇌리에서 지워지지 않았고 그쪽에서든 내 쪽에서든 오해가 없도록 확실히 해두고 싶었다. 나는 개죽음당해 길가에 버려지고 룰라를 구할 사람은 아무도 없게 되는 상황이 벌어지지 않도록 말이다. 누워서 그간 있었던 일을 떠올렸다. 할아버지와 컷스로트 빌의 싸움, 상대가 권총을 빼 들지만 않았더라면 할아버지가 놈을 두들겨 팼을 것이다. 하늘을 날아가던 노새를 떠올렸다. 어지러운 머릿속에선 내가 그 노새의 등에 탔으며 노새에겐 날개가 달려 있었다. 동생은 뒤에 앉아 내 허리를 껴안고 있었으며 우리는 북구인의 눈처럼 파란 하늘로 빠르게 날아오르고 있었다.

유스터스가 작업화 발로 나를 툭툭 건드려 깨웠고, 내가 일어나자 놀란 돼지가 벌떡 일어나다가 테이블을 엎을 뻔했다. 돼지는 내게 몸을 바싹 붙여왔다. 입을 벌리자 흉한 누런 이가 드러났고 입냄새는 내 이마에 주름이 절로 지어질 만큼 지독했다. 돼지가 씨익 씨익 소리를 내는 바람에 영 불안했다.

"유스터스, 애 좀 저리 가라고 말해줄래요?"

"아." 유스터스가 말했다. "화난 거 아니야. 깨운 게 마음에 안 드는 것뿐이다. 녀석은 자기가 종일 일을 한다고 생각해. 대부분 실제 그렇기도 하고. 근데 아까는 곤히 자고 있더라. 네가 마음에 드나 본데. 나중에 여러 밤 같이 자고 나면 네 엉덩이를 노릴지도 몰라."

우리는 밖으로 나갔다. 아직 컴컴했고 별 몇 개와 반달이 남아 있었다. 언덕 위를 쳐다보았지만 망원경과 난쟁이는 사라지고 없었다. 잠시 후 쇼티가 말 세 마리를 끌고 집 옆쪽을 돌아나왔다. 유스터스는 이미 빌린 말을 마당으로 끌어내 고삐를 잡고 있었다. 그의 벨트에 꽂힌 자동 권총이 달빛에 번뜩였다. 또한 오른쪽 어깨에 두툼하게 패드를 댄 조끼를 입고 있었다. 뭐에 쓰는 건지 전혀 알 수 없었다.

말 세 마리의 등에 안장 담요와 안장을 얹어 두었지만 채우진 않은 채였다. 안장 위에는 침낭이, 그리고 안장 자루는 필수품으로 불룩했다. 유스터스가 고삐를 잡은 빌려온 말은 구매자가 나서면 팔 계획이었기에 여전히 안장이 없었다. 고삐는 사실 지금은 긴 밧줄이었고 목줄로 쓰고 있었다.

쇼티가 승마용 말 고삐 하나를 내게 건넸다.

"너는 이걸 타. 하지만 안장은 채워야지. 제대로 할 줄 아냐? 말이 숨을 들이쉬어 배 불룩하게 만들지 않나 잘 봐. 그럼 네가 올라 탄 다음에 숨을 내뱉고 널 떨어뜨릴걸."

"할 줄 알아요." 나는 말했다. "농장에서 태어났고 당신이나 다른 사람들만큼 말을 탔다고요."

"그건 아무 소용 없어." 그는 말했다. "농장에서 태어나도 제대로 못 하는 사람 쌔고 쌨다. 얼렁뚱땅하지."

"내 걱정은 안 해도 돼요." 나는 아직 전날 밤 일로 화가 나 있었다. "본인 몫이나 하시죠."

"그럼 가자." 그는 말하고 집 안으로 들어갔다. 나는 안장을 올리고 끈을 조이는 일에 돌입했다. 말은 쇼티 말대로 배를 부풀리려는 수작을 부리려 했지만, 나는 요령을 알고 있었다. 쇼티는 총신이 큰 2연발 샷건과 구겨진 챙 넓은 모자 몇 개 그리고 큼직한 가방을 들고 나왔다. 샷건과 가방을 유스터스에게 주고 말했다. "이건 네 짐이야."

"참 훌륭한 백인 신사 양반이라니까." 유스터스가 말했다.

"욕은 안 해도 돼." 쇼티가 말했다. 그러고는 내게로 돌아서서, 모자 하나를 주고 다른 건 본인이 썼다. "이 날씨에는 모자가 있어야 해. 더워서. 내 걸 써라. 어차피 별거 아냐."

나는 모자를 받아 썼다. 내 머리에는 컸다. 그나마 귀에 걸려 눈 위로 내려오지 않았다. 그래도 모자가 있어 다행이었다. 햇볕에 탄 목덜미가 아직도 따가웠고 여기서 더 타는 건 사양이었다.

쇼티가 탈 말을 흘끗 보니, 옆에 달린 총집에 라이플 개머리판이 삐져나와 있었고 안장머리에는 밧줄 사다리 같은 것이 달려 있었다.

"나도 총 필요해요." 내가 말했다.

"저 샤프스 라이플하고 권총은 다 내가 소지할 건데." 쇼티가 말했다. "그리고 내 부츠 속에 데린저 권총 있다. 필요하게 될 때까지 네 권총 마련하지 못하면 그걸 줄게."

"데린저요?" 나는 말했다. "할아버지가 그걸로 컷스로트 빌을 두

발 쐈지만, 안 죽던데요."

쇼티는 웃음을 터트렸다.

"그놈을 쐈어? 끝내주네. 할아버지가 놈을 팼다는 얘긴 들었는데, 쏘기도 했다고? 그건 좀 대단한데. 너희 할아버지란 양반 배짱 꽤나 있었구나. 데린저는 보통 아주 근거리용이고, 목표를 정해야 해. 다이너마이트 폭탄만큼 확실하게 사람을 죽일 수 있지만 제대로 급소를 맞혀야 하거든."

"내 말이요." 나는 말했다. "난 총 솜씨가 그렇게 좋진 않아요. 고정되어 있거나 내가 그 위에 서 있다면 맞힐 수 있지만, 저격수 감은 아니라고요. 유스터스의 샷건을 써야겠어요."

두 사람 다 웃음을 터트렸다.

"이건 4게이지야." 유스터스가 말했다. "상대보다 네가 더 다칠걸."

"4게이지요?"

"흔한 물건은 아니고, 이건 특별 주문 제작한 거지." 유스터스가 말했다. "이걸로 풀밭을 다 쓸어버리고 건초를 쌓을 수도 있어."

"나도 무기가 필요해요."

"그럼 튼튼한 나뭇가지라도 하나 잘라 가든가." 쇼티가 말했다. 그는 현관으로 가서 문을 닫고, 코트 주머니에서 내 팔꿈치만 한 자물쇠를 꺼냈다. 지금 그가 입은 것은 가벼운 재킷이었는데, 이른 아침인데도 이 정도로 더운 것을 감안하면 굳이 필요하진 않았다. 그는 자물쇠를 채우고 말했다. "이거면 선량한 사람들은 막을 수 있겠지."

쇼티는 밧줄 사다리를 딛고 말에 오른 다음 사다리를 끌어올려 마지막 거리를 안장머리에 걸었다. 말에게 혀를 찼다. 출발할 때까지도 아직 캄캄했다. 우리는 말을 타고 돼지는 경치 구경이라도 나서 무슨 여행기를 쓰기라도 듯 따라 달렸다. 고개를 돌려 하늘을 바라보는 모양이 환해지는 하늘에 감탄하는 것 같았다. 별로 멀리 가지도 않아 달이 프라이팬 위에 녹는 버터같이 변하고 별은 잘 안 보였다. 그러더니 어둠 속에서 붉은빛이 슬금슬금 번져가고 파란 하늘이 퍼져갔다. 컷스로트와 일당이 도망친 쪽 강가에 도착했을 즈음엔 해가 떠올랐고 강에서는 물고기 비린내와 썩은 내가 났다. 아침 햇살 속 땅과 숲 그리고 강 표면은 새빨간 핏빛이었다.

4장

우리는 강을 따라 말을 타고 강 건네주던 나룻배가 정박했던 곳으로 갔다. 유스터스가 말에서 내려 자취를 찾기 시작했고 돼지가 그와 함께했다.

나는 유스터스에게 말했다. "돼지가 자취를 쫓을 수 있나요?"

"이게 무슨 사냥개냐." 유스터스가 말했다. "아마 가능하겠지만 할 수 있대도 우리에게 알려주질 않을걸. 그냥 바쁜 척하길 좋아하는 거 같아. 자기가 뭘 안다고 우리가 착각하게끔."

유스터스가 주위를 둘러보는 사이 쇼티는 코트 안주머니에서 시가를 꺼내 입에 물었다. 성냥으로 불을 붙인 다음 왼손 엄지와 검지를 핥아 성냥개비 머리를 비벼 끄고는 강독에 던졌다. 시가를 좀 피우다가 나를 쳐다보고 말했다.

"어젯밤 샘가에서 늑대가 울부짖고 난리 치는 소리 들었냐?"

역시나 내 소리를 들었구나 싶어서 대꾸하지 않았다.

유스터스가 말했다. "들었어. 누가 우는 소리 같던데. 여자나 아니면 젖 보채는 어린애일 듯."

유스터스와 쇼티가 마주 보더니 낄낄거렸다.

"참 못됐네요." 나는 말했다. "동생 걱정을 하는 사람한테."

"걱정만 해선 못 찾아." 쇼티가 말했다.

"여기 뭔가 있다." 유스터스가 대화의 맥을 끊어서 다행이었다. "말 두 마리에 두 명이 탔네. 저쪽으로 갔어. 한 명이 피를 흘리고."

"그쪽으로 갔을 수도 있고 아닐 수도 있지." 쇼티가 말했다. "당나귀 탄 노인네를 추적했던 때가 생각나는데."

"이쪽으로 갔다니까, 새끼야." 유스터스가 말했다. " 이렇게 훤히 보이는데 따라갈 수 있지."

"될 수도 있고 아닐 수도 있고." 쇼티가 말했다. "아니면 누군지 피를 다 흘릴 때까지는 추적할 수 있을지도, 우리 그레텔."

"뭐?" 유스터스가 말했다.

"전래동화 얘기야." 쇼티가 말했다. "너를 거기 나오는 등장인물에 빗대 말한 거지."

"뭔지 너같이 좆도 쪼그맣고 키도 쪼그만 새끼나 알겠지." 유스터스가 말하고 자기 말에 올랐다. "이쪽이야."

쇼티는 나를 향해 씩 웃더니 말했다.

"내가 키가 작을진 몰라도, 저 친구가 말한 부위는 아니야. 밤에 가끔 물뱀으로 착각하고 꽉 움켜쥐어 죽이려고 든다니까."

"내가 상관할 일은 아니죠." 나는 말했다.

"유스터스는 내가 동화(tale)라고 말했을 때 꼬리(tail)로 알아듣고, 전래(fairy) 얘기를 하니 내가 자기를 요정 꼬리 속에 있는 등장인물에 비유했다고 생각한 거지. 어떻게 그런 결론에 도달할 수 있을까?"

"난 몰라요, 신경 안 쓰고."

"유스터스가 전래동화를 모르기 때문이지." 쇼티가 말했다.

"난 신경 안 쓴다니까요."

"난 신경 쓰여, 어쨌든 나는 난쟁이고 그런 이야기에 자주 등장하니까. 말이 나왔으니 말인데, 내가 백설공주 속 난쟁이였다면 그 여자랑 한번 해보려고 애 꽤나 썼을 거다."

나는 말을 몰아 앞서갔다. 그가 불쾌하기도 했지만 또한 유스터스와 마찬가지로 나 역시 무슨 소린지 다는 알 수 없었기 때문이었다.

유스터스 옆으로 가자 그가 말했다. "안녕, 동생."

"저 사람은 돌았어요." 내가 말했다.

"내가 모르겠냐?" 유스터스가 말했다. "하지만 키가 크든 체격이 좋든, 내 뒤를 지키기에 더 나은 놈은 없어."

우리는 새소리, 모기떼, 그리고 핏방울이 있는 오솔길을 따라 울창한 숲속으로 한참을 들어갔다. 이제 선두에 선 유스터스는 말 위에서 몸을 옆으로 뻗어 땅을 살피고 있었다. 쇼티는 우리 뒤에서 그들의 표현을 빌리자면 빌린 말을 끌고 따라오고 있었다. 돼지는 우리 곁을 따라오며 이따금 숲속으로 사라졌다가 예상치 못한 순간에 대포알처럼 튀어나오곤 했다.

드디어 유스터스가 고삐를 당기고 우리는 모두 멈춰 섰다. 유스터스가 말에서 훌쩍 뛰어내려, 고삐를 잡은 채 서서 주위를 둘러보았다.

"여기서 싸움질을 했나 본데." 모자를 뒤로 젖히며 그가 말했다.

"도둑들끼리 사이가 갈라졌나?" 쇼티가 말했다.

"아닌 거 같아." 유스터스가 말 고삐를 작은 나무에다 감고는 수풀이 무성한 곳으로 걸어 들어갔다.

"뭐 찾았어요?" 나는 물었다.

"똥 싸러." 풀숲 안에서 그가 말했다.

한동안 사라졌던 그가 나오자 쇼티가 말했다. "아칸소에서처럼 옻 덩굴로 뒤를 닦은 건 아니지?"

"안 그랬어." 유스터스가 말했다. "하지만 놈들에게 말이 한 마리 더 있다는 증거를 찾아냈지."

"그 정보가 적힌 쪽지라도 찾았나." 쇼티가 말하고 나를 보며 시가를 질겅거렸다 "유스터스가 복잡한 내용을 발견하는 최고의 방법이 그거거든."

유스터스는 쿵 소리를 내고 수풀 속으로 돌아갔다.

우리는 말에서 내렸다. 쇼티는 밧줄 사다리를 타고 내려왔고, 유스터스를 따라갔다. 좀 거리를 두고 우리 앞에서 어슬렁대던 돼지가 돌아와서 우리를 따라 수풀 속으로 들어갔다.

"거기는 딛지 마." 덤불 속에 들어서자 유스터스가 말했다. "내가 큰일 본 데야. 하지만 인동덩굴 옆 구덩이를 보면 무슨 말인지 알 거야."

보니 우리가 맡은 냄새가 인동덩굴이 아니었음을 이내 알 수 있었다. 구덩이에 남자애가 누워 있었다. 열두 살쯤 되어 보였고 낮잠을 자는 건 아니었다. 목이 엄청나게 넓고 깊게 베여 마치 또 다른 입이 달린 것 같았다. 개미 떼가 달라붙어 있었다. 눈은 크게 뜬 채였으나 다만 그 눈은 제대로 남아 있지 않았다. 개미와 아마도 새들에게 한동안 시달린 모양이었다. 셔츠도 신발도 없었다. 돼지가 구덩이로 내려가 아이의 머리칼을 물더니 잡아 뜯었다.

"저리 비켜." 나는 말했다.

돼지는 나를 무시했다. 나는 돼지를 발로 차려 했으나 유스터스가 말했다. "그 다리 건사하려면 그만두는 게 좋을걸."

나는 그만두었다.

"돼지야." 유스터스가 말했다. "이리 나와."

돼지가 나오더니 떼를 쓰듯 수풀을 물어뜯고 짓밟으며 지나갔다.

유스터스가 말했다. "그들한테 다른 말이 생겼다는 걸 저기 숲길에서 알 수 있었고, 일 보러 여기 들어왔다가 쟤를 발견한 거야. 저애의 말을 빼앗고 죽이고 버려둔 거지. 아마 너희 할아버지가 데린 저 권총으로 컷스로트에게 입힌 상처를 싸매려고 셔츠를 빼앗았겠고. 신발은 일행 중 누가 강에서 자기 신발을 잃어버렸나 보다. 그냥 신발 여분을 원했을 수도 있고. 모르지."

"좋아" 쇼티가 말했다. "그럼 놈들에겐 도피 길에 도움 될 말이

한 마리 더 생겼고, 즉 둘이 한 마리에 탈 필요가 없으니 어디든 목적지로 더 빨리 갈 수 있겠네. 그리고 컷스로트 본인이 나섰다고 봐. 소문에 듣기로 본인이 칼로 목을 긋는 걸 당해서, 누굴 처리할 때 그 방법을 선호한다더라고."

유스터스와 쇼티는 수풀을 헤치고 길 쪽으로 나아가기 시작했다.

"저 애를 이대로 둘 순 없어요." 내가 말했다.

"나도 그러고 싶진 않지만 시간이 없어." 쇼티가 말했다. "네 여동생을 당장 구출해야 해. 딴 데 신경 쓸 수가 없다."

쇼티는 내가 이 사실을 받아들이기 힘들어하는 걸 알았다.

"자, 애야, 이렇게 하자." 쇼티는 코트 속에서 커다란 칼을 꺼내 길가의 히코리 나무를 몇 번 베고는 도로 집어넣었다. "일단은 저 아이를 구덩이에 두고 가되, 우리 임무가 끝나면 사람들한테 저 아이 위치를 알려 유골을 가족들에게 돌려주게 하는 거야."

"남은 게 그것뿐일 테니까." 유스터스가 말했다.

"기독교인답지 않아요." 나는 말했다.

"그 문제에 대해서라면 내 입장 알지." 쇼티가 말했다.

"난 대체로 기독교인이야." 유스터스가 말했다. "하지만 네 여동생을 구하는 게 더 기독교인답다고 생각해. 저 아이는 이미 도움이 필요 없어. 그리고 지금 삽도 없고, 저 애가 우리에게 돈을 줄 것도 아니고."

나는 유스터스의 일거리 중 하나가 매장이며 품삯을 받지 못했을 때 시체를 파냈다는 얘기를 떠올렸고, 그러니 그의 기독교 정신에 호소해봤자 별 효과 없을 것이었다. 나는 쇼티를 쳐다보았다. 틀렸다. 아무것도 없었다. 그는 시가를 피우며 벌레를 쫓아내고 있었다. 나는 동행하게 된 사람들이 무서워지기 시작했다. 마치 소돔과 고모라로 롯을 만나러 갔다가 천사들을 습격하려는 자들과 맞닥뜨린 것 같았다. 나는 믿음을 갖고 싶었으나 그걸 보일 방법이 없어 보였다. 내가 들은 설교에서는 선인이 어떤 문제에 대해 자기 견해를 펼치면 부정한 자들이 갑자기 바른길을 찾았는데, 현실에서는 그런 식의 바른 해법이 보이질 않았다.

그냥 순응하는 수밖에 선택의 여지가 없다고 결론 내렸지만, 분명히 말해두지만 내 속은 쓰렸고 마치 예수님께서 그러면 안 된다고 내 어깨에 손을 얹으신 듯했다. 사실 그 따스한 느낌은 한동안 이어졌는데 나중에서야 새가 실례한 것을 발견했다.

한동안 편한 길이 이어지는 가운데 나는 여전히 여러 문제에 골몰하고 있었던 중, 갈림길이 나왔다.

"여기서 기다려." 유스터스가 말했다.

그는 말을 타고 가고 우리는 기다렸다. 쇼티가 얼굴을 구기고 입술을 모으고 눈은 가늘게 떴다.

"뭐 잘못됐어요?" 나는 말했다.

"좀 아까 자취를 놓친 게 아닐까 싶어." 쇼티가 말하고 시가에 다시 불을 붙였다. "망설이는 모양을 보니 알겠는데, 그리고 주위를 둘러보고. 무슨 흔적이 어디서 저절로 나오기를 바라는 게 뻔히 보이네. 그럴 일은 없을 거야. 피 흘리던 사람의 출혈이 멈춰서 따라가기가 덜 수월해진 것 같아. 너도 오가는 말에 신경 쓰지 말고 네가 원하는 진실보다 실제 사실에 더 신경 쓰면 알아챌 수 있을 거다. 네가 위험한 상황에 있다 치자, 그런데 어떤 남자가 미소 지으며 너 듣기 좋은 소리를 해, 하지만 손을 코트 안주머니나 등 뒤로 가져가거나 아니면 뭔가 무기감에 손을 얹고 있어. 상대의 진짜 행동을 봐, 가짜 행위 말고. 하나는 연기할 수 있고, 다른 하나는 아니지."

"행위나 행동이나 같은 거 아니에요?" 나는 말했다.

쇼티는 마치 달라붙은 코딱지를 내보내려는 듯이 흥 하고 코를 울렸다.

"천만에. 행위는 의식적으로 입과 눈을 움직이고, 의도적으로 말투를 꾸미는 거지. 네가 내 표정을 보고 걱정이 될 수는 있겠지만 무슨 생각을 하는지 알려면 물어봐야 하잖아. 행동은 네가 실제로 하는 거고. 입으로 하는 말 말고 몸으로 하는 일. 중요한 상황에선 그게 진리라고. 이쪽 일을 할 때는 조심성이 있어야 해. 그게 실력만큼 도움이 되지. 유스터스는 추적에 있어선 모 아니면 도에 가까워. 지금으로선 도인 거 같다."

"좋은 건 아니네요." 나는 말했다.

"아니고말고." 쇼티가 말했다. "본인 주장처럼 대단한 추적꾼은 아니라고 내가 그랬잖냐. 그 어머니와 일족이 너무 뛰어나서 유스터스는 인정하질 못하는 거야. 그걸 타고난 자질이라고 생각하는 게지, 숙련된 추적꾼의 가르침과 본인의 관찰을 통해 얻어지는 게 아니라."

"유스터스도 배웠다고 했는데요."

"그래, 하지만 추적이나 요리 솜씨 같은 자질을 타고난다고 생각
한다니까. 자기가 둘 다 타고났다고 주장하는데 둘 다 그렇게 뛰어
나지는 않아. 비가 안 왔거나 자취가 너무 오래되지 않았다면 가끔
은 웬만큼 성공하긴 하지만. 그리고 덧붙이자면 유스터스는 가끔
헛다리 짚어놓고 고집을 부려. 결국은 주위를 기웃거리다 뭔가 발
견해내지만 다만 그게 말 탄 무법자가 아니라 솔방울 속 다람쥐 똥
이나 당나귀 탄 노인네일 수 있다 그거야."

뭐 하나 딱히 고무적으로 들리지 않았다.

"유스터스의 요리 솜씨는 그만저만 중간 정도." 쇼티가 말했다.
"콩 통조림을 데울 수 있지만 그거야 별거 아니고. 그래도 끝내주
는 돼지고기구이에 돼지 엉덩이 기름으로 낸 그레이비소스를 만들
줄 알지."

말 위에 앉아 기다린 시간이 한참 된 것처럼 느껴졌고 그러다 일
행 중 하나가 없음을 깨달았다.

나는 쇼티에게 말했다. "돼지는 어디 있죠?"

"알아서 찾아올 거야." 쇼티가 시가 연기를 뿜으며 말했다. "솔직
히 말하자면, 그 아이 시체를 살피러 돌아간 거 같다."

"먹으려고요?"

"그럴 수 있지." 쇼티가 말했다. "녀석이 시신을 너무 흩트려놓지
않기를 바라자. 내가 남겨놓은 표식이 그 가족들에게 도움이 될 수

있도록."

마치 현행범으로 붙들린 의뢰인을 둔 변호사만큼이나 진지한 말투였다.

그쯤 되자 나는 다들 자기가 할 수 있는 번지르르한 사업 이야기를 늘어놓는 사람들이 이끄는 지옥으로 곧장 떨어진 기분이었다. 언젠가 할아버지가 들려준 이야기에 어리석음과 여자, 금은보화 같은 반짝이는 것, 그리고 온갖 거창한 거짓말을 좇는 남자가 나왔다. 할아버지는 그런 것을 조심해야 한다고, 빛나는 것이 항상 길을 인도하는 빛이나 보상인 것은 아니라고 했다. 잘못된 길로 이끌 수 있다고. 지옥에선 모든 것이 빛난다고 했다.

그즈음, 유스터스가 다시 말을 타고 돌아왔고 고개를 평소보다 조금 더 수그리고 있었다. 우리한테 오자 그는 고삐를 당겨 말에서 내려 말했다. "자, 지금 상황은 이래. 길이 갈라지는 곳에서 그들 중 일부는 저쪽 숲속으로 들어간 것 같아, 어쩌면 누가 추적해오겠다 싶어서 따돌리려 그랬을 수도 있겠지. 그리고 남자 한 명은 따로 볼일이 있는지 다른 길로 갔고."

"노 엔터프라이즈로?" 쇼티가 말했다.

"그렇게 보이네." 유스터스가 말했다.

"시내로 향한 남자가 내 동생을 데리고 있나요?" 나는 물었다.

"아니." 유스터스가 말했다. "그 남자는 혼자 타고 있어. 동생은 아직 그들 중 한 명과 같이 말을 타고 있겠지. 걔한테 따로 말을 내주진 않을 거야. 남자들도 둘이 말을 같이 탔다고 네가 그랬잖냐,

그러니 그중 한 명은 이제 말을 혼자 타겠지. 즉 네 동생은 숲으로 들어간 자들과 있단 거다."

"그럼 우리도 그리 가야죠." 나는 말했다.

유스터스는 아무 말도 하지 않았으나, 앞을 볼 수 있다면 하고 바라는 장님 같은 표정을 하고 있었다.

"아." 쇼티가 안장에서 몸을 젖히며 말했다. "딱 보니 문제가 있구 면."

"또 시작이다." 유스터스가 말하며 흙먼지를 걷어찼다.

"유스터스는 숲속에서 그자들의 자취를 놓쳤어, 그리고 유일하게 확보한 자취는 저 마차길을 따라 노 엔터프라이즈로 향하고 있는 거지. 맞냐, 유스터스?"

"네 짐작이 맞겠지." 유스터스가 말했다.

"다른 사람들 흔적은 찾을 수 없어요?"

"어쩌면." 유스터스가 말했다. "저 안에서 숲이 갈라지고 넓은 바윗길이 한참 이어지고 점점이 나무 몇 그루가 있어. 이 근처에선 일반적이지 않지. 나는 익숙하지 않아서."

"자기는 바위 바닥에선 추적을 잘하지 못한단 소리야." 쇼티가 말했다.

"그럼 할 줄 아는 게 뭐예요?" 내가 말했다.

그때 총이 있었더라면 그들 중 누구 한 명에게 쐈을 것이다. 유스터스는 확실히 쏘고, 난쟁이는 최소한 다치게 했을 것이다.

"그렇지만 그중 한 명이 마차 길로 간 건 알잖아. 그 사람을 따라가면 되지." 유스터스가 말했다. "그놈을 찾으면 다른 사람들이 어디로 갔는지 알아낼 확률이 높을 거 아니냐."

"그 사람은 왜 따로 갔죠?" 나는 이어 물었다. "함정일까요?"

"그게 이유는 아닐걸." 쇼티가 말했다. "이만큼 늦게 왔는데 놈들이 우리를 알아챘을 리는, 우리가 따라가고 있단 걸 알 리는 없어. 혹시 누가 추적해올 때를 대비해서 찢어졌겠지만 그게 우리라는 건 확실히 모를 거야. 내가 읽은 컷스로트의 강도 사건 신문 기사 내용대로라면, 놈들을 따라다닐 만큼 간 큰 사람이 별로 없을 텐데. 토끼가 도망치면 사냥개는 추적하지만 만약 토끼가 멈춰 서고 사실 토끼가 아니라 늑대였음이 밝혀진다면 추적자는 흥미를 잃지. 더 대놓고 말하자면 마을 사람들은 무리 지어 있으면 그리고 자기네 영역에 있을 때는 용감하지만 은행 돈 때문에 결국에 깊은 물에 끌려 들어가 빠져 죽고 싶을 리는 없다고. 그중 일부는 자기네 돈이라 해도."

"우리가 이 어릿광대를 쫓는 사이……" 나는 말하다가 쇼티의 예전 직업을 떠올리고 그를 쳐다보았다. "실례를 저지르려던 건 아니고요, 룰라를 데리고 있는 자들은 숲속으로 들어갔고 곧 멀리 데려가 다시 찾지 못할 수도 있다고요. 그런데 왜 다른 사람을 쫓아가요? 말이 안 되잖아요."

"십중팔구 그들의 목적지를 알고 있을 사람을 찾는 쪽이 현명하지." 쇼티가 말했다. "그리고 혼자서 말을 타고 갔잖아. 여러 명보다 한 명이 상대하기 쉬워. 그 친구는 물품을 구하러 노 엔터프라이즈로 갔지 싶다. 전원이 가는 것보다 한 명만 보내는 게 편리하고. 하지만 노 엔터프라이즈로 향한 목적이야 알 바 아니고, 놈을 잡는 게 중요하지."

"만약 그 사람이 노 엔터프라이즈로 가는 게 아니면요?"

"그럼 새로운 고민이 생기겠지." 쇼티가 말했다.

"놈이 타고 있는 말 말이야, 아이한테서 빼앗은 말." 유스터스가 말했다. "말발굽에 흠집이 있어. 자취를 확실하게 추적할 수 있고, 놈을 따라잡으면 뭘 아는지 알아볼 수 있겠지."

"다른 사람들을 추적할 방법은 없고요?" 나는 말했다.

"흔적을 찾을 때까지 주위를 둘러볼 순 있을 거야."

유스터스가 말했다. "빨리하지 않으면 소용없어. 그리고 비가 오거나 이쪽으로 말과 마차가 많이 오가면 우리가 확인한 그놈 흔적을 잃어버릴 수 있어. 다 놓치고 아무것도 남지 않을 수 있다고. 확실한 것 하나가 불확실한 것 두 개보다 낫고."

나는 말에 탄 채 넋을 놓았다.

쇼티가 말했다. "이건 무슨 탐정 이야기가 아니다, 얘야. 소똥 속에서 붉은 깃털을 발견하고 사건이 해결되는 그런 게 아니라고. 대부분은 이리저리 헤매다가 얻어걸리는 거야. 그리고 그중 하나를 확보하면, 총 머리로 두들겨 패서 우리가 알고 싶은 걸 자백시켜야지. 이 경우에는 네 여동생을 데려간 곳이고."

나는 완전히 멍한 상태로 고개를 끄덕였다. 나는 각자의 삶을 존중하고, 용서하고 잊으라 배웠으나 잊을 수 없었다. 내 안에서 타오르는 불길이 손에 총을 들고 싶게 만들었다. 그저 지키기 위해서가 아니라 죽이기 위해. 그래서 두려웠다. 이래서야 컷스로트 일당과 다를 게 없단 기분이 들었다. 피 대신 쓴물 가득한 땀투성이의 살덩어리, 뼈 대신 폭탄, 두뇌 대신 말똥. 맘대로 총질하려는 충동에 휘말리지 않게끔 다람쥐 사냥에 탄알을 딱 네 개만 주던 아버지가 생각났다. "총은 도구야." 아버지는 그렇게 말하곤 했다. "그리고 계속 총을 쏴대지 않도록 해야지."

이 상황에서 우리에게 남은 선택은 죽은 아이의 도둑맞은 말을 추적하는 것이었다. 그리고 논의하는 와중에도 우리는 그 방향으로 말을 달리고 있었고, 마음은 사실 정해져 있었다. 유스터스는 길을 살피며 나와 쇼티 앞에서 달렸다. 그러는 사이, 돼지가 숲에서 나와 유스터스의 말과 나란히 달렸다. 마치 내내 그렇게 따라왔고 유스터스에게 자기가 돌아다니다 온 걸 들키지 않고 싶은 것처럼. 나는 돼지가 그 불쌍한 아이를, 최소한 그 일부라도 먹었을 가능성을 가늠해 보았다. 그 아이의 살점이 돼지 배 속에 돌아다니고 있다고 생각하니 끔찍했다.

"내 짐작으론 우리 악당은 방향 바꾸지 않고 곧장 노 엔터프라이즈로 향할 거야." 쇼티가 말했다. "가진 은행 돈을 십중팔구 술과 여자 그리고 뭐든 유흥에 쓰고 싶겠지. 노 엔터프라이즈에 여러 번 가봤는데 작은 동네치고는 꽤 활기가 넘치고 위험해, 그래서 거길 택하기도 했겠고. 겁 없는 사람이 아니면 발 들이지 않고 한가한 수다쟁이들이 널린 곳도 아니야. 설령 상대가 여자를 떼로 몰살시키고 교회 계단에서 사기 쳐 양을 빼앗은 자라 해도. 웬만해선 남일이려니 하고 상관 안 해, 자기네 여자들이 아닌 이상. 아님 자기네 양이거나."

"일당들이 필요한 물품을 다 갖고 있다면요?" 나는 말했다. "그럼 그 사람은 왜 일행과 떨어졌을까요? 어쩌면 뭔가 갈등이 생겨 찢어졌고, 일행 목적지를 모를 수도 있잖아요."

"그럴 수도 있지, 하지만 총을 맞은 그 컷스로트 빌 놈이 치료가 필요해서일 수도 있어. 그렇지만 글쎄 싶긴 해, 컷스로트 빌은 멍청하게 굴지 않을 거야. 이날 이때까지 살아남았으니. 그리고 아까 그렇게 말하긴 했지만 돈이 얽힌 일이라면 노 엔터프라이즈에서 보장할 수 있는 안전에도 한계가 있거든. 네 말마따나, 그놈 목에는 돈이 걸려 있고 거기에 은행 돈까지 있으니. 훔쳐 간 액수까지는 모르지?"

"몰라요." 나는 말했다. "전혀."

"별로 아는 건 없다만 컷스로트 빌에 대해선 거의 신문 기사로 접했고, 솔직히 말하자면 그의 악행은 거의 싸구려 소설책을 통해 읽었어. 그걸 믿는단 소린 아니야. 거기엔 그가 목을 긋는 걸 좋아한다고 나와 있긴 했어. 그리고 시간이 이만큼 흘렀으니 똑똑한 건 분명하지, 아니었다면 진작에 죽거나 잡혔을 테니."

쇼티가 말하는 사이 돈 관련해서 새로운 생각이 번뜩 떠올랐다. 만약 쇼티와 유스터스가 노리는 게 은행 돈 그 자체라면? 그러면 나와 룰라는 둘 다 소모품밖에 되지 않는다. 하지만 그런 경우라면 저들에겐 어차피 난 필요가 없다. 진작에 날 죽일 수도 있었다. 아니면 날 무시하거나 따돌리고, 자기들끼리 전리품을 추적할 수도 있었다. 그들은 그렇지 않았다. 그렇게 비교적 만족스러운 결론에 도달하고 나자 최소한 잠시나마 위안이 되었다.

"컷스로트 빌은 강도치고는 꽤 똑똑하지." 쇼티가 말했다. "대부분은 그렇지 않거든. 제시 제임스는 똑똑했지, 최소한 노스필드 이전까진. 달튼 형제는 똑똑한 놈과 아닌 놈이 섞여 있었고 대체로 운이 좋았어. 컷스로트 빌은 여러 각도를 볼 줄 알아. 미주리주 총격전 기사를 신문에서 읽었는데 어린애들 다리를 총으로 쏴서 사람들이 거기 정신 팔린 틈을 타서 일당들과 도망쳤다더라고. 놈이 그 아이들을 죽였더라면 사람들이 분개해서 곧장 뒤쫓았을 텐데, 다리를 쏴서 사람들이 애들을 구하고 의사를 부르러 가게 만든 거야. 그게 통했지. 그 사건 관련해서 분노가 꽤 일었지만 사람들이 뒤쫓을 준비가 되었을 즈음엔 그는 진작 사라진 후였지. 그리고 컷스로트 빌은 추적꾼을 따돌릴 줄 알아, 특히 유스터스 같은."

"어디 계속해 봐." 유스터스가 우리에게 외쳤다.

"내 생각엔 우리가 쫓는 놈은 단독으로 제 갈 길을 가는 것 같아. 컷스로트 빌이 일 끝나고 나면 팀이 좋아하는 대로 하는 일반적인 리더일 리가 없거든. 게다가 덕분에 그 한 놈을 잡을 기회만이 아니라 빌린 말을 팔고 비용을 확보할 수 있게 되었잖냐."

이쯤 오자 나는 새로운 고난에 시달리고 있었다. 말을 타느라 엉덩이는 얼얼하고 허벅지는 따가웠다. 드디어 오솔길이 넓어지고 숲에서 벗어났다. 길 양쪽으로는 나무를 베고 썰어 엉망이었다. 그 루터기는 다이너마이트로 날리거나 파내고 쌓고 불태웠다. 최근 내린 비에 그 모든 것을 씻겨나가고 겉흙이 쓸려나가 길가 구덩이에 고이고 나머지는 길에 널려 있었다.

"멍청한 개새끼들." 유스터스가 말하고 속도를 늦추어 함께 말을 달렸고, 돼지는 뒤로 처졌다. "멀쩡한 농지와 식림지를 망쳐놨어. 밭을 갈고 뒤에 흙을 붙들어줄 나무들을 남겨놓는 게 아니라 아예 싹 다 베어버렸잖아. 나무가 없으니 빗물에 흙이 다 쓸려나갔지."

"그러고 보니 생각이 났는데," 그들의 목적인 보상 얘기를 다시 꺼내기에 좋은 타이밍이라고 여겨 나는 말했다. "아버지 목장이요, 일 끝나면 드리기로 한 거, 거기 흙도 여기 쓸려나간 흙만큼 고와요. 사실 더 낫죠. 나무 재하고 닭똥이 섞여서 새카맣고 진하고, 비옥하고 기름지고. 층이 지어 있어 물을 잡아두니까 겉흙이 쓸려나갈 일도 없고요. 일만 끝내면 아저씨들 거예요. 아니면 텍사스 전체 카운티 어느 농장보다 더 나은 값에 팔 수도 있고요."

"온 사방을 다 돌아다녔나 보네," 쇼티가 말했다. "여기랑 해외 토질까지 다 꿰고 있게?"

"내버려 둬, 쇼티." 유스터스가 말했다. "애가 허풍 좀 치는 거야. 무슨 말인지 알아. 흙이 그 절반만큼만 좋아도, 옥수수를 코끼리 키만큼 키울 수 있지."

"내기해도 좋지만 이 중에 코끼리를 실제로 본 건 나뿐일걸." 쇼티가 말했다. "그리고 확실히 나만 타봤고."

"코끼리란 게 되게 크지?" 유스터스가 말했다.

"그렇지." 쇼티가 말했다.

"그럼 내가 봤든 못 봤든 상관없지 않냐?"

"일리가 있네." 쇼티가 말했다.

도륙당한 숲과 난장판이 된 땅이 한동안 이어졌고 마을에 가까워지자 길가에 희망으로 쌓아 올린 납작한 오두막들이 늘어서 있었다. 저 멀리 오른쪽에는 목조탑이 보였다. 밑단은 넓고 위쪽은 가늘었으며 넓은 나무판으로 만든 듯했다. 나뭇잎 없는 죽은 나무 같았다.

"저게 도대체 뭐예요?" 나는 말했다.

"너 시골 사람이구나?" 쇼티가 말했다. "저건 말이다, 유정탑이란다, 잭. 가동 중지했거나 아니면 마른 구멍을 팠나 보네. 아무튼 미래는 농사가 아니라 석유라니까. 내 말 명심해."

"그래." 유스터스가 말했다. "명심하지. 그게 온 사방에 새어 나와 땅을 망치고 있다고. 그 빌어먹을 탑은 곧 잊힐 거야, 이미 잊힌 게 아니라면. 두고 보라고. 저게 잊힐 거라는 근거가 저기 오네."

유스터스가 가리켰다.

길을 따라 우리에게로 다가오는 것은 말이 끌지 않는 기계였다. 몇 번 보기는 했지만 볼 때마다 신기했다. 윙윙 소리를 내며 작은 바퀴로 덜컹덜컹 달렸고, 옆의 말들이 화들짝 놀랐다. 기계가 가까이 오자 우리는 갈라져서 길을 비켜주었다. 남자가 몰고 있었고 옆에 여자가 앉아 있었다. 차려입은 옷차림에 남자는 중산모, 여자는 선보닛을 썼다. 둘 사이에는 소풍 바구니가 놓여 있었다. 덜컹덜컹 지나가며 남자가 중산모를 슬쩍 들어 올려 인사했다. 남녀는 유복하고 상당히 흡족해 보였다.

"저게 미래야." 쇼티가 털털거리며 가는 기계를 보며 말했다. "석유로 운행되는 저런 기계를 타고 돌아다니게 될 거라고. 장난이 아니야. 짧은 유행이 아니라 미래라고."

"나는 저딴 거 싫어." 유스터스가 말했다. "콱 쏴버릴까 싶던데. 그 거지 같은 물건은 절대 못 뜰 거고, 석유도 등불 외에는 쓸 데가 없을걸."

쇼티는 웃음을 터트렸다.

"유스터스, 틀렸어. 석유는 온갖 데 다 쓰이고 있다고. 사람이 말이 아니라 석유를 연료로 쓰는 차로 다닐 시대가 올 거야. 내 말 명심해."

"그러지." 유스터스가 말했다. "꼭 확인할 거야."

오두막 몇 채와 또 다른 황폐해진 벌판, 유정탑 두어 개, 거대한 목화밭을 지나 마을 초입 건물에 이르렀다. 외양간 정도 크기에 봄철 풀색으로 칠해져 있었다.

"저기 저건 공연장이야." 유스터스가 말했다. "한때 장님 흑인 가수들이 나왔던 데지, 다섯 명인데 다들 눈이 멀었지만 목소리는 그야말로 천사였어. 소문을 듣고 보러 갔거든. 흑인용인 줄 알았더니만 아니더라. 백인들이 듣는 거더라고. 흑인은 손님으로 들여보내주지 않는데, 노래는 시켜주더란 말이야. 그날 밤늦게 그 다섯이서 흑인 구역에서도 공연했지. 나는 그걸 보러 갔어. 진짜 잘하더라. 비둘기랑 카나리아처럼 잘 부르더라고. 다만 젖은 까마귀처럼 새카맣고, 나보다 더 검었지."

"천사 아니면 새?" 쇼티가 말했다. "어느 쪽이야?"

"둘 다." 유스터스가 말했다.

"그곳에서 마르크스 형제라는 가수 그룹을 봤어." 쇼티가 말했다. "한 일 년 전인가 2층에서 봤는데, 그렇게 잘하진 않더라. 차라리 흑인 구역에서 흑인들 노래나, 아니면 목에 닭 뼈 걸린 개 울부짖는 소리 듣는 게 낫겠던데. 그놈들 노래 들으니 귀가 다 아프더라. 농담도 몇 가지 했는데 그건 꽤 웃기긴 했지만."

길 양쪽으로 건물이 더 이어졌다. 실베스터 건물만큼 세련되어 보이진 않았으나, 힌지 게이트 건물보다는 컸고 내가 갔던 그 어디보다도 환한 색이었다. 하지만 마을 자체는 그 장님 가수가 배치한 것만 같았다. 다 함께 모여 단 하나도 똑같지 않도록 건물을 각각 다른 색으로 칠하기로 정한 것처럼. 사실 그 색상의 다양함은 좀 과장된 것이었다. 녹색과 파란색 그리고 빨간색이 있었고 나머지는 거기서 더 짙거나 옅은 정도였다. 다만 예외는 이 층짜리 건물 하나로, 아래쪽은 파란색, 위쪽은 빨간색, 창틀과 베란다 난간은 샛노란 색이었다. 위층 문 역시 샛노란 색이었고 문손잡이는 지빠귀 알처럼 밝은 파란색으로 칠해져 있었다.

그 건물을 지나며 쇼티가 말했다. "저기는 이스트 텍사스에서 제일 크고 좋은 매춘업소야. 목축업자 클럽이라고 부르지. 하지만 소

앞뒤를 구분 못 해도 들어가는 데는 아무 지장 없어, 비록 여자 앞 뒤는 구분할 수 있어야겠지만. 저곳에서 쾌락의 품에 안기는 기분을 알게 되었지, 내 키보다 돈이 넉넉한 덕에. 비록 나 자신과 돈을 다 소모하고 나자, 나는 작아지고 매력을 잃었다만."

"돼지야, 이제 저리 가 있어." 유스터스가 말했다. "도토리라도 줍든가 해라."

돼지는 마치 대답하듯 꿍 소리를 내더니 숲속으로 사라졌다.

"정말 말을 알아들어요?" 내가 물었다.

"모르지." 유스터스는 말했다. "누가 아냐, 사람 갖고 노는지. 알고 보면 도토리 줍기는 전혀 안 할지도. 암퇘지를 쫓아다니거나 너희 할아버지 땅 계획을 세울지도 모르지. 나하고 농사짓는 게 싫을 수도 있고. 쇼티와 함께 유정이나 사들이고 싶을지도 모르고."

"돼지가 저놈 아버지와 아주 비슷해." 쇼티가 유스터스를 향해 고갯짓하며 말했다. "예측 불가야. 하지만 저게 석유 사업에 뛰어든다면 주저 없이 환영이다. 저 주둥이로 얼마나 땅을 빠르고 깊이 파는지 내가 직접 봤거든. 시추기보다 더 빨리 석유를 찾아낼지도 몰라."

마을에는 특유의 냄새가 있었다. 실베스터나 힌지 게이트처럼은 아니지만 생생한 오수와 말똥 냄새가 떠다녔다. 그 두 도시에서도 하수관에 흐르고 길거리에 쌓여 있기는 했다. 힌지 게이트와 실베스터에는 그걸 퍼내는 일을 하는 사람들이 있었고, 오물을 실어나르는 분뇨 마차가 있었다. 여기는 건물 뒤에 변소가 있었으나, 구멍이 깊지 않았고 그 아래서 새어 나온 오물이 거리를 향해 흘러갔으며 여기저기 판자를 놓아 똥물 구덩이를 건널 수 있게 해놨을 뿐이었다. 우리는 그런 도랑을 따라 말을 몰았고, 가다 보니 무슨 새가 거기 빠져 죽어 있었다. 마치 타르를 바르고 깃털을 묻힌 것처럼 보였다.

거리 자체는 질고 험했다. 온통 울퉁불퉁하고 구멍투성이에, 이쪽 인도에서 저쪽 인도로 건너갈 수 있게 거리에 군데군데 낡은 판자를 깔아놓았다. 오른쪽에 건물 사이를 지나다 보니 남자 어른들과 남자애들, 그리고 여자애들 몇이 둘러 모여 있었다. 환호하고 고함치는 남자들 목소리만큼이나 크게 끔찍한 꽥꽥 소리가 들려왔다.

쇼티가 즉시 그쪽으로 향했다. 나는 유스터스와 함께 그 뒤를 따랐다.

유스터스가 말했다. "원래 계획은 아니지만 돌아가게 생겼는데."

무슨 뜻인지 알 수 없었으나, 유스터스와 쇼티와 함께 말에서 내려보니 무슨 일인지 알 수 있었다. 닭싸움이었다. 남자들이 붉은 수탉 두 마리를 둘러싸고 누가 이길지 판돈을 걸고 있었다. 닭싸움은 고약한 일이고, 나는 마당에서 닭들이 저들끼리 자연히 싸우는 것밖에 본 적이 없었다. 그래서 닭들이 원래 자연에서 하던 일이라고 주장하는 사람들도 있지만, 억지로 강요하지 않고 기회만 있다면 보통은 한쪽이 떨어져 나가고 별일 없이 끝날 일이다. 그리고 그건 닭들의 선택에 따른 싸움이지, 사람들이 돈을 걸고 붙이는 게 아니다.

이렇게 돈을 걸고 싸울 때는, 한쪽 닭, 어쩌면 양쪽 다 멀쩡하지 못하게 된다. 금속 발톱을 만들어 닭 발에다 고정하기 때문이다. 닭이 뛰어올라 서로 후려갈기면, 사람이 면도칼을 들고 싸우는 거나 마찬가지다. 닭싸움 터는 모래를 뿌려 물기를 없애고 갈퀴로 골라놓았으나, 이제 뜨거운 닭 피로 젖어 있었고 그 냄새에 입안에 구리를 깨문 맛이 감돌았다.

쇼티가 무리 속으로 파고들어 소리쳤다. "다들 치워, 안 그러면 총 맞을 줄 알아."

멀찍이 있던 남자가 말했다. "저 난쟁이가 뭐래?"

그즈음엔 '저 난쟁이'는 코트 안에서 38구경을 꺼내 들었고, 아무래도 날씨에도 안 맞는 코트를 입고 있는 이유였던 모양이었다. 쇼티는 자기에게 말했던 남자를 단호한 손길로 겨누었다. 남자는 도망쳤다. 그쪽에 둘러서 있던 사람들도 흩어져 이쪽저쪽으로 피했고, 홍해가 갈라지듯 틈이 생겼다.

닭 한 마리는 숨이 가빴고 지쳐서 고개를 축 늘어뜨리고 있었다. 다른 한 마리는 최후의 일격을 가하려 하고 있었다.

쇼티가 말했다. "죽이든 먹든 할 게 아니면 내버려 둬." 그리고 속사 두 발로 닭 모가지를 도마에 길게 늘이고 칼로 내리치는 것보다 더 깔끔하게 닭 머리를 날려버렸다. 머리 없는 닭 한 마리는 쓰러져 발을 버둥거렸고, 다른 한 마리는 빙글빙글 달리며 날개를 퍼덕였다. 머리를 찾아서 도로 끼우고 미지의 세계로 날아가기라도 할 듯이. 한참을 그러고 있는 것 같더니 드디어 쓰러져 한번 부르르 떨고는, 목에서 마지막으로 피를 길게 뿜으며 끝났다.

"겁쟁이 씨발놈들." 쇼티가 말했다.

구경꾼들은 대부분 사라졌으나, 아직 몇이 남아 있었다. 그중 덩치 큰 남자가 말했다. "그 큰 놈은 내 닭이야. 물어내라고, 이 난쟁이 똥자루야."

쇼티는 고개조차 들지 않았다. 권총을 코트 아래 집어넣고 남자의 닭을 집어 들더니 커다란 칼을 꺼내어 닭발 하나를 잘라냈다. 그러자 햇빛에 금속 발톱이 번뜩였다.

그는 남자에게로 돌아서서 말했다. "내게 향하는 언사를 주의하도록 당부하는 바야."

"어디서 말을 배웠냐?" 남자가 말했다. "외국에서? 우리말로 해, 씨발. 내기하는 중이었는데 내 닭이 이기고 있었다고. 남의 재미를 망치고 내 돈을 날릴 권리는 없어."

"그게 재미라고?" 쇼티가 말했다.

"그래."

그 말이 남자의 입 밖으로 나오기 무섭게 쇼티가 뛰어올라 남자의 무릎을 딛고 한 손으로 멱살을 잡고, 다른 손으로는 닭 발톱을 손에 들고 그 칼날로 남자의 뺨을 긋자 붉은 피가 강처럼 흘렀다.

"망할." 남자가 말하며 쇼티를 밀어내려 했다. "망할, 좀."

하지만 너구리 꼬리를 잡아 나무에서 끌어내려 하는 거나 마찬가지였다. 통하지 않았다. 쇼티는 덩치 큰 남자에게 매달려 엎치락뒤치락하며 그 칼날 달린 닭발로 그어댔다.

남자는 이 난쟁이 놈 떼어달라고 소리를 지르기 시작했다. 유스터스가 말들 고삐와 빌린 말 밧줄을 나한테 넘기고는 달려가서 쇼티 허리를 끌어안았다. 남자에게서 쇼티를 떼어내 바닥에 내려놓고, 손을 그의 머리에 얹어 눌렀다. 쇼티는 일어나서 돌진하려 했으나 유스터스의 손이 머리 윗부분 전체를 덮고 쇼티의 모자를 구기고 있었다. 쇼티는 유스터스의 손 아래에서 몸부림치며 욕하고 닭발을 무슨 주술 도구처럼 덩치 큰 남자를 향해 휘둘러댔다.

쇼티가 닭발로 공격했던 남자는 무릎을 꿇고 머리에서 배꼽까지 곳곳이 베여 피를 상당히 흘리고 있었으며 닭발 칼날에 찢긴 옷은 누더기가 되어 군데군데 늘어져 있었다.

"이게 바로 재미다." 쇼티가 유스터스에게 옷깃을 잡혀 끌려가며 말했다.

"그 조그만 미치광이 새끼 단단히 붙들어." 남자가 말했다. "아니면 내가 —"

"네가 뭐?" 유스터스가 말했다. "일어나서 얼른 꺼져, 안 그러면 이 친구 놓아줄 거야."

남자는 그 말대로 일어나서 잽싸게 도망쳤다. 나는 그제야 공터에 있던 사람들이 아침 이슬처럼 전부 사라졌음을 알아챘다. 남은 것이라고는 우리와 죽은 닭 두 마리뿐이었다.

"새를 그따위로 다루면 안 되지." 쇼티가 말했다. 그의 작은 어깨가 축 처졌다.

유스터스는 같은 말을 반복하며 그를 달래고 있었다. "자, 자, 자,

쇼티. 이제 다 끝났어. 이제부터 이렇게 할 거야, 널 풀어줄 건데, 지금은 네가 뭘 어쩔 필요가 없어. 다들 도망갔다고."

"어린애 다루듯 하지 마, 유스터스." 쇼티가 말했다.

"물론 아니지, 쇼티. 절대 안 그래."

유스터스는 쇼티의 옷깃을 놓아주었다. 쇼티는 코트 속에서 제 위치로 돌아가려는 듯이 몸을 홱 털었다.

"이 닭들은 내 안장 자루에 넣어둘게." 유스터스가 말했다. "저녁으로 해 먹자. 이미 죽은 걸 낭비할 필요는 없지."

"거지 같은 인간들과 그놈의 스포츠." 쇼티가 말했다.

쇼티는 말을 붙들고 있는 내게로 다가와서 고삐를 낚아채더니 거리로 끌고 갔다. 유스터스가 피를 최대한 털어내며 닭을 들고 와서는, 자기 안장 가방에 넣었다.

"저건 화가 난 것도 아냐." 유스터스가 말했다. "그냥 짜증이 난 거지. 진짜 짜증 나긴 했지만 아직 화내는 건 아냐."

나는 방금 있었던 일을 어떻게 받아들여야 할지 알 수 없었다. 죽은 아이를 구덩이에 그냥 내버려 두지만, 닭을 학대했다고 칼날 달린 닭발 들고 자기 체구 두 배는 될 상대와 싸움을 벌이는 남자에 대한 내 감정이 정리되지 않았다.

나룻배에 있던 사람들을 본 사람이 나뿐이고, 그중 남들이 알아볼 만한 특징이 있는 건 컷스로트 빌뿐이니, 내가 둘러보면서 죽은 아이의 말을 빼앗아간 악당이 있나 찾아보는 게 제일 낫겠다는 결론이 나왔다. 내가 그를 찾아내면 돌아와서 쇼티나 유스터스에게 말해 문제를 해결하기로 했다. 그들은 나에게 어떤 상황에서든 그 남자를 내가 직접 처리할 생각은 말라고, 우리가 그놈에게 필요한 것은 다른 일행의 행방이지 죽이는 게 아니라고 했다. 어쨌든 지금 당장은. 나는 상관없었다. 동생의 복수를 하고 싶은 마음은 굴뚝같지만 그보다 우선 동생을 찾고 싶었다. 솔직히 사람을 죽이고 싶지 않았고 그냥 그를 잡아 감옥에 보내고 싶었다. 그들은 내가 듣고 싶어 하는 말을 하고 있었다.

내가 둘러보는 사이, 그들은 말 보관소에 가서 빌린 말을 팔고 물품을 구매할 계획이었다. 또한 말들을 먹이고 물을 주고 쉬게 하면서, 맞지 않는 신발을 신은 남자가 말을 타고 왔는지 물어볼 참이었다.

거창하진 않았지만 아무튼 그게 우리 계획이었다. 내가 가기 전, 유스터스가 와서 내 옆에 서고 쇼티는 말들을 끌고 보관소로 향하고 있었다.

"이건 내가 무덤 파고 번 돈이다, 아우야." 그가 말했다. "술 마시는 데 써버리지 않도록 나 대신 보관 좀 해줘. 흑인 구역에서 여자 사는 데 쓰면 그나마 다행인데 그랬다가 다른 것도 손댈까 봐 걱정돼. 그리고 앞으로 할 일을 고려하면 헛일 저지르고 싶지 않거든."

"술 마시지만 말아요." 내가 말했다.

"돈 없으면 안 마셔." 그가 말하고 내게 동전 네 개를 쥐여주었다. "혹시 여자 사고 싶으면 저기 사창가가 싸. 너도 남자다움을 찾을

지 누가 아냐."

"그러고 싶진 않은 거 같아요. 내 말은, 남자다움을 찾고 싶긴 하지만 그런 건 관심 없다고요."

"좋을 대로 해, 쓰든가 갖고 있든가. 난 이런 마을에 들어서서 주위를 둘러보면, 어느새 술병을 들고 목구멍에 들이붓고 있는단 말이야. 거기서 끝나질 않지. 술기운이 곧장 머리로 올라가서 터지고 끓어올라 날 미치게 한다고."

"알았어요. 제가 돈 맡아둘게요."

유스터스는 고개를 끄덕이고, 쇼티를 따라 말 보관소로 갔다.

나는 동전 네 개를 오버올 주머니에 넣고 돌아다니러 갔다. 먼저 술집 세 군데 중 한 곳에 갔지만 나룻배에 있던 자들은 아무도 보이지 않았다. 쇼티와 유스터스가 언급하지 않은 한 가지는, 내가 도둑을 아는 만큼 그쪽도 나를 안다는 사실이었다. 모자를 쓰고 있으면 나의 붉은 머리가 거의 가려지긴 하겠지만 그래도 귀 위로 흘러내리고 목 뒤 옷깃을 덮었다. 상대가 나를 즉시 알아본다면, 도망치거나 나를 죽이려 할 것이다. 그 점을 염두에 두고, 흔들의자가 가득한 방에 들어온 꼬리 긴 고양이처럼 초조하게 나는 술집을 돌아보았으나 남자를 찾지 못했다. 술집에 한 번도 들어가 본 적이 없어서 기분이 이상했다. 다들 그 사실을 알고 나를 지켜보는 기분이었지만, 물론 그럴 리는 없었다.

나는 나와서 다른 술집 두 곳을 들여다보았지만 여전히 알만한 얼굴은 없었다. 골목에서 덩치 큰 남자 둘이 주먹다짐을 하고 있었는데, 한 명이 다른 한 명을 마침내 쓰러뜨리고 내가 지나갈 땐 발길질을 하고 있었다. 밝은색 건물들이 끝나는 곳에 다다르자 그 위로 언덕 쪽으로는 색 바래고 단순한 구조의 건물들이 이어졌다. 그 너머로 하얀 울타리를 두른 집 몇 채가 있었다. 정원에 있는 꽃들은 상당히 더워진 날씨에 시들시들 시달리고 있었다. 또한 저 멀리 조면기(면화씨 빼내는 기계 — 옮긴이)가 보였고 목화 마차들이 오고 있었다. 허공에 조면기에서 나온 목화 보푸라기가 흩날리기 시작했고 햇빛 속 보푸라기는 흰색이 아니라 노란색이었고 특유의 냄새가 났다.

거리 저 위쪽으로 보안관 사무실이 보였다. 밝은색 건물들과 바랜 건물들 사이에 자리 잡고 있었다. 언덕 위 덜 밝은 색으로 칠해진 구역은 가족과 직업이 있는 좀 더 바른 시민들이 사는 곳이었다. 보안관을 만나러 가 볼까 생각했지만 망설여졌다. 은행 강도가 시내에 있다는 것을 알려주면, 보안관은 내가 그자를 죽이러 왔다고 생각하고 나를 수색에서 빼려고 할지도 모른다. 먼저 그 남자를 찾은 다음 보안관에게 말하는 게 최선이지 싶었다. 거기 서서 한참을 보안관 사무실을 쳐다보며, 그 생각 말고도 구덩이에 있던 아이 생각을 했다. 언젠가는 목이 베인 아이와 그 대략적인 위치를 보안관에게 알려야 할 것이다. 어쩌면 아이 유가족을 찾을 수 있을지도 모르고. 하지만 지금 당장은 아니었다.

나는 몸을 돌려 시내 밝은색 구역으로 다시 돌아가기 시작했다. 사창가에 가 보니 별로 오가는 사람이 많진 않았으나 정문은 열려 있었고 그 뒤로 방충망 문이 닫혀 있었다. 나는 그 망 너머를 들여 다보았다. 문을 마주한 복도에 남자가 의자에 앉아 있었고, 무릎에 410구경 레버 액션 샷건을 올려놓고 있었다. 그런 총을 본 것은 딱 한 번이었다. 내가 어렸을 때 아버지가 갖고 있었는데, 십중팔구 천연두를 옮겼을 그 행상한테 넘기고 다른 물건으로 바꿨으리라.

나는 모자를 벗고 안으로 들어갔다. 방충망이 겁먹은 새처럼 끽 끽거렸다. 딱 할아버지가 싫어할 만한 곳이었다. 샷건을 든 남자가 나를 보더니 말했다. "지금은 거의 자는데, 지미 수만 빼고."

들어가서 둘러보고, 나룻배에 있던 사람을 찾아볼 계획이었지만 이제 안에 들어와 보니 얼마나 멍청한 생각이었는지 깨닫게 되었 다. 그 남자가 여기 있다면 방을 잡아 매춘부와 들어가 있을 텐데 말이다. 좀 더 사람이 많을 밤에 다시 올까 궁리했지만 그러다가 그 남자를 놓칠까 두려웠다. 나는 생각해 보기로 마음먹었다.

"저기요. 좀 생각해 보고 이따 다시 올게요. 돈이 충분한지 몰라 서."

샷건 든 남자는 나를 천연두 보듯 했다.

"생각해봐?" 남자가 말했다. "계집을 원하든가 아니든가 둘 중 하 나지."

"남자가 마음을 바꿀 수도 있죠."

"나라면 안 바꿔."

"그게 선생님과 제가 다른 점이겠죠."

그때 계단이 삐걱거리는 소리가 나고 블루머 차림 여자가 계단을 내려오는 것이 보였다. 그런 광경은 변소에서 뒤 닦을 종이를 뜯어내기 전에 훑어보던 시어스, 로벅 카탈로그에서나 봤다. 비록 그 카탈로그에 있던 여자들이 꽤 예쁘다고 생각했었지만, 이건 완전히 다른 차원, 그리고 더 나았다.

여자는 유스터스의 피부만큼이나 검은 머리를 하고 있었다. 머리가 어깨까지 내려왔다. 멀리 떨어져 있어도 그 눈이 공연장 외벽보다 더 녹색임을 알 수 있었고, 그 속옷 아래 아주 멋진 체형이 자리하고 있음은 분명했다. 나보다 나이가 많을 것 같지 않아 보였다.

"빨간 머리네?" 마치 내가 모르기라도 할 듯이 그녀가 말했다.

"안녕하세요." 나는 말하고, 이미 모자는 벗고 있던 참이라 꾸벅 인사를 했다.

"안녕하세요?" 그녀가 말했다. "와, 쟤 귀엽지 않아? 그리고 되게 예의가 바르네, 진짜 신사처럼."

"나도 봤다." 샷건 든 남자가 말했다. "그리고 방금 생각했는데, 저렇게 귀엽고 빨간 머리기까지 하니. 내가 따먹고 싶네."

"아이, 닥쳐, 스티브." 그녀가 말했다.

남자는 약간 웃었다.

"지금 가보려고요." 내가 말했다.

"아직 제대로 있지도 않았잖아." 그녀가 말했다. "아직 문 안에 들어오지도 않았네."

나는 앞으로 좀 더 나아갔다.

"한판 달릴까?" 그녀가 말했다.

"덥고 짜증 나는 날인데요."

나는 그냥 거기 서 있었다.

스티브란 남자가 말했다. "말 타고 달리는 거 말고, 꼬마야, 안장 필요 없는 거."

"알아요."

"아셔?" 그가 말했다. "기껏해야 자기 손하고나 놀아본 것처럼 보이는데."

나는 남자를 노려보았다.

"덥고 짜증 나는 날이야 별거 아닌데." 지미 수가 말했다. "하지만 어차피 더울 거면, 화끈하게 불사르고 내 주머니에 동전 네 개나 넣어주지."

"동전 네 개요?" 내가 물었다.

"그 정도는 있지?" 스티브가 말했다. "없으면 즐거운 대화는 여기서 끝내고. 그 귀여운 빨간 머리에 모자 쓰고 가봐."

"네 개 있어요." 나는 스티브와 샷건에 주눅 들지 않기로 마음먹고 말했다.

"그럼 올라와." 지미 수가 말했다. 그녀는 몸을 돌려 계단을 올라갔다.

나는 잠깐 궁리하다가 따라갔다. 스티브가 말했다. "떨어지지 마라, 빨간 머리, 털리지 말고. 저건 박차를 단단히 박아야 하는 물건이라고."

"무시해." 같이 계단을 올라가며 그녀가 말했다. "후레자식이야."

계단 위에는 긴 복도가 있었고 문이 줄지어 있었으며 문밖에는 남자 부츠가 놓여 있었다. 지미 수를 따라가니 바닥이 삐걱거리고 신음했다. 아무도 문밖으로 고개를 내밀지 않았고, 나는 지미 수를 따라 열린 문 안으로 들어섰다. 나는 방에 들어가 문가에 섰다.

"문 닫아도 돼. 다른 사람들이 보는 거 좋아하는 게 아니면." 그녀가 말했다. "그런 사람들도 있더라."

나는 문을 닫았다.

"먼저, 동전 네 개를 줄게요. 유스터스 돈이에요. 하지만 당신이 생각하는 그런 게 아니라."

"유스터스? 이름이 유스터스야?"

"아뇨. 이 동전 네 개를 준 사람이요."

"그 사람도 여기 와?" 그녀가 물었다.

"아뇨."

"잘됐네. 남자 둘 상대로 동전 네 개로는 안 해. 둘이 각자 동전 네 개씩 내야지. 그리고 너랑 나랑 유스터스가 같이 동시에 하는 거면 추가 요금 붙고."

"유스터스는 됐어요." 나는 말했다. "얘기가 딴 데로 샜는데. 내 말은 —"

"불처럼 새빨가네." 그녀가 말했다. "얼굴이 온통 빨개졌어, 얼굴에 목화 보푸라기 묻었고. 귀엽다."

"귀여워지려는 게 아닌데."

"그래서 귀여운 거지. 여자랑 한 적 없지?"

"그 얘기를 하러 온 게 아니고요."

"얘기할 거 없어."

그녀가 옷을 벗기 시작했다.

"그럴 필요 없어요."

"원하면 넌 됐고, 난 벗을래. 구멍이 옷 안에 있잖아."

얼굴이 달아오르는 것이 느껴졌다. 뜨거운 물이 내 안에서 솟아 올라 정수리로 끓어오르는 기분이었다. 내가 더 말하기도 전에, 그녀는 속옷을 벗고 나신으로 서 있었다. 벗은 여자를 본 것은 처음이었다. 심장이 매처럼 솟구쳤다. 그녀가 서 있는 모습은 정말 자연스러웠고, 작고 둥근 가슴은 봉긋했고 다리 사이엔 짙은 부분이 있었다.

"사실 사람을 찾으러 왔는데요." 그 말밖에 할 수 없었다.

"깨어 있는 건 나뿐인데. 달리 생각해둔 사람이 있다면 운이 없네."

"그게 아니라."

그녀는 나를 뜯어보고 고개를 갸웃하며 말했다. "그리고 여기 전에 와본 적이 없어 보이는데. 누굴 생각해뒀다기엔. 숫총각 맞지?"

"그건 중요하지 않아요."

"그럼 맞네. 여기 숫총각 있다고 깃발 흔드는 거나 마찬가지야. 보면 알아. 이리 와, 자기."

나는 움직이지 않았다.

그녀가 내게 다가왔다.

"나 목욕했어. 몸 겉에든 안에든 다른 남자 흔적은 없다고."

"세상에, 없길 바라요."

그녀가 내 손을 잡았다.

"침대로 가자."

"그냥 얘기하고 뭐 좀 물어보려고 하는데."

"알아야 할 건 내가 다 가르쳐줄게. 손님이 줄 선 것도 아니니까, 시간은 넉넉해."

"남자에 대해 알아보려 하는데요."

그녀는 멈칫하고 내 손을 놓았다.

"남자 좋아해?" 그녀가 말했다.

잠깐 생각해 보고서야 무슨 말인지 알았다.

"아뇨. 어떤 사람을 찾는데 여기 있을 거 같아서요."

"흠, 누군데?"

"정확히는 모르고."

"헷갈리게 하네, 빨간 머리."

"그러려는 게 아니라요. 우리 할아버지를 죽이고 여동생을 끌고 간 사람을 찾고 있어요."

"그럼 나를 원하지 않아?"

나는 아니라고 당장 말하고 싶었으나 말이 입에서 나오지 않았다. 대신 나는 말했다. "그런 말이 아니라요. 그러니까, 그거야 자연스러운 일이죠, 아마."

"그렇고말고. 돈 좀 볼 수 있을까?"

나는 주머니에서 동전 네 개를 꺼내 손을 펼쳐 그녀에게 보였다.

"여기요." 나는 말했다. "그리고 그 남자를 찾게 도와주면 줄게요."

그녀는 내 얼굴을 한 손으로 쓸어내렸다.

"진짜 귀엽다. 이 생활을 접는다면 너 같은 사람하고 살아야 하는데. 딱 보니까 착하다는 걸 알겠어."

"어떻게 알아요?"

"이 일을 하다 보면 많은 걸 알게 되거든. 사람을 빨리 파악하게 돼. 특히 남자를. 이리 와, 자기. 이리 와서 침대에 눕자, 그리고 정리 좀 해보자고. 먼저 동전 네 개는 지금 받을게."

정확히 일이 어떻게 돌아갔는지 모르겠지만, 곧 나는 벌거벗고 그녀와 침대에 있었고 그녀가 말했다. "여기 아래도 빨간색이라 좋다." 그러더니 내게 이것저것 가르치기 시작했다.

나는 곧 따라잡았다. 끝나고 나자, 기쁨으로 힘이 쭉 빠졌다. 할아버지가 경고한 죄악이 나를 붙들었지만, 할아버지 얘기처럼 불쾌하고 실망스럽고 영혼을 좀먹지 않았다.

나는 동전 네 개가 더 있었으면 좋겠다고 생각하며 누워 있었다. 애초에 그곳에 간 이유와 시간이 흘러가고 있음을 떠올리기까지 꽤 걸렸지만, 그 문제를 어쩌기 전에 죄악이 다시 나를 사로잡았고 공짜라는 그녀의 말에 힘입어 나는 한 번 더 했다. 행위는 길고 달콤했으며 창문에서 들어오는 따뜻한 바람이 커튼을 흔들고 침대

스프링은 쥐처럼 끽끽거렸으며 목화 보푸라기가 날아 들어와 온갖 곳에 내려앉았다. 땀에 젖은 우리 몸 위에도. 지미 수는 아파서라고는 여겨지지 않는 신음을 냈고, 돈을 신경 쓰는 처지라 나는 생각했다. 사실 지금 한 번에 동전 두 개밖에 안 냈고, 유스터스의 돈이니 이렇게 써버리면 유스터스가 술을 마실 일이 없으리라고. 마지막 부분은 자랑스러워할 만했다. 나는 유스터스를 지켜주고 있었다.

"그나저나." 끝나고 나자 그녀가 안겨들며 말했다. "이름이 뭐야?"

"잭 파커."

"파커. 성이 파커인 사람 몇 명 아는데."

"관계가 있을 거 같진 않아요. 흔한 이름이니까."

"케일럽 파커 노인네 친척은 아니지?"

"우리 할아버진데." 나는 그녀가 할아버지를 알지도 모른다는 데 놀랐다.

"세상에, 그 늙은이가. 너랑 그 양반이 친척이라니. 우연의 일치네."

"어떻게?" 나는 말했다.

"그게, 이제 둘 다 나랑 오입질했잖아."

5장

나는 재판정에서 심문하듯 묻기 시작했다. 그녀가 할아버지에 대해 한 얘기는 맞아떨어졌고, 할아버지가 내리닫이 속옷은 그대로 둔 채 그냥 앞섶 단추만 푸는 쪽을 선호했다고 했다.

"그 양반이 신앙 있는 사람인 줄 알았으면 너한테 말 안 했어. 신앙 있는 사람들은 이쪽 생활은 덮고 싶어 하니까, 그거랑 술. 내가 이해하기론 근데, 예수님께서 용서하신다면 즐기지 못할 이유가 뭐 있어? 그분께선 이해하실걸."

"그게 그런 식으로 되는 게 아닐걸요."

"어머, 왜 안 돼."

나는 할아버지와 내가 같은 여자와 관계했다는 사실을 알고 멍해져 있었다. 마치 내 얼굴이 다른 사람의 것이었음을 알게 된 기분이었다. 하지만 그걸 고민하고 있을 때가 아니었다.

"난 정말 여동생을 찾으러 온 거예요." 나는 말했다.

"말도 안 돼. 동생이 여기서 일해?" 그녀가 말했다.

"그런 게 아니라. 동생은 깨끗한 애예요."

그 말을 하자마자 나는 입 밖에 내지 말 걸 그랬다고 후회했다. 내 옆의 지미 수의 몸이 굳어지는 것을 느꼈다.

"참 별일이네?" 그녀가 말했다. "할 때는 그렇게 신나 있더니, 이제 나더러 깨끗하지 않대."

"그런 뜻이 아니라."

"그런 뜻 맞잖아."

"알았어요." 나는 말했다. "그래요. 하지만 내가 잘못 말했어요. 그런 말 하지 말았어야 했는데."

"두 번이나 하게 해줬더니." 그녀가 말했다.

"그건 고마워요."

"인제 와서 할아버지처럼 그럴 거 아니지? 나를 침대 옆에 무릎 꿇고 기도 올리게 하고서는 이 생활을 포기하겠다고 약속하게 시키고, 자기는 다음 달 첫째 화요일에 오겠다고 말하는 거?"

"할아버지가 그렇게 자주 왔다고요?"

"부인이 살아 있을 때는 다른 아가씨들을 만나러 왔대, 아무튼 내가 듣기론 그랬어. 그게 얼마나 오래전인지는 모르겠는데 부인이 죽고 더 자주 오게 되었다고. 이런 거 물어봐도 되나 모르겠는데, 부인은 어떻게 죽었어?"

"젖소에 치였어요."

지미 수는 사레가 걸릴 뻔했다.

"젖소? 젖소에 치여? 그런 건 첨 들어봐. 와, 그거 진짜 기막히다. 젖소라니."

"생각보다 자주 벌어져요. 시골에서는."

"진짜 웃긴다. 젖소가. 젖소를 화나게 하려면 이만저만 해선 안 될 텐데. 수소 아니고?"

"젖소 암소였어요."

"대단하다." 그녀가 말했다. "미안. 하지만 웃기잖아, 그 자체가. 그 양반은 그런 소린 한 번도 안 했어. 뭐 여기저기 떠들고 다닐 일은 아니었겠지. 내 아내가 젖소한테 치여 죽었어. 젖소가 무장하고 있었냐고?"

"안 웃겨요."

"좀 웃기잖아."

그녀가 말하고는 깔깔대며 그 사실을 증명했다. 웃으니 더 예뻐 보였다. 하얗게 빛나는 이, 땀으로 촉촉하게 젖은 얼굴, 초록색 눈은 너무 크고 깊어서 그 안으로 빠져들고 싶었다.

자신을 추스리고 나서 그녀가 말했다. "할아버지 얘긴데. 육 개월 전 내가 여기 일하러 왔을 때, 한 달에 한 번 화요일보다 더 자주 날 만나러 왔어. 늘 말하길, 여기 한 달에 한 번 화요일에 오는 건 수요일에 무슨 기도 모임인지 뭔지 가고 싶어서지만 날 보러 한 달에 두 번 오겠다고 했어. 그 기도 좋아하는 노인네는 잘 지내고?"

"돌아가셨어요."

그녀는 벌떡 일어나 앉았다.

"어머, 미안해."

"괜찮아요."

"그분도 젖소에 당한 건 아니지?" 나는 그녀를 쳐다보았다. "미안해." 그녀가 말했다. "예의가 아니었네. 그냥 참을 수가 없어서. 염소였어? 아니면 양?"

"그만해요."

"미안." 그녀가 말했다.

"사실 그분 복수를 하려고요. 어, 진짜로 누굴 해치고 싶은 건 아니고요. 그분을 죽인 놈들을 감옥 보내고 싶어서. 하지만 무엇보다 동생을 도로 찾고 싶어요."

그러다가, 뭘 어쩌겠다는 생각조차 미처 하지 않은 채 나는 그녀에게 지금까지 있었던 일을 전부 세세히 털어 놓았고, 끝나고 보니 왜 역사적으로 장군과 왕들이 첩에게 그렇게 말을 많이 했다는지 알았다. 그녀 표현을 빌리자면 오입질은 다리와 마음이 다 느슨해지는 일이었다.

"네가 말한 그 뚱뚱하고 이가 좀 빠진 사람 있잖아." 지미 수가 말했다. "그 사람 패티야."

"네, 자기들끼리 그렇게 부르더라고요."

"어젯밤 여기 왔었어, 어쩜 아직 있을 거야. 전에 두세 번 본 적 있어, 나랑 잔 적은 없지만. 사업 면에서 좋지 않단 건 아는데, 너무 못생기거나 냄새나면 나는 선을 딱 긋거든, 누구 다른 사람이 기꺼이 맡겠다면 말이지만. 그리고 그 사람은 기꺼이 맡을 친척이 여기 있어."

"친척이요?"

"케이티는 남자를 돌보는 걸 자기 일로 알고 그 사람은 남자니까. 어차피 가까운 친척은 아니래. 사촌끼리도 다들 결혼하잖아."

"우리 가족은 안 그래요." 나는 말하고 일어나서 옷을 입었다. "그럼 여기 있단 거죠?"

"갔는지 아닌지 몰라." 그녀가 말했다. 그녀의 얼굴이 시무룩해졌다. 그 사랑스러운 얼굴로 시무룩해 봤자였지만. "이제 정말 원하는 일이었단 걸 알겠어. 내가 오해하고 바쁜 사람을 붙잡았네."

"솔직히, 정말 원하던 걸 얻은 거 같은데요."

"상냥하기도 해라."

"그저 내가 원하는 줄 몰랐던 거죠."

"초콜릿 케이크 맛보기랑 같아. 한번 먹어보면 그때부턴 안달하게 되지. 저기, 내가 패티를 알려줄 순 있는데, 나는 얽히지 않게 해줘." 그러다가 그녀의 머릿속에 무슨 생각이 스쳐 가는 것이 분명히 보였다. "아냐. 그보다 차라리 날 데리고 가."

"내가 왜요?"

"나랑 가면 여기서 했던 걸 공짜로 할 수 있잖아. 나는 같이 여행하기 재미난 사람이야. 여기서 일하면서 농담도 많이 배웠고. 다만 요리하란 소린 관둬. 나 물도 태워 먹거든."

"아무리 그래도 물을 태울 순 없어요." 나는 말했다.

"농담인데."

"별로 좋은 농담은 아닌데. 말이 안 되잖아요."

"냄비가 다 타도록 물을 끓일 수는 있지." 그녀가 말했다. "나 그런 적 있거든."

"정말 나랑 도망가고 싶어요?" 내가 물었다.

"스티브에게서 벗어나고 싶어서 그래." 그녀가 말했다. "이 일이 재미날 거라고 그랬는데 아니야. 몇 가지 장점은 있지. 여기 전깃불하고 요리용 가스버너 같은 건 괜찮은데 말했다시피 나는 요리를 못하잖아. 그리고 변소가 안에 있어. 여기 집안 복도 저 끝 방에 있다니까. 볼일 보고 줄을 당기면 물이 내려와서 다 씻겨나가. 시내에서 유일하게 실내 변소를 갖춘 곳이 이 사창가야. 그건 아주 마음에 들어. 밤에 볼일 보러 밖에 나가서 실외 변소에서 벌레나 뱀한테 엉덩이 물리는 게 아닌가 걱정할 필요가 없으니까. 하지만 말했다시피 재미난 삶은 아니라고. 스티브가 나한테 거지 같은 거짓말을 했어. 오스틴 역에서 기차에서 내리다가 스티브 눈에 띄었지. 엄마가 나더러 자기처럼 재봉사 하라고 그러는 바람에 가출했던 참이었어. 평생 엄지를 바늘에 찔리면서 살긴 싫었거든. 지금은 그냥 거기서 골무 끼고 있음 얼마나 좋을까 싶어. 물론 엄마한테 편지 한 번 썼고 엄마도 답장해 줬지만 돌아오란 말은 없었어. 엄마는 나더러 다시는 편지 보내지 말래. 스티브는 날 사랑한다며 더 나은 데로 데려다주겠다고 했는데 와 보니 여기서 다리나 벌리고 있게 되었고 뭐 하나 나을 게 없더라니까, 아까 말한 가스와 전기, 변소 말고는. 이따금 함께하기 나쁘지 않은 남자도 있긴 한데."

"다른 남자들과도 즐겼어요?"

"내가 여기서 그냥 널 기다리며 살았겠어, 빨간 머리?"

"아니겠죠."

그렇게 말했지만 나의 자신감은 약간 하락했다. 내가 처음인데도 너무 잘해서 그녀가 매춘을 그만두고 나를 따라나서겠다고 하는 줄만 알았다. 하지만 그녀는 그저 매춘을 아예 관두고 싶은 것뿐이었다.

"방금 만난 사이인데 나를 평생의 사랑으로 삼고 싶어?" 그녀가 물었다.

"아니, 하지만……"

"들어봐," 그녀가 말했다. "널 좋아해. 하지만 내가 부탁하는 건 스티브에게서 도망쳐서 여길 나가게 해달라는 것뿐이야. 그 뚱뚱한 남자가 여기 있다면 내가 알려줄게. 한동안 너와 다닐 거고, 원하면 맘대로 날 가져도 돼, 내가 기분 아닐 때만 빼고. 돈을 받으면 안 좋은 기분에서 벗어날 수 있는데, 만약 돈을 못 받고 기분이 가라앉아 있을 때면 사근사근하지 못할 수 있어. 그러지 말아야 하는데. 미리 일러두는 게 좋겠다 싶어서."

이렇게 지미 수가 꽤 수다쟁이임을 알게 되었다. 나는 곧장 본론으로, 최소한 지금 가장 걱정되는 본론으로 들어가기로 했다.

"근데 내가 데리고 도망치면 스티브가 날 쏘지 않을까요?"

"그렇겠지, 우리를 잡으면 총질을 할걸." 그녀가 말했다. "스티브는 자기가 우리 주인인 줄 알아, 양이나 뭐 그런 가축처럼. 다른 여자애들 몇은 그래도 신경 안 써. 하지만 나는 나가고 싶어. 이제 도와줄 사람이 있으니 할 수 있지."

"하겠다고 동의한 적 없는데요."

"하지만 돕고 싶지?"

"아마." 나는 말했다. "하지만 총 맞기는 싫어서요."

"그럼 됐네. 너는 날 도와주고, 우리 함께 네가 총 맞을 일이 없도록 노력하자."

"노력?"

"인생에 위험 한두 개 없을 줄 알았어, 자기?"

"아는데, 이건 내가 굳이 감당할 필요가 없잖아요."

"하지만 할 거지, 응?"

나는 아무 말도 하지 않았으나 그녀는 내가 허락한 것처럼 굴었다. 옷을 차려입더니 끈으로 졸라매는 작은 가방을 집어 들고, 내가 준 동전 네 개를 넣고 손목에 가방을 걸었다. 그녀가 말했다.

"그 사람이 여기 있는지 알 방법은 부츠야."

"스티브?" 내가 물었다.

"아니. 패티 말이야."

복도에 나오니 양쪽에 부츠가 늘어서 있었다. 나는 하나도 구분이 되지 않았다. 하지만 지미 수는 할 수 있었다. 그녀가 가리켰다.

"저게 그 사람 거야, 앞코가 은색인 거. 사람 걷어차는 데 쓰려고 저렇게 만든 거지. 여자애한테 자랑하고 그랬어, 사람 무릎이며 불

알 걷어차고 다닌 이야기. 그 친척 케이티는 재미있어 하더라."

"그 케이티를 만나보진 못했지만, 이 자리에서 말하는데 케이티 의견은 무슨 일이든 내가 존중할 만한 건 아니네요, 특히 가족관계 에선. 그 사람 부츠 확실해요?"

"꽤 확실해."

"장담할 방법 있을까요?"

그녀는 복도를 살금살금 걸어가 부츠를 눈앞으로 들어 올려 내 게 속삭였다.

"봐, 앞코 아래에 작은 칼날이 있지."

나는 가서 들여다보았다. 정말로 앞코 아래에 작은 칼날이 끼워 져 3센티미터쯤 튀어나와 있었다.

"그럼 그 사람 맞죠?"

"맞아." 그녀가 말했다. 우리는 다시 살금살금 돌아와 그녀 방 앞 에 섰다. "저 방에 쳐들어가서 그 사람을 쏘면 난리 나서 우린 아무 데도 못 가. 그러니까 날 데리고 갈 거면 다른 계획이 필요해."

"그 사람에게서 알아낼 정보가 있어요." 나는 말했다. "우린 그 사 람을 심문할 계획이고요."

"심문해?" 그녀가 말했다. "내가 침대에서 하는 일처럼 들리네."

"쇼티 말로는, 입을 열 때까지 개머리판으로 두들겨 팰 거라던데 요. 진짜 그렇게 말했어요."

"왜 진작 그렇게 말하지 않고? 나 그거 무슨 뜻인지 알아."

나는 갑자기 많은 것을 생각하고 있었다. 패티는 물론이고, 지독한 거짓말쟁이에 젖소 사건 전후로 외도를 저지른 할아버지. 그리고 듣자 하니 할머니 머리에 소 발굽이 찍혀 장례를 치르고 오래 지나지 않아 그간 해오던 오입질을 더 자주 하러 왔던 모양이었다.

그 생각만으로도 힘들었지만 이제 지미 수 걱정도 해야 하고, 곧 쇼티와 유스터스에게 그녀에 대해 설명해야 했다. 또한 구덩이에 누워 있던 소년을 생각했고, 물론 저 밖 어딘가에 있을 동생을, 그리고 여기서 매춘부와 시간이나 낭비하면서 그걸 싫어하지 않는 나 자신에 대해서도 생각했다. 나는 사실 일종의 구름에 감싸여 있었고 마침내 사람들이 얘기하던 것을 경험해본 참이었다. 내 견해로는 딱히 과장된 게 아니었다.

지미 수의 방에 돌아와 우리는 시트를 찢고 묶어서 잡고 매달릴 매듭을 군데군데 만들었다. 시트를 침대 틀에 묶고 다른 한쪽을 창밖으로 내려뜨렸다. 아래까지는 두 층이었다. 시트 밧줄은 우리가 바랐던 만큼 길지 않았다. 내 주머니칼을 꺼내 이불을 잘랐고 우리는 그걸 시트에 이어 묶었다. 이제 거의 바닥까지 닿았고 지미 수가 뛰어내려야 하는 높이는 얼마 안 되었다.

계획은 그녀는 그쪽으로 그리고 나는 들어왔던 길로 만족에 겨운 손님으로서 나가는 것이었다. 나는 창밖으로 나가는 지미 수를 돕고, 우리가 만든 시트와 이불 밧줄을 붙들고 그녀는 내려가기 시작했다. 반쯤 내려갔을 때 매듭이 풀려 그녀가 떨어졌다. 심각한 추락은 아니었으나 그녀는 엉덩이를 호되게 부딪혔고 헉 하고 내

뱉은 숨소리는 그 당시엔 마을 저 끝에까지 그리고 조면기 있는 데까지 들릴 것 같았다.

그녀는 위를 올려다보고 숨을 좀 들이쉬더니 일어났다. 내게 손을 흔들었다.

나는 방에서 나가 계단을 내려가 문으로 향했다. 샷건 든 스티브에게 손을 흔들었다. 그는 마주 손을 흔들지 않았다. 그저 나를 노려보기만 했다. 나라면 그런 태도는 사업에 좋지 않다고 여길 것이다. 나는 밖으로 나갔다.

조심스럽지만 재빠르게 사창가 건물 뒤로 향했고, 모퉁이를 돌아 지미 수를 만났다.

"괜찮아요?" 내가 말했다.

"엉덩이가 납작해진 것 같아." 그녀가 말했다. "매듭 하나 똑바로 못 묶니?"

"최선을 다했어요. 내 기억으로는 나만 묶은 게 아닌데."

"나는 매듭 묶을 줄 알거든. 일 달러 걸어도 좋아, 그 풀린 매듭은 네가 묶은 거야."

"이젠 상관없잖아요."

우리는 그곳을 멀리 돌아 건물 두세 채 뒤를 지나 말 보관소 뒤로 왔다. 쇼티와 유스터스가 빌린 말을 팔고, 우리 말들에게 먹이와 물을 주고 쉬게 하기로 한 곳이었다.

말 보관소 앞으로 돌아왔고 막 안으로 들어가 일하는 사람한테 쇼티와 유스터스의 행방을 물으려던 차에, 우리를 향해 다가오는 그들을 보았다. 유스터스는 마대 자루를 어깨에 지고, 다른 손에는 4게이지 샷건을 들고 있었다. 쇼티는 덩실거리며 걷는 것처럼 보였다. 어딜 갔었는지 모르겠지만 다시 나타난 돼지가 곁에 있었다. 멀리서 봐도 몰골이 엉망이었고, 온갖 진흙과 풀이 짧고 뻣뻣한 털에 뒤엉켜 있었다.

"돼지가 있네." 그녀가 말했다.

"알아보네요?"

"왜 돼지랑 다녀?"

"유스터스 친구라서요." 내가 말했다.

"친구."

"넵."

"세상에, 저 돼지 사나워 보여."

"그렇대요."

소리가 들릴 만큼 다가오자 유스터스가 말했다. "걔가 네 동생이야?"

"만약 그렇다면 우린 법적으로 그리고 설교자들에게 혼쭐날걸." 지미 수가 말했다.

"아니요." 나는 말했다. "패티 행방을 알려준 사람이에요."

"그럼 여기로 온 게 패티구나." 유스터스가 말했다.

우리는 이제 모두 말 보관소 앞에 몰려 서 있었다.

"어떻게 알게 되어서 그 정보를 얻었는데?" 쇼티가 물었다.

"사창가에서 만났어요." 지미 수가 돼지를 쳐다보며 말했다. "도망치는 걸 애가 도와주고요."

"거기서 일하나 보네." 쇼티가 말했다.

"그 일에서 손 씻기로 했어요." 그녀가 말했다. "근로 시간은 길고, 냄새날 수도 있고, 별 혜택도 없거든요, 실내 변소하고 전깃불 말고는." 그녀는 쇼티를 응시했다. "참 귀엽네요?"

"그렇게 생각해?" 쇼티가 말했다. "그렇다면 아가씨 전직을 되살려 저기 건초 더미에서 오 분만 뒹굴어 볼까. 돈은 있어."

"아뇨." 지미 수가 나와 팔짱을 끼며 말했다. "그 일은 완전히 관뒀어요. 빨간 머리랑 여기 뜨려고요. 빛나는 갑옷을 입은 기사님인 셈이죠."

"동생아." 유스터스가 내게 말했다. "보아하니 그 동전 네 개는 날렸고, 쟤가 네 갑옷을 닦아줬겠구나."

"면목 없어요." 내가 말했다.

"아냐. 너는 내가 시킨 대로 했고, 그래서 기쁘다."

"저 사람도 기쁘대." 지미 수가 말했다. "넌 안 그래?"

나는 고개를 끄덕였다.

"내가 원래 얘 할아버지랑 잤거든요." 그녀가 말했다.

나는 움츠러들었고, 쇼티의 껄껄 웃어대는 소리에 자존심에 상처를 입었다.

"너희 할아버지가 설교사였다는 양반 아니냐?"

"괜히 애 마음 상하게 하지 말아요." 지미 수가 말했다. "얘한테도 말했지만, 예수님은 용서하는 분이니까 남자는 가끔 그걸 빼줘야 한다는 걸 이해해주실 거라고요."

"전적으로 동의해."쇼티가 말했다.

"그 돼지 물어요?"지미 수가 물었다. 돼지에 관심이 쏠려 있었다.

"그럼요, 아가씨."유스터스가 말했다. "그리고 진짜 힘세. 마음만 먹으면 아가씨 다리도 뜯어낼걸, 좀 시간이 걸리고 물고 당겨야 하겠지만."

"그 털에 엉긴 진흙 좀 털어주지."그녀가 말했다.

"녀석이 안 좋아할걸."유스터스가 말했다.

"좋아, 그럼."쇼티가 말했다. "그 패티 놈은 어디 있지?"

나는 그에게 위치를 설명해 주었다.

유스터스는 자루를 바닥에 내려놓고 4게이지 샷건을 말 보관소 벽에 기대놓았다. 오버올 차림에 셔츠를 안 입은 보관소 사람이 나왔다. 그의 작업화에는 말똥과 건초가 바닥에 너무 두껍게 떡져 옆과 발끝 그리고 뒤꿈치로 삐져나와 있었다. 뚱뚱하고 대머리에 두꺼운 안경 너머로 눈을 가늘게 뜨고 있었다. 안경알 한쪽은 금이 갔으며, 안경다리 끝에 끈을 달아 안경을 머리에 묶어놓았다. 그는 말굽 망치를 들고 있었다.

"당신네들 목소리인 거 같더라고."남자가 유스터스와 쇼티에게 말했다. "일행인가?"보관소 사람이 말하고는, 눈길이 돼지에게로 향했다. "저 돼지는 여기 왜 있지?"

"돼지를 변변치 못하나마 우리 조직에 포함하기로 했답니다."쇼티가 말했다. "우리 비서는 만나셨고?"그는 지미 수에게 손짓했다.

"이름은 뭐지?" 그녀는 이름을 말하자 쇼티가 다시 말했다. "돼지는 우리 해결사고."

"돼지가?" 보관소 사람이 말했다. "거 사람 무나?"

"자주 듣는 질문인데." 쇼티가 말했다. "네, 뭅니다."

"세게." 유스터스가 말했다.

보관소 사람은 망치를 슬그머니 들어 올렸다.

"위협적으로 보이면 안 됩니다." 쇼티가 말했다. "돼지 성깔이 지랄 맞아서."

나는 돼지를 흘끗 보았다. 내겐 전혀 화가 나 보이지 않았다. 코에 올라앉은 파리에 정신이 팔린 것 같았다.

보관소 사람이 돼지에 대한 정보를 곱씹기도 전에, 지미 수가 나를 쳐다보곤 말했다. "쇼티 말하는 게 웃겨. 난쟁이라서 그런가?"

"아닐걸요." 나는 말했다. "난쟁이인 것과는 상관없을 거예요."

"다 들린다, 알겠지만." 쇼티가 말했다. "나 바로 여기 서 있거든. 그리고 너처럼 촌스럽고 무지한 말투 쓰는 난쟁이도 있지만, 나는 아니야."

"아는 난쟁이가 많아요?" 그녀가 말했다.

"지금은 없지." 쇼티가 말했다.

"그럼 모르는 거잖아요." 그녀가 말했다. "다들 썹새끼처럼 말할지 누가 알아."

"옛날에 몇 명 알았어." 쇼티가 말했다. "생각해 보니 그중 몇은 썹새끼처럼 말했네."

"무슨 상관이야?" 유스터스가 말했다.

"도대체 무슨 소리들을 하는지 모르겠지만," 보관소 사람이 말했다. "당신네 말들 먹이랑 물은 다 먹였어. 친구는 찾으셨나?"

"아뇨." 쇼티가 말했다. "아직. 여태 찾는 중이죠."

"음, 편자 하나가 망가진 말을 타고 온 뚱뚱한 남자는 그 양반뿐인데, 내가 고쳐줬고. 그 사람 보거든 말해주고."

"그러죠." 쇼티가 말했다.

"빌린 말은요?" 나는 쇼티를 쳐다보며 말했다.

유스터스와 쇼티가 눈치를 주었다.

"빌린 말?" 보관소 사람이 말했다.

"여분의 말이요." 나는 고쳐 말했다. "미안. 말이 헛나왔어요."

"내가 사들였지." 보관소 사람이 말했다.

"그걸로 이 자루에 든 물건들을 산 거야." 유스터스가 말했다. "돈도 좀 남았고."

"말이 괜찮으면 값을 괜찮게 쳐주거든." 보관소 사람이 말했다. 뿌듯한 모양이었다. 암탉을 올라탔다 방금 내려온 수탉처럼.

"꼭 알리지요." 쇼티가 말했다. "누가 물어보거나 혹시 얘기가 나오면, 여기가 그걸로 유명하다고."

"어, 고맙네, 난쟁이 양반."

보관소 사람의 말에 쇼티의 한쪽 눈이 움찔하는 것을 나는 보았다.

그래도 마음을 가라앉히고 그는 보관소 사람에게 말했다. "우리 말들을 좀 더 봐줄 수 있겠습니까, 물론 비용은 낼 거고."

"물론 그래야지." 보관소 사람이 말했다.

"처리할 일이 있어서." 쇼티가 말했다. "생길지도 모른다 싶었던 일이 벌어졌군요."

"가서 일 보쇼." 보관소 사람이 말했다. "준비 다 되면 돈 가져와서 말 데려가고. 그나저나, 그 돼지 파는 거요? 내 훈제실에 편하게 늘어져 있음 딱 좋겠는데."

"뭐든 죽은 거면 편하게 늘어지겠죠." 쇼티가 말했다. "하지만 파는 거 아닙니다, 누구 소유가 아니니."

"그럼 자유로운 몸이다 그거구만." 보관소 사람이 말했다.

"자유지만, 우리 보호 아래 있고, 우리는 저놈 보호 아래 있는 셈이랄까." 쇼티가 말했다.

"거 묘한 조합일세." 보관소 사람이 말했다.

"다 관점 나름이겠죠." 쇼티가 말했다. "나중에 말 찾으러 오겠습니다."

보관소 사람은 도로 안으로 들어가고, 우리는 사창가 방향으로 거리를 걸어갔다.

쇼티가 말했다. "네가 그 사람을 못 찾았다면 여길 떠나 오래된 흔적을 찾아볼까 했지. 하지만 이제 그놈을 찾아서 조용히 얘기 좀 하고, 어디로 가야 할지 정할 수 있겠다."

우리는 사창가 앞 거리에 서서 그 건물을 쳐다보았다.

"저 안 어디?" 유스터스가 말했다.

나는 최선을 다해 방 위치와 그를 알아볼 수 있는 부츠의 특징을 설명했다.

"저 안에 케이티랑 있어요." 지미 수가 말했다. "케이티는 침대 아래 작은 스툴 위에다가 소형 권총을 두고 있어요. 그러니까 안에 들어가려면 명심하는 게 좋겠죠. 그리고 스티브도 명심하고. 문 근처에 410구경을 들고 있어요."

"그가 나오길 기다리는 게 최선의 행동 방침일 것 같다." 쇼티가 말했다. 그는 몸을 돌려 길 건너 오래된 폐가를 쳐다보았다. "저 안에 들어가서 기다리다, 그가 나오면 낚아채자."

"나는요?" 지미 수가 말했다.

"아가씨?" 쇼티가 말했다. "이 일을 끝내면, 돌아가서 다시 몸을 팔든가 떠나든가. 우리가 걱정할 바 아니지."

"내가 그 사람 행방을 말했다는 걸 알면, 날 죽일 텐데." 지미 수가 말했다. "그 사람이든 아니면 친척 케이티든. 케이티는 뱀처럼 못됐어요. 까놓고 말해서, 난 위험을 무릅쓰고 여기 서 있다고요. 안에서 누가 봤다간 난 끝장나요. 곧 내가 없어진 걸 발견할 거고, 스티브는 매춘부들이 자기 의지를 갖는 걸 안 좋아해요."

"그래도 우리가 걱정할 바 아냐." 쇼티가 말했다.

"아니, 맞아요." 나는 말했다. "보호해주겠다고 내가 약속했어요."

"저 여자는 매춘부야." 쇼티가 말했다. "그냥 난장판인 자기 상황에서 벗어날 길을 찾는 거고, 너는 거기 들어선 거야. 같이 배 맞춰보니 좋았다고 해서 저 여자 보호자가 되는 건 아니다."

지미 수는 이곳으로 오는 내내 꼭 붙들고 있던 내 팔을 놓았다.

"따귀를 갈겨버릴래." 지미 수가 쇼티에게 말했다. "허리 숙일 필요가 없도록 땅에 구덩이를 파고 그 안에 들어가 서야 하는 한이 있더라도."

"허, 재밌네." 쇼티가 말했다. "내 뺨을 치려 들었다간 코 깨져서 깨어날걸. 명심해 둬."

"내가 도와주겠다고 했어요, 그럴 계획이고." 나는 말했다. "그리고 누구든 뺨 때리면 안 돼요."

쇼티는 고개를 돌려 나를 쳐다보았다. 유스터스는 쇼티 어깨에 한 손을 올리고 말했다. "네가 저 애 심지가 굳으냐고 물었을 때 나는 그렇게 생각한다고 했지. 너는 아니라고 했고. 내가 뭐랬냐, 쇼티?"

"애가 심지는 있나 보네." 쇼티가 말했다. "하지만 무덤에 들어가기 딱 좋을 만큼인 거 같다."

"자, 우선은 됐고." 유스터스가 말했다. "내 친척 동생 잭이 여자 데리고 있게 돼. 지금 당장은 방해될 거 없잖아."

"앞으론 그럴걸." 쇼티가 말했다. "자, 아무튼 사창가를 쳐다보고 있다가 눈에 띄면 안 되지. 움직이자."

"그래." 유스터스가 말했다. "덩치 큰 흑인, 난쟁이, 어린애, 매춘부, 그리고 고약한 멧돼지가 저기서 뭘 하나 싶겠다."

유스터스와 쇼티가 멀어지자, 지미 수가 말했다. "난쟁이들은 별로 친절하지 않네."

"그게 일반적인지, 아니면 이 난쟁이만 그런진 모르겠지만, 내 경험으로도 그렇네요."

우리는 거리를 건너 폐가로 갔다. 문도 없고 창문에 유리도 없고, 마루 판자는 썩었다. 지붕에는 구멍이 뚫려 비가 안으로 들이쳤다. 기묘하게도, 안에는 아직 테이블과 의자 그리고 얼룩진 소파가 있길래 우리는 거기 걸터앉았다. 안쪽에 문 달린 방이 있었으나 그 안으로는 들어가지 않았다.

"죽은 아이는 어떡해요?" 나는 말했다.

"아이 시신 위치를 자세히 설명한 쪽지를 보안관 사무실 문 밑으로 넣고 왔어." 쇼티가 말했다.

정말인지 영 믿어지지 않았고 얼굴에서 그게 티가 났다. 유스터스가 말했다. "진짜야, 애야. 그랬어. 쇼티가 쪽지를 쓰고, 내가 문 아래로 인디언처럼 소리 없이 밀어 넣고 왔다니까."

여전히 의심스럽게 들렸다.

"나 배고파요." 지미 수가 말했다. "밤늦게까지 그리고 아침도 바쁘게 일해서. 뭐 좀 먹으면 좋겠는데."

"아가씨를 염두에 두고 메뉴를 준비한 게 아닌데." 쇼티가 말했다.

"어휴, 야, 쇼티." 유스터스가 말했다. "거 작작 좀 해라. 식량 넉넉하고, 어차피 뭐 더 필요한 게 있으면 구하면 될 거 아니냐."

쇼티가 머뭇거렸다.

"그 자루 안에 든 건 유스터스가 말한 빌린 말 판 돈으로 샀잖아요." 내가 말했다. "개인 쌈짓돈에서 나온 것도 아닌데."

"그 말을 빌려온 사람은 나고." 유스터스가 말했다.

"빌린 말을 팔았어요?" 지미 수가 말했다. 내가 쳐다보자 그녀는 알아들었다. "아. 그렇구나."

쇼티는 굴복했다. 통조림 고기를 먹고 나서 우리는 자루에서 꺼낸 수통을 한 모금씩 마신 다음 앉아서 기다렸다. 나와 지미 수 그리고 유스터스는 흔들거리는 테이블에, 쇼티는 소파에 앉았다. 지미 수는 웃기는 이야기를 안다며 두 가지 들려주었지만 아무도 이해하지 못했고 아무도 웃지 않았다.

쇼티가 말했다. "그 농담 일부만 아네, 아가씨. 거기 반전이 있어야지."

"내가 들었을 땐 웃겼다고요." 그녀가 말했다. "그리고 뭔가 더 있었어요. 내가 농담 잘하는 줄 알았는데."

"네가 못하는 거라고 말하려던 참이었어." 쇼티가 말했다.

"그게 그렇게 중요한 줄 몰랐어요." 그녀가 말했다. "그냥 시간 보내려 한 건데."

"글쎄." 쇼티가 말했다. "시간의 발목에다 쇳덩이를 묶어 질질 끌고 빙빙 돌게 만든 셈이네."

웃기는 이야기는 중단되었다. 지미 수는 잠시 입을 삐죽거렸지만 오래가지는 않았다. 워낙 성격이 긍정적이라 자신이든 다른 누구에게든 나쁜 감정을 많이 품지 못하는 것 같았다. 앉아 있는 사이 그녀는 내 무릎을 쓰다듬었고, 패티 외의 잡념이 자꾸 들어 그녀의 손을 치울 수밖에 없었다. 그녀는 날 보고 미소 지었지만 결국 포기했다. 그녀가 정말로 내게 마음이 있는지 아니면 사창가에서 벗어나려는 수작인지 알 수가 없었다. 당장으로선 상관없었다. 그녀와 함께 있는 건 좋았다. 오래되고 썩은 집안 의자에 앉아 있더라도. 그리고 이 모든 기다림과 동생의 안부에 대한 걱정으로 모든 생각이 뒷전으로 밀리고 속이 타들어가고 있더라도.

그래서 우리는 거기 앉아 뻥 뚫린 현관으로 길 건너를 지켜보며 패티가 나오길 기다렸다. 쇼티만 제외하고. 쇼티는 아무것도 안 보고 있었다. 소파에 드러누워 잠들어서 조용히 코를 골고 있었다.

"저 조그만 작자를 자는 사이 콱 질식시켜 버려도 좋을 텐데." 지미 수가 말했다.

"좀 시간을 두고 알아가도록 해." 유스터스가 말했다. "그러면 정말 싫어하게 될걸."

유스터스와 나는 웃음을 터트렸다.

지미 수는 미소 짓다가 숨을 훅 내쉬고 말했다. "스티브 나오네요."

우리가 모두 몸을 앞으로 기울여 지켜보는 가운데 그자가 샷건 없이 나와 포치 옆에다 침을 뱉고 기지개를 켜더니 도로 들어갔다.

"자주 저러나?" 유스터스가 물었다. "저렇게 밖으로 나와?"

"나야 모르죠." 지미 수가 말했다. "보통 스티브가 침 뱉거나 기지개 켜거나 소변 볼 때 난 다른 일을 하니까."

"알겠다." 유스터스가 말했다. "시간을 가늠해 보려고 물어봤어."

"난 도움 안 돼요." 지미 수가 말했다.

유스터스가 다시 의자에 기대앉은 순간 총소리 같은 소리와 함께 의자가 부서지고 그는 바닥에 엉덩방아를 찧었다.

쇼티가 화들짝 놀라 깼다. 그는 권총을 손에 들고 벌떡 일어났다. 무슨 상황인지 깨닫자 쇼티는 폭소를 터트렸고 우리들도 마찬가지였다. 유스터스조차 창피함을 이겨내고 나자 함께 웃었다.

유스터스가 일어나는데, 지미 수가 말했다. "저기 있네요. 저 사람이 패티예요."

우리 모두 쳐다보았다. 쇼티는 소파 위에 올라서서 창밖으로 내다보았다.

그 사람이 맞았다. 포치에 있는 남자에게 여자가 한팔을 두르고 뺨에 입 맞추고 있었다. 여자는 좀 통통한 편이었으나 뚱뚱하진 않았고, 머리가 어둠처럼 새까맸다. 뜨거운 물에 담그고 비누를 왕창 써서 씻으면 매력적이라고 할 수도 있을 법했다. 주위에 아무도 비교할 대상이 없고 약간 어둡다면 말이지만.

"둘이 친척이에요." 지미 수가 말했다.

"나하고 잭도 친척이지." 유스터스가 말했다. "우린 키스 안 해."

"친척이라고요?" 지미 수가 말했다. "정말?"

"어쩌면." 내가 말했다.

"나는 얘한테 키스하지 않고 얘는 나한테 키스하지 않지." 유스터스가 말했다. 그러더니, "근데 하고 싶네."

우리가 모두 유스터스를 쳐다보자 그는 웃어댔다.

"아 시끄러워, 멍청이들아." 쇼티가 말했다.

쇼티는 거리로 걸어갔고 우리는 모두 문간으로 가서 지켜보았다. 친척 케이티는 포치에 남아 있었다. 그녀는 안으로 들어가 문을 닫았다.

쇼티가 말했다. "사람 많은 데 가기 전에 따라잡아야 해."

금방 되지도 않았고 쉽지도 않았다.

패티는 우리보다 앞서 술집으로 들어갔다. 나는 그가 알아볼 테니 들어갈 수가 없었고, 유스터스는 흑인 출입금지라 불가능했다. 쇼티는 눈길을 너무 많이 끌 테고, 지미 수는 혼자서 돌아다니고 있는 모습을 사방에 보였다가는 스티브한테 들킬 수 있어서 내키지 않아 했다. 돼지는 도움이 되지 않았다.

"보안관에게 말해보면 어때요." 내가 말했다.

"가능하지. 하지만 그건 아냐. 돈을 받으려면 우리가 직접 잡아가야 해." 유스터스가 말했다. "우리가 신고하면 그게 같지가 않아. 보안관이 현상금을 받거나 아님 최소한 절반은 가져갈걸. 그런 식일 거야."

"네 말이 맞겠지." 쇼티가 말했다. "저기 나무 몇 그루 있는 데 숨어서 술집을 지켜보며 패티가 나오기를 기다리면 어때."

"저기 하루종일 있을 수도 있잖아요." 지미 수가 말했다.

"언젠가는 닫겠죠." 내가 말했다.

"안 닫아." 그녀가 말했다. "내내 여는 곳이야."

"여기 가만히 앉아 기다릴 순 없어요." 나는 말했다. "룰라가 그 남자들한테 붙잡혀 있고 무슨 짓을 당했는지 모르는 마당에. 어쩔 수 없다면 내가 들어가서 잡아 올게요. 날 알아보든 말든 상관없어요."

"저놈이 널 해치울지도 몰라." 쇼티가 말했다. "아니면 네가 실수로 놈을 죽이든가, 비록 가능성은 적지만. 그보다는 네가 엉덩이에 칼을 꽂고 저런 업소 뒤편 어딘가에서 발견될 가능성이 높겠지. 네가 죽어도 토지 문서가 남아 있다면 서명을 위조해서 일이 어찌저찌 풀릴 수도 있을 거야. 하지만 그런 위험을 무릅쓸 거 있나. 그러니까 계획 망치지 말자고."

"지금까지 한 게 계획대로라고요?" 나는 말했다.

"전술이 유동적이었던 건 인정해." 쇼티가 말했다. "하지만 우리 행동에는 진짜로 계획이 숨겨져 있다니까."

"좋아, 그럼." 유스터스가 말했다. "범위가 좁혀지네. 술집에 들어가서 놈을 잡아야 해. 술집에 들어가 내가 흑인이고 너는 난쟁이고 뭐 그런 걸 들키기 전에 나와야 하고."

"우리의 변동 가능한 계획에서 그 가능성은 낮지." 쇼티가 말했다.

바로 그때 말 보관소와 술집 사이 골목을 쳐다보던 나의 눈에 패티가 그 뒤에서 옥외 변소를 향해 어슬렁어슬렁 걸어가며 모자를 눌러쓰는 모습이 들어왔다.

"저기 가요." 내가 말했다.

"자연적인 배변 현상에 굴복했군." 쇼티가 말했다.

패티가 변소 안으로 들어가 문을 닫았다.

"모두 몰려갈 필요 없어." 유스터스가 말했다. "다들 폐가로 돌아가 있으라고, 내가 모셔갈 테니."

누가 대꾸하기도 전에 유스터스는 4게이지 샷건을 들고 길을 건너갔고, 돼지가 그 뒤를 따랐다.

"그 뚱뚱한 남자 신세도 안됐네." 쇼티가 말했다.

"우린 폐가로 돌아가요?" 내가 말했다.

"그래." 쇼티가 말했다. "하지만 솔직히 유스터스가 작업하는 거 보고 싶은데."

유스터스는 척척 골목을 걸어가 변소로 갔다. 돼지는 마치 전에도 해본 일인 양 앉아서 기다리고 있었다.

유스터스는 샷건을 휘둘러 들소 떼가 들이닥치듯 개머리판으로 문을 쾅 쳤다. 문 경첩이 빠져 날아가고, 변소 구멍 위에 쭈그리고 앉은 패티의 모습이 드러났다. 유스터스가 그의 먹살을 잡아 변소 간에서 끌어내자 남은 햇살에 패티의 맨 궁둥이가 허옇게 보였다. 패티의 셔츠 자락이 유스터스의 손아귀 안에서 약간 찢어졌다. 패티가 고래고래 소리쳤다. "이거 놔, 미친 깜둥이 새끼야." 그러다가 샷건 개머리판으로 머리를 얻어맞고 패티는 뻗었다.

유스터스는 패티를 들어 올려 젖은 빨래 마냥 어깨에 척 걸치더니 길 건너로 지고 왔다. 패티의 맨궁둥이가 만천하에 드러났다. 말해둬야 할 것은, 패티는 덩치가 컸고 유스터스처럼 하려면 헤라클레스의 업적과도 다를 게 없었다.

돼지가 달려나와 마치 에스코트하듯 그들 앞에서 달렸다.

6장

기묘하게도, 덩치 큰 흑인 남자가 엉덩이를 드러낸 뚱뚱한 백인 남자를 들쳐메고 가고 그 뒤를 커다란 멧돼지가 따라가는데도 아무도 눈치채지 못한 듯했다.

유스터스는 패티를 사창가 건너편 폐가로 지고 가 안쪽 방에다가 내려놓았다. 앞쪽 방에 있던 의자를 하나 끌어다가 패티를 끌어 앉혔다.

쇼티는 유스터스가 주머니에서 꺼낸 반다나 넉 장으로 패티를 꽁꽁 묶었다. 돼지는 앉아서 쇼티가 패티를 묶는 광경을 지켜보았다. 마치 매듭 묶는 방법을 배우기라도 하는 양, 우리가 하는 일을 완전히 집중해서 보고 있었다.

쇼티는 손수건을 꺼내어 콧물이 넉넉히 묻어 있음을 우리에게 알리고는 패티의 입에 쑤셔넣었다. 패티는 여전히 바지를 반쯤 내린 상태였고, 아래 속옷을 입지 않아서 보기 좋은 광경은 아니었다. 비록 지미 수가 그런 것을 일상적으로 봐왔다는 걸 알기는 해도 혹시 방에서 나가고 싶은지 내가 묻자 그녀는 나갔다.

쇼티가 패티의 뺨을 때려 정신이 들게 하려 했으나 소용 없었다.

쇼티가 말했다. "너무 세게 쳤어, 유스터스."

"그때는 그거면 될 줄 알았지."

"이거 머리가 너무 흔들려서 정신 놓고 돌아다니게 생긴 거 아니냐."

"깨끗한 한 방이었어." 유스터스가 말했다. "아냐, 잠깐, 봐봐. 정신 돌아온다."

"발로 찰지 모르니 조심해요." 나는 말했다. "부츠 끝에 칼날을 박아놨더라고요."

"발이 묶였는데 뭘 차." 유스터스가 말했다.

"그냥 칼날 있다고 알려드린 거예요."

패티가 신음하고, 손수건을 뱉어내려 했으나 쇼티가 더 깊이 쑤셔 넣었다.

"잘 들어, 뚱보 새끼야. 손수건 뺄 건데, 소리 질렀다간 여기 유스터스를 시켜 다시 개머리판으로 팬다."

유스터스는 씩 웃으며 샷건을 들어 위협을 선보였다.

"입 닥치고 조용히 있겠다 싶으면, 손수건 빼줄 거야. 그러겠다면 고개만 끄덕여. 고개를 저어도 되는데, 그러면 총 개머리판을 미간에 맞겠지."

패티는 고개를 끄덕였고, 쇼티가 손수건을 빼주었다. 패티는 처음으로 내게 시선을 고정했다. 여전히 못생겼고 이가 빠져 입이 푹 꺼져 있었다. 웅얼거리며 먹는 발성으로 말했다. "거기, 빨간 머리. 여기서 뭐 하나?"

"하긴 뭘 하겠어?" 나는 말했다. "여동생을 찾고 있지."

"어, 걔는 이미 몸 버렸다, 알겠지만." 남자가 말했다.

"사람이 과일도 아니고, 뭘 버리고 말고야." 내가 말했다.

"뭐 너 좋을 대로 해라." 패티가 말했다. "걔는 어차피 몸 다 굴렸는데."

아찔했지만 나는 마음을 추슬렀다.

"그래도 동생은 찾아야겠어."

"한 가지 말해두자면," 패티가 말했다. "지금쯤이면 고분고분 길이 들었을걸."

"유스터스." 쇼티가 말했다.

유스터스가 앞으로 나서 패티의 미간을 샷건 뒤쪽으로 쳤다.

"씨발 뭐야?" 패티가 말했다. "아프잖아."

"그렇겠지." 유스터스가 말했다.

"잘 조절한 일격이었어." 쇼티가 말했다. "그렇지, 유스터스?"

"일부러 힘을 덜 줬냐는 뜻이라면, 그런 셈이지." 유스터스가 말했다.

"바로 그 뜻이야."

"좋아, 그럼." 유스터스가 말했다. "맞아."

패티가 고개를 들고 내게 말했다. "어디서 이런 난쟁이 똥자루하고 깜둥이를 데려왔냐?"

"우편으로." 쇼티가 말했다. "시어스 앤드 로벅 통신판매에서. 우리 사진이 카탈로그 뒤에 있지. 주문하면 돼. 나는 미친놈이고, 여기 유스터스도 마찬가지야. 이쪽 매춘부는 올라 있을 수도 있고 아닐 수도 있고."

"저 여자 알아." 패티가 말했다. "뭐 잘났다고 나랑은 못 자겠다는 년."

"사실, 보아하니 여자들 사이에서는 보편적인 결론이겠는데, 그래서 친척이나마 감지덕지 여겨야겠다 싶겠고." 쇼티가 말했다. "지금부터 이렇게 간다. 간단한 질문 몇 가지 할 건데, 질문 사이사이 총머리로 팰 거야. 다 끝나고 나면 머리가 모자에 안 들어갈걸. 질문에 답을 하더라도 총머리로 팰 거고. 이유는 간단해. 대답을 하지 않으면 내가 더 세게 팬다는 걸 알아두라 그거지. 우리가 알아야 할 정보를 술술 불지 않으면 여기 유스터스를 시켜 네 뇌가 코로 흘러나오게 할 수 있나 알아볼지도 모르고."

"말해도 얻어터지고 말 안 해도 얻어터지고." 패티가 말했다. "그게 말이 되나."

"네 말마따나 얻어터질 거야, 맞아." 쇼티가 말했다. "다만 그건 우리가 얼마나 진심인지 그걸 보이기 위한 거지."

"그냥 너희가 진심이란 걸 내가 믿고 받아들이면?" 패티가 말했다.

"나 솔직히 믿음이란 거 미덥지 않아서." 쇼티가 말했다. "하지만 일단 한번 얻어터진 다음, 우리가 알고자 하는 사실을 얼른 털어놓지 않으면 더 심하게 많이 얻어터지게 되겠구나 싶으면 좀 더 빨리 순순히 불 거 아니겠냐. 대답 똑바로 하고, 내가 판단하기에 믿어진다 싶으면 총으로 두들겨 패기는 그만할 거야. 입에 이 남은 건 있고?"

"뭐?" 패티가 말했다.

쇼티가 말했다. "들었을 텐데." 쇼티가 코트를 벗고 권총을 꺼내 몸 옆으로 늘어뜨렸다. "질문 반복 안 해."

"약간." 패티가 말했다.

얼굴을 보니 쇼티의 질문 방향에 어리둥절한 기색이 역력했다. 나도 마찬가지였다.

"어느 쪽이야?" 쇼티가 물었다.

"양쪽 다."

"정확히 어디?"

패티가 점점 불안해하는 것을 알 수 있었다.

"왜 알려고 들어?" 패티가 말했다.

그때 쇼티의 권총이 패티의 옆머리를 딱 소리와 함께 후려갈겼다.

"젠장." 패티가 고개를 홱 젖히며 말했다.

"진짜 그래야 해요?" 내가 말했다.

"이 녀석 하는 말 들어보게." 패티가 말했다. "주님의 자비를 알아."

"맞아, 그렇지." 쇼티가 말했다. "난 아냐."

쇼티는 권총 총머리로 의자 위에 통통한 소시지와 감자 두 개처럼 놓여 있던 패티의 그 부위를 내리찍었다. 패티는 비명을 지르며 고개를 푹 꺾었고, 뭔지 술집에서 마신 것이 바닥에 뿜어져 나왔다.

돼지는 이 모든 일이 버거웠던지 일어나서 방에서, 아예 폐가에서 나가버렸다.

"돼지도 네 오물은 안 먹네." 유스터스가 말했다. "똥도 먹는 걸 봤는데."

"쇼티, 제발요." 내가 말했다.

쇼티가 나를 돌아보았다.

"잭. 너는 네 일 해, 나는 내 일 하게."

"할 일 없어요."

그렇게 말했지만 사실은 방을 나갈 핑계를 쇼티가 만들어주어 다행이었다. 떨지 않으려고 버티는 게 고작이었다. 이런 일은 가능성조차 예상하지 못했다. 나는 자신을 유능한 추적꾼과 현상금 사냥꾼의 도움을 받은 명예로운 구출대의 대장으로 여겨왔다. 어째서인지 거기에서 싹틀지도 모르는 비정함은 전혀 생각지 못했다. 나는 그 무엇의 대장도 아니고, 추적꾼은 흔적을 놓쳤으며, 현상금 사냥꾼은 리볼버 든 성난 난쟁이였다. 이 상황이 싫었고 멈추고 싶었으나 룰라를 위해 굳게 버티기로 마음먹었다.

"뭐 할 거리 찾아봐. 그리고 나갈 때 문은 닫고." 쇼티가 말했다. "패티, 너무 크게 소리치지 마. 소리가 클수록 너만 더 힘들어져."

"이 조그만 새끼가." 패티가 말했다. 하지만 그 목소리에는 열의라곤 없었고, 이미 목소리를 몇 단계 낮추었다.

밖으로 나가 문을 닫는데, 손잡이를 잡은 손이 떨렸다. 나는 지미 수를 흘끗 보았다. 그녀는 소파에 앉아 발이 덫에 걸린 야생동물처럼 나를 쳐다보고 있었다.

"그 안에서 뭣들 해?"

"그들이 저 남자를 심문하고 총머리로 두들겨 팰 계획이라고 내가 말했던 거 기억해요?"

그녀는 고개를 끄덕였다.

"요약하면 그래요." 나는 말했다. "그리고 패티는 이가 여러 개 나가게 생겼고."

"패티가 이가 여러 개 있어?" 그녀가 말하는 바로 그 순간 패티가 비명을 질렀다.

"지금 한두 개 나간 모양이네요." 내가 말했다.

"곱게 말 듣고 조용히 해." 문 저편에서 쇼티가 하는 말이 들렸다. "내가 질문하면 말하라고. 그 외엔 아니야."

그다음 패티의 목소리가 났고, 이제 피투성이가 되었을 입으로 입술이 말려 들어가고 있었다.

"그럼 씨발 질문을 하든가."

나는 지미 수에게 말했다. "우리 밖으로 나가는 게 어때요, 여기서 멀리?"

"난 들어도 괜찮아." 그녀가 말했다. "안 불편해."

"어, 네. 나는 불편해서요."

밖을 내다보니 사창가 문이 아직 열려 있었으나, 내가 저쪽에서 보이겠다 싶을 만큼 활짝 열린 것은 아니었다. 나는 밖으로 나가 폐가 옆쪽으로 향했다.

지미 수가 뒤따라왔다.

"난 어차피 너랑 갈 거야." 그녀가 말했다.

집 뒤에서도 여전히 패티를 권총으로 두들겨 패는 소리, 그가 끙끙거리며 고통을 참고 고함을 내지르지 않으려 애쓰는 소리가 들렸다.

"마음이 좀 여린가 봐, 잭?" 지미 수가 말했다.

"그런가 봐요." 나는 말했다.

"내 경우에는 상황에 따라 다른 거 같아." 지미 수가 말했다. "우리 아버지가 설교사였거든, 그래서 너희 할아버지한테 좀 마음이 갔어."

"듣고 싶지 않아요."

"아, 별거 아냐."

"내겐 별거예요."

우리는 나무를 베어내고 태운 숲 근처 커다란 그루터기에 앉았다. 그 나무가 얼마나 컸을지 그리고 그 나무를 베어내어 긴 세월을 끝내고 톱질하여 태워버린 사람은 얼마나 작았을지 생각했다. 온기나 목재를 얻기 위해서가 아니라 단지 땅을 얻으려. 우리는 항상 땅이 필요한 것 같았다. 나무꾼은 특정 나무를 원했고 원하지 않는 다른 나무들은 톱밥과 연기 속에 지옥으로 사라졌을 뿐이었다.

그 남자들에게 붙들려 있는 여동생만 아니었더라면, 그냥 여기를 떠나 지미 수를 포함한 저들과 영영 작별했을 것이다. 하지만 그 남자들이 동생을 데리고 있었다. 그리고 동생을 범했다. 그 생각에 토할 것 같았다. 그렇게 작은 애가, 겁먹고, 도와줄 사람 하나 없는데. 견딜 수가 없었다. 하지만 견뎌야 했다.

"들려?" 지미 수가 말했다. "진짜 두들겨 패고 있네."

"다 들려요." 나는 말했다.

"미안." 그녀가 말했다. "그냥 네 동생 생각을 하다 보니 내가 당한 일이 떠오르고, 너하고 사창가에서 만나 여기 앉아 있게 된 생각이 나서. 나라고 매춘부가 되고 싶어 하며 컸겠어? 저 뚱뚱한 남자 신음 소리야 내 귀엔 음악이야. 남자들이 처음 덮쳤던 때가 기억나. 내 선택이 아니었고 무척이나 아팠어. 역에서 날 꼬실 때 스티브는 나더러 특별하다고 했다고, 그런데 여기로 오게 됐지. 남자들 여럿을 시켜 날 지들 마음대로 하게 했어. 나를 '길들이는' 거라면서."

"끔찍하네요." 달리 할 말이 없었다.

"그래. 누구라도 그런 일은 안 당했으면 좋겠어. 그리고 이제 같은 부류의 남자들이 네 동생한테 그딴 짓을 하고 있다고 생각하니, 저 뚱뚱한 개새끼한테는 전혀 안된 마음이 들지 않아. 그 아이가 어디 있는지 알아낼 수 있다면 할 만하지."

"그렇겠죠." 나는 말했다. "그런 방향으로 생각해야 할 거 같아요."

"다른 방향은 없어, 잭. 동생을 찾고 싶든가 아니든가 둘 중 하나

일 거 아냐."

"동생을 찾고 싶죠."

"동생은 예전 같지 않을 거야. 너도 알지."

"아마 극복할 수 있겠죠. 당신이 극복했다면, 동생도 할 수 있을 테니까."

지미 수가 고개를 들어 나를 쳐다보았다. 눈을 가늘게 떴고 갑자기 훨씬 더 나이 들어 보였다.

"내가 언제 극복했댔어?"

7장

그 밖에서조차 폐가에서 벌어지는 일이 들렸고, 길 건너에서도 들릴 수 있겠다 생각했지만 아마도 그 모든 상황에 내 신경이 쏠려 있었기 때문이었을 것이다.

조금 지나자 조용해졌고, 유스터스가 폐가를 빙 돌아 우리 있는 곳으로 왔다. 쭈그리고 앉아 종이와 담뱃가루를 꺼내더니, 담배를 말았다. 그가 그러는 모습은 처음 보았다. 이쪽저쪽으로 담배를 자꾸 흘려대니 지미 수가 일어나 말했다. "이리 줘요."

그녀는 담배 재료를 받아 냉큼 담배를 말아선 그의 입에 물려주었다. 그는 담배를 받아 물었다. 지미 수가 말했다. "자."

유스터스는 셔츠 주머니에서 성냥을 찾아내 바지 옆에 그어 담뱃불을 붙였고 성냥불은 약간 흔들리고 있었다. 바람 방향이 바뀌며 세졌고, 뒤쪽의 베고 불태운 숲에서 탄내가 났다.

"뭔가 털어놨어요?" 내가 물었다.

"많이." 유스터스가 말했다. "처음엔 말하지 않으려 했지만 마음을 돌렸지. 못이 튀어나온 오래된 나무판이 있었는데, 쇼티가 그걸 그놈 불알에다 대고 총머리로 두들겨 박았어. 그전에는 패티가 입을 열지 않을 줄 알았는데, 그러고 나니까 제발 못 좀 빼달라고 술술 불더라."

"나라면 그렇게 오래 버티지 못했을걸요." 내가 말했다. "나라면 쇼티가 못 박힌 나무판을 집어 드는 순간 불었을 텐데. 시간 끌지 않고."

"나도." 유스터스가 말했다. "안 불고 버티면 맞고, 불면 그친다면 당장 다 털어놓고 가능한 한 고통을 줄이는 게 낫지. 어차피 설령 거짓말을 하더라도 다 불게 되어 있으니까. 그나저나 그 못 힘들게 뺐다. 권총 방아쇠울에 못대가리를 걸어서 당겨서 뺐지. 들어갈 때보다 빼는 게 더 아파 보이던데, 하지만 남은 평생 사타구니에다 의자를 못으로 박아둔 채로 다닐 수도 없는 노릇이니."

"항상 앉을 수 있겠네요." 지미 수가 말했다.

"맞아." 유스터스가 담배를 문 채 씩 웃으며 말했다. "그렇네."

"놈이 불었다면서요." 내가 말했다.

"그래." 유스터스가 말했다. "아주 술술 불더라."

"거짓말이 아닌 줄 어떻게 알아요?" 지미 수가 말했다.

"모르지." 유스터스는 말했다. "내 경험상으로 사람은 고문하면 거짓말을 하고 고문에서 벗어날 수 있다 싶으면 진실도 말하지. 내

보기엔 진실을 말한 것 같아. 몇 가지 단서를 알아냈어. 패티 말로는 나머지 일당은 네 동생과 함께 빅 티켓(텍사스주 남동부의 숲이 우거진 지역 — 옮긴이)으로 향한댔어. 저기 리빙스턴 너머 가시목과 소나무가 우거진 곳. 깊고 어두운 숲속 무법천지지. 도망쳐서 덫을 놓고 살아가는 흑인들이 많고, 무법자들도 많아. 거기 가겠다고 여길 뜬 흑인 몇을 아는데 그 뒤로 본 적이 없다. 보안관들도 거기는 가기 싫어해, 갔다가 돌아오지 못하는 경우가 많거든. 네 동생을 찾고 싶다면 가야 하는 데가 그런 곳이야, 다른 방법이 없어. 정말 그럴 가치가 있는 일이냐?"

"네." 나는 말했다. "아저씨는 아니라는 것 같네요."

"내 동생은 아니니까." 유스터스가 말했다.

"그래서 땅문서 주기로 했잖아요?"

"생각해 봤는데 그게 약간 아깝긴 해도 그 숲속에는 위험한 데가 있어서, 좀 고민을 해봐야겠어." 유스터스가 말했다.

나는 놀랐다. 그가 흔들리는 것 같기에, 붙들어두기 위해선 땅문서를 상기시키는 것만이 아니라 자존심을 살짝 건드려주는 게 최선일 듯했다.

"겁나요?" 내가 물었다.

"넌 아니냐?" 그가 말했다. "설령 나아가서 실행에 옮기더라도, 겁을 먹어야 목숨 붙들고 살지. 겁이 안 난다면 멍청해서 그 숲속에 뭐가 있는지도 모른다 그거고. 난 알아. 한 번도 밖에 안 나오고 거기서 자란 사람들이 있다더라. 다 들었어. 땅에서 나는 걸로 먹고 살고, 나무를 타고, 곰을 잡고. 지들끼리 다 붙어먹는다던데. 식구며, 남자와 여자, 개와 다람쥐, 누가 알겠냐, 물고기와 새들하고도 할지. 그래서 맞아, 난 판단력이 있으니까 겁이 난다. 겁이 안 날 때는 술에 취했을 때뿐이야. 그러면 네가 날 겁내야 하지. 멀쩡할 땐 사리분별은 할 줄 알아. 그리고 겁을 먹어야 할 때도 알고."

"무슨 전래동화 같네요. 쇼티가 하던 그런 얘기요."

"전혀 아니야." 유스터스가 말했다. "대부분은 아니지."

"그 말 맞아." 지미 수가 말했다.

"어떻게 알아요?" 내가 말했다.

"가끔 그 숲에서 오는 사람들이 있거든, 문명화된 사람들이라고 할 수 있겠지. 여기 마을에 와서 가죽을 돈이랑 바꿔선 고주망태가 되도록 취하곤 길 건너 저기 재미 보러 오곤 해. 어떤 사람들인지 그리고 뭘 좋아하는지 내가 경험해봐서 알아. 옷은 홀딱 벗기는데 신발은 신고 있으라 하고, 서랍장 위로 몸을 숙이라 하고는 요들 송을 부르며 그 짓을 하는 작자들이야. 뒤로 박을 때 쓰려고 도끼에 치는 기름을 직접 챙겨오더라. 그 짓 하는 동안 아빠나 오빠라고 부르게 시키거나, 아니면 개처럼 짖고 울부짖게 만들거나. 마지막에는 항상 사람 눈을 밤탱이로 만들거나 입술을 터트리고, 그들이 떠나고 나면 방에서 뭔가 죽은 것 같은 냄새가 나, 그 사람들한테서 그런 냄새가 나니까. 내가 보기엔 그 사람들이 딱 그런 식이야. 죽은 존재들인데 움직이는. 그냥 못된 사람들이 아니야, 잭. 이 세상의 뭔가 잘못된 존재라고."

당시에는 할아버지의 말씀을 많이 알지 못했지만, 하나 생각이 나서 말했다. "새로운 세상이 오고 있다, 그리고 사람의 삶을 사는 자는 주님의 세상에서 살지 못하리라."

"그래." 지미 수가 말했다. "새로운 세상이 온단 소리는 항상 들었어. 너희 할아버지도 그랬고. 하지만 그 사람이 내 몸에서 내려가고 난 다음 창밖을 내다보면, 새로운 세상은 오지 않았어. 그냥 예전 그대로의 세상 같았다고."

"자, 저기." 유스터스가 말했다. "좋든 싫든 나는 도로 들어가 봐야 해서. 다시 샷건을 챙겨와야 할지도 모르고."

그는 담배를 버리고 일어나서 재빨리 도망쳤다.

그가 폐가 옆쪽을 돌아 가버리고 나자, 나는 지미 수에게 말했다. "빅 티켓에서 온 사람들 얘기요, 좀 과장한 거죠?"

"외려 가려서 말한 건데, 알고 싶다면 말이지만." 그녀가 말했다. "지금보다 더 겁주고 싶지 않아서."

"겁난다는 말 안 했어요."

"말 안 해도 알아."

"난 괜찮을 거예요." 나는 말했다. "하지만 당신은 안 가도 돼요. 이 일에 낄 이유가 없잖아요."

"너랑 있는 거 말고 달리 갈 곳이 있는 것도 아닌걸." 그녀가 말했다. "네가 마음에 들어, 그게 이유 중 하나야. 중간에 떠나지 않겠다는 말은 못 하겠지만, 최소한 그쪽 방향으로 가긴 해야 하거든. 너한테 몸 주기로 약속했으니까 해도 되는데, 오래 같이 있지는 않을 수 있단 말이야. 이 직업으로 누구 아래에서 말고 독립적으로 일할지도 모르고. 누가 알겠어? 그 숲에 가까워질수록 새로운 길을 가고 싶어질 수도 있고."

나는 고개를 끄덕였다.

"좋아요, 그럼."

더 할 수 있는 말은 없었다. 하지만 장래 다른 남자와 있는(과거에도 충분히 괴로웠지만) 지미 수를 생각하니 온통 저릿저릿하게 아파왔다.

"안에 들어가서 그놈을 죽이지 못하게 해야겠어요." 내가 말했다.

"그런다 한들 아쉬울 것도 없지." 지미 수가 말했다.

"그렇게 되면 난 곤란하다고요."

한때 숲이었던 곳의 가장자리의 오래된 그루터기에 앉아 있는 지미 수를 남겨두고, 나는 폐가 안으로 돌아갔다.

8장

폐가에 들어서니 안쪽 방 문이 열려 있어 그 안의 패티가 보였다. 아직 의자에 묶인 채 잠들어 있었다. 좋게 말하면 그렇다는 것이고 기절해 있었다. 그리고 피투성이였다. 땀과 오줌 그리고 똥 냄새가 지독했다. 쇼티가 두들겨 패겠다고 한 말은 허풍이 아니었다.

그 모든 것이 역겹고 속이 울렁거렸다. 벌어진 일만이 아니라, 내가 그걸 방조했다는 사실이. 쇼티는 소파에 앉아 쉬면서, 작은 손으로 어깨를 문지르고 있었다. 유스터스는 의자에 앉아 있었는데 얼굴이 땀투성이였다.

쇼티가 말했다. "팔 아파. 좀 더 자주 교대할걸."

유스터스가 끙 소리를 냈다.

돌아온 돼지는 바닥에 누워 있었다. 돼지도 끙끙거렸다.

"보안관 사무실에 가서 여기 패티를 데려가라고 하고 현상금을 받을까 얘기하던 참이었어." 쇼티가 말했다. "그래도 되고 아님 머리를 쏴버린 다음에 넘길 수도 있지. 어느 쪽이든 현상금은 받으니까."

"이 얘긴 전에 했잖아요." 내가 말했다.

"죽이는 것도 이점이 있어." 쇼티가 말했다. "우선, 그자가 별로 마음에 안 들어, 분명히 말해두지만 상대 쪽도 마찬가지일 거고. 그리고 잭, 솔직히 말해 유스터스와 난 보안관에게 아이 시체에 대해 쪽지를 남기지 않았어."

"우리가 거짓말을 했어." 유스터스가 말했다.

"왜요?" 내가 물었다.

"가끔은 그냥 우리 방식이 그래서 그래." 유스터스가 말했다.

"어, 내가 보기엔 그 방식 별론데요."

"자기가 보기엔 그렇다네." 쇼티가 그렇게 말하며 유스터스를 돌아보았다.

"저기요," 나는 말했다. "룰라를 되찾기 위해서라면 합당한 일은 해야겠지만, 굳이 죽일 필요는 없잖아요. 보안관 사무실까지 먼 거리도 아니고. 왜 쪽지를 남겼다고 거짓말했는지 이해가 안 가요."

"아직은 보안관을 여기 끌어들이지 않는 게 좋겠어." 유스터스가 말했다. "우리 보기엔 ― 네가 했던 그 잘난 말이 뭐더라, 쇼티?"

"신중한." 쇼티가 말했다.

"그래, 조심하게." 유스터스가 말했다.

"아니." 쇼티가 말했다. "신중하게……. 아니. 됐어. 좋은 생각이 아니야."

"왜요?" 내가 물었다.

"이곳 보안관한테 모습을 보일 위험을 무릅쓰고 싶지 않아서."
유스터스가 말했다. "우리를 좀 알거든."

"그리고 우리를 알면 사랑하게 되고." 쇼티가 말했다.

"보안관에게 미움받고 있단 소리군요." 내가 말했다.

"아냐." 유스터스가 말했다. "우리 친해. 원래 현상금 사냥을 하던
친구지. 그러다가 결혼을 해서 자리를 잡고 제대로 된 일자리가 필
요하게 된 거야. 결국 보안관이 됐고. 다행히 그 마누라가 도망갔
지 뭐냐. 그래서 잘됐지 뭐. 근데 현상금 사냥꾼 하면서 돈 버는 재
미가 떨치기 힘들다 이거야. 그 친구가 쇼티 필체를 아는데, 우리
가 추적 중인 걸 알면 끼어들지도 모르니까."

"내 필체는 아주 훌륭하고 특징이 있지." 쇼티가 말했다. "그렇게
자랑스러운 필체인데 일부러 활자체로 쓰거나 흉하게 필기체로 쓸
순 없지. 아주 수준 높은 교육을 받은 내 친구 난쟁이 월터에게서
손글씨를 배웠거든. 하지만 그가 어떻게 교육을 받았는지는 네 관
심사가 아니겠지."

나는 그가 함정을 파고 있다고 느꼈다. 여기서 내가 예의상 관심
을 가장하면 어떻게 멋진 필체를 갖게 되었는지 그 사연을 전부 늘
어놓으려고 말이다. 그래서 피해갔다.

"저기요," 나는 말했다. "저 사람을 보안관에게 넘겨요. 그것밖에
없어요. 몇 가지는 내 방식대로 할 거 아니면 그만둬요."

"우리가 널 버리고 가겠다면?" 쇼티가 말했다.

"그럼 아저씨는 다시 망원경이나 들여다보고, 유스터스 아저씨는 다시 무덤이나 파든가, 불탄 시체를 파내서 현관 앞에 갖다 놓든가 하면 되겠죠." 나는 말했다. "내 방식대로 하든가 아님 그만둬요."

쇼티가 유스터스를 쳐다보았다. 유스터스는 미소를 지었다.

"야, 이거," 유스터스가 말했다. "우리 병아리가 좀 자란 걸 보니 반갑네."

"좋아, 그럼." 쇼티가 말했다. "뭘로 패티 좀 닦아낸 다음 끌고 보안관을 만나러 가자고."

나는 말 보관소로 가서 물 한 양동이와 걸레를 빌리며 등목 좀 하려 한다고 말했다. 보관소 사람은 양동이는 낡았고 걸레도 마찬가지니 그냥 가지라고 했다. 가능한 한 사람 눈에 안 띄려 애쓰며 전부 들고 폐가로 돌아왔다.

안으로 들어가니, 지미 수가 쇼티와 유스터스와 함께 있었다. 나는 양동이를 내려놓았고, 그들은 지미 수가 여자라고 패티를 씻기는 일을 맡기려 했다. 지미 수는 내가 전에 한 번도 들어보지 못한 걸 그들끼리 하라고 말했고, 그러자 쇼티는 유스터스에게 일을 미뤘으며 유스터스도 하기 싫다고 했다. 그래서 나와 쇼티가 남았다.

결국 내 몫이 되었다.

나는 물과 걸레를 갖고 들어가 패티의 의자 옆에 내려놓았다. 걸레를 들고 서서 잠깐 그를 쳐다보았다. 크게 숨을 들이쉬고 걸레를 바닥에 놓았다. 의식 없는 패티를 보고 가장 먼저 떠오른 생각은 총을 가져다 쏴버리고 싶다는 것이었고, 두 번째 든 생각은 그건 너무 쉽다는 것이었다. 그가 고통받기를 원했다. 그의 발을 그리고 무릎을, 그리고 팔꿈치, 사타구니 그다음 목을 쏴버리고 싶었다. 천천히 죽어가기를 원했다. 한 발 한 발 뜸 들여가며 쏴버리고 싶었다. 우선 그를 깨우고 총으로 쏘면서, 쏠 때마다 동생의 이름을 말하고 싶었다. 놈이 동생에게 했을 짓이, 그리고 다른 놈들이 했을 짓이 상상되었고 속에서 울컥 치밀어오르는 것이 느껴졌다. 그런 생각을 머릿속에 담고 싶지 않았지만 이미 뿌리내린 후였다.

걸레를 물에 적셔 패티의 얼굴을, 눈 위 호되게 맞은 곳을 건드렸다. 깊게 베여 피투성이였다. 상처를 건드리자 그가 신음했다. 예전에 발견한 온통 상처투성이던 개가 떠올랐다. 어쩌다 그렇게 되었는진 모르겠지만 누가 칼로 저지른 것 같았다. 나는 집에 개를 데리고 가서 뒤쪽 헛간에 두었다. 바로 지금처럼 물과 걸레를 가져가서 닦아주었다. 개는 몹시 다쳐서 꼼짝도 하지 않았다. 패티도 마찬가지였다. 많이 다쳐서 꼼짝도 하지 않았다. 패티보다는 그 개를 좋아했기에, 내 마음속에서 패티는 개가 되었다. 젖은 걸레로 얼굴의 모든 흔적과 피가 머리카락 속으로 스며든 옆머리를 닦아냈다. 닦아주고 싶지 않은 부위까지 전부 닦았다. 피가 워낙 많이 나서 시간이 오래 걸렸지만, 그 개와 마찬가지로 나아가고 있었다. 피가 계속 나진 않았다. 이미 말라가고 있었다.

내가 다 닦아내고 나자 패티가 깨어났다. 욕설이 쏟아져 나올 줄 알았지만, 그는 한마디도 하지 않았다. 아무래도 쇼티 덕분에 아주 조그만 꼬투리만 잡혀도 언제든 권총이 날아올 수 있으니 조용히 지켜보는 게 최선임을 익힌 모양인데, 눈빛은 칼날만큼이나 날카로웠다. 몸을 씻어준 것에 대한 고마움은 전혀 없었다. 개를 씻기고 약으로 치료한 다음 머리를 붙들고 먹을 것을 먹여주었다. 개는 다 먹고 나서 기운을 차리더니, 내 손을 물었다. 물린 내가 화들짝 몸을 빼니 조금 전까지만 해도 거의 죽어가던 개가 벌떡 일어나 열린 헛간 문으로 튀어 나갔다. 그래도 그땐 기분이 뿌듯했다. 나는 어머니의 착한 아들이었고 다친 개를 씻기고 먹였으며 물려도 이해심을 갖고 참았으나, 패티가 현재 상태가 된 원인이 나임을 고려하면 지금은 그럴 기분이 아니었다.

나는 유스터스를 들어오라고 해서 도움을 받아 결박을 풀고 의자에서 일으켰다. 패티는 바람결에 날아온 지푸라기만큼이나 약해져 다루기 쉬웠다. 나는 그에게 젖은 걸레를 주어 엉덩이를 닦게 하고 걸레를 방구석에 던진 다음, 바지를 끌어 올리게 했다. 그가 뱉어낸 피가 묻은 이 세 개를 바닥에서 주워 반다나로 싸서 그에게 건넸다. 왜 그랬는지는 나도 모르겠지만, 패티는 그게 뭔지도 모른 채 받아서 꽉 움켜쥐었다. 그 순간에는 아마 자기가 누군지도 몰랐을 것이다. 그는 이를 주머니에 넣었다.

마침내, 한쪽에는 내가 한쪽에는 유스터스가 붙어 그를 거기에서 끌어냈다. 지미 수, 쇼티, 돼지가 따라왔다. 우리는 그 뚱보를 보안관 사무실로 끌고 갔고, 몇몇 사람들이 쳐다보기는 했으니 아무도 상관하지 않는 듯했다.

보안관은 유치장 두 개 중 한 곳의 침상에 누워 있다가, 우리가 들어가 사무실 문을 닫자 깨어났다. 그는 얼른 일어나 우리를 쳐다보았다. 마른 체격에다가 멀리서 보았을 때 기억에 제일 좋게 남을 얼굴을 하고 있었다. 한쪽 눈은 꽃가룻병으로 눈물이 그렁했고 코는 한쪽으로 휘어졌으며 입가에는 깊은 흉터가 자리했다. 한쪽 귀가 없었다. 머리는 기름기가 흘렀고 옆에서 가르마를 타고 넘겨 벗어진 머리를 가렸다. 얼굴 옆쪽과 정수리에 점점이 핑크색 딱지가 져 있었지만 다시 보니 딱지가 아니라 화상을 입고 군데군데 얽은 피부였다.

그는 우리를 뜯어보았다. 패티, 쇼티, 유스터스, 지미 수와 나만이 아니라 돼지까지.

"전에 데리고 있던 그 돼지 맞나, 유스터스?" 그가 말했다. "아니면 그건 잡아먹고 새로 들였어?"

"같은 돼지야." 유스터스가 말했다. "배를 곯게 되면 잡아먹을 가능성은 아직 있긴 해도."

"그리고 아직도 난쟁이랑 다니고." 보안관이 말했다.

"재밌네." 쇼티가 말했다.

"그러라고 한 말이야." 보안관이 말했다. 그는 유치장 밖으로 어슬렁어슬렁 나와 책상 뒤 의자에 앉았다. 책상 위에는 반쯤 든 위스키병과 비스킷이 놓인 기름 묻은 접시가 있었다. 그의 뒤쪽 벽에는 전화기가 있었다. 사실, 본 것은 처음이었지만 시어스 앤드 로 벅 카탈로그에서 사진을 봐서 뭔지는 알았다. 의자 팔걸이 끝에 걸 린 구겨지고 더러운 모자를 들어 그가 머리에 썼다. 얼굴을 가리니 보기에 나았다. "거기 실컷 두들겨 맞은 쪽은 친구는 아닐 테고."

"아, 이 친구와 나는 아주 친해." 쇼티가 말했다. "저 친구를 벽에 다 기대 놓고 날 들어 올려주면, 뺨에 입 맞출게."

"하." 보안관이 말하고는, 지미 수에게로 눈길을 돌렸다. "지미 수, 고양이는 어때?"

"나뭇가지 갈래에서 편히 쉬고 있죠."

"들러서 볼까 생각을 가끔 했더랬는데." 그가 말했다. "좀 예뻐해 주고 싶어서."

"있잖아요, 윈튼," 지미 수가 말했다. "그 고양이는 예전처럼 예뻐 해 줄 수가 없게 되었거든요."

처음엔 무슨 소린지 도무지 알 수가 없었으나, 점차 이해가 가면 서 내 얼굴이 달아오르는 게 느껴졌다.

"그거 유감이네." 보안관이 말했다.

"나 은퇴했어요." 지미 수가 말했다. "다른 야옹이를 찾아봐요."

맙소사, 나는 생각했다. 나와 할아버지만이 아니라, 귀 한쪽 보안 관마저 내가 그날 아침 머물렀던 가지 갈래에 있었던 적이 있다니.

보안관은 지미 수에게 씩 웃어 보이고, 비틀거리는 패티를 향해 고갯짓했다.

"저 친구는 뭐야?"

"싸구려 소설 같은 얘기지." 유스터스가 말하고는 나를 향해 고 갯짓했다.

나는 보안관에게 전부 털어놓았다. 내가 이야기를 마칠 무렵, 여러 군데서 피를 흘리기 시작한 패티가 결국 쓰러져 옆으로 누웠다.

"일으켜서 여기 바닥에 눕혀봐." 보안관이 말했다. "침상에다 온통 피를 묻히지 않게. 그리고 뭔지 냄새가 지독한데."

"그래." 유스터스가 말했다. "냄새가 나긴 하는데. 공정하게 하자면 그 악취 일부는 돼지일 거야."

나와 유스터스는 패티를 유치장 안으로 끌어넣고 문을 닫았다. 보안관은 유스터스에게 열쇠를 던져주었고 유스터스는 유치장을 잠근 다음 열쇠를 보안관에게 되던졌다.

"근처에서 보던 놈인데." 보안관이 말했다. "근데 무슨 근거로 네가 찾던 무법자라는 거지? 강도 현장을 본 건 아니라며, 안 그래, 얘야?"

"그 사람 맞아요." 나는 말했다. "그리고 은행 강도질을 안 했더라도, 납치에 가담했는데요. 내가 현장에서 봤어요. 말했잖아요."

"그랬지." 보안관이 말했다.

"강도질은 내가 봤어." 유스터스가 말했다. "놈이 죽어라 말을 달려 마을을 떠나고 그 뒤로 총알이 빗발처럼 쏟아지는 걸 봤지, 놈도 사람들을 향해 응사했고. 그놈 맞아."

"자, 그럼." 보안관이 다시 말했다. "자, 그럼."

뒷문이 열리더니 물이 든 양동이와 대걸레를 든 흑인 남자가 들어왔다. 깡마른 체격에 이마에 하얀 점이 있었는데 오른쪽 눈 바로 위에서부터 시작해서 넓게 이마 선까지 이어졌다.

보안관이 그를 쳐다보고 말했다. "스팟, 이따가 다시 와야겠어. 여기 손님들하고 죄수가 있어서."

"유치장 걸레질하지 말아요?" 스팟이 물었다.

"그 말이 아니라. 손님이 있다니까."

"그야 봐서 아는데, 잠깐이면 끝나요." 스팟이 말했다. 그는 이미 들어와 엉덩이로 연 채 고정했던 문을 닫았다. 그러곤 패티가 바닥에 뻗어 있는 유치장을 흘끗 쳐다보았다. "저 사람 주위로 빙 둘러 닦죠."

"젠장." 보안관이 말했다. "여기 책임자가 나냐 너냐?"

"전 여기 걸레질 책임자죠."

"젠장, 그럼 걸레질하든가."

보안관 책상 맞은편 벽을 따라 의자 몇 개가 놓여 있어, 쇼티가 그 위에 올라가 앉자 짧은 다리가 불쑥 튀어나왔다. 나는 지미 수 옆에 앉았다. 유스터스는 보안관 책상 모서리에 앉았고, 돼지는 바닥에 누웠다. 스팟은 청소를 시작했다. 스팟이 양동이를 엎지르고 걸레질을 하느라 청소하기는커녕 더 어지럽히는 동안 모든 행동이 멈추었으나, 그는 아랑곳없이 계속했다. 잘하진 않을지 모르지만 결의는 굳건했다. 우리가 발을 들어 올리면 스팟은 그 아래를 걸레질했다. 돼지한테 다가가자 짐승이 올려다보고 쿵 소리를 냈다. 스팟은 그 주위를 넓게 빙 둘러 걸레질했다. 그러고는 보안관에게 책

188

상에 발을 얹게 하고, 그 아래를 걸레질했다.

스팻이 말했다. "다들 물기 마를 때까지 발 들고 계셔요."

"스팻, 하나님 맙소사." 보안관이 말했다.

"하나님께서도 깨끗한 방을 좋아하시는데요." 스팻이 말했다. 우리는 다들 발을 들고 있었고 스팻은 책상 위 열쇠를 챙겨 새로 걸레질한 바닥을 가로질러 젖은 발자국을 남겼다. "저건 걱정 말아요." 그가 말했다. "유치장 끝내고 나가면서 싹 닦을 거니까."

그는 유치장 자물쇠를 열고 안으로 들어갔다. 우리가 입을 다문채 지켜보는 가운데 그는 패티 주변과 침상 아래를 걸레질하고, 대걸레로 양동이를 밀었다. 그 안의 액체가 출렁이는 소리가 들렸다. 오줌과 똥이 차 있을 가능성이 상당히 있었다. 그가 양동이를 엎을까 봐 무서웠지만 그러진 않았다. 그냥 양동이를 옆으로 밀고 있던 자리를 걸레질한 다음, 대걸레로 제자리로 당겨왔다. 스팻은 자기 발자국을 되밟아 나오면서 걸레질했고, 젖은 대걸레를 휘두르다가 그만 패티의 어깨를 맞혔다. 유치장 문을 닫고 자물쇠를 잠근 다음, 걸레질하며 뒷걸음질 쳐 발자국을 지우면서 뒷문으로 향했다. 문에 다다르자 열쇠를 보안관 책상 위에 던지고 엉덩이로 문을 밀어 열었다. 그는 나가고 문은 닫혔다. 양동이 물을 바닥에 뿌리는 소리가 들렸다.

"자기가 여기 주인인 줄 알아." 보안관이 말했다.

"이번 주에 쓰레기 치우고, 거 요강에 가득 찬 건 보안관님 똥 같던데 그걸 비우길 바란다면," 문 뒤에서 목소리가 말했다. "저한테 좀 더 잘하셔야 할 건데."

"저 깜둥이 새끼 귀가 코요테 같다니까." 보안관이 말했다.

"그건 확실하죠." 스팟의 목소리가 다시 들려왔다.

보안관은 말없이 앉아 있다가, 잠시 후 일어나 뒷문으로 가서 내다보았다.

"갔네." 그가 말했다. 그는 유스터스를 쳐다보았다. "깜둥이라는 게 별 뜻이 있어 한 소린 아니고."

"그래, 알아." 유스터스가 말했다. "우리가 같이 고생한 게 한두 번이 아닌데 모르겠냐. 설명할 필요 없어. 우리 현상금이나 달라고."

보안관의 태도가 교활하게 바뀌었다. 그의 눈에 교활함이 번뜩이는 게 보였다. 입매가 비딱해지고 이를 드러냈으며, 얼굴에 떠오른 미소조차도 서글서글한 인상을 주는 듯했다. 절로 지갑을 단속하게 만드는 그런 서글서글함.

"서류를 작성하고 발송하고 기다려야 하는 거 알잖아." 보안관이 말했다.

"빨리 작성할수록 적합한 서류를 보내고 적절한 답장을 기다릴 수 있지. 다만 우리는 잠깐 떠났다가 나중에 돌아와야겠지만."

보안관은 유치장 안 패티를 향해 고갯짓했다.

"어쩌다 저렇게 얻어터진 거야?"

"우리가 의자에다 꽁꽁 묶고 권총으로 두들겨 팼더니 저항하더라고." 쇼티가 말했다.

"그리고 샷건 개머리판으로." 유스터스가 말했다.

그 말에 보안관이 웃음을 터트렸다.

"가만있으라고 했는데 자꾸 의자에서 쓰러지더라고. 그래서 묶었지." 유스터스가 말했다.

"으흠." 보안관이 말했다. "전에 근처에서 보긴 했는데, 저놈 관련 서류는 없는데."

"바로 전날 은행을 털었어." 유스터스가 말했다. "전단이 뜨기엔 좀 시간이 걸리겠지. 하지만 이미 현상금이 걸려 있다고 밝혀져도 놀랍지 않을걸. 우린 현상금 신청 서류를 작성한 다음 갈 길 가고 싶어. 돌아왔을 때면 우리 돈이 와 있겠지."

"저 빨간 머리가 얘기한 다른 놈들을 추적하게?" 보안관이 말했다.

"제 이름은 잭이에요." 내가 말했다.

"내가 그랬잖나. 빨간 머리."

그 후로 나는 그냥 포기했다.

"우리 계획은 그래." 쇼티가 말했다. "놈들을 추적해서 데려오는 거. 어떻게 해서든지. 놈들을 신고하고 보상금을 받는 거지. 간단해, 정말."

"다들 죽고 돌아오지 않으면," 보안관이 말했다. "서류 접수되고 나서 그 돈은 누구한테 가? 너희가 다른 놈들을 끌고 돌아올 때까지 기다렸다 양식 작성해야겠는데."

"돌아올 거야." 쇼티가 말했다. "그리고 못 돌아온다면, 누굴 수취인으로 지정해놓으면 되지."

"우리가 아는 사람?" 보안관이 말했다.

"여기 있는 사람일 수도 있지." 쇼티가 말했다.

보안관은 의자에 기대 잠시 궁리해보더니 천장의 크고 짙은 물 자국을 올려다보았다. 천장 그 부분은 처져 있었고, 이제 비 한번 크게 내리면 터져나갈 것이다. 바로 보안관 책상 위였다. 마치 매달린 칼 아래 앉은 다모클레스 같았다. 보안관은 거기 앉아서 그냥 물 자국을 쳐다보고 있었고, 곧 잠든 돼지를 제외한 우리 모두가 그 물 자국이 예수님의 형상을 나타내기를 기다리기라도 하는 양 쳐다보게 되었다.

마침내 보안관이 일어나 전화기로 갔다. 갈고리에 걸린 작은 고깔을 집어 들더니, 삐죽 튀어나온 손잡이를 돌돌 돌렸다. 손잡이가 위로 올라갈 때마다 까치발로 서고, 아래로 내려오면 발꿈치를 내렸다. 마침내 손잡이 돌리기를 멈추고 전화기 속 누군가에게 소리소리 질러대기 시작했다. 상대가 길 건너에, 이쪽은 문간에 서 있는 것처럼.

잠시 귀를 기울이더니 말했다. "으흠. 으흠. 장난 아닌걸. 어, 확 달아오르네, 전에도 화끈했지만." 그는 자기 농담에 웃더니 몇 번 더 으흠 대꾸하고 전화를 끊었다. 그는 자리로 돌아왔다. "저기 힌지 게이트에 있는 진료소 의사한테 전화했어. 내가 알기로 거기 유일하게 전화가 있거든. 은행이 털렸대."

"와, 놀라운 일이네?" 유스터스가 말했다. "우리가 말했잖아."

"은행 강도들의 인상착의를 들어보니 저 친구가 그중 한 명이랑 일치하긴 해, 다만 저 울긋불긋 멍든 것만 빼고."

보안관은 그 말을 하면서 씨익 웃었다.

"그럼 금전적 보상을 받는 거야, 아니야?" 쇼티가 말했다.

보안관은 책상 서랍을 뒤져 서류 몇 장을 꺼냈다. 쇼티가 의자에서 뛰어내려 어정어정 책상으로 걸어가더니, 깃털 펜을 보안관이 책상 서랍에서 꺼내준 잉크병에 찍어 서류를 작성하기 시작했다.

"요샌 만년필이라던 게 있던데." 쇼티가 말했다. "그거 하나 장만하지."

"아냐, 난 됐어." 보안관이 말했다. "변화를 좋아하지 않아서. 저 전화기로 주위 두세 군데 연결된 것만으로도 벅차. 게다가, 자네들하고 저기 나뭇가지 사이 고양이 키우는 아가씨는 금방 그놈들을 추적하러 갈 테고, 나도 같이 갈 참이니 그 서류는 작성 안 해도 되지."

쇼티는 서류를 쓰다 보안관의 말을 듣고 손길을 멈췄다.

"잠깐. 넌 이제 현상금 사냥꾼 아니잖아, 윈튼. 왜 따라온단 거야?"

"난 보안관이니까. 나 같은 사람이 필요하게 될지도 모르지."

"네가 우리랑 가면 저기 있는 죄수는 굶어 죽으라고?" 쇼티가 말했다.

"하." 보안관이 말했다. "부보안관이 있어. 지금 나하고 자기 점심을 가지러 나갔고. 그나저나 양이 나눠줄 정도는 안 되겠는데. 겨우 우리 먹을 정도라."

"달라고 한 사람도 없어." 유스터스가 말했다.

"문제 해결이네." 보안관이 말했다.

"이봐, 윈튼." 쇼티가 말했다. "우리가 갈 곳은 네 관할이 아냐."

"아, 별로 상관없을 거 같은데?" 보안관이 말했다.

"법 집행 방식은 그렇잖아." 쇼티가 말했다. "너도 가끔 읽어보는 게 어때, 네 직업의 건전한 기반 아니냐."

"체포하는 데 방해돼." 보안관이 말했다. "괜히 법으로 일 복잡하게 만들지 말고 나 스스로 생각하는 게 좋아."

"그건 우리 자유지 네 자유가 아냐." 쇼티가 말했다. "너는 준법 의무가 있어. 우린 아니지."

"원하면 나도 자유를 누릴 수 있다고 생각하는데." 보안관이 말했다. "나도 같이 갈까 싶은데, 돈은 5등분 하면 되겠고. 5등분이라고 한 건 돼지는 몫을 받지 않을 테니까. 넷이면 이미 꽤 되는데, 한 명 더한들 뭐 어때? 그러면 아무도 많이 벌진 못하겠지만 다들 웬만큼은 챙기잖아."

"저 여자애는 한 푼도 받을 몫 없어." 쇼티가 말했다. "그냥 장식일 뿐이고, 가끔 저 꼬마 놈이 올라탈 뿐이야."

"이봐요." 지미 수가 말했다.

"그런 식으로 말할 건 없잖아요." 내가 말했다.

"그럴지도 모르지." 쇼티가 말했다. "하지만 그게 바로 내가 말하는 방식인데?"

지미 수가 모욕당했다는 기분에 나는 일어섰다. 지미 수가 엄지와 검지로 내 바짓자락을 붙들고 잡아당겼다. 나는 아랑곳하지 않았다.

"이제 참을 만큼 참았어요. 처음에는 예의 없이 굴고 내 신앙을 모욕하더니, 이젠 나한테 더없이 상냥하게 대해준 지미 수를 모욕하고 있군요."

"동전 네 개 값으로 말이지." 쇼티가 말했다.

"그만 해요."

"분명히 해두자면 말인데, 그 돈은 내 거였어." 유스터스가 말했다.

"잘 들어, 꼬마." 쇼티가 말했다. "이 난쟁이한테 본때를 보여줄 때가 되었다 싶은 거라면, 나는 다람쥐처럼 너를 타고 올라가 네 머리를 깔아뭉개고 지옥 바닥까지 떨어뜨릴 거야. 하지만 배짱이 있다면 덤벼 보든가."

나는 주먹을 쥐었다 풀었다.

지미 수는 마치 그가 자기 말고 다른 사람을 모욕했는데 내가 자기편을 들기라도 한 듯이 말했다. "다람쥐라는 게 뭐예요?"

유스터스가 말했다. "이봐 동생, 아무래도 우리 관계를 좋게 유지해야 할 텐데, 그러려면 쇼티가 네 엉덩이에 총알을 박아 귓구멍으로 나오게 하기 전에 얌전히 앉는 게 제일 좋지 않겠냐."

내키지 않았지만, 내게는 그들밖에 희망이 없단 것이 현실이었다. 게다가 쇼티를 보니, 정말 나를 타고 기어오를 기세였다. 저번에 닭싸움 터에서의 일을 본 터라 그 꼴이 나고 싶진 않았다. 그래도 지미 수 앞에서 얌전히 앉아 아무 말도 안 하면 눈 밖에 날 거 같았다.

뭔가 쏘아붙이려던 참에 지미 수가 다시 내 바짓자락을 당기며 말했다. "여동생 찾고 싶은 거 맞지?"

나는 그녀를 보고 고개를 끄덕인 다음, 자리에 앉았다.

지미 수가 내 귀에 대고 속삭였다. "다람쥐가 뭐야?"

"줄무늬가 있는 작은 쥐 같은 거예요. 서부에선 없애버렸을걸요, 아마. 그게 정말 중요해요?"

"이것저것 궁금하니까." 그녀가 말했다.

"자, 그럼." 보안관이 말했다. "이제 아가씨 몫으로는 돌아가는 게 없다고 정해졌고 꼬마애는 앉았으니, 나를 끼워줄 거야?"

"너희 다 개새끼들이야." 패티의 목소리가 들렸다.

우리는 그를 돌아보았다. 패티는 일어나 침상에 앉아 있었다.

"거기 닥쳐." 보안관이 말했다. "아니면 비누로 입을 박박 씻어준다."

"아까 누가 은행 털었다는 얘기 하는 거 들었는데," 패티가 말했다. "그거 나 아냐."

"어, 아니, 너 맞아." 유스터스가 말했다.

패티는 반박하지 않았다. 그저 머리를 숙이고 침상에 앉아 있었다.

그때 정문이 열리고 깨끗한 하얀 모자를 높이 쓴 남자가 들어왔다. 권총을 허리에 낮게 차고 다리에 줄로 묶었다. 총집은 앞쪽으로 약간 기울어졌고, 권총 손잡이는 제대로 잡기엔 컸다. 남자는 깨끗이 씻었고 핑크빛 얼굴에는 면도하다 벤 자국들이 군데군데 있었으며 갈색 종이를 붙여 피가 흐르지 않게 했다. 눈을 휘둥그렇게 뜨고 있었고 숱 많은 밀짚 색 금발 머리가 모자 아래로 삐져나왔다. 약간 통통했으며 부츠를 신은 발은 작아 보였다. 걸을 때면 꿀쩍거리는 소리가 났다.

남자는 철창 뒤 침상에 앉은 패티를 보았다. 문을 닫고 그쪽으로 향했다.

"하, 저건 뭐지." 그가 말했다. "선인장밭을 질질 끌려온 꼴인데."

"좆까." 패티가 말했다.

"저건 누구죠?" 젊은 남자가 물었다.

"은행 강도, 납치범, 그리고 아마 강간범." 보안관이 말했다. 그런 다음 우리에게 말했다. "여기 이 친구는 부보안관 할리스야."

할리스는 돌아서서 우릴 보고 말했다. "저기 커다란 돼지가 누워 있는데요."

"봤어?" 보안관이 말했다. "가까이 가지 마. 코 고는 소리에 속아 넘어가지 말고. 냉큼 네 불알을 뜯어갈걸."

"만지려던 건 아니었어요." 할리스가 말했다.

"그랬다간 큰코다쳐." 유스터스가 말했다.

할리스 부보안관은 이미 패티에게로 관심을 돌린 후였다.

"저 사람 갇혀 있네요?"

"거 똑똑한 양반이네?" 패티가 말했다.

"뭘 놓치는 법이 없지." 보안관이 말했다. "파리 하나 빠뜨리지 않는다니까."

"뚱뚱하네?" 할리스 부보안관이 말했다.

"자긴 무슨 말라깽이라도 되는 것처럼." 패티가 말했다.

"난 뼈대가 굵다고." 할리스 부보안관이 말했다. "우리 가족 다 뼈대가 굵어."

"내 보기엔 너와 가족 모두, 사냥개하고 붙어먹은 할매까지 전부 다 나처럼 뚱뚱할 거 같은데." 패티가 말했다.

"그 열쇠 줘요." 할리스 부보안관이 말했다. "저 새끼 매질 좀 하게."

"관둬." 보안관이 말했다.

"늙은 사냥개가 너희 할매를 올라타는 거 본 적 있나?" 패티가 말했다. "그런 적 있어?"

"뭘로 두들겨 패지, 저거." 할리스 부보안관이 말했다.

그는 재빠르게 권총을 뽑아 들었다. 하지만 보안관이 접시에서 비스킷을 집어 할리스 부보안관의 오른쪽 뺨을 맞히는 것보다 빠르지는 못했다.

비스킷이 맞자 아빠가 도축할 때 망치로 소머리뼈를 칠 때 같은 소리가 났다. 할리스 보안관은 비틀거리고 보안관을 쳐다보았다.

"젠장, 윈튼. 아프잖아요. 어디 부러지면 어쩌려고."

"비스킷 따위에?" 보안관이 말했다.

"카페 요리사가 애초에 딱딱하게 만들어서," 할리스 부보안관이 권총을 총집에 넣으며 말했다. "시간 좀 지나면 돌멩이나 다름없는 걸."

"안 죽어." 보안관이 말했다. "한동안 네가 여기 책임을 맡게 될 거야, 나는 자리를 비울 거니까. 그리고 내가 말하기 전엔 수감자를 권총으로 후려치거나 할 생각 말아. 이미 실컷 맞았으니까."

"아, 미치겠네." 쇼티가 말했다. "진짜네. 윈튼이 정말로 우리랑 같이 가겠다니."

"그래 맞아." 보안관이 말했다. "일이 제대로 처리되나 보려고."

"아, 그거 안심되네." 쇼티가 말했다.

할리스 부보안관은 드디어 쇼티에게 눈길을 주더니, 입이 서서히 벌어졌다. "누구네 아이가 앉아 있는 줄만 알았는데."

"이봐, 저건 난쟁이야, 할리스, 이 무지렁이야." 보안관이 말했다. "내가 왜 어린애를 저기 의자에다 앉혀놨겠냐? 여기가 무슨 이발소도 아니고. 하, 참. 아까 패티가 한 사냥개 얘기가 맞나보다, 다만 너희 할머니가 아니라 너희 어머니였고 네가 그 결과지."

유스터스가 말했다. "저기, 윈튼. 확인차 나뭇가지를 던져주고 저 친구가 물어오나 보지 그래?"

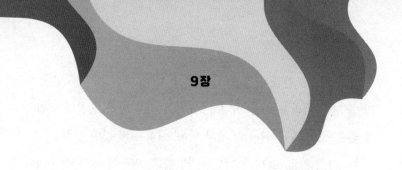

9장

 본인이야 뭐라 말하든, 쇼티는 윈튼 보안관의 합류에 당장 동의하지 않았으나 내 눈에는 뻔히 보이고 있었다. 쇼티는 흔들리고 있었다. 우리 현상금 신청 서류가 분실되거나 패티를 잡은 공로를 누가(예를 들자면 보안관 본인) 가로챌 수도 있다는 식으로 보안관이 암시했기 때문인 것 같았다. 하지만 윈튼을 아는 사람이라면 꽤 믿기 힘들 거라 여겼다. 내가 보기엔 상당한 게으름뱅이였으니까.

 그 점에 있어선 내가 완전히 틀렸다고 여기 덧붙이려 했으나, 그 당시에는 윈튼이 과거 화재 사고를 겪었고 누가 무딘 손도끼로 불을 끄려고 한 듯한 몰골이라는 것 외엔 알 수 있는 것이 없었다.

 마침내 쇼티가 두 손을 들었다. 말했듯이, 보안관의 제대로 된 도움 없이는 무엇 하나 얻지 못하리라고 생각해서 그런 것 같기도 했지만, 또한 그들이 실제로 똑똑한 친구들이며 서로를 전혀 믿지 않는다는 것을 알 수 있었다. 나는 보안관이 쇼티를 능히 속여먹고도 남으리라 짐작했다. 그리고 유스터스는 본인이 협력하고 도움만 충분하다면 그렇게 쉽게 버림받진 않을 것이다. 또한 그 화상 입은 보안관과 친구이기도 했다.

곧 그들은 우리가 쫓는 상대가 몇 명인지 논의했고, 이어 윈튼 보안관이 그놈들 외에도 체포 현상금이 걸린 놈들이 훨씬 더 많으리라는 정보를 제공했다. 그의 말로는 온 숲속에 진드기처럼 놈들이 득실득실한데 온갖 종류의 범죄를 저질렀으며, 그냥 보이는 대로 쏘기만 해도 돈을 긁어모을 수 있으리라는 것이었다. 그는 놈들을 실어 올 말 두세 마리가 필요할 거라고 생각했다.

나는 말했다. "보안관님, 저기 구덩이에 죽은 아이가 있는데 어쩌면 돼지가 조금 입을 댔을지도 모르겠어요, 제대로 장례를 치러줘야 하는데."

"아, 맞다." 쇼티가 말했다. "그 죽은 아이를 발견한 후로 이 친구가 대단히 안절부절못하더라고. 어차피 이미 죽은 애라는 걸 받아들이질 못하겠나 봐."

아까 내가 얘기할 때 빼먹은 죽은 아이 사연을 쇼티가 설명했다. 마치고 나자 보안관이 말했다. "흠, 그거 문제인데, 하지만 누굴 보내서 아이를 찾아 관에 넣어 묻어줄 수는 있겠지. 나중에 누구인지 밝혀진 후에 다시 파내어 매장해야 할 수도 있겠다만."

"파내야 한다면 내가 삯을 받고 할 수 있지." 유스터스가 말했다. "하지만 가서 묻어줄 시간은 없는데."

"누구 찾아봐야지." 보안관이 말했다.

"그럼 됐냐?" 쇼티가 내게 물었다.

"일이 마무리된 걸 확실히 알고 나면 만족하겠죠." 내가 답했다.

서류 작성을 마친 후, 커피를 끓였으나 아무리 내가 그들을 서두르게 하려 애써도 전혀 먹히지 않았다.

"출발해야죠. 시간은 가고 동생이 그놈들하고 있으니 아마 잘 있지 못할 거라고요."

"이미 놈들한테 따먹혔다면, 동생 상황은 어차피 달라질 게 없을 텐데."

"그게 도대체 무슨 뜻이에요?" 나는 말했다.

"놈들이 개를 건드렸다면 재미는 이미 봤겠다, 이제는 원치 않으면 네가 말했던 돼지가 입 댄 아이처럼 죽어 발견될 거야." 보안관이 말했다. "하지만 개가 웬만큼 놈들 마음에 들었고 누구 눈을 할퀴지만 않았다면, 아마 그냥 두겠지. 즉 개가 살아서 놈들과 있단 뜻이다."

"그자들 마음이 바뀔 수도 있는데." 나는 말했다. "지금이든 내일이든 개를 죽이려 들 수도 있으니 얼른 구해야죠."

"놈들 목적지 정보를 네가 갖고 있으니 내일이나 오늘이나 동생을 찾아낼 확률은 마찬가지야."

"걔는 빨래하게 될걸." 패티가 끼어들었다.

그는 이제 서서 창살 사이로 내다보고 있었다.

202

"빨래?"

"처음엔 어느 할멈한테 시켰지." 패티가 말했다. "빨래하는 틈틈이 우리가 돌려먹던 누구네 어머니였는데 어느 날 밤 도망갔어. 대신 인디언 혼혈 여자애를 데려왔더니 컷스로트를 식칼로 찌르려 들어서 컷스로트가 장작으로 머리를 후려갈겼지. 그래서 빨랫감이 쌓이게 되었고. 컷스로트는 빨래하기 싫어해, 여자한테 시키는 걸 좋아하지. 네 동생이 빨래할 줄 알아야 할 텐데 말이야. 못했다간 티켓에 도착하고 나면 눈물 마를 시간만큼도 못 버틸걸."

"신경 쓰지 마." 유스터스가 말했다. "저게 그렇게 똑똑하고 다 알았으면 난쟁이에게 처맞고 감옥에 들어가 있겠냐. 생각해 봐."

보안관은 할리스와 함께 아이 시신을 확인할 사람을 보낼 계획을 짠 다음, 물건을 챙기고 우리가 준비되면 떠나겠다고 했다. 잠시 후 유스터스가 안장 가방에서 죽은 닭을 꺼내 돼지에게 먹였고, 돼지는 이 없는 사람이 젖은 비스킷을 먹듯이 우물우물 잘도 해치웠다.

"괜히 낭비하기는 싫고 이놈도 우리만큼 배고픈 거 같아서." 유스터스가 말했다. "원래 오늘 밤 튀기려 했는데 이렇게 더우니 상할까 봐. 우리 삼촌이 조금 맛이 간 치킨을 드셨는데 열이 나고 일주일을 쇳덩이를 싸는 기분이었다더라. 하지만 돼지는 소스만 충분히 올려주면 쇳덩이도 먹을 수 있어. 닭은 소스도 필요 없지."

닭을 먹고는 컥컥 깃털을 토해내는 돼지를 지켜보고 있는 사이 쇼티와 다른 사람들은 짐 꾸리기를 마쳤다. 우리와 함께 서서 닭

먹는 돼지를 구경하는 지미 수만 제외하고.

"털이 달린 걸 좋아해요?" 그녀가 물었다.

"뭐든 안 좋아하겠냐." 유스터스가 말했다. "음식에 대해서라면 가리는 거 없는데 갓 벤 풀 냄새를 싫어하더라, 도무지 이유를 모르겠어. 그 냄새가 나면 피하더라고. 아마 코가 막히나 봐."

다 먹고 나자 돼지는 재채기 소리를 내더니 닭 뼈와 깃털 그리고 우리가 보는 동안 먹은 것처럼 보이지 않는 무언가를 뱉어냈다. 그 뱉어내기가 신호였던 듯이 우리는 말에 올라 출발했다. 할리스 부보안관은 자기도 가고 싶다고 했으나 쇼티가 죽여버리겠다고 위협했고 할리스는 곧이듣는 듯했다. 나 역시 그 말을 믿었다.

우리 계획은 패티가 말한 동료들이 있는 곳으로 숲길로 질러가는 것이었고, 나는 패티가 말한 게 정말일까 아니면 우리가 헛짓을 하는 게 아닐까 하는 생각이 자꾸 들었다. 쇼티는 자기 권총과 유스터스의 샷건 개머리판으로 패티에게서 제대로 된 방향을 알아냈다고 확신했지만 나는 여전히 미심쩍었다.

밤이 될 무렵엔 숲으로 이어지는 오솔길 깊숙이 들어와 있었다. 이 길이 지름길이라고 알고 있었다. 윈튼 보안관이 자기가 길을 알고 있으며 패티가 말하는 곳이 어디인지 충분히 감이 잡힌다고 장담하기에 나는 약간 마음을 놓았다. 그의 말로는 질 나쁘고 썻지 않은 자들이 모이는 곳이라고 했다. 마치 보안관 본인은 훌륭한 몸치장의 본보기라도 되는 것처럼. 나는 그의 뒤에서 말을 달리지 않으려 했다. 그 뒤에서 가면 바람이 내 쪽으로 불 때마다 몇 달 치 체취, 역한 머릿기름, 그리고 구린 양파 입 냄새가 닥쳐왔고, 거기에다 그가 뒤에 달고 가는 짐말은 방귀를 뀌고 똥을 싸대는 것이 내가 본 중에 가장 고약한 냄새가 나는 짐승이었다. 그에 비교하면 돼지 냄새는 상쾌하기까지 했다.

지미 수 쪽을 쳐다보니 그녀는 부채질하고 있었다. 그녀가 그를 손님으로 어떻게 맞았을까 하는 생각을 하지 않을 수 없었다. 나중에 쉬면서 말들 숨 돌리게 하는 사이 물어보니, 그녀는 그에게 좋은 냄새 나는 것을 잔뜩 발랐다고 말했고 짐작건대 일종의 향수 같았다.

하지만 이번엔 우리는 그를 앞질러 유스터스와 쇼티 근처에 자리를 잡아 바람에 실려 오는 악취를 피했다. 그래도 내 기분은 크게 나아지지 않았다. 나무 사이로 어둠이 내려앉을 무렵엔 룰라가 끌려가고 할아버지가 살해당한 이후로 제일 기분이 가라앉아 있었다. 솔직히 땅콩 껍데기 속으로 기어들어가 그걸 집으로 삼고 싶을 정도로 침울했다.

우리는 수풀 속에서 볼일을 보거나 혹은 아까 말했듯이 말들 숨 돌리게 하려 이따금 쉬어가긴 했으나 대부분은 계속 달렸다. 오솔길이 고르고 달빛 별빛이 촛불만큼이나 환하기에 밤이 되고도 어느 정도는 나아갔다. 하지만 결국엔 멈춰 서서 대충 야영지를 만들었다. 밤에도 더운 날씨였지만 말들을 위해 밧줄을 치고 모닥불을 지펴 바구미 난 콩을 데웠고, 구역질이 나긴 했지만 잠시나마 배에 뜨끈한 음식이 들어가니 기분이 나아졌다. 우리는 불가에 둘러앉 았고 나는 땔감으로 쓰려고 팬 장작개비를 불에 던져넣으며 시간 을 보냈다. 그러면 불이 타닥거리는 소리가 나고 불꽃이 일었지만, 숲에 불이 옮아붙을 정도는 아니었다. 반딧불이 온통 우리 주위에 서 꽁무니를 빛내고 있었다. 쇼티 쪽을 쳐다보니 모자 주위에 후광 을 두르고 있었다. 내가 보자마자 마치 부끄럽기라도 한 듯이 벌레 들이 다 날아가 버렸다.

앉아 있는 사이 기온이 좀 내려가고 바람이 강해졌다. 물과 솔잎 그리고 숲의 흙이 섞인 냄새가 실려 왔다. 나쁜 냄새는 아니었다. 어릴 때 룰라와 낚시 미끼 할 지렁이를 찾아 땅을 파던 생각이 났 다. 눈을 감으면 숲 근처 집 뒤에서 삽이나 모종삽으로 땅을 파는 우리 모습을 떠올릴 수 있었다. 룰라가 여기 있었다면 불 앞에 앉 아 숲과 그 안에 있는 것에 대해 별난 생각을 하며 즐거워했을 것 이다. 룰라에게는 모든 것이 미스터리였다.

나는 부츠를 벗고 담요를 펼쳐 그 안으로 기어들어가 안장을 베 고 누웠다. 지미 수는 모두 있는 앞에서 드레스를 머리 위로 끌어 올리고는 신발을 벗어 던지고 나와 함께 담요 안으로 들어왔다. 남 자들은 바로 고개를 돌려 쳐다보았으며 숨소리가 가빠진 것까지 들렸다. 지미 수는 껴안고 싶어 했으나 모두 지켜보는 중이라 내가 받아들이지 않았다. 마침내 그녀가 말했다. "맘대로 해." 그리고는 엉덩이를 내 쪽으로 돌리고는 잠들었다. 한 5분쯤 후, 돼지가 어슬 렁어슬렁 와서 나의 다른 쪽 옆에 달라붙어 나를 샌드위치처럼 짓

눌렀다.

유스터스가 말했다. "네가 오기 전까지만 해도 나랑 돼지랑 참 괜찮은 친구 사이였는데 말이야."

"그런가요."

"그랬어, 하지만 그 냄새 나는 놈은 하나도 아쉽지 않은데." 유스터스가 말하고 웃었다.

"돼지 냄새나." 지미 수가 말하고는 다시 조용해졌다.

조금 지나니 잠든 그녀의 고른 숨소리가 들렸다. 유스터스가 샷건을 들고 우리가 온 오솔길이 보이는 나무 사이 둔덕, 말을 묶어 둔 곳 근처에서 첫 번째 보초를 섰다.

나도 결국엔 잠들어 꿈을 꿨다. 꿈을 꾸는 그 순간에는 말이 되는 것 같지만 깨어서 얘기하려 들면 꽤 우스꽝스럽고 말할 거리도 안 되는 그런 꿈이었다. 꿈에서 깨어 보니 아직 밤이었고 돌아누워 보니 쇼티가 깨어 불가에 몸을 숙이고 앉아 책을 읽고 있었다. 불길이 일렁이며 쇼티의 그림자를 나무 쪽에 드리웠고 쇼티 본인보다 훨씬 컸다.

잠시 지켜보다가 피로에 넘어갔고 깨어 보니 지미 수의 신발이 내 갈비뼈를 찌르고 있었다.

"그 사람들 먼저 갔어." 그녀가 말했다.

"뭐라고요?"

나는 일어나 앉았다. 지미 수는 헐렁한 바지와 낡은 파란색 남자 셔츠 차림이었다. 신발은 원래 자기 신발을 신고 있었다.

"어디서 옷이 났어요?"

"윈튼이 주더라고. 나 주려고 자기 안장 가방에 챙겨왔어. 이게 좀 더 편할 거라고 생각했대. 편하네. 총에 맞아 죽어 묻힌 사람 옷이었다는데 이 바지를 입고 죽은 건 아니래. 윈튼처럼 냄새가 나진 않아. 깨끗해."

"그거 말 되네요."

"옷에서 냄새 안 나는 게?"

"아뇨, 누군지 바지 주인이 입고 묻힌 게 아니란 거요. 당신이 입고 있으니까."

"그래. 윈튼 말로는 죽은 사람 부모가 바지 두 벌짜리 정장을 사 와서 입혔고, 이게 그중 남은 바지래. 어쩌다 보니 장례식이 끝나고 그 바지가 윈튼에게 남았고. 물론 그것도 재미있겠지만 너는 돼지까지 모두 다 우리를 두고 가버린 일에 더 관심이 가겠지."

"빌어먹을 인간들."

"우리를 두고 아주 가버린 게 아니야." 지미 수가 말했다. "그냥 먼저 간 거지. 어디로 갔는지 내가 알아. 유스터스가 네가 푹 쉬어야 한댔어, 어제나 그 전부터 제대로 잠을 못 잤으니."

"그렇게 말했어요?"

"그럼 안 피곤하단 소리야?"

"난 멀쩡해요."

"그럼 어젯밤 왜 나랑 한판 하지 않았어?"

"판이 없어서요."

"그거 재밌다, 잭. 진짜 웃겨. 그 남자들은 어차피 나를, 아니면 나처럼 생긴 여자를 다 봤어. 별로 놀랄 일도 아니었을 텐데."

"네, 하지만 내 거를 보여주고 싶은 마음은 안 들어서요."

"우리 둘이 즐겁게 지낼 줄 알았는데." 그녀가 말했다.

"지금 놀러 온 게 아니에요."

"가야 할 목적지까지 시간이 꽤 걸릴 테니, 그 시간을 활용하면 좋잖아. 뭐 재미있는 이야기를 해볼 수야 있겠지만, 봤다시피 나는 별로 재미있는 사람이 아니야. 하지만 다른 건 잘하니까, 괜찮은 선택 아니야?"

그녀가 말하는 사이 나는 혹시 전갈이 기어들어 갔을까 싶어 부츠를 뒤집어 흔들었다. 부츠를 신고 침구를 말아 정리한 다음, 말에 안장을 얹으러 갔다. 지미 수는 자기 말에 안장을 얹어두었다.

"남자의 의무를 다할 게 아니면 갖다 바치는 아침상이나 잠자리는 기대할 생각 마."

"내가 할 의무가 있어요?"

"이제 우리 함께 아니야?"

"뭐 그렇죠. 네."

"그럼 그렇게 행동해."

뭐라 할 말은 없었다. 그녀는 마치 탄산이 든 병을 흔들어 마개를 땄고 그게 다 흘러나올 때까지 얘기를 멈추지 않을 기세였다.

우리는 말에 올랐고 지미 수가 자기 안장 가방에서 비스킷 두 개를 꺼냈다. 나에게 하나를 주었다.

"먼저 입에 물고 빨다가 깨물어, 안 그러면 이 나가. 카페에서 만드는 거야."

"보안관이 할리스에게 던진 그 비스킷이요?"

"맞아." 지미 수가 말했다. "아마 같이 구워낸 걸걸. 윈튼이 아침에 줬어."

우리는 비스킷을 빨며 출발했고 오솔길을 따라 지미 수가 말한 방향으로 갔다. 비스킷은 얇게 조각내는 정도가 최선이었고, 입안에 문 조각은 쇳조각처럼 한참을 그대로 있고 나서야 삼킬 수 있을 만큼 흐물흐물해졌다.

10장

아침은 외투 껴입은 미친개처럼 더웠다. 안장이 맞지 않아 쓸려서 따갑고, 성기가 비벼지지 않게 붙들고 싶어졌다. 정오 무렵 우리는 말을 멈춰 숨 돌리게 하고 그 비스킷을 또 하나 먹었다. 족히 한 시간은 걸리는 데다 뱃속에 돌덩이처럼 묵직하니 자리를 잡아 실제보다 더 먹은 기분이 들었다.

말이 충분히 쉬었다 싶어 곡물을 주고 시냇가로 데려갔지만 혹시 너무 빵빵하게 부풀까 싶어 물은 조금만 먹였다. 마친 다음 언덕을 올라가고 있을 때 요란스러운 욕설과 주님의 이름을 자꾸 들먹이는 소리가 들렸다. 길 꼭대기에 이르러 보니 흑인 한 명이 우리가 왔던 방향에서 커다란 노새를 타고 오고 있었다. 노새 등에 한껏 흔들리며 빠르게 달리느라 욕을 하고 있었던 것이다. 그 이마의 하얀 반점 덕분에 금방 알아보았다. 유치장 잡역부 스팟이었다.

우리를 보자 그는 한 손을 들어 보였다. 가까워지자 그는 멈추어 노새에서 내렸다. 안장이 없어 타고 오기 힘들었을 것이다.

"보안관님을 찾으러 왔는데." 그가 말했다.

"우리보다 앞서갔어." 지미 수가 말했다. "무슨 일인데?"

"할리스 일이야."

"누가 비스킷으로 제대로 맞히기라도 했어?" 지미 수가 말했다.

"이번에는 배에 총을 맞았어." 스팟이 말했다. "비스킷보다 훨씬 심하지."

"그렇겠네." 지미 수가 말했다.

"그 빌어먹을 매춘부가," 스팟이 말했다. "그쪽 보고 한 말이 아니라, 아가씨."

"약간 기분은 그런데," 지미 수가 말했다. "암튼 마저 말해봐."

"요강을 비우러 유치장에 갔거든, 유치장 문을 열어야 하니까 할리스가 권총과 열쇠를 들고 문을 열어줬지. 내가 들어가서 요강을 꺼냈어. 막 유치장을 나왔을 때 그 케이티라는 매춘부가 웃으며 들어오더니 그러는 거야. '친척을 보러 왔는데.'

그러니까 할리스가 말했어. '왜 나를 보러 오지 않고? 나는 얘기 나눌 친척이 없네.' 그렇게 귀담아들은 건 아니라서 정확히 뭐라고 했는지는 모르겠지만 아무튼 도를 넘거나 한 건 아니라고 생각하는데. 나는 요강을 문가에다 두고 안에서 해야 할 다른 일을 하러 돌아갔는데 그때 케이티가 가방에서 작은 권총을 꺼내더니 대충 이러는 거야. '귀찮게 잠글 거 없어. 저 사람 내보내지 않으면 배때

기에 구멍 뚫릴 줄 알아.'

그러니 나는 뒷문 쪽을 쳐다보면서 후다닥 도망칠까 생각을 하고 있었는데, 그 여자가 나한테 총부리를 겨누며 그러지 뭐야. '저쪽으로 가, 깜둥이.' 그래서 가리키는 대로 유치장 근처 벽에 가서섰지. 할리스는 도로 유치장 문을 잠가버렸고 유치장은 절대 못 연다고 해서 케이티가 총으로 쏴버렸어. 할리스는 배에 총을 맞고 유치장 창살에 기대 주저앉은 채 소변을 봤더라고. 죽은 건 아니지만 상태가 좋진 않았어. 신음하고 안색이 아주 끔찍했지. 그다음엔 케이티가 나한테 총을 겨누더니 그러는 거야. '너도 맞아볼래, 깜둥이?' 그러니까 나더러 한 말인데……"

"알아들었어." 지미 수가 말했다.

"그래서 내가 '아니요' 했지, 그랬더니 나더러 '저기 열쇠 주워서 저 사람 풀어줘.'라는 거야. 금화를 줍는 것보다 더 빠르게 열쇠를 주워 들었지. 유치장 문을 열고 그 사람을 내보냈고. 싱글싱글 웃으면서 나오더니 나한테 그러데. '가서 요강 가져와.' 그래서 그렇게 했지. 갖다줬더니 그걸 할리스 머리에다 쏟아붓고는 코까지 내려오게 뒤집어씌우지 뭐야. 할리스는 비명을 지르며 피하려 했지만 어쩔 도리가 없었지.

그게 보안관님이 편하게 앉을 수 있는 걸 좋아해서 입구가 넓은 요강이었거든, 그래서 머리 위로 억지로 씌울 만했어, 좀 쪼개지긴 했지만. 아주 엉망진창이었지. 그리고 나니 피가 제법 많이 났고 사람이 아주 넋이 나갔더라고. 그냥 저승에 한 발 디딘 판이지 뭐야. 그 똥물에 질식했는지 배에 총을 맞아서인지는 모르겠지만 어느 쪽이든 결국 마찬가지지. 바로 그때 딱 생각이 드는 게 도망치지 않으면 다음엔 내가 죽겠구나 싶더라고. 그래서 토끼처럼 후다닥 줄행랑쳤고 뒷문에 얼마나 세게 부딪혔는지 경첩이 빠져서 나하고 문이 같이 튀어나왔잖아. 총알이 내 옆으로 쌩하니 지나가면서 귀에 뜨거운 기운이 확 와닿더라. 거기 작은 고개를 넘어왔더니 사람들이 집 밖으로 내다보긴 하는데 아무도 유치장 쪽으로는 안 가는 거야. 다음 순간 그 뚱뚱한 남자하고 그 여자가 각자 말을 타고 거리를 달려가는 게 보이더라고. 여자가 말에 안장까지 올려 준비해 왔겠지. 패티 손에 보안관 사무실에서 가져온 라이플이 들려 있는 게 보였고, 그렇게 사라졌어."

"어떻게 앞질러 왔고?" 지미 수가 말했다.

"그 사람들은 이쪽으로 안 왔어." 스팟이 말했다.

"그럼 패티가 쇼티에게 거짓말을 한 건데." 내가 말했다.

"나야 모르지." 스팟이 말했다. "그 사람들이 어디로 가는지, 보안관님이 어디로 가는진 모르지만, 너희가 간 방향은 알았거든. 따라오기 어렵지 않았어. 패티가 보안관님 어디 가는지 알고 있다면 지름길을 택한 걸 수도 있지. 나라면 그럴 거야. 원튼 보안관님, 쇼티, 유스터스를 정면으로 딱 맞닥뜨리고 싶진 않을 테니까. 그리고 돼지랑 다른 사람들도 있고. 내가 패티랑 그 매춘부 처지면 앞질러 가서 기다렸다 기습하지."

"아니면 우리가 생각한 데로 가는 게 아닐 수도." 내가 말했다.

"쇼티한테 처음부터 거짓말한 걸 수도 있잖아요."

"쇼티에게 권총으로 얻어맞고 있을 때 말한 건 아마 진짜일 텐데." 지미 수가 말했다. "하지만 거기 가는 더 빠른 길은 얘기하지 않은 거 같네. 그게 숨겨둔 패였던 거야."

스팟이 고개를 끄덕였다.

"내가 보기에도. 그래서 보안관님한테 경고하고 할리스 얘기를 하려고 온 거야. 나한테 대체로 잘해주기도 했고 이걸로 팁 좀 받을 수 있을 거 같아서. 받을 만하지 않나?"

"나는 그런 거 몰라요." 내가 말했다.

"받을 만하다고 봐." 지미 수가 말했다. "시내에 있는 업소에서 일할 때, 내가 누구 부츠를 닦아주면 마음에서 우러나오는 선의로 보이려고 했지만 사실은 가욋돈을 바라고 한 거였거든. 항상 받지는 못했는데 못 받으면 실망이 크더라고, 거기 의지하고 있는 셈이라. 그래서 못 받으면 어떤 기분인지 알아."

"아무것도 못 받게 된단 생각은 안 해봤는데." 스팟이 말했다.

"그래, 나는 괜히 부츠 닦느라 손만 지저분해지고 아무것도 못 받은 적 많아. 그러니까 그런 경우도 각오하라고."

"지미 수, 제발 그만 넘어가요." 내가 말했다. "할리스는요? 그 사람은 어떻게 했어요? 아직 유치장에서 똥물 뒤집어쓰고 죽어 있는 건 아니겠죠?"

"유치장 근처 술집 사람들에게 말해놨으니 끌어내서 씻기고 묻을 준비를 하겠지." 지미 수가 말했다. "그 사람들이 청소도 같이해

주면 좋겠는데, 영 내키지 않는 일이거든. 특히 며칠 안으로 돌아
갈 상황이 아니라면."

"왜 그전에 안 가는데요?" 나는 말했다. "용건은 우리가 전달할
수 있어요."

"내가 직접 전할 거야." 그가 말했다.

"전하고 말고 할 것도 없는데." 나는 말했다.

"내 이야기밖에는 없고 내가 직접 전하고 싶어.": 그가 말하고는
고개를 옆으로 돌려 나를 쳐다보았다. "게다가 지금 마을에 나한테
좋은 일이 있는 것도 아니고."

"그럼 얼른 보안관을 따라잡아야죠." 내가 말했다. "지금 당장."

11장

    우리는 금방 그들을 따라잡았다. 그들이 멈춰서 끼니를 때우고 있었기 때문이었고 우리가 도착했을 때는 마침 다시 말에 오르려 던 참이었다. 돼지는 함께 있지 않았지만 멀리 떨어지진 않았으리라 짐작했다.

    우리는 말에서 내렸고, 스팟은 그들에게 아까 했던 얘기를 했다.

    "빌어먹을 할리스." 윈튼 보안관이 말했다. "그렇게 돼질 줄 내 알았다니까. 뻔하지. 할리스보다 더 총이나 몰매 맞으려 환장한 인간을 못 봤는데. 그 개새끼 뇌를 꺼내서 빈 잉크병에 넣고 흔들면 딸랑딸랑 소리가 날걸. 그놈에게 일을 시킨 유일한 이유는 돈을 많이 안 줘도 되고 워낙 맹해서 자기가 총 맞을 수 있다는 것도 몰라서였는데, 결국 부분적으로는 내 탓이겠지. 머리가 딸리는 놈에게 일을 줬더니 이렇게 되는 거야."

"멍청했죠. 하지만 말씀드린 거, 그건 아셔야 하는 소식 맞죠?"

"그렇겠지." 윈튼이 말했다. 여전히 모든 정보를 취합해 정리 중인 눈치였다.

"소식을 몰랐다면 그 뚱보랑 친척이 지름길로 앞질러 가서 어딘 가에서 덮칠지도 모른다는 것도 몰랐을 거고." 스팟이 말했다. "아니면 티켓까지 먼저 가서 다른 놈들에게 알릴 수도 있고."

"거 잘도 아네?" 윈튼이 말했다.

"저 아이랑 매춘부가 말해줬어요." 스팟이 말했다.

"일부는 사실이에요." 내가 거들었다.

"유치장 뒷문에서 조금씩 주워듣다 보면 그렇게 대부분 알게 되는 거죠." 스팟이 말했다. "이 사람들이 보안관님에게 뚱보 얘기하는 거 들었고, 이리저리 꿰어맞춰지더라고요. 그 일 알게 된 거 진짜 중요하죠, 그렇죠? 그거요, 패티가 도망친 거."

"그래." 유스터스가 말했다. "중요하지, 하지만 이제 얘기 다 했잖냐."

윈튼은 서서 스팟을 쳐다보고 있었고, 스팟은 마치 먹을 것을 던져주길 바라는 개처럼 상대를 쳐다보고 있었다.

"팁을 바라는 거예요." 지미 수가 말했다.

"팁?" 보안관이 말했다.

"그게 예의니까요." 스팟이 말했다.

"내가 줄 팁은, 다음에 나한테 전할 소식이 있거든 그걸로 이득 볼 생각은 말라는 거다." 보안관이 말했다. "그리고 앞으론 뒷문에서 엿듣지 마."

"그럼 앞으로 소식은 못 들으실 텐데, 아니에요?" 스팟이 말했다.

"그렇겠지." 윈튼이 말했다.

스팟은 마치 제 어머니에게 너는 똥개보다 더 못생겼다는 소리를 들은 것 같은 얼굴을 했다.

"그런 식으로 하면 안 되죠." 지미 수가 말했다. "뭐 좀 챙겨줘요."

"줄 게 없어."

"나중에 주겠다고 진심으로 약속하면 되잖아요." 그녀가 말했다.

윈튼은 마치 약점을 찾듯이 스팟을 뜯어보았다.

"돌아갈 때 비스킷 좀 챙겨줄까, 스팟. 그건 어떠냐?"

"사람 갖고 노는 거죠?" 스팟이 말했다.

"아닌데. 지금 여기 있어."

"비스킷 따위는 됐어요. 누가 그걸 먹고 싶어 한다고, 썩은 이 빼려는 게 아니면. 내가 생각한 건 좀 더 든든한 거였다고요."

"그 비스킷보다 더 든든한 게 어딨냐?" 윈튼이 말했다.

스팟은 보안관에게 눈길을 고정했다.

"돈을 좀 챙겨주면 좋겠죠."

"그렇겠지, 돈이 있다면 말이야." 보안관이 말했다. "그리고 너는 마음에서 우러나 선행을 하는 사람 아니었냐, 다른 이유 없이도 그게 좋은 일이니까?"

"아닌데요." 스팟이 말했다. "난 안 그래요."

나는 유스터스와 쇼티를 흘끗 쳐다보았다. 둘은 신중하게 듣고 있었다.

"젠장." 보안관이 말했다. "줄 게 아무것도 없는데. 이러면 어뗘냐. 내가 죽지 않고 이번 일로 현상금을 타서 돈 좀 생기면, 그때 팁 챙겨줄게."

"얼마나요?"

"글쎄. 1달러?"

"5달러 해요."

"그건 큰돈이야, 스팟." 윈튼이 말했다.

"그러니까 받고 싶은 거죠." 스팟이 말했다.

"귀찮게 하네. 좋아, 그러자. 5달러."

"약속한 거죠?" 스팟이 물었다.

윈튼 보안관이 손을 내밀었다. 그는 스팟과 악수를 했다.

"약속."

"같이 따라갈게요." 스팟이 말했다. "혹시 지켜드릴 수 있을지도 모르고 5달러도 확실히 챙겨야 하니까."

"그러다 네가 죽게 되면?" 윈튼이 말했다.

"그럼 5달러는 필요 없게 되겠네요?" 스팟이 말했다. "보안관님은 결국 이득을 보고, 나한테 돈 안 줘도 되니까."

"할 말 없네." 유스터스가 말했다.

"스팟, 혹시 나 대신 흥정할 사람이 필요하게 되면 너한테 대리를 부탁해도 될까?" 쇼티가 말했다.

"그게 뭔지 모르겠는데." 스팟이 말했다. "괜찮을 거 같네요."

12장

밤이 다 되어 돼지가 나타났다. 다리와 주둥이에 온통 덩굴이 감겨 있었고 진흙투성이에 미끈거렸다. 어디서 시냇물을 찾아 더울 때 기어들어가 있다가, 서늘해지자 나와서 우리를 찾아온 모양이었다.

말했듯이, 거의 밤이 다 되었지만 아직 빛이 좀 남아 있었고, 해가 숲 너머로 가라앉고 있어 자두처럼 새빨간 색이었다. 마지막 남은 햇살이 사라질 바로 그 무렵, 길가에 나무 벤 공터에 세워진 교역소에 도착했다. 바로 거기에서 길이 갈라졌는데 한쪽은 길이라고 하기도 어려워 나무 사이로 난 샛길에 더 가까웠다.

우리는 아직 교역소와 상당히 떨어져 있었으나 제대로 보이지 않을 정도는 아니었다. 사방에 나무 그루터기와 건물을 짓고 남은 자재가 널려 있었고, 그중 일부는 숲을 태우느라 지른 불에 그슬려 있었다.

교역소는 베어낸 통나무로 급히 대충 지었고 상당히 기울어 있었다. 통나무는 가지도 제대로 다 쳐내지 않았고, 일부는 쓸데없이 길어 여기저기 튀어나왔다. 문은 마치 쇼티보다 별로 키가 안 큰 사람을 위해 만들기라도 한 듯이 낮게 지어졌다. 넓은 가죽끈을 경첩 삼아 벽에 문을 달았고, 가느다란 가죽끈을 당겨 여는 식이었다. 외벽을 따라 동물 가죽이 걸려 있었고, 포치에는 쇠사슬에 매달린 멋진 그네의자가 있었다. 바람에 그네가 흔들리고 사슬이 삐걱거렸다.

나는 거기서 음식을 구할 수 있을 줄로 여기고, 얼른 안으로 들어가고 싶었다. 그러기 전, 쇼티가 한 손을 들었다.

"조심하는 쪽이 바람직하겠어."

"내 생각도 바로 그래." 윈튼이 말했다.

윈튼은 오두막 뒤에 말떼가 있다고 알려주었다.

"스팟, 노새에서 내려서 뒤에 가서 그 두 명이 마을을 떠날 때 탔던 말들이 있나 확인해. 아마 그 둘도 이 갈림길로 갔을 거야, 어차피 우리와 같은 방향으로 가니까. 자기들이 바란 만큼 앞서가진 못했거나 십중팔구 패티가 술 한잔 생각이 났겠지. 상식보다 술을 택할 만한 작자니까. 내가 알아. 나도 약간 그런 편이라."

스팟이 노새 등에서 미끄러져 내려와 내게 고삐를 넘기고는 뒤쪽으로 가서 말들을 쳐다보았다. 금방 돌아와서는 말했다. "둘 다 뒤에 있어요. 같은 말 맞아요."

"확실해?" 윈튼이 물었다.

"그 매춘부가 타던 점박이가 있고, 저 마른 팔로미노(갈기가 크림색이나 흰색인 말 — 옮긴이) 말이 뚱보가 타던 거예요."

심장이 쿵쿵 뛰기 시작했다. 이 난리통이 여기서 끝날 수 있다고, 룰라를 가족의 품으로 데려올 수 있을 거라고 생각했다. 최근 벌어진 일련의 사건으로 인해 말 그대로의 의미에서 가족이라곤 나랑 캔자스에 사는 일면식도 없는 고모할머니뿐이었지만.

"좋아, 그럼." 윈튼이 말했다. "안에 들어가 커튼이 어떻게 걸려 있나 보면 되겠군, 너희들이 준비되었다면."

"나야 나면서부터 준비 완료지." 쇼티가 말했다. "하지만 그보다는 확실한 계획이 필요할 거 같은데. 나랑 유스터스가 안에 들어가 혹시 무슨 움직임이 있는지 살펴보는 걸 제안해. 그리고 혹시 나룻배 사고 때 있던 다른 사람이 있을지 확인하게 저 아이도 데려가고. 내 추천은 그들이 무기를 뽑아 들 수 있으니 당장 체포하려는 시도는 자제하자는 거야, 하지만 필요하다면 즉시 실행하고."

나는 그자들을 죽이겠다는 말을 돌려 하는 것으로 짐작했다.

"그 사람들을 죽일 필요는 없지 않아요?" 나는 물었다.

"그 문제에 대한 결정은 그들 본인에게 달렸지." 쇼티가 말했다.

"그러니까 그들을 쏴버리겠다는 뜻이죠?" 나는 유스터스에게 물었다.

"그런 식으로 갈 수 있지." 유스터스가 말했다. "확실히."

"나머지는 여기서 기다리고." 쇼티가 말했다. "윈튼, 너는 뒷문 쪽에 가서 누가 튀어나올 가능성에 대비해. 하지만 유스터스가 그리 뛰어나와 도망자들에게 샷건을 갈길지도 모르니 나라면 몸을 낮추고 있겠어. 총알이 사람 가려가며 맞는 거 아니니. 매춘부 아가씨는 맘대로 해."

"참 친절도 하셔." 지미 수가 말했다.

"스팟, 너도 맘대로 해." 쇼티가 말했다.

"그럴 생각이었어요." 스팟이 말했다. "어차피 총도 없고, 힘이 세서 이 노새를 그 사람들에게 내던질 수 있는 것도 아니고."

"그럼 이걸로 정리 끝났고." 쇼티가 말했다.

유스터스가 말에서 훌쩍 내려 안장 옆 고리에 달린 샷건을 뽑아 들고 안장 가방에서 탄약을 한 움큼 꺼내 바지 주머니에 찔러넣었다. 조끼 어깨 패드를 툭툭 두들기는 것이 마치 전부 괜찮은가 확인하려는 것처럼 보였으나, 그보다는 4게이지 샷건 개머리판을 대기에 충분한지 확인했을 것이다. 그 총의 총구는 지옥으로 통하는 구멍처럼 커다랬다.

나는 말에서 내렸고 유스터스는 안장 가방에서 권총을 꺼내 내게 주었다. 전에 보지 못한 총이었다. 오래된 개조 44구경이었고 쟁기만큼이나 무거웠다.

쇼티는 줄사다리를 타고 내려와, 그의 조그만 손에는 어마어마하게 커 보이는 콜트를 뽑아 들었다.

"윈튼, 혹시 그쪽이 좋다면 내 샤프스 라이플을 갖고 가, 그리고 이 어두운 와중에 누가 도망 나오는 걸 보면 그걸로 쏴버려. 하지만 말했듯이, 유스터스와 4게이지 샷건 조심하고."

"그러지." 윈튼 보안관이 대답하고 말에서 내렸다.

"뒷문으로 나오는 난쟁이나 덩치 큰 흑인을 쏘지 않도록 조심해, 우리일 테니까." 쇼티가 말했다. "그리고 저 아이도 있고, 물론."

"기억해 주셔서 고맙네요." 나는 말했다.

"조언 하나 할게." 쇼티가 말했다. "네가 든 권총은 요즘 게 아니라서 엄지로 공이치기를 뒤로 당겨야 해. 훈련받은 우리가 좋은 총을 들어야 빨리 쏠 수 있을 거 같아서."

"제 생각엔 훈련받지 않은 제가 좋은 총을 들어야 할 거 같은데요."

"음," 쇼티가 말했다. "너에게 좋은 총을 쥐여주진 않을 거고 그 얘긴 이걸로 끝이다. 정 그러면 매춘부와 스팟과 함께 숨어 있을 곳을 찾든가."

나는 고개를 저었다.

"들어갈 거예요. 룰라가 안에 있을지도 모르고, 우리 쪽 포함해서 누가 룰라를 쏘지 못하게 해야죠."

"좋아, 그럼." 유스터스가 말했다. "이쪽 긴 끝을 상대에게 겨누는 거다."

"안 웃겨요." 내가 말했다.

"모든 게 웃기지, 본인 죽음만 빼고." 쇼티가 말했다. "하지만 다른 사람들은 웃을걸."

솔직히 말하겠다. 나는 진심으로 룰라가 저 안에 무사히 있기를 바랐다. 너무 겁이 나 부츠 안 발이 미끄러운 구멍에서 기어 나오려는 뱀처럼 덜덜 떨리는 게 느껴졌다. 어떤 상황을 각오해야 할지 몰랐고, 이 상황이 훨씬 더 단순하리라고 여겼는데 그게 아니었던 거 같다. 놈들을 기습해서 "손 들어, 다들 체포한다." 이렇게 말하고 묶어서 시내로 데려올 줄 알았다. 이제 의구심이 들었고, 내가 실제로 누군가를 겨냥하고 쏴야 할지도 모른다는 생각에 속이 다 울렁거렸다. 아니면 내가 총을 맞고, 저 뒤 구덩이에 던져져 개미밥이 될 수도 있다.

보안관이 샤프스 라이플을 들었으며, 지미 수는 그를 꼬드겨 권총을 얻어냈고, 그들은 뒤쪽으로 향했다. 스팟은 소변을 봐야겠다면서 노새와 함께 수풀 속으로 사라졌다. 우리 셋, 그리고 돼지는 교역소로 다가갔다.

가죽끈을 당겨 문을 열어젖히자 악취가 흘러나왔다. 고약한 방귀와 땀내가 그득했고 뭔가 꿀처럼 달콤한 냄새였는데 그 꿀 냄새 때문에 더욱 역겨웠다. 등불 서너 개가 켜져 있긴 했으나 무덤 속만큼이나 캄캄했다. 들어서면서 보니 왼쪽에 네 명이 작은 테이블에서 높이가 제각각인 스툴에 앉아 카드를 치고 있었다. 그들 사이엔 옥수수빵 접시와 시럽 병이 놓여 있었다. 접시 바로 옆에 등불이 있어서 제대로 볼 수 있었다. 그들의 얼굴을 뜯어보았으나 니거 피트나 컷스로트는 없었다. 다들 백인이었으나 낯익은 얼굴은 하나도 없었다. 전부 험한 길을 달려왔고 푹 젖은 듯이 보였다. 다들 아주 희한한 걸 보았다는 듯이 유스터스와 돼지를 쳐다보고 있었다.

카운터 뒤에는 그곳과 동떨어져 보이는 사람이 있었는데, 깨끗하고 머리를 짧게 깎았으며 얼굴 면도가 말끔하게 되어 등불 불빛 속에 발갛게 빛나고 있기 때문이었다. 바 양쪽 끝에 등불이 있었고, 바는 오래된 술통에 뒤틀린 판자를 얹은 물건이었다. 그의 뒤쪽으로 벽에는 선반 세 개에 가지각색의 물건이 있었는데 대부분은 병인 걸 보아 위스키나 맥주로 짐작했고, 닥터 페퍼와 콜라 두어 병, 그리고 색깔 있는 액체가 든 병 몇 개는 발모제나 사르사 음료일 듯했다. 우리 오른쪽으로 테이블이 하나 더 있었지만 거기에는 남자 하나만 앉아 있었고 그림자 속이라 얼굴을 알아볼 수는 없었으나 한 가지는 확실했다. 그곳에는 패티, 매춘부 케이티, 컷스로트, 니거 피트는 없었다.

나는 오른쪽의 테이블에 혼자 있는 사람 근처에 그대로 있었다. 쇼티는 가운데, 유스터스는 왼쪽이었다. 유스터스는 샷건을 아기처럼 품에 안고 있었다. 카운터에 있는 남자가 말했다. "흑인 손님 안 받아, 그리고 돼지 데려오면 안 되지."

"그건 사실이지." 유스터스가 말하고는 판자 바로 걸어갔다. 고개는 테이블에 있는 남자들에게 돌린 채였으며 이제 그 남자들은 카드를 내려놓고 우리를 쳐다보고 있었다. "위스키 한 병 줘요."

"말했잖 ─" 바텐더가 입을 열었지만, 유스터스가 말을 잘랐다.

"들었는데, 하지만 여기 내 작은 친구 표현을 빌리자면 피차 불쾌한 상황을 피하기 위해 그냥 위스키 한 병 주면 내가 돈을 낼 거고 얼굴 붉힐 일이 없지 않을까. 그리고 돼지는 내가 데리고 온 게 아니라고. 제멋대로 들어왔지. 하지만 돼지는 아무것도 바라지 않는걸. 확인해 볼까. 뭐 바라는 거 있냐, 돼지?"

돼지는 유스터스를 올려다보았으나, 당연히 아무것도 부탁하지 않았다.

"그봐, 내 생각대로지." 유스터스가 말했다. "돼지는 아무것도 바라지 않는다니까. 아까 먹었고 네 시 이후로는 안 마시거든. 식습관이 그런걸."

바텐더는 유스터스를 뜯어보고는, 판자 너머로 몸을 기울여 쇼티를 내려다보았다.

"저건 또 뭐야?"

"그건, 난쟁이라는 건데." 유스터스가 말했다. "큰 총을 든 작은 사람이지."

"그리고 좆도 크고." 쇼티가 말했다.

"그건 생각하고 싶지 않네." 유스터스가 말했다. "하지만 바텐더 양반, 이 친구가 든 권총으로 여기 판자 아래를 겨눠 그쪽 불알을 날려 버리기는 아주 손쉬울 거란 말이야."

"총집에 들어 있는데." 바텐더가 말했다.

"꺼내면 되지." 유스터스가 말했다.

바텐더는 나를 쳐다보았다.

"저 애는 뭐고?"

"내가 지치면 난쟁이를 들어주려고."

"난쟁이는 왜 데리고 다니는데?" 바텐더가 물었다.

쇼티의 한숨 소리가 들렸다.

"그야 내 아들이니까." 유스터스가 말했다. "애가 백인으로 나온 걸 보니 내 마누라가 해명을 해야겠는걸. 그리고 내가 무슨 생각하는지 아시나, 바텐더 양반?"

"뭘?"

"내가 니거 피트였다면, 술을 팔았을 거란 생각."

"니거 피트라는 사람 몰라."

"그럼 생각보다 잘 살아오셨네. 이제 그 위스키 이리 내, 내가 직접 들어가서 가져오기 전에."

"깜둥이와 돼지는 둘 다 냄새가 나." 테이블에 앉은 남자들 중 한 명이 말했다. 땅딸막한 체구에 매부리코 그리고 누가 숯으로 그려 놓은 듯한 콧수염을 한 남자였다.

"내 냄새도 아니고 돼지 냄새도 아닌데." 유스터스가 말했다. "지금 나는 냄새는 당신 코 아래 두껍게 묻은 똥에서 나는 거야."

테이블에 앉아 있던 남자가 몸을 들썩였으나 옆 사람이 툭 치자 가만히 있었다.

유스터스는 그 남자에게 미소 짓고는 시선을 돌렸다.

바텐더는 실내 양쪽을 둘러보며 아마 도와줄 사람을 찾는 듯했지만 아무도 나서지 않았다. 가게 뒤쪽, 판자 왼쪽에 눈길을 주니 문간에 커튼이 드리워져 있었다. 그 뒤에서 인기척이 들린 것 같았다. 나는 벨트에 찔러넣은 권총에 손을 가져갔다.

도움받을 구석을 찾지 못한 바텐더는 술병을 판자 위에 내려놓고 말했다. "이번 한 번만이야."

"내가 다시 오지 않으면." 유스터스가 말했다. "그럼 두 번이 되겠네."

바텐더가 말했다. "여섯 닢 줘."

"여섯 닢?" 유스터스가 말했다. "천사들이 마시는 술은 되어야겠네. 잔 두 개 주쇼. 아니다, 셋. 애한테는 닥터 페퍼 주고."

유스터스는 쇼티를 끌어올려 판자에 앉게 해주었다. 쇼티는 여섯 닢을 꺼내 판자에 내려놓았다. 바텐더는 닥터 페퍼와 위스키 병을 따서 판자에 놓았다. 잔을 두 개 꺼내주었다. 하나는 쇼티, 하나는 유스터스 몫.

유스터스는 잔을 쇼티에게 밀어주며 말했다. "저리 줘."

나는 그제야 유스터스가 술을 삼간다는 것을 기억했다. 나는 닥터 페퍼를 따르지 않았고, 바텐더가 위스키 병을 쇼티 앞에 내려놓자 쇼티는 그저 쳐다보기만 했다.

나는 몸을 돌려 테이블에 있는 남자를 보았다. 남자는 빵 조각을 쳐다보는 닭처럼 우리를 보고 있었다. 돼지는 그 남자가 도토리라도 되는 양 쳐다보고 있었다.

쇼티가 자기 잔에 술을 따랐다. 나는 움직이지 않았다.

"그냥 예의차 입만 대." 쇼티가 말했다.

나는 따르지 않았다. 그냥 병째로 한 모금 꿀꺽 마셨다. 맛을 본 기억은 나지 않는다.

"우리 상황은 이래." 쇼티가 말했다. "사람을 찾고 있어. 컷스로트, 패티, 니거 피트라는 사람들을 찾는데. 혹시 알아?"

"들어는 봤지." 바텐더가 말했다.

"좋아," 쇼티가 말했다. "우리 조사도 거기까지는 진척되었거든. 더 솔직히 정확하게 말하지. 최근에 본 적 있나?"

"봤다곤 못하겠는데." 바텐더가 말했다.

"대화 시작하기 전에 미리 설명해둘걸. 그 사람들을 못 봤다고 하면, 사실은 봤다는 결론에 도달하게 되고 글쎄, 상당히 불쾌한 일이 생길 수 있는데. 알겠어?"

"봤지?" 유스터스가 말했다. "불쾌한 일이라고 할 거랬잖아."

"누가 신경이라도 쓸까 봐?" 바텐더가 말했다.

"써야지," 쇼티가 말했다.

"야, 내 똥도 너보단 크다." 바텐더가 말했고, 카드 테이블에 있던 남자 하나가 길고 요란하게 웃음을 터트렸다. 숯으로 그린 것 같은 콧수염을 한 사람이었다. 그중 제일 용감한 축인 것 같았다.

쇼티는 테이블 쪽을 쳐다보았다.

"목에 닭뼈라도 걸리기라도 하지 않는 이상 다시 그런 소리는 내지 않는 게 좋을 거야."

남자는 스툴 위에서 몸을 슬쩍 돌려 우리를 마주했다. 나는 오른쪽에 있는 테이블에 혼자 있는 남자를 흘끗 보았다. 남자는 권총에 손을 올려두고 있었다. 땀 한 방울이 오른쪽 눈에 들어가자 나는 얼른 소매로 훔쳐냈다.

"자, 내 생각은 이래." 쇼티가 말했다. "내 생각엔 난쟁이, 즉 나한테 권총으로 곤죽이 되도록 두들겨 맞은 덩치 큰 뚱보하고, 상대 가리지 않고 배 맞추는 매춘부인 그 사촌이 저 커튼 뒤에 숨어 엿듣고 있을 거 같아. 밖에 있는 우리 일행인 보안관에게서 훔친 소총으로 무장하고 말이지. 그리고 지금 아무래도 우리한테 거짓말을 하고 있단 감이 드는데 그럼 아주 큰 일 날 수 있단 말이야."

"너한테나." 바텐더가 말했다. 그는 한 손을 등 뒤로 가져갔다.

"그 손 도로 앞으로 가져왔을 때 엉덩짝 사이에서 후볐을 만한 거 외에 다른 게 들려 있으면 몸에 총구멍 날 줄 알아."

"밖에 보안관 일행 있단 거 누가 믿을 줄 알고." 카드 테이블의 다른 남자가 말했다. 숯 같은 콧수염을 단 남자였다. 깡말랐고 마치 과거 가시에 잔뜩 찔린 듯한 얼굴을 하고 있었다. 우리를 더 잘 보려고 쓰고 있는 기름 때에 절은 모자를 뒤로 젖혔다.

"당신 믿음은 착오야." 쇼티가 말했다.

"이 근방에는 아예 보안관이란 게 없는데." 테이블의 다른 남자가 말했다. 그가 앞으로 몸을 기울여 이제 얼굴을 볼 수 있었다. 그냥 모자 아래 얼굴일 뿐, 기억에 남을 만한 게 없었다.

"여기 보안관이 아니니까." 쇼티가 말했다. "노 엔터프라이즈에서 온 게 아니야."

"그럼 자기 구역이 아니네." 남자가 말했다. "여기서 아무 권한이 없어."

쇼티는 고개를 끄덕였다.

"확실히 없지, 법적 당위성 걱정에 현상금 사냥꾼으로 돌아서지 않았다면 말이야. 그리고 나하고 여기 있는 흑인 신사도 현상금 사냥꾼이고. 여기 어린 친구가 자기 여동생 룰라를 찾고 있거든. 그리고 어린 아가씨가 혹시 자기 의사에 반해 앞서 언급한 사람들이나 아니면 그와 연관이 있을 만한 사람과 같이 있는 걸 봤다면, 그 정보를 공개하여 상당한 선행을 베풀 수 있을 거야."

"무슨 축음기에서 나오는 말 같네." 내 오른쪽 남자가 말했다. "어디 계속해보지."

그 역시 이제 몸을 앞으로 기울였고, 권총 손잡이를 감아쥐고 있었다. 그쪽에는 빛이 거의 들지 않았으나 테이블 옆으로 비스듬히 앉아 있어 남자의 손과 권총을 확실히 볼 수 있었다. 나이 든 얼굴을 한 체구가 작은 남자였다.

"그럼 여기 있는 사람들 중 누구도 도움을 줄 의사가 없다고 여겨도 되겠지?" 쇼티가 말했다.

아무도 대답하지 않았다. 쇼티는 정적이 자리하게 두었다. 술잔을 비웠다.

"몸뚱이 무사히 건사하고 싶은 사람은 얼른 튀는 게 좋을 거야. 뒷문으로는 나가지 말고. 그리로 가면 내 샤프스 50구경을 든 보안관이 몸에 구멍을 뚫어줄 테니."

"보안관은 없다니까." 아까 웃었던 남자가 말했다. "그리고 네놈들이 현상금 사냥꾼이라면 깜둥이 말고는 제 몫 하게 생긴 게 없는데. 그래봤자 한 놈 아니냐."

"그럼 다들 한마음 한뜻인가?" 쇼티가 말했다. "저 뒤에 있는 상습적 범죄자를 자기 목숨 바쳐가며 지킬 참이라고?"

"난 그 사람하고 아무 상관 없어." 카드 테이블에서 그때까지 아무 말도 없던 사람이 말했다. 그는 일어나 앞문으로 나갔다.

"많은 게 설명되네." 쇼티가 말했다. "그리고 이제 우리 상황이 적절하게 정리됐군."

그 말이 쇼티의 입에서 나오자마자 바텐더가 등 뒤 벨트에서 권총을 뽑아 들었고, 쇼티는 커다란 콜트 권총을 빠르게 뽑아 한 손으로 휘두르며 쐈다. 바텐더의 고개가 확 젖혀지며 뇌가 튀는 것을 얼핏 보기는 했으나 나는 주로 내 오른쪽 남자에 눈길을 주고 있었다. 남자는 일어나서 총을 쐈다. 총알이 화물열차 지나가는 듯한 소리와 함께 내 옆을 아슬아슬하게 스치고 지나갔다. 나는 권총을 뽑으려 했으나 벨트에 걸렸다. 남자는 또 한 방 쐈고, 나는 권총을 뽑아 간신히 공이치기 당기기를 기억해내 발사했다. 빗맞혔다. 남자는 다시 총을 쐈고 빗맞혔다. 이렇게 바싹 붙어 있는 와중에 어떻게 그럴 수 있는지 못 봤지만, 남자는 세 번을 빗맞혔고 나는 한 번 빗맞혔다. 돼지가 남자를 해치웠다. 돼지가 테이블 아래로 들어가 뒤집어버리고, 남자의 다리를 왈칵 물어뜯더니 두 번째에는 아예 물고 늘어졌다. 남자는 비틀거리다 벽에 기대어 권총으로 돼지를 때리기 시작했다. 돼지는 신경을 쓰는지 몰라도 티도 안 났다. 나는 공이치기를 당겨 다시 발사해서 이번에는 맞혔고, 남자는 벽에 부딪혀 권총을 떨어뜨리고 "젠장." 하고 말했다. 그러자 돼지가 남자에게 달려들어 뜯어먹었다. 남자는 비명을 질러댔고 돼지는 꿀꿀거리며 몇 번 쾌액 소리를 냈지만 고통스러워하진 않았다. 돼지는 기분이 아주 좋았다.

나는 고개를 돌려 테이블의 세 남자를 쳐다보았다. 그들은 움직이지 않았다. 마치 물엿에 빠진 파리 같았다.

"그렇게들 계셔." 유스터스가 그들에게 말했다.

뒤쪽 커튼이 열렸다. 라이플 총구가 그 사이로 빠져나왔다. 쇼티가 그쪽에 총을 쐈다. 총격에 라이플이 물러나고, 달려가는 소리와 뒷문이 열리는 소리가 나더니, 바쁜 발소리와 거대한 샤프 50구경의 굉음이 들리고는 권총 소리가 두어 방 뒤따랐다.

분명 케이티일 여자 목소리가 외쳤다. "염병할." 그러더니 조용해졌다.

쇼티는 판자에서 뛰어내려 내가 쏜 남자 위를 넘어 성큼성큼 걸어갔다. 돼지가 이제 남자의 발목을 문 채 고개를 좌우로 흔들어대는 바람에 남자는 의자와 테이블 위로 우당탕 넘어졌고 쓰러지면서 벽에 머리를 부딪혔다.

쇼티가 말했다. "돼지야, 이제 됐어."

돼지는 마지못해 남자를 놓아주었다. 남자는 한눈에도 상태가 나빴다. 남자는 다시 총을 잡았으나 들어 올릴 기운조차 없었고, 이미 돼지에게 물린 곳과 총상에서 피를 흘리고 있었다. 이제 보니 돼지가 남자의 얼굴까지 물어뜯어서 귀 한쪽과 코 일부가 뜯겨 나갔다. 그에게 남은 직업이라곤 서커스 일밖에 없었다.

남자는 쌕쌕거리며 쇼티를 올려다보았다. 권총을 들어 올리고 싶지만 그것조차 버거운 것처럼 보였다. 남자는 포기했다. 계속 쌕쌕거리며 쇼티를 쳐다보았다. 쇼티가 남자의 눈 사이를 쐈다. 빠르고 냉혹했다. 나는 머리가 어쩔했다.

유스터스는 커튼 사이를 지나 뒷방으로 뛰어들었고 나는 공이치기를 당겨 준비된 권총을 테이블의 남자들에게 겨누고 있었다. 쇼티가 나와 합류하여 그들에게 권총을 겨눴다.

"좋은 밤이지?" 쇼티가 말했다.

유스터스는 쇼티가 쏴서 누군가의 손에서 날려버린 라이플을 들고 돌아왔다. 누구일지 익히 짐작이 갔다.

"뒷문이 열려 있긴 한데 그리로는 안 나가. 윈튼이 샤프스를 재장전했을 텐데 윈튼이나 지미 수에게 다른 놈으로 오해되어 총 맞긴 싫어."

"당연하지." 쇼티가 말했다.

우리는 모두 앞문으로 향했다.

유스터스가 말했다. "여기 누구 현상금 걸렸다 한들 우리는 모르고 보안관한테 수배 전단도 없어. 하지만 우리가 찾는 남자들의 행선지로 짐작 가는 곳을 말해주고 싶다면 기꺼이 듣지. 패티 본인에게서 들어서 대충은 알지만. 아니면 그냥 방해되지 말고 멍청히 앉아 있든가."

"난 애초에 난쟁이라는 것 자체가 마음에 안 들었어." 숯덩이 콧수염이 말했다. "꼴 보기 싫은 건 말할 필요도 없고."

"그럼 지금이야말로 그 난쟁이 중 한 놈을 제거할 기회네." 쇼티가 말했다. "그럴 만큼 키가 크다면."

남자는 움직이지 않았다. 난쟁이에 대한 반감을 갑자기 떨쳐낸 모양이었다. 우리는 앞문으로 나갔다. 나는 귀가 먹먹했다.

"내가 쏜 남자를 죽일 필요는 없었잖아요." 내가 말했다.

"내 생각은 달랐거든." 쇼티가 말했다.

"그럴 필요 없었어요."

"필요와 소망은 때로 잘 어우러지지 못하지." 쇼티가 말했다. "그 남자는 많이 다쳤고 네가 쏜 총알이 폐에 맞았어. 어차피 살지 못했을 거야. 난 도움을 준 거지."

우리는 나직이 얘기하며 포치에서 마당이라고 할 만한 곳으로 내려갔다. 커다란 그루터기 여러 개가 있었고, 그냥 그 사이에 서서 보안관이나 지미 수가 집을 빙 돌아오려는지 기다리고 있었다.

13장

끝난 것처럼 보이지만 그렇지 않은 상태였다. 남자에게는 특별하면서 동시에 어리석은 것이 있는데 그게 바로 자존심이다. 카드 테이블에 있던 남자들은 그 자존심에 휘둘렸던 모양이었다. 남자들은 밖으로 나왔고, 심지어 상관하지 않겠다고 나간 남자조차 교역소 왼쪽 어둠 속에서 나타났다. 아마 본인은 비겁함으로 여기겠지만 내 기준으로는 상식이었던 행동을 바로잡고 싶어서겠지.

포치에 선 남자들은 무기를 뽑아 들고 길게 줄지어 섰다. 아까 나갔던 남자는 포치 위에 올라가 그네 바로 옆, 나머지 세 명의 맞은편에 섰다.

"이럴 필요는 없어." 쇼티가 말했다. 바지 단추 열렸다고 알려주기라도 하는 듯 차분한 목소리였다.

"있는 거 같은데." 숯덩이 콧수염이 말했다. "난쟁이와 깜둥이 그리고 저 비리비리한 어린 놈이 우리가 카드 치는 데 들어와서 우리 바텐더랑 누군지 몰라도 다른 테이블에 있던 사람을 죽였는데 그냥 넘어갈 수 있나. 우리와 함께 총을 뽑았으니 우리 무리로 봐야지."

"나도 그렇게 봤어." 쇼티가 말했다.

"이건 그냥 넘길 수 없는 일이야." 가시에 찔린 얼굴을 한 남자가 말했다.

"입장은 이해해." 쇼티가 말했다.

쇼티는 아직 권총을 쥐고 있었으나 총집에 넣었다. 도대체 뭘 하는 거지?

그때 포치 위에서 한 남자가 움직였다. 정확히 누구였는지도 기억 안 나고, 한 명이 아니었을 수도 있다. 그러자 유스터스가 샷건을 번쩍 들어 올려 쐈다. 포치에 있던 남자들은 보이지 않는 손이 끌어당기라도 한 듯 흩어졌다. 그 뒤에 있던 문이 산산조각났다. 샷건이 반동으로 어찌나 높이 쳐들리던지 유스터스가 발사 후 끌어당겨 내리는 것처럼 보였다. 그네에 있던 남자가 권총을 쐈고 유스터스의 모자가 날아갔다. 유스터스는 총구를 휘둘렀다. 이미 넓게 퍼지는 산탄에 맞았지만 그 총구가 바로 자기를 향하자 달빛 외에는 의지할 것이 없음에도 남자의 눈이 휘둥그레지고 입이 떡 벌어지는 것이 보였다. 남자가 총을 쐈다. 아무도 맞지 않았다. 근처에도 오지 않은 것 같았다.

유스터스가 다시 샷건을 갈기자 남자는 갈기갈기 찢겨나가고 그

네가 위로 확 올라가 벽에 쾅 부딪혔다. 사슬 하나 끝부분이 풀려 포치에 쾅 소리를 내며 떨어졌다.

잠시 그대로 서 있는 동안 귀가 웅웅 울렸다. 보안관이 교역소 오른쪽을 돌아 나타났다.

"나야, 쏘지 마."

우리가 제대로 볼 수 있는 데까지 오자 보안관이 말했다. "그 뚱뚱한 개새끼가 매춘부를 제 앞으로 끌어당기는 바람에 놈이 아니라 여자를 맞혔어. 놈은 말을 타고 도망갔고."

"운이 없네." 쇼티가 말했다.

"케이티는 어떻게 됐어요?" 내가 말했다.

"살아는 있는데, 몸에 구멍이 뚫려서. 총알이 여자를 관통했고 패티도 맞긴 했지만 케이티가 타던 점박이 말에 개구리처럼 팔짝 뛰어오르지 못할 정도는 아니더라고. 내복 바지 바람으로 도망갔지."

쇼티는 포치로 올라갔고 나는 따라갔다. 성냥에 불을 붙여 쳐들었다. 벽에는 천 조각과 피가 흐르는 살점이 튀어 있었다. 마치 교역소 옆 벽에다가 창고에 칠하는 붉은 페인트를 얇게 바른 다음 내장을 던져놓은 듯했다. 쇼티의 성냥불이 꺼졌다. 그는 다른 남자가 서 있던 곳으로 발걸음을 옮겼다. 교역소 벽에 새 성냥을 그어 불을 붙였다. 성냥을 들고 살폈다. 나는 약간 헛구역질을 했다.

쇼티가 넝마가 된 바지처럼 보이는 것을 따라 성냥을 움직였고 그 바지 안에는 한쪽 다리 거의 대부분이 들어 있었다. 그는 성냥을 들고 부서진 그네로 가서 멈춰 섰다.

"여기 불알 한쪽이 있네." 쇼티가 말했다. "모자가 여기 있어. 안에 고약한 게 들었고. 머리 일부 같긴 한데 뭐든 될 수 있겠지."

나는 비틀비틀 포치에서 내려와 나무 그루터기로 가서 앉아 고개를 숙이고 토했다.

"괜찮다, 꼬마야." 유스터스가 말했다. "사람 죽이는 일이 지저분하지."

뒤쪽에서는 지미 수가 바닥에 앉아 케이티의 머리를 자기 무릎에 올려놓고 있었다. 우리가 다가갔을 때 케이티는 물 밖으로 나온 물고기마냥 헐떡거리고 있었다. 나는 그녀 목의 별 달린 목걸이가 룰라 것임을 알아보았다. 그게 어디서 났는지 알았고, 룰라가 죽었다는 뜻일 수도 있었지만 어째서인지 동생이 살아 있을 거라는 확신이 들었다. 물론 그 확신에는 근거가 없었지만 그 생각에 데운 사과주를 마신 듯이 가슴 속에서부터 따뜻해졌다.

"뭔가 말하던가?" 보안관이 케이티를 내려다보며 말했다.

"패티더러 후레자식이고 씹질이 형편없대요." 지미 수가 말했다.

"둘 다 믿기로 할게." 보안관이 말했다.

나는 다가가 몸을 숙이고 케이티의 손을 잡았다.

"혹시 소식 전할 가족 있나요?"

케이티는 천천히 고통스럽게 고개를 젓고는 나를 보며 미소 지었고, 그다음 콜록거리며 내 셔츠 앞자락에 온통 피를 뿜었다. 그걸로 끝이었다.

윈튼 보안관이 성냥에 불을 붙여 몸을 굽혀 케이티 가까이 들이 댔다. 성냥불이 그녀의 죽은 눈에 비쳤다.

"바로 심장 아래를 맞혔지. 이만큼이나 오래 버텨서 놀랐어. 뭐 케이티도 총을 뽑아 들고 있었으니 자업자득이겠지만, 내가 노리 던 건 패티였는데 그놈이 여자를 자기 앞으로 끌어당겨 방패로 삼 더란 말이야. 내가 직무상이나 그 비슷한 일로 여자를 쏜 건 이번 이 겨우 세 번째야."

"저 목걸이," 나는 말했다. "내 동생 룰라 거예요. 패티가 줬겠죠."

"그 사람답네." 지미 수가 말했다. "훔칠 수 있는 거라면 돈 주고 사는 법이 없거든." 지미 수가 일어섰다. 달빛이 그녀 바지 무릎의 젖은 피를 비춰 기름처럼 번들거렸다. "케이티를 좋아하진 않았지 만 이렇게 가는 걸 보니 힘드네. 패티 쪽은 도망갈 때 내가 한 번, 어쩌면 두 번 맞힌 거 같아."

"그럼 샤프스 산탄 총알과 지미 수의 총알을 맞은 상태겠군." 보 안관이 말했다. "그 50구경이 여자를 관통해서 놈을 맞힐 줄 알았 어. 그럴 만하거든."

"그럼 추적하는 게 현명하겠네." 쇼티가 말했다. "어둡더라도. 놈 은 부상을 입었으니 속도가 느릴 거야. 어느 쪽으로 사라졌지?"

지미 수가 돌아서서 가리켰다.

14장

애초에 룰라 것이었으니, 나는 망설임 없이 케이티에게서 목걸이를 벗겨 내 주머니에 넣었다. 룰라를 찾았을 때 약간의 환영과 미소와 함께 돌려줄 계획이었다. 우리 재회를 온갖 형태로 상상했으나 다시 만나 룰라가 집에 돌아온 것을 반가워하는, 항상 행복한 모습이었다. 내가 현실에 눈 감았던 게 아니길 바랐다. 룰라가 참 많은 면에서 꽤 실없다고 생각했지만 그 순간에는 여전히 하늘을 올려다보고 별에다 자기 이름을 붙이는 그런 아이이기를 바랐다.

나랑 지미 수 그리고 스팟은 교역소에 남아 케이티와 다른 사람들을 묻어주고 쇼티, 유스터스, 윈튼 보안관은 패티를 추적하러 가기로 했다. 나로선 내키지 않는 계획이었다. 쇼티랑 유스터스와 따로 떨어져 그들끼리 떠나버릴 기회를 주는 게 영 달갑지 않았다. 이제 현상금을 타낼 수 있는 무법자들을 확보했으니 내 주머니에

든 작은 토지 문서는 이전보다 보상으로서 매력이 줄어들었을 수 있고, 나를 데리고 씨름하느니 그쪽을 선호할 수도 있다. 나는 아직 그들을 완전히 내 편으로 받아들이지 않았으며 그들 역시 마찬가지라 느꼈다.

떠나기 전 보안관은 혹시 알아볼 만한 사람이 있나 시신 잔해를 둘러보았으나, 남자 왼쪽 불알과 내장 일부를 그린 그림이나 사진이 있는 게 아닌 이상 알아볼 구석이 없었다.

교역소 안에서 보안관은 바텐더가 전에 봤던 놈이고 전과로 형을 산 적이 있다고 했지만 현상금을 타낼 만한 새로운 사안은 전혀 알지 못했다. 내가 총으로 쐈고 돼지가 씹어놓은 남자 역시 별로 볼 게 없었다. 우리가 뒷마당에서 케이티를 상대하는 사이 돼지는 몰래 안으로 들어와 남자의 얼굴에서 말랑한 부분을 해치우고 있었다. 윈튼은 돼지에게 엄격한 말투로 그 사람에게서 떨어지라고 했지만 돼지는 들은 척도 하지 않았다. 지미 수가 들어와 돼지 귀 뒤를 쓰다듬어 정신을 빼놓고, 그사이 나와 윈튼이 남자 부츠를 잡고 가운데로 끌어놓은 다음 램프를 가져다 옆에 놓았다.

"내 아들이라고 해도 못 알아보겠네, 이렇게 물어뜯겨서야." 윈튼이 말했다.

확인한 후, 패티를 추적할 사람들은 노새와 짐말은 두고 뒤쪽 말 떼에서 새로운 말을 골라 타고 어둠 속으로 떠났다. 말했듯이 이렇게 나뉘는 게 내키진 않았으나 솔직히 기진맥진했고 기분이 이상했으며 거기 남게 되어 다행스러웠다. 귀가 아직 멍했고 그 죽은 사람들이 아직 내 머릿속에서 움직이고 있었다. 내가 쏜 남자가 쓰러지고 돼지가 물어뜯던 모습이 자꾸 떠올랐다. 포치에 서 있던 남자들을, 4게이지 샷건이 발사되어 나가떨어진 몸뚱이가 옷과 분리되어 피에 젖은 살점 조각이 되던 것을 생각했다.

우리는 교역소 안으로 들어가 등불 몇 개에 다시 불을 붙였다. 샷건 세례에 문짝이 떨어져나갔을 때, 진짜로 그 바람에 등불 몇 개가 꺼져서 빛이 더 필요했다. 우리는 그 남자들과 케이티에게 기독교식 장례를 치러주기 위해 청소에 돌입했다. 지저분한 창고에 삽 여러 개와 온갖 상품이 있었고, 케이티를 묻은 다음 나는 엄마 아빠 장례식에서 할아버지가 했던 말씀 몇 마디를 읊었다. 바텐더와 내 총에 맞아 돼지에게 일부 먹힌 남자 시체를 나란히 묻었다. 나머지 남자들은 일종의 퍼즐이었다. 여기서 조금, 저기서 조금 긁어모아 어느 게 사람 신체 일부고 어느 게 벽에 걸려 있던 동물 가죽의 일부일지 판단하려 노력하는 일.

우리는 결국 할 수 있는 만큼 주워 모아 술통에 담아 묻었다. 무덤에 대고 할 말이 많지는 않았지만 그래도 몇 마디 했다. 가장 최악의 무리라 해도 좋은 말 몇 마디쯤은 들을 만하다고 여겼다. 그들에게도 사랑하는 어머니나 개가 있었을 것이고 예수님을 믿었을지도 모른다는 내용이었다. '흙에서 흙으로'로 마무리 짓고 우리는 각자 일을 계속했다. 진심이 담기지 않은 나의 조사에도 불구하고 그들은 한데 뭉쳐 곧장 지옥으로 향하리라는 기분이었다.

다 끝나고 우리는 창고로 돌아가 식료품을 좀 찾아냈다. 소금 절인 돼지고기, 콩과 밀가루, 그리고 라드와 상자에 든 달걀 몇 개. 뒤에 화덕과 장작이 있기에, 내가 불을 지폈고 얼마 안 되어 프라이팬에 라드를 녹이고 있었다. 라드가 약간 냄새가 가기 직전이긴 했지만 그 정도는 하나도 겁나지 않았다. 지미 수에게 요리를 하겠냐고 물어봤더니 자기가 여자긴 해도 요리사는 아니라며 전에도 말하지 않았냐고 했다. 소금에 절인 돼지고기와 콩을 데우고 다른 팬에는 옥수수빵을 구웠다. 방법만 알면 만들기 쉽지만 모르면 그냥 고양이 똥을 잘 말려 소금간을 한 맛이 나는 뜨거운 옥수수 부스러기가 되기 십상이다. 그릇을 가져다가 달걀 몇 개를 깨보니 상한 것은 하나도 없었다. 옥수숫가루를 조금 넣고, 우유가 있으면 좋았겠지만 없으니 화덕에 데운 물을 썼다. 물을 데우면 옥수숫가루에 섞기가 수월해진다. 라드를 약간 숟가락으로 떠서 넣으니 뜨거운 물이라 잘 녹았다. 자루에 옥수숫가루가 많아서 몇 컵을 퍼다 물이 뜨거울 때 아주 매끄러워지도록 섞고 기다란 팬에 고르게 펼쳐 오븐이 잘 달궈졌을 때 넣었다. 옥수수빵이 열기로 굳어지기 시작하자 천조각을 써서 팬을 꺼낸 다음 위에다 라드를 더 발랐다. 그게 끝나고 소금 절인 돼지고기와 콩이 지글지글 소리를 내자 소금과 후추를 뿌려 간했다.

나쁘지 않았다. 민들레풀을 좀 곁들이면 나았겠지만 이 깜깜한 데 나가서 찾을 정도로 좋아하는 건 아니었다.

우리는 배가 터지도록 먹고 나서 곰과 사슴 가죽을 찾아내어 잠자리를 만들었다. 눕기 전 뒷문을 닫고 잠가야겠단 생각이 떠올랐다. 앞문은 없고 앞쪽 포치로 난 창문 두 개 중 하나는 날아갔으니, 혹시 누가 물자를 찾으러 들어오거나 저 뒤 구덩이에 있는 남자들 친구가 둘러보러 올 경우에 대비해 커튼 있는 데 보초를 세워야겠다는 생각도 들었다.

하지만 일이 그렇게 돌아가진 않았다. 우리는 잠자리를 준비하며 보초 세우는 얘기를 했지만 아무도 나서지 않았다. 교역소 물품 중에서 셔츠를 찾아낸 덕분에 나는 피에 젖은 셔츠를 갈아입을 수 있었고, 어느새 잠들어 버렸다. 세상모르고 자다가 갈비뼈를 툭 찌르는 부츠에 깨어나 보니 아침이었다.

쇼티였다.

나는 벌떡 일어나 앉아 말했다. "잡았어요?"

"못 잡았어." 쇼티가 말했다.

그는 보온기에 남은 옥수수빵을 찾아낸 후였고 다른 사람들도 마찬가지였다. 그들은 그릇에다 당밀을 붓고 화덕에 불을 지펴 당밀이 녹도록 그릇을 옆에 놓아두었다. 화구에는 커피 주전자가 놓여 있었다. 그들은 커피를 잔에 따라 옥수수빵을 커피에 때로 당밀에 적셔가며 서서 우리를 쳐다보고 있었다. 온 지 꽤 된 모양인데, 우리가 워낙 피곤해서 알아채지 못했다.

"패티가 우리 추적꾼을 따돌렸지 뭐냐." 쇼티가 말했다.

유스터스는 우리 얘기를 들으며 커피를 당밀 그릇에 따르고 있었다. 옥수수빵에 잘 스미도록 시럽에 커피를 부어 따뜻하고 묽게 만드는 사람들이 많다는 건 알지만, 나는 좋아하지 않았다. 당밀은 너무 달아 먹으면 머리가 아팠고 커피를 섞으면 더욱 끌리지 않았다.

"뭐라고?" 지미 수가 잠에서 깨어나 말했다. 마치 사람들이 신나게 놀고 집에 가려고 하려는 참에 파티장에 나타난 사람 같았다.

"유스터스가 추적하지 못했대요." 내가 답했다.

"아, 한동안은 추적을 했지." 쇼티가 말하며 유스터스를 돌아보았다.

"시비 걸지 마라, 개똥 같은 게." 유스터스가 말했다.

"놈은 온 사방에다 피를 흘리고 있었어." 쇼티가 말했다. "생명이 줄줄 새어나가고 있었다고. 아예 따라오라고 표시를 하는 판이었는데 숲으로 들어가고 나서 유스터스가 놓쳤어. 날이 밝을 때까지 찾았지만 핏자국이 더는 보이지 않으니 유스터스가 추적할 재주도 작년 남쪽으로 향하던 기러기 떼처럼 날아가버렸지."

"그놈들이 남쪽으로 갔단 건 알아." 유스터스가 말했다.

"그래." 쇼티가 말했다. "맞아. 너는 환경과 기러기의 절대적인 행동 양식에는 익숙해도 추적할 때는 목표물이 체액을 줄줄 흘리지 않는 이상 놓치기에 십상이지."

"공정을 기해 말하자면 뛰어난 추적이었어." 윈튼이 말했다. "우리가 계곡 바닥에 내려갔을 때는 거기 있었을 핏자국은 진작 물에 씻겨 내려간 후였지. 놈은 우리가 그만둔 곳에서 몇 킬로미터 위쪽에서 죽었을지도 몰라."

"왜 그만뒀어요?" 나는 말했다.

"널 찾으러 와야 할 것 같아서." 쇼티가 말했다.

"정확히 그래서는 아니고." 윈튼이 말했다. "페티가 우리가 원치 않는 길로, 빅 티켓 쪽이 아닌 데로 가는 것 같아. 의도적으로 우리를 따돌리려고 하는가 싶기도 한데, 어디로든 우리에게서 벗어나려는 것 외엔 뭘 어쩔 정신이 아닐 거 같단 말이지. 난 아직 그 다른 놈들이 저기 리빙스턴 근처 티켓에 있을 거라는 쇼티의 정보가 맞다고 생각해. 우린 다른 말을 가지러 돌아왔어. 어차피 죽은 사람은 말이 필요 없을 테니 가는 길에 팔든가 마구를 다른 물건으로 교환할 수 있겠단 생각이 들더라고."

"쇼티는 똥하고 야생 벌꿀도 구분 못 해." 유스터스가 토사물을 뱉어내듯 말했다. "자기가 꿀벌이라도 그 차이를 알지 못할 놈인 걸."

스팟이 잠에서 깨어났다. 곰 가죽 위에 앉아 그가 말했다. "이거 커피 냄새예요?"

그 바람에 논쟁은 흐지부지되었고 아침을 먹고 커피를 마시는 사이 분위기는 점차 바뀌었다. 배가 부르고 실패한 추적자들이 뜨거운 커피를 마시고 나니 훨씬 누그러졌다.

필요할 법한 물자를 챙기고 말을 모조리 모아 우리가 탄 말을 뒤따르게 하고 출발했다. 또한 남자들이 쓰던 총을 전부 챙겨 안장 가방에 넣었다. 마대자루에는 뒷방에서 발견한 다른 총들을 챙겼다. 12게이지 펌프 샷건, 오래된 윈체스터, 그리고 다람쥐 사냥용 22구경 단발 라이플 한 무더기. 일부는 팔고, 나머지는 챙기자는 생각이었다. 나는 불법 행위에 익숙해져 가고 있었다. 게다가 보안관이 같이 하고 있으니, 솔직히 말해 나는 슬프게도 범죄 행위에 위안을 얻고 있었다.

말을 따라 달리던 돼지는 툭하면 풀숲으로 뛰어들어 새들을 놀라게 했다. 어렸을 때 아버지가 나를 데리고 메추라기며 비둘기를 사냥하러 가던 때가 떠올랐다.

내가 기억하는 것은 아버지와 함께하던 그 시절의 즐거움이 아니라, 단발 샷건으로 쏘면 날개가 부러져 떨어진 새가 부리를 벌리고 공기를 들이마시려 애쓰던 모습이었다. 잘 쐈다고 생각했지만 가까이 가서 새의 모습을, 눈에 담긴 고통과 혼란 그리고 벌어진 부리를 보니 가슴 속 깊숙이 메스꺼움이 느껴졌다. 서서 새를 내려다보고 있다가 아버지가 다가오자 나는 말했다. "이 새 날개를 고쳐서 보살펴주면 도로 나을까요?"

아버지가 새를 주워 목을 비틀자 뚝 소리가 나고 새가 조용해졌다. "아니. 날개는 못 고치고 도로 나을 리도 없다."

그건 사실이었다. 우리는 그날 밤 그 새랑 우리가 죽인 다른 여러 마리를 먹었다. 그 남자들이 그 새와 전혀 같지 않다는 건 알았다. 당연히 그들을 먹을 계획은 절대 아니었다. 그리고 우리가 식량을 구하러 사냥하는 것도 아니었으니까. 우리는 해야 할 일을 하는 것뿐이라고, 그들은 총과 우리를 죽일 기세가 있었다고 나 자신에게 일깨웠다. 하지만 내 기분은 그 새를 사냥할 때 같았으며 다만 더 깊고 슬프고 심란했다. 케이티가, 벌린 입에서 흘러나오던 피가, 그 새와 마찬가지로 고통과 혼란이 가득한 그 눈동자가 눈에 선했다. 그 순간에는 어떤 일에든 기분이 좋지 않았다. 비록 케이티가 내게서 여동생을 앗아간 남자를 보호하고 있었다고 해도 그랬다. 그 순간 교역소에서 나는 일종의 어두운 간극을 넘었던 것이다. 그렇게 한 내 의도가 무엇이었든 간에, 그 일은 내게 매질보다 더 아픈 무언가를 남겼다. 그 어느 때보다도 예수님에게서 멀어지고 사탄에 가까워진 기분이었다. 변소에서의 자위에 대한 예전의 두려움은 이에 비하면 덜 중요하게 느껴졌다. 시어스 앤드 로벅 카탈로그의 속옷 차림 여자를 보며 고추를 문지르는 나를 주님께서 지켜보시리라는 생각은, 살인을 돕고 그 생명이 꺼져가는 것을 지켜보고 돼지가 그 일부를 먹게 두는 것에 비하면 아무것도 아니었다.

해의 위치로 보아 오후 세 시쯤 되었을까, 패티가 타고 도망쳤던 점박이 말과 맞닥뜨렸다. 길에서 헤매고 있었고 다리를 절었다. 스팟이 노새에서 내려 살펴보았다.

"등에 땀이 제법 말랐는데요." 그가 말했다. "다리가 부러졌고. 토끼굴을 잘못 디뎠겠죠. 못 고쳐요."

스팟은 교역소에서 빌려온 라이플 한 정을 꺼내 장전했고, 말을 숲 쪽으로 데리고 들어갔고 잠시 후 총소리가 들렸다. 스팟이 돌아왔다.

"거 좋은 말이었는데." 스팟이 말했다. "그러기 싫었단 말이죠."

"그럼 패티가 여기 근처에 있단 뜻이죠?" 내가 물었다.

"그럴 수도 있고. 아니면 이 근처에 있는 게 아니라 말이 발을 헛

디디는 바람에 낙마해서 일어나지 못했을 수도 있고. 아니면 일어나서 어디론가 가버렸을 수도 있고." 유스터스가 말했다. "그리고 말 몸뚱이에 땀이 말랐으니 이동할 시간이 좀 있었다는 뜻이지. 주위를 둘러보고 무슨 흔적을 찾을 수 있나 볼게."

유스터스가 말에서 내려 나무에다 말을 묶었다.

"이번에는 운이 따르길 바라." 쇼티가 말했다.

"시끄러." 유스터스가 말하고 숲 속으로 사라졌다.

"패티가 병에 넣어 보낸 편지라도 찾으면 모를까." 쇼티가 말했다. "난 여기서 삼 킬로미터 떨어진 곳에, 큰 참나무 왼쪽 흙무더기에 기대어 죽어 있어, 뭐 이런 내용으로."

"너무 그러지 마." 윈튼이 말했다. "잘 하고 있구만. 그 야밤에 우리 중 누구보다도 패티를 잘 따라왔는데."

"그래, 하지만 우리는 추적꾼이 아니잖아." 쇼티가 말했다. "게다가 내가 구박하지 않으면 저 녀석 늘어진다고."

"그렇게 늘어지게 둘 순 없죠." 지미 수가 말했다.

우리는 말에서 내려 스팟과 합류했고 말들은 숨 돌리게 두었다. 이십 분도 되지 않아 유스터스가 숲에서 나타났다. 우리에게 다가오는 그의 짙은 얼굴은 잿빛으로 질려 있었다.

"저쪽에 여자가 있는데." 그가 말했다. "나이 든 여자와 남자 그리고 그 손자로 짐작되는 남자애. 다 죽었어, 그리고 여자는 치맛자락이 올라가 있고 속옷은 벗겨져 있어."

"아, 젠장." 윈튼이 말했다.

"놈이 아침에 그 사람들에게 강도짓을 했나 봐. 숲속에 숨어서 누가 지나가기를 기다렸겠지. 말을 훔치려고. 하지만 보아하니 그 남녀와 아이가 자동차를 타고 온 모양인데. 남은 흔적이 그래. 말이 아니라 타이어 자국. 놈은 아마 숲에서 나와 도움이 필요한 것처럼 가장해서 남자와 아이를 죽이고 숲으로 질질 끌고 갔겠지, 보아하니 여자가 도왔고. 그럴 수밖에 없었을 거야. 그다음은 뻔하지 않아? 여자를 강간하고 머리를 쏴버리고는 자동차하고 나이 든 남자의 바지랑 부츠를 가져갔지."

"그럼 제법 멀리까지 갔겠는데." 쇼티가 말했다. "하지만 자동차를 탔다면 곧은 길로 나아갈 거란 결론에 도달하지. 기계는 말이나 사람이 걷는 것과 같은 행로로 갈 수가 없을 테니까. 게다가 부상을 입었단 말이야. 그건 우리한테 유리한 점이고. 다만 죽이고 강간할 수 있다면 우리가 처음 짐작했던 것만큼 상태가 나쁘진 않은가 보네."

"아니면 회복력이 곰 수준이든가." 지미 수가 말했다. "그 가족 불쌍해서 어째요. 어쩜 이런 일이."

"이번엔 절대 그냥 안 가요." 내가 말했다. "저 불쌍한 사람들을 묻어주기 전에는. 우리가 두고 온 그 아이는 뼈가 이스트 텍사스에서 네브래스카까지 흩어졌을지도 모르는데. 이 세 명을 묻어주고 위치를 기록해서 나중에 친척들이 와서 파내어 원하는 곳에 무덤을 쓸 수 있게 해줘야죠."

"넌 현실성을 따지는 편은 아니구나." 쇼티가 말했다. "네 여동생을 구하려 하는 와중에도 말이야."

"아저씨가 내킬 때는 쉬어갔잖아요." 나는 말했다. "룰라를 사랑하고 되찾고 싶지만, 지금도 배워온 기독교 정신에서 너무 멀어졌어요. 이 이상은 안 돼요."

"저 운수 없는 사람들을 묻어주면 살인자를 죽인 게 무마될 거 같냐?" 쇼티가 말했다. "그런 식이야?"

"그럴지도요."

"문제는 말이다, 꼬마야." 쇼티가 말했다. "어느 쪽이든 우리가 하는 행동을 측량하진 않는다는 거야. 하나님은 관념이고, 악마는 우리지."

"내버려 둬, 쇼티." 윈튼이 말했다. "묻어주고 가자고. 가져온 물건 중에 접이식 삽이 하나 있으니 땅은 내가 팔게. 그래야지. 애하고 마찬가지로, 나도 저 불쌍한 사람들을 숲에 저대로 두고는 못 가겠다. 그 여자는 속옷 벗겨져 아랫도리 훤히 드러낸 판이라며. 남자는 속옷 차림에. 그렇게는 안 돼."

"아주 빌어먹을 신사 양반인 줄 알아?" 쇼티가 윈튼에게 말했다.

"번갈아서 파죠." 스팟이 말하고는 말에 실린 짐에서 삽을 꺼내 왔다.

쇼티의 반대는 그걸로 끝이었다. 우리는 숲으로 들어가 그들을 찾았다. 참담한 광경이었다. 하지만 어째서인지 이 불쌍하고 무고한 사람들을 묻어 제대로 챙겨줄 거고, 우리가 죽인 사람들이 룰라를 직접 납치한 장본인은 아닐지언정 무고한 자들은 아니라는 생각이 마음에 위안이 되었다. 패티를 싸고돌고 그 동료들의 행방을 감춘 그 남자들에겐 여성을 아끼는 마음이라곤 없었다. 그리고 내겐 그들을 아낄 마음이 없었다.

지미 수는 여자의 속옷을 챙겨 도로 입혀주었고, 구덩이를 충분히 파고 나자(숲속이라 뿌리가 많아 쉽지 않았다) 내가 여자의 발을 그리고 스퀏이 여자 머리를 들었다. 그제서야 여자가 나이 먹고 시들었으며 머리가 희어진 것이 눈에 들어왔다. 여자는 이 나이가 되도록 살아왔고 남편이 어쩌다 자동차를 살 만큼 돈을 벌었는데, 그 자동차 그리고 곤경에 처한 여행자에게 베푼 너그러움으로 인해 그들은 살해당하고 만 것이다. 우리는 여자를 구덩이에 넣고 다른 두 구를 가지러 갔다. 남자애는 아홉 살쯤 되었고 이마에 총구멍이 나 있었으며 눈과 입은 즐거워하던 와중에 죽었구나 싶게 벌어져 있었다. 남자는 심장에 한 발 맞았다. 여자의 상처는 어디 있는지 보지 못했고, 굳이 확인할 마음도 들지 않았다. 우리는 그들을 모두 차가운 공동 무덤에 최대한 가만히 눕혔다.

그다음 말에 올라 출발했고, 뒤에는 밧줄로 이어진 말들이 따라 달렸다.

15장

말은 질주할 수 있다. 자동차는 일정한 속도로 굴러간다. 문제는, 자동차는 연료만 있으면 먹고 마시고 쉴 필요가 없다는 것이다. 그러니 애초에 차가 유리했다. 도로에 남은 타이어 자국을 보면 패티가 온 사방으로 비틀비틀 운전하긴 했지만 말이다. 거의 도로에서 벗어나 나무를 들이받을 뻔한 것이 대여섯 번이었다. 일이 그렇게 되어 길가에 세워진 차에서 차 부품이 가슴에 꽂힌 패티를 발견하게 되기를 소망했다.

나는 지미 수와 윈튼 사이에서 말을 달리고 있었다.

윈튼이 말했다. "어째 슬퍼 보이는데, 꼬마."

"그놈들이 제 여동생을 데리고 있는 건 아실 텐데요." 나는 말했다. "당연히 슬프죠."

"그렇지, 하지만 내가 보기엔 일종의 분위기가 눌러앉았단 말이

256

야, 기분 좀 명랑하게 해주고 싶어서."

"도대체 아저씨들 이해가 안 돼요. 얼마 전에 사람을 죽였는데,
마치 매일 아침 벌어지는 일처럼 말을 달리고 있잖아요."

"놈들이 무기를 뽑아 들었잖아." 윈튼이 말했다.

"네, 그랬죠. 그걸 부정하는 건 아니에요. 하지만 사람을 죽이는
행위는 어떤 의미가 있어야 한다고요, 그럴 수밖에 없었다 해도."

"우리가 죽지 않기 위한 의미지." 윈튼이 말했다. "그외에는 굳이
가늠하지 않아."

"그래도요," 나는 말했다.

"그놈들이 패티를 감추고 있지 않았냐?" 윈튼이 말했다.

"하지만 그래도 사람이고 우리가 죽였어요. 이제까지 사람을 쏜
적이 없었다고요."

"처음 한두 번은 나도 무릎이 후들거렸지." 윈튼이 말했다. "하지
만 둘 다 내가 총을 맞는 쪽이 될 수도 있었다고 생각해서였어. 그
래도 한두 번 후엔 훨씬 수월해져. 하지만 이건 말해둬야겠다, 어
차피 악당들이었어. 유스터스의 4게이지 총에 산산조각나지만 않
았더라면 어딘가에서 체포 영장을 찾아냈을 텐데. 혹 그게 아니라
해도 딱 네 여동생을 훔쳐갈 그런 유형인걸. 그리고 내 하나 알려
주마. 거기 교역소는 범죄 소굴이야. 선량한 사람들이 모이는 데가
아니라고."

"우린 선량한 사람들인가요?" 나는 물었다.

"음, 보자," 윈튼이 말했다. "우리랑 죽은 놈들을 판자 위에 나란

히 놓고 각자 선과 악을 줄자로 잴 수 있다고 쳐보자. 긴 게 악이고 짧은 게 선이라고 하면 우리는 바라는 것보단 길 수 있지만 그놈들보다는 훨씬 짧을 거다. 인생은 단순히 흑백으로 나눌 수 있는 게 아니야. 그 안에 진흙이 있고 우리가 바로 그 진흙이지."

"기분 명랑해지는 얘기는 아니네요."

"세상 모든 게 명랑할 수야 없지."

"제 기분 명랑하게 해주려 한다면서요."

"맞아, 그랬지. 하지만 이 일을 하고 싶고 여동생을 되찾는 게 중요하다면, 거기 필요한 걸 기꺼이 감내해야지. 아무래도 내가 그렇게 명랑한 사람은 아닌가 보다. 귀 하나 없고 모닥불에서 구른 몰골이다 보니 명랑함이 날아가지 않고 배기겠냐, 말로는 아니다 해도."

"그냥 살인까지 감내해야 하는지를 모르겠어요."

"정당방위지. 너희 셋은 처음 언쟁 후 그냥 나오려고 했지만 놈들이 포치로 따라나온 거 아니냐?"

"그랬죠." 나는 말했다. "하지만 우리가 시작했는데요."

"그리고 패티가 뒤쪽 방에 있는 거 알았고?"

"그랬어요." 나는 말했다.

"그럼 너는 해야 할 일을 한 거고, 놈들도 기회만 있었다면 마찬가지였을 거다. 내가 보기엔 분명한데. 그걸로 끝. 곰곰이 되짚어봐." 윈튼이 말하고는 나와 지미 수를 앞질러 다른 사람들과 합류했다.

"그 말이 맞아." 지미 수가 말했다. "일 년 전만 해도 내가 당한 상

황이 불공정하다는 생각을 계속했어. 그러다가 딱 깨달음이 오더
라. 인생은 원래 그래, 전혀 공정하지 않지."

"공정하게 만들 순 없을까요?"

"노력할 순 있겠지, 하지만 그 모든 불의가 계속 스며드는걸."

해가 거의 저물어갈 무렵 자동차를 찾아냈다. 농가 마당에 있었
다. 농가는 작지만 깔끔했고, 집 앞쪽 화단에는 꽃이 피어 있었으
며 뒤쪽에는 작고 빨간 헛간이 자리했는데 그 문은 활짝 열려 있었
다. 이런 야생의 자연 속에 있기엔 좋은 집이었다. 무슨 일이 벌어
졌는지 알기도 전에 누군가 여기 티켓까지 와서 나무를 베어내고
꽃을 심으며 삶을 이어가고 있다는 생각만으로도 나는 속이 울렁
거렸다. 하지만 마당에 있는 도난당한 자동차는 좋은 징조가 아니
었다.

우리는 말에서 내려 스팟에게 말들을 맡기고 넓게 흩어졌다. 윈
튼만 제외하고. 그는 문으로 향했다. 문은 열려 있었다. 노크를 하
고 불렀지만 아무도 나오지 않았다.

그는 발로 문을 밀어 열고 리볼버를 뽑아 안으로 들어갔다. 쇼티
와 유스터스가 얼른 따라붙었고 나는 뒤쪽으로 돌아갔다.

잠시 후 윈튼이 부르는 소리가 들렸다. "들어와. 지미 수, 너는 밖
에 남아 있는 게 낫겠고."

지미 수는 밖에 남아 있지 않았다. 결국 모두 다 집 안에 들어갔
다. 벽난로 옆에 나이 든 남자가 죽어 있었다. 죽은 지 시간이 좀

되어 피가 머리와 바닥에 말라붙어 있었다. 음식이 차려진 테이블 한가운데에 옥수수빵 부스러기가 남은 커다란 팬이 놓여 있었다. 색깔이 연한 것을 보니 잘 만든 옥수수빵은 아니었다.

"패티가 연료가 떨어졌나 봐." 윈튼이 말했다. "그래서 여기 와서 원하는 걸 챙기고, 어쩌면 노인과 식사까지 한 다음에 죽였지. 보아하니 그래. 노인은 인심 좋게 맞이했는데 패티는 총알로 감사 인사를 했네. 음식 외에도 말을 원했던 모양이야. 그래서 헛간 문이 열려 있겠지."

아니나 다를까, 헛간은 비어 있었지만 유스터스가 흔적을 찾아냈다. 땅에는 피도 좀 떨어져 있었다.

"아직 상처가 벌어진 상태야." 유스터스가 말했다. "아니면 다시 벌어졌거나. 둘 중의 하나. 하지만 여기엔 말이 없네."

"이제 놈이 피를 흘리고 있으니 네가 놓치지 않고 추적할 수 있을지도 모르겠네." 쇼티가 말했다.

"쇼티, 슬슬 한계거든." 유스터스가 말했다. "이제 그만해."

쇼티는 일단 시작한 걸 그만두는 성격이 아닌데, 아무래도 유스터스의 목소리에서 도를 지나쳤다는 감이 왔던 모양이었다. 그는 추적 이야기를 그만두고 입을 다물었지만, 아무래도 갈비뼈를 칼에 찔리는 만큼 고통스러웠을 것이다.

집에 돌아와 우리는 노인을 바닥에서 떼어냈다. 뗄 때는 마치 신문지를 쫙 찢는 듯한 소리가 났다. 피가 완전히 굳어 달라붙은 것이다. 우리는 노인을 침대 있는 방으로 옮겨 눕히고 이불로 덮었다. 윈튼은 본인 이름과 무엇을 발견했으며 누구를 추적 중이며 자신은 법 집행관이라고 쪽지를 썼다. 그걸 현관문 바깥쪽에 주머니칼로 꽂아 두었다. 다 밖으로 나왔을 때 나는 가서 차 안을 들여다보았다. 소풍 바구니가 있었는데 비어 있었다. 패티에게 습격당했을 때 노부부와 아이는 소풍을 가던 중이었나보다고 짐작했다. 아니면 소풍 다녀온 길이었거나. 어느 쪽이든, 그들이나 패티가 바구니 안에 있던 것을 먹었겠고, 남은 것은 부스러기로 뒤덮인 냅킨과 깨진 접시들 뿐이었다.

우리는 그곳을 떠나 패티가 간 길로 향했다. 얼마 후 유스터스는 패티가 주도로에서 벗어나 숲속으로 접어들었다고 결론지었다. 그리로 우리는 향했고, 힘든 길이었다. 가시에 걸린 패티의 내복 셔츠 조각을 발견했고, 피가 묻어 있었다. 그렇게 덩치가 크고 권총으로 얻어맞은 데다 총까지 맞은 사람이 쓰러져 죽거나 최소한 움직이지도 못할 만큼 무력해지는 게 아니라 다른 사람들을 죽이고 계속 나아간다니 도무지 알 수가 없었다. 하지만 그는 일정한 속도로 나아가 우리가 뒤따르게 만들었다. 우리 일행 중 다른 사람들은 어떤지 모르겠지만 나는 피곤했고 지미 수를 보니 지쳤음을 알 수 있었다.

윈튼과 유스터스가 말들이 힘들어한다고 해서 드디어 멈추게 되었다. 나는 더 이상 못 가겠다고 하려던 참이었던지라 그 말들이 기진맥진해 다행이었다. 처음부터 무슨 일이 있든 나는 밤낮을 가리지 않고 쉼 없이 나아가겠다고 다짐했지만 피로는 계산하지 못했다. 또한 유스터스가 흔적을 놓쳤고 어둠 속에서는 여기까지밖에 못 간다는 짐작이 들었다. 쇼티가 혹시 같은 생각을 했는진 모르겠지만 분명 그랬을 법한데 말은 하지 않았다.

숲속에 트인 공터가 있었고 번개가 쳤던 듯이 땅이 한 뙈기 타 있었다. 나무는 가늘고 죽었지만 화재는 좀 예전이었다. 화재로 벌거벗은 나무 사이의 검게 탄 땅은 거의 풀밭이 되어 있었다. 우리는 멈추어 말들을 보살피고, 화재 이후 생생하지는 못할망정 어찌저찌 살아남은 듯한 울퉁불퉁한 감나무 두 그루 사이에 밧줄을 늘여 말들을 묶었다. 공터 가장자리로 큰 나무가 온통 무성하여 그림자를 드리우고 벽처럼 둘러싸서 마치 우리가 구덩이 아래에 있는 느낌이었다.

우리는 요리용으로 작게 모닥불을 피웠다. 그 외의 용도로는 필요하지 않았기 때문이었다. 밝고 따뜻한 밤이었다. 음식을 해서 먹고 침구를 깔았고 동트자마자 떠날 계획이었다. 돼지는 숲속으로 어슬렁어슬렁 향하더니 솔잎 위에 누울 자리를 찾았고, 같이 자고 싶지 않았던 나로서는 반가웠다.

지미 수는 모닥불 잔불 옆에 잠자리를 마련했고, 한때 나를 굳건히 붙들었던 열렬한 신앙심은 가장자리에서부터 녹슬기 시작했다. 그날 밤 완전히 무너졌다고 해도 무방할 것이다. 모두 잠들었다 싶자, 나는 일어나 지미 수 자리로 살금살금 가서 담요를 들치고 들어갔다. 입술을 그녀의 귀에 문지르자 그녀가 느리게 정신을 차려 말했다. "예수님이 화내시지 않을까?"

"그런 말 말아요." 나는 말했다. "기분이 좀 식는다고."

"예수님이 원하면 용서하실 수 있겠지." 그녀가 말했다. "용서를 안 하신다면, 용서하기 위해 이 땅에 오신 분답지 못한 일이니."

"이제 예수님을 끌어들이는 거예요?"

"너 편할 때는 끌어들이잖아."

"그럼 지금 예수님을 끌어들이는 게 편하다고요?"

"남자라면 가끔 쾌락을 누리는 걸 좋아하지 않을 수 있나 상상이 안 간단 얘기야, 아무리 예수님이라도. 그리고 내가 원할 때는 신앙을 지키고 싶고. 그런 식이라면 가능하지. 곰곰이 생각하면 거짓말이라는 걸 알지만 그냥 눈 감고 넘어가면 괜찮아."

"모르겠어요."

"아이, 닥치고 키스나 해." 그녀가 말했다. "그러면 예수님께서 힘을 주실지도 모르잖아."

그녀가 몸을 돌렸고 우리는 키스했다. 그녀의 숨결에선 약간 냄새가 났고 나한테서도 마찬가지리라 여겼다. 하지만 쪽쪽 거리는 단계로 들어가고 나니 더는 신경 쓰이지 않았다. 곧 우리는 담요 아래서 옷을 벗어젖히고 있었다. 달이 저물고 거의 아침이 될 때까지 했다. 피곤하다고 생각했는데 확실히 그럴 기운은 있었지만 그걸 예수님 덕분이라고 감사하기는 망설여졌다. 지미 수는 곧장 잠들었으나 나는 잔뜩 열이 오른 상태라 결국 담요를 젖혀 서늘한 공기에 벗은 가슴을 식혔다. 그 순간에는 아무리 내 동생을 찾는 추적 길에 있다 하더라도 기억할 수 있는 한 그 어느 때보다도 기분이 좋았다. 한 번도 푸르렀던 적 없이 항상 흙탕물 색이던 사빈강이 그때만은 내 마음속에선 파란색이었고, 풀은 겨울에도 녹색이었으며 바람은 선선했고 땅은 기름지고 단단하고 온 세상이 빛으로 가득했다. 경이로운 기분이었다. 그대로 누워 만끽하는 사이에도 내가 그 숲길에 있게 된 이유가 기억으로 도로 밀려와 내 마음속 풀을 시들게 하고 땅을 굳어지게 하고 내 빛을 그늘로 바꿔놓았다.

그렇게 되어 다시 나 자신으로 돌아오자, 쇼티가 모닥불 저편, 우리에게서 10미터도 채 떨어지지 않은 곳 침낭에 앉아 있는 것이 보였다. 우리가 듣거나 알아채지 못하는 사이 그리로 자리를 옮겼던 것이다. 손에는 책이 들려 있었고 안경을 썼으며, 빛을 받으려 불쪽으로 몸을 기울이고 있었다.

나는 담요 아래서 셔츠와 바지를 입은 다음 일어나서 맨발로 빙돌아 그의 곁에 쭈그리고 앉았다.

"목청이라도 가다듬지 그랬어요." 내가 말했다.

"냄비를 두들기며 노래 두어 곡 뽑을 수도 있었겠지만, 너희 일보는데 정신 사납게 하고 싶지 않아서."

"구경할 필요는 없잖아요."

"이불 들썩거리는 것 외엔 아무것도 안 보이던데. 책 읽으러 여기 앉은 거야."

"그 와중에 책을 읽어요?"

"음, 솔직히 말하자면 혹시 이불이 떨어질까 이따금 쳐다보긴 했지만, 그 여자가 아니라 네 맨 궁둥이를 보게 되는 게 제일 무섭던데."

"생각만큼 조용조용하진 않았나 봐요."

"무슨 여물통에 든 옥수수 뜯어 먹는 돼지 두 마리 같더니만. 돼지한테는 내가 그런 말 했단 소리 하지 마라, 자기가 아주 까다로운 줄 알거든."

나는 다른 사람들이 자는 언덕 쪽을 내려다보았다. 다들 옹기종기 모여 무슨 일이 일어나는지 전혀 모르는 듯했다. 솔잎 속 돼지의 허연 형체까지 볼 수 있었다. 만족스러워 보였다.

"이제 그 일에 죄책감이 느껴져요."

"하는 동안에 죄책감을 느꼈어?"

"전혀, 하지만 그땐 정신이 팔린 상태였었고요."

"정신 팔지 말아야 하고 그걸 부끄러워해야 할 일은 세상에 많지만, 여자는 온전히 즐겨야 할 대상이니 죄책감 느낄 필요 없어. 유부녀도 아니고 여자도 적극적이었겠다, 그리고 성경에 너희는 성관계하지 말라고 한 것도 아닌데 뭘. 그랬다 한들 난 상관없지만."

나는 곱씹어본 다음 화제를 바꾸었다.

"뭘 읽길래 그렇게 정신 팔고 있었어요?"

"이번에도 마크 트웨인의 여행서야. 읽고 있으면 적도를 따라가보고 싶지. 지금 하는 일 말고는 무엇이든 해보고 싶어져. 문제는 돈이지만. 여행하고 여자를 살 돈이야 있고 좋은 음식하고 내 즐거움을 위한 온갖 것을 가질 순 있지. 남들보다 그런 걸 가질 자격이 더 있다는 게 아니라, 아마 남들보다 좋아한다는 얘기야."

나는 약간 웃었다.

"언젠간 가실 수도 있겠죠."

쇼티는 고개를 내저었다.

"아닐걸. 내가 무슨 생각하는지 알아? 언젠가 이런 숲길에서 죽거나, 아니면 집이나 망원경 둔 언덕에서 죽겠지. 어디든 다른 데보다 나쁠 건 없겠지만 나보고 고르라면 어딘가 외국 항구로 향하는 바다 위 커다란 배 위에서 죽고 싶어. 아니면 망원경 옆에서. 생각해보면 사실 그게 제일 낫겠군. 내가 골라놓은 별이 있어. 내 거야. 다른 사람들도 골랐을지 모르지만 내 걸로 정했으니 아무한테도 넘겨주지 않아. 그 별이 보일 때 밤하늘에서 찾아내면, 반짝이는 눈이 나를 똑바로 바라보는 것 같거든. 그건 하나님이 아니야. 별도 아니고. 나 자신이 마주 보고 있는 거지."

"꼭 내 동생 같네요." 나는 말했다. "개도 자기 별이 있는데."

"정말?" 쇼티가 진짜 놀라움을 비춘 드문 순간이었다.

"네."

"독특한가 보네."

"우린 그냥 애가 별나다고만 생각했어요."

"너처럼 보는 사람들은 정신 멀쩡한 사람을 장님으로 보지."

"난 멀쩡해요."

"너는 세상 안에 있지만 그 일부는 아니야. 그러니까 정신 멀쩡하지 않지."

"되게 본인을 높게 평가하시네요?"

"그럼. 그래야 하고. 나는 모든 것을 이 아래에서 보니까. 세계를 보는 방식이 달라. 있잖냐, 꼬마야. 내가 다른 사람들보다 선한 행동을 한다는 생각은 안 해. 나쁜 놈들과 마찬가지로 나 역시 죽이고 취했지. 버펄로를 거의 싹쓸이하는 데 일조했고. 사람을 죽이고 그걸로 돈을 벌었어. 하지만 나 자신을 알고 이 세상을 알아. 그리고 입으로 뭐라 하든, 너는 내가 했던 것과 같은 일을 하려 들면서 다른 이름으로 부르네. 정의의 깃발을 휘두르며 정의를 이야기하지만, 네 나름의 방식으로 나만큼이나 망가져 있어."

"말도 안 돼요, 아저씨하고 내 동생이 별을 골랐다는 이유만으로 이러는 거예요?"

"너도 너만의 별을 골라야지."

"그 얘길 꺼낸 게 잘못이네요. 그냥 아저씨와 마찬가지로 개가 별나긴 한데, 훨씬 마음이 착하다는 건 내가 보증해요."

"그 점에는 이의 없어. 과거로 되돌려서 전부 다시, 다르게 할 수 있다면 좋겠지. 하지만 불가능해. 그냥 룰라가 자기 별을 볼 수 있다면 좋겠구나. 이 험난한 때 그 애가 하늘의 별을 올려다보며 그게 자기라고 느끼고, 만약 자신의 육신을 버려야 한다면 그 별이 세상의 빛무리에 자기 몫을 할 거라고 상상할 수 있기를 바라."

"꼭 종교 같은데요."

"우리가 하루하루 살아가기 위해 자신에게 하는 거짓말 같지." 쇼티가 말했다. "하지만 너와 나의 차이는 난 그게 거짓말이란 걸 알고 있단 점이야." 그는 책을 무릎에 내려놓고 잠시 나를 뜯어보왔다. "아무 제약이 없다면 어디로 가고 싶어?"

"네?"

"무엇이든 할 수 있고 세상 어디든 갈 수 있다면, 뭘 하거나 어디였으면 하는데?"

"모르겠어요." 나는 말했다. "어차피 진짜 벌어질 일도 아닌데 왜 그런 생각을 해요?"

"잠깐 생각해봐. 어디로? 뭘?"

"바람이 있다면 그냥 우리 농장으로 돌아갔으면 하고 어쩌면 아내와 자식 몇 두고 농사나 짓고 싶어요. 그게 그렇게 나쁜 인생인지도 모르겠고, 항상 나한테는 더 좋아 보이던데."

"하지만 놈들을 찾아 네 여동생을 구출하면 너한테는 땅이 남지 않을 텐데."

"가정해서 물어본 거잖아요. 나랑 룰라가 최선을 다해봐야죠."

"지미 수는 어쩌고?" 그가 물었다.

"지미 수는 자리를 잡고 살기엔 너무 산전수전 겪어왔을 거 같은데요."

"참 예의 바른 표현방식이네. 하지만 산전수전 겪어왔으니 자리를 잡고 싶을 수도 있지. 사람이 다 똑같지 않고 사람을 정의하려 드는 건 개구리가 어느 쪽으로 뛸까 예측하는 거나 마찬가지야."

"물 쪽으로 뛰겠죠." 내가 말했다.

쇼티는 미소를 지었다. 그 순간 그는 놀랄 만큼 온화해 보였다. 과일 한 조각 권하는 상냥한 삼촌처럼.

"넌 정말 명확하구나, 꼬마야. 옳은 경우는 드물지만 항상 확신하고."

나는 대꾸하지 않았다. 괜히 빌미를 주기 싫었다. 모닥불에서 타닥 소리가 났다. 우리는 불을 지켜보았다.

"윈튼 보안관 말인데요. 어쩌다 얼굴이 그렇게 된 거예요?"

쇼티는 책을 바닥에 놓고 계속 불을 응시했다.

"윈튼이 항상 보안관이었던 건 아니야. 원래 현상금 사냥꾼이었지. 하지만 현상금 사냥꾼이 되기 전, 노스 텍사스에 목장을 만들려 했어. 내 관점에서는 잡동사니와 말똥으로 메꿔버리는 게 나을 지역이지. 당시에는 코만치족, 혹은 그 남은 무리의 구역이었지. 사실 그들의 구역은 그보다 훨씬 넓게 자리하고 있었어. 노스 텍사스가 그들의 영역 일부였다고 하는 게 더 맞을 거야. 버펄로를 사냥하며 이동했거든. 그야말로 유목민이지. 그들에게는 거의 최후에 가까운 때였지만 그들은 아직 그걸 몰랐어. 아니면 알았지만 받아들일 준비가 안 되었을 수도. 사람들은 코앞에 빤히 있는 것조차 거의 받아들이지 못하니. 그리고 그래야만 했지. 그들에게 유리한 건 아무것도 없었거든. 백인들은 더 나은 무기를 갖고 떼로 몰려오고. 코만치족에게 있어 만물상이나 다름없던 버펄로는 거의 사라졌고. 하지만 그래도 코만치족은 만만치 않았어.

정착민들은 계속 밀려들고 코만치족은 밀려났지. 그래서 거세게 맞섰고. 나는 그쪽으로 현상 수배자를 추적 중이었어. 당시 윈튼을 알고 지냈지. 가죽을 얻으려고 버펄로를 같이 사냥했거든. 그야

말로 고약하고 냄새나는 일인 데다, 솔직히 말하면 이젠 못하겠다. 그때처럼 그 버펄로들을 쏠 수가 없어. 총을 맞아야 할 건 인간이고 동물은 그냥 두어야 한다고 생각하게 되어서. 하지만 그땐 그랬지. 가죽을 벗기고 고기는 그냥 초원에서 썩게 내버려 뒀어. 가끔은 고기나 버펄로 혀를 챙겨가기도 했지. 제대로만 처리하면 맛있거든. 하지만 대부분은 그냥 썩혀 버렸고. 나한텐 너무 과했지. 그 일은 관두고 전직했어.

윈튼은 노스 텍사스 시골에서 지내고 있었어. 여자를 만났지. 우리끼리니까 말하는데, 지독히도 못생기고 방울뱀만큼이나 표독스러운 여자였어. 어찌나 못생겼던지 비스킷도 그 여자에겐 먹히기 싫다고 도망가서 몰래 다가가 총으로 위협해서 먹어야 할 정도였거든. 말상에다 비쩍 말랐고 콧대는 어느 정도로 가느다란지 빼서 바늘로 써도 될 정도였지. 입술은 사슴 가죽 코트 바느질 땀 같고. 하지만 윈튼은 그녀를 사랑했고 둘은 아이를 낳았지. 애 아버지가 되었다는 얘기는 다 전해 듣고 알았어.

나는 현상 수배자를 추적하느라 지나던 중이었어. 그놈은 결국 흔적을 놓쳐버렸지만. 나한테서 도망친 얼마 안 되는 놈 중 하나였지. 하지만 그렇게 도망치고 내가 아는 한에선 체포되지 않았어. 이름은 제임스 플랜트였고 가게 주인 살해죄로 추적하던 중이었지. 가게 주인이 자기 조카딸인지 누군가에 대해 했던 말 때문에 죽였다고 들었어. 기억이 안 나네. 스컹크를 죽인 것 말고는 그가 결백하다고 생각하는 사람들이 많았지. 하지만 나한테는 상관없었어. 놈은 발 달린 돈이었고 나는 놈을 추적했지. 말했듯이 놈은 도망쳤어. 여러 해가 지나고 그자가 북쪽으로 가서 마음 바로잡고 말썽 안 부리고 산단 얘기를 듣긴 했지만 확언할 수는 없는 정보라. 내가 확언할 수 있는 건 윈튼에게 벌어진 일이지.

저녁에 그 친구 집에 가서 멀리서부터 나 누구라고 소리쳤단 말이야. 그러자 윈튼이 나와서 인사를 나누고 집에 데리고 들어갔어. 그 아내는 처음 만난 사이였지만 윈튼에게서 얘기는 많이 들었더랬지. 나를 무슨 잡초처럼 쳐다보더라. 아이는 세 살쯤 되었던가, 내가 작으니 재미있어하며 자기 친구인 줄 알더군. 어쩔 수 없이 애를 업고 놀아주고 바닥에 앉아 카드와 체스로 애는 사실 제대로 할 줄도 모르는 온갖 게임을 했지. 솔직히 말하면 나도 즐거웠다고. 그 여자애는 귀여웠어. 나를 전혀 판단하지 않았으니까. 그저 내 작은 크기와 독특함을 신기해했을 뿐. 결국 그 집에 며칠 머물게 되었고, 오래지 않아 윈튼의 아내 사라도 나를 받아들이게 되더라. 그리고 그 여자에게 호감을 느끼게 되었어. 여자가 나를 호기심을 갖고 눈여겨보고 있었던 것 같아. 나랑 자면 어떨까 생각하는 것처럼. 내가 저 잘난 줄 아는 것처럼 들릴 수도 있겠지만 받은 인상이 그런걸. 그리고 나는 잘났는데 뭘. 그리고 또 한 가지 아는 사실이 있었거든. 사라는 한때 매춘부였어. 놀랄 일도 아니지만. 윈튼이 미래 아내를 오페라에서 만날 남자도 아니잖냐. 하지만 나는 물론 관심 없었어. 여자가 의향이 있고 윈튼의 아내가 아니었다면 영혼에 도끼 들이대는 듯한 그 얼굴은 넘어갔을 수도 있겠지. 하지만

그럴 때 쓰라고 눈꺼풀이 있는 게 아니겠냐. 견디기 힘든 광경으로
부터 보호하기 위해. 그렇지만 나와 그 여자 사이엔 아무 일도 없
었어. 더 참혹한 일이 벌어졌거든.

이른 아침 그 딸아이가 일어나서 새로 태어난 송아지를 보고 싶
어서 밖으로 나갔어. 날이 환해서 코만치족들이 기습해왔지. 이미
그 집까지 들이닥쳐 돼지와 소들 목을 그어버리고 심지어 멀리서
개를 활로 쏴버려 짖어서 경고하지 못하게 했어. 말을 훔칠 참이었
는데, 그때 여자애가 밖으로 나오자 놈들이 낚아챈 거야. 제때 애
입을 막지 못해서 애가 비명을 질렀지.

사라는 아이 엄마라면 당연히 그럴 만하겠지만 벌떡 일어나 뛰
어나갔어. 우리가 총을 챙기기도 전에. 이어 사라의 비명도 났고.
우리가 라이플을 챙겨 나가보니 보이는 거라곤 말을 타고 사라지
는 코만치족들과 말 안장에 걸쳐져 있는 사라뿐이고, 여자애는 보
이지 않았지만 애가 울부짖는 소리가 들렸지. 아이가 거듭 외쳐댔
어. '아빠, 아빠.'하고. 사람 가슴 찢어지는 그런 소리.

놈들은 말 외에는 가축을 모두 죽였지만, 아이와 사라를 낚아채
떠나고 우리가 총을 챙겨 나왔을 때는 이미 거리를 꽤 벌렸단 말이
야. 놈들이 겁을 먹어서 그런 게 아니라 윈튼이 자기들 땅에 살면
서 가축을 키우려고 든 것에 대해 벌을 준 거지. 원래는 말을 훔쳐
가려 했지만 결국엔 그냥 뿔뿔이 흩어놓기만 했더라고. 말 두어 마
리를 붙들어서 안장을 얹고 옷 챙겨입기까지 한 시간 넘게 걸렸어.
맨발에 속옷 바람으로 라이플을 들고 그 말들을 잡으러 온 벌판을

272

쫓아다녔거든.

 그래서 말에 올라 무장하고 놈들을 따라가려 나섰지. 코만치족은 그 자체로 예측불허야. 가끔은 여자를 데려가서 자기네 일족으로 삼기도 하지만, 보통 그런 건 코만치로 키울 수 있는 젊은 사람들 경우지. 가끔 병이나 다른 부족 전사들, 심지어 코만치족 다른 일파들이 와서 여자를 훔쳐 가거나 죽이기도 해. 가끔은 자기 부족 숫자를 늘리려 애를 낳게 할 여자를 훔쳐 가기도 하고. 그래서 코만치족은 뒤섞인 인디언 집단이지. 백인 피와 다른 인디언 부족, 그리고 흑인 등등. 코만치족의 정체성은 혈통보다는 생활 방식이야. 백인을 데려가 부족 일원으로 삼는 짓을 종종 한다는 사실을 고려해서 나는 희망적인 마음가짐을 유지하려 애썼어. 그건 거의 광견병 걸린 너구리처럼 미친 상태인 윈튼에게 해줄 수 있는 말이었지. 그에게는 불리하게 돌아갈 수도 있고.”

 쇼티는 몸을 돌려 윈튼이 누워 자는 방향을 쳐다보았다.

 “아주 쉽게 그 반대가 될 수 있다는 건 알고 있었어. 그냥 죽이려고 충동적으로 데려갔을 수도. 코만치족은 방금까지 복수심에 불타다가 다음 순간 음식과 버펄로 가죽옷을 나눠줄 수도 있거든. 말은 그렇게 순순히 내주지 않겠지만. 말은 그들의 생존 수단이지. 승마 솜씨가 대단해.

 아파치족은 걸어 다니는 걸 선호해. 아파치족은 말을 도구로 보지. 말이 지칠 때까지 타고 그러고도 더 타. 그러다가 말이 쓰러지면 옆에 불을 지펴 말을 일으켜 세우고 더는 일어나지 못하면 잡아

먹지. 코만치족은 그렇지 않아. 말하고 이야기를 해. 땅에서 코만치족은 안짱다리 못난이들이지만, 말 등에 오르면 마치 말과 한 몸인 양 센타우루스가 따로 없다니까.

얘기가 딴 데로 샜는데 윈튼이 어쩌다 그런 몰골이 되었나 얘기하고 있었지. 분노와 사랑에 사로잡힌 결과야. 그리고 애초에 사랑에 대해 회의적이었던 나는 그날 이후로 전보다 더 꺼리게 되었지. 사랑은 사람을 어리석음으로 이끌 수 있으니까.

우리는 놈들을 따라갔어. 힘든 여정이었지. 흔적을 근거로 윈튼은 우리가 거리를 좁혀가고 있다고 결론지었어. 코만치족도 비슷한 결론을 내렸던 모양이야. 우리 속도를 늦추려고 조처했거든. 너무 가까워서 저 멀리 아이 우는 소리가 들렸지. 그야말로 애처로운 통곡이었고, 우리가 나아갈수록 소리가 커지더니 오래지 않아 울부짖음이 되었지."

이 대목에서 쇼티는 얘기하기를 주저했다. 우리 주위 어둠이 조여드는 듯했다. 마치 우리가 자루에 들어간 것처럼. 나는 약간 어질했다. 숨을 죽이고 있었다.

쇼티는 마지막 숨을 뱉듯이 숨을 내쉬었고, 그 굳은 표정이 모닥불 불빛 속에서 부드러워졌다.

"우리가 간 곳에는 낮은 관목이 군데군데 있었어. 그 관목 일부에는 가시가 있었고. 커다란 가시 말이야, 대못처럼. 그 관목 사이로 뭔가 끌려간 자국을 볼 수 있었지. 그다음 관목에 찢겨나간 아이 옷조각을 발견했고, 뭔가 햇빛에 반짝이는 걸 봤어. 진흙이 묻은 눈처럼 하얀 것. 눈도 진흙도 아니더라. 놈들은 관목 가지 하나를 뾰족하게 부러뜨렸고 아이는 그 뾰족한 막대에 있었어. 애 배에 막대를 찔러 꽂아놓았고 물론 그래서 그 끔찍한 비명이 내내 들린 거야. 아이를 밧줄로 묶어 가시 사이를 끌고 가다가 막대를 찔러서 그리 꽂아놓아 그 불쌍한 것이 발버둥을 쳐 빠져나가지 못하게 했더라. 빠져나왔다 한들 소용없었겠지. 그 상처 자체만으로도 죽고 남을 정도로 끔찍했거든."

"괴물들." 나는 말했다.

"그들은 인간이야." 쇼티가 말했다. "그러니 그 말도 맞지."

"인간이요? 그런 일에 인간적인 면이라곤 전혀 없어요."

"나는 인디언을 사람이 아니라 여기면서 강간하고 살해하는 사람들을 알아. 유스터스도 흑인이 백인에게 받은 취급 관련해서 불유쾌하고 정확한 이야기를 들려줄 수 있을 거다. 그러니 백인이든 인디언이든 흑인이든 본성에 대해서는 감쌀 거 없어. 나는 다 똑같이 싫어하니까, 나 자신을 포함해서. 인간에게 능력 이상을 기대해봐야 소용없어. 모두 싫어하지 말아야 하나 싶기도 해. 물이 축축하고 먼지가 건조하다고 싫어하는 거나 마찬가지니. 하지만 그래도 싫어, 그리고 가끔은 일종의 자부심도 느끼지."

쇼티는 잠시 입을 다물었다가 다시 이야기로 돌아왔다.

"확실한 건 아이 때문에 우리는 발목을 잡혔지. 아이를 뾰족한 막대에서 빼냈어. 그쯤엔 아이가 울지도 않더라, 살아 있긴 했지만. 우리는 말 담요를 관목 위에 걸쳐 그늘을 만들고 아이를 그 아래

뉘었어. 나름 할 수 있는 일을 했지만, 애초에 해줄 수 있는 게 아무것도 없었으니. 아이는 해 질 녘 가까이에 죽었어. 끝까지 제대로 정신을 차리지 못한 채 과다출혈로. 상처에다 나뭇잎과 손수건을 쑤셔 넣어 막았지만 소용없었지. 마치 멕시코만을 솜뭉치로 틀어막으려는 짝이었으니. 담요 아래 맨손으로 땅을 파서 아이를 거기 눕혔어. 담요를 내려서 도로 말에 얹었고. 그다음 놈들을 추적했지. 밤이라 윈튼에게 기다리자고 설득하려 했으나 귓등으로도 안 듣더라. 서두르다가 내 말이 구멍에 걸려 넘어져서 다리가 부러졌고, 최대한 조용히 하려고 목을 그어버릴 수밖에 없었어.

윈튼은 나랑 같이 타고 가진 않겠다더군. 속도가 늦어질까 봐. 그래서 먼저 가버렸지. 여기처럼 나무가 무성하고 그런 데가 아니야. 드문드문 관목이 있는 트인 벌판이었어. 윈튼은 멍청하게도 앞서 갔고, 나는 라이플을 들고 보조 무기를 차고 따라갔지. 물론 그는 곧 내 시야에서 사라졌고. 거의 쉬지도 않았지. 이따금 멈춰 서서 여기저기서 몇 분씩 쪽잠을 잤지만 대부분은 걷고 또 걸었어. 발이 아프고 뒤꿈치에 삶은 달걀만 한 물집이 생길 때까지.

마침내 날이 밝고 윈튼의 말 발자국이 코만치족 조랑말 발자국과 뒤섞인 흔적을 훤히 볼 수 있게 되었지. 함정으로 유인당한다는 걸 윈튼이 알아챘어야 하는데, 분노에 제정신이 아니었던 거야. 놈들은 우리가 따라오기 쉽게 하고 있었고 잠시 후 보니 윈튼의 분노에 부채질을 하고 있더군. 윈튼의 흔적이 도랑으로 이어졌고 거기 물줄기가 흐르고 있었는데, 너무 작고 물살이 약해서 진짜 냇물이라기보다는 콧물 수준이었지. 그래도 도랑 자체는 그늘이 드리워질 만해서, 아래로 내려가 서늘한 벽에 기대어 높아지는 한낮의 열기를 피하고 지친 몸을 쉬려고 했단 말이야. 부츠를 벗고 졸졸 흐르는 물에 한 시간쯤 발을 담그고 있었어. 태양의 위치로 가늠해 보면. 발을 식히고 부츠 벗고 쉴 겸 해서 부츠를 들고 맨발로 냇물을 따라 내려갔어. 도랑 한쪽에 움푹 파인 곳이 나왔는데 그 들어간 곳에 맨발이 튀어나와 있고 누군지 몰라도 나머지는 그늘에 가려 있더라고. 들여다보니 윈튼의 아내더라. 남은 시신이라고 해야 하나. 다리가 벌려져 있고 성기가 피투성이인 걸로 보아 죽을 때까지 강간당한 걸 알 수 있었지. 코와 입술은 잘렸고 입에는 흙이 채워져 있었어. 놈들은 여자를 강간하고 고문한 다음, 입과 목에 흙을 쑤셔 넣어 숨을 쉬지 못하게 해서 죽인 거야. 놈들은 흙을 쑤셔 넣는 사이 여자의 발을 붙들고 있었어. 둘러보니 말발굽 자국, 인디언 발자국, 그리고 윈튼의 부츠 발자국으로 윈튼 역시 그녀를 찾아냈음을 알 수 있었지. 윈튼은 아내를 해친 놈들을 상당히 바짝 따라잡았다고 여겨서 그녀를 묻지 않고 간 거야. 나중에 돌아와서 시신을 수습하려고. 그 상황에서의 윈튼의 생각을 나는 알 수 있었지만 좋은 생각이 아니었지. 구출하려던 가족들은 죽었으니 시신을 패인 도랑벽에 넣고 흙을 끌어 덮는 게 나았을 거야. 최소한 돌아와서 짐마차를 찾아 아내와 딸 둘 다 수습할 수 있을 때까지는. 하지만 윈튼은 분노에 사로잡혀 코만치족만큼이나 맹목적이고 야만적으로 된 거지.

나는 부츠를 신고 터벅터벅 걸어갔어. 그만둬야 한다는 걸 뻔히 알면서도. 윈튼에 대한 정 때문에 계속 쫓아갔지. 비록 노름판에서 패를 속이고 내게서 현상금 몇 건을 빼돌렸으며 여러 번 나한테 거짓말을 했고 심지어 취했을 땐 험한 말도 했지만 말이야. 하지만 아무튼 술친구였고 최소한 어떤 놈인지 항상 일관되기는 했다고. 냇물을 따라가니 실개천이 되어 퍼져나가다 마침내 아무것도 남지 않게 되더라. 사실 최근 내렸던 비가 모여 흘러내린 쪽에 가까웠을 거야. 그러니 그리 가늘었지. 생각했더라면 진작 깨달았을 텐데. 하지만 냇물을 마시며 기운을 차렸고 도마뱀을 발견해서 그 모가지를 물어뜯어 속을 빨아먹으며 겨우 토하지 않고 버텼어. 그래서 그렇게까지 최악으로 기력을 잃진 않은 상태였고 닥칠 상황을 고려하면 다행이었지.

내 생각엔 코만치족 놈들은 뒤쫓아오는 게 윈튼 하나뿐인 줄 알았고 나 역시 추적 중인 건 꿈에도 몰랐던 거 같아. 놈들은 윈튼을 유인하려 의도적으로 속도를 늦췄고 그게 먹혔어. 한낮이 되자 독도마뱀도 땀을 흘리다 죽을 만큼 더웠고 나는 샤프스 라이플을 들고 걷느라 기진맥진했지. 벌판 저 앞에 시커먼 형체가 보이는 거야, 가까워지니 다른 형체들도 보이더군. 온갖 버펄로 뼈들이 주위 사방에 널려 있었어. 대규모 버펄로 살육이 있던 자리라 뼈가 쌓여 있더라고. 나는 배를 깔고 엎드려 기어가기 시작했어. 커다란 버펄로 해골 두어 개가 있는 뼈 무더기까지 기어갔지. 그 해골 뒤에 몸을 숨기고 살짝 위로 훔쳐보니, 초원에 기둥을 하나 세워놨더라.

그런데 다시 보니 기둥이 아니었네. 허허벌판 한가운데 달랑 혼자 자라난 나무 한 그루였어. 마치 윈튼을 매다는 게 유일한 용도인 것처럼. 윈튼은 거기 묶여 있었고, 마른 똥과 잔가지나 그 비슷한 것들로 피운 모닥불이 타고 있었어. 코만치족은 그런 재주가 있거든. 남들은 이 쑤실 나뭇가지 하나 찾지 못할 곳에서 자기들이 필요한 물자를 찾아내더라. 코만치족이 여섯 명 있었는데 저들이 전사 무리겠구나 싶었지. 숫자도 말발굽 자국과 일치하고. 말들은 근처에 다리를 묶어놨고 코만치족은 전부 불쌍한 윈튼을 고문하는 일에 가담하고 있었지. 이번엔 윈튼이 비명을 지르기 시작했어. 놈들은 모닥불에서 불붙은 나뭇가지를 꺼내 윈튼의 얼굴에 갖다 대고, 칼로 그어대고 한쪽 귀를 썰어내고 있었지. 놈들이 귀를 자르는 사이 나는 지금 들고 다니는 바로 이 샤프스 라이플, 윈튼이 지난밤 사용했던 그 총을 버펄로 해골 위에 올려놓고 공이치기를 당겼어. 처음 의도는 윈튼을 죽여 고문으로부터 구해주는 것이었고, 그다음 코만치족을 해치우려 시도하느냐 아니면 나도 살해당하기 전에 다 쫓아버리느냐는 나한테 달려 있었지. 하지만 총신을 내려다보면서 윈튼을 구출하지 못할 정도는 아니라는 결론을 내리고, 바로 그 순간 불붙은 막대를 윈튼의 눈으로 천천히 가져가고 있던 코만치족을 겨냥했어. 비록 빌리 딕슨이 코만치족에게 선보인 역동적인 총솜씨에는 미치지 못하지만 잘 쐈지. 물론 놈들이 하던 일에 희희낙락 정신이 팔린 상태였는 데다 누구 다른 추적자가 있으리란 생각을 못 한 덕에 훨씬 공을 덜 들이고 접근할 수 있었다만.

나는 보통 몸통을 겨냥해, 더 확실하고 큰 표적이니까. 하지만 이 놈은 머리를 쐈지. 잘 익은 수박처럼 샤프스 산탄과 함께 폭발했어. 내가 기억을 그런 식으로 하는 건지 진짜 그랬는진 모르겠지만, 그 코만치족 머리가 완전히 떨어져 나가고 몸통이 머리 없이 저절로 내 쪽으로 빙 돌았다가 푹 쓰러지더군. 그쯤에는 이미 보지도 생각하지도 않고 라이플에다가 새로 총탄을 재고 겨누고 있었지. 나머지 놈들이 튈지 아니면 무작정 덤벼볼지 결정하기 전에 코만치족 용사 한 명을 더 해치웠어. 등을 맞혔지. 그렇게 넷이 남았고, 현실적인 성격의 코만치족답게 놈들은 도망치려 말을 향해 돌진했어. 아마 빠르게 연이어 두 발이 정확하게 맞았으니 추적대 숫자가 많을 거라 여겼겠지. 눈 두 번 깜빡할 사이 나머지는 말 등에 올라 튀려고 하더라. 또한 코만치족 전통에 따라, 놈들은 훔친 빈 말과 죽은 동료들 말까지 끌고 가려 했어. 덕분에 나는 한 발 더 쏠 기회를 잡았고. 내가 제대로 맞혔는지는 모르겠지만, 뒤쪽 놈이 훔친 말들 밧줄을 떨구고 튀더군. 내가 재장전하기 전에 놈들은 정신을 차려 가버렸어.

놈들이 날 속이려는 게 아니라 정말 가버렸다는 확신이 들자, 나는 윈튼에게 가서 밧줄을 끊고 그 나무 아래 눕혔지. 그늘이랄 건 전혀 없었지만. 그다음 말 두 마리를 붙잡아왔어. 짐작하겠지만 윈튼은 기운이 없어서, 죽은 코만치족의 작은 자루 하나를 꺼내서 막 뒤섞인 씨앗이니 그런 걸 찾아내 윈튼에게 먹고 기운 차리라고 줬지. 인디언 옷을 좀 찢어다가 윈튼 머리에 감을 붕대를 만들고 통

증을 다스리려 화상에 흙을 뿌렸어. 한쪽 귀가 잘려 피가 흐르고 화상을 입어 생살이 드러난 마당이니 이 지경이면 보통 윈튼이 포기하겠거니 생각했을 거야. 하지만 아니었어. 윈튼은 잠깐 쉬고는 일어나더니 말을 타고 놈들을 쫓아가자 주장하는 거야. 비록 라이플은 없었고 죽은 코만치족에게서 얻어낸 나이프 하나뿐이었지만.

그래도 우린 나아갔고, 오래지 않아 놈들이 담요로 덮어놓은 죽은 코만치족을 발견했지. 참 실리적이야. 결국 내가 쏜 게 제대로 맞았던 거야. 윈튼은 백정처럼 그 시신에 칼을 휘둘렀지. 윈튼이 도륙하며 마치 그게 듣기라도 할 듯이 소리를 지르고 욕하는 동안, 나는 멀찍이 떨어져 혼자 있을 곳을 찾아야 했어.

도륙이 끝나고 나자 우리는 놈들을 추적했어. 이틀이 지나고 우린 포기할 수밖에 없었다. 이번에는 온갖 인디언 재주를 써서 연기처럼 사라졌더라고. 결국 우린 놈들을 다시 보지 못했어, 심지어 흔적조차. 왔던 길을 돌아왔고 이번엔 둘 다 기력을 잃었지. 샤프스로 쏴서 산산조각이 난 토끼 한 마리 외에는, 집에 돌아오는 이틀 사이 아무것도 못 먹었어. 말들은 자라는 풀과 여기저기 고인 물을 먹고 살았더라. 윈튼의 농장에 도착해서 며칠 쉰 다음, 우리는 가서 그의 가족 시신을 찾아와서 커다란 참나무 아래 묻어주었어. 윈튼의 농장은 근방에서 풍요로운 녹음과 물이 있는 유일한 곳이었지. 우리는 하루 더 있으면서 물자를 챙겼고, 윈튼이 무덤을 들른 다음 집을 불태워버렸어. 윈튼이 그러길 원했거든. 말을 타고 그곳을 떠났고, 그게 윈튼이 흉터가 생긴 사연이야."

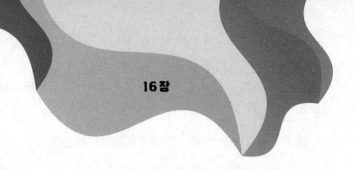

16장

아침이 환히 밝아올 무렵엔 우리는 다시 길을 나아가고 있었다. 가면서 유스터스는 흔적을 찾아보았고, 나는 윈튼의 흉터를 곁눈 질하면 쇼티가 들려준 이야기를 생각했다. 윈튼이 내게 살인에 대해 했던 말도 기억했다. 그의 과거사를 고려하면 나와 관점이 다를 만도 하다 싶었다. 또한 왜 그가 이 추적에 나서고 싶었는지 이해가 되기 시작했다. 단지 돈 때문이 아니라 그가 전에 구하지 못했던 상황의 누군가를 구할 기회이기 때문이었다. 이제 하늘의 해만큼이나 분명했다.

나는 인간 본성은 다 거의 똑같다고 한 쇼티의 말을 생각했다. 그 생각을 떨칠 수 없었고 거기에 주님의 은총이 적용된다고 생각할 방법이 없었다.

또한 그보다 현실적인 문제도 생각하고 있었다. 예를 들자면 우리는 쇼티와 윈튼이 인디언을 추적할 때보다 훨씬 덜 트인 시골에 있었다. 여기서는 더 숨기 쉽고, 패티는 그 나름대로 코만치족만큼이나 위험했다. 그냥 자기 기분 내킨다는 것 외에는 별다른 이유 없이 뱀처럼 비열했고 어울리는 사람들도 다 똑같았다. 어떻게 해서 그런 사람이 되었나 궁금했다. 딱히 답이 떠오르지 않았다.

나무가 무성한 완만한 언덕 지역을 지나고 있었는데 확실한 길이라 할 것이 없었다. 이러다 말이 구덩이를 딛거나 뱀에 물리거나 하는 일이 생길까 겁이 났다. 그래도 추적은 잘 되어가는 듯했고 유스터스는 적당한 속도로 우리를 이끌었다. 유스터스의 추적 기술 부족에 대해 쇼티가 투덜거리는 소리를 한마디도 듣지 못했지만 어쩌면 유스터스가 그 건에 대해 유머 감각을 잃었기 때문일 수도 있었다.

우리한테 놀란 새가 퍼덕거리거나 사슴이 펄쩍 뛸 때마다, 나는 라이플 든 패티인 줄 알고 하마터면 지릴 뻔했다. 새가 퍼덕거리며 날아오를 때마다 돼지는 새를 쫓아 풀숲으로 뛰어들었다. 날개가 돋아나서 새를 콱 물어버릴 수 있기라도 한 것처럼.

구불구불 좁은 숲길, 짐승 길을 우리는 거의 한 줄로 말을 타고 나아갔다. 내 바로 앞의 지미 수가 돌아보고 말했다. "패티가 조심하려 애쓴 거 같지도 않아. 우리가 아직도 추적하고 있는 줄 모르는지도. 유스터스가 수월하게 따라가는 것 같은데."

그녀 앞에서 말을 타고 가던 쇼티가 돌아보지도 않고 말했다. "아니면 자기가 원하는 곳으로 우리를 끌어들이고 있는지도."

나는 코만치족이 윈튼을 유인하여 습격한 것을 떠올렸다. 라이플 든 패티에 대한 두려움이 다시 밀려왔지만 쇼티의 말에 많이 수그러들었다. "우리에게 이점은 패티가 도망치려 하고 있다는 점이야. 아마 상처를 보살필 곳을 찾겠지, 꽤 심할 텐데. 놈이 강인하지 않단 소리가 아니라. 권총으로 두들겨 맞고, 총구멍투성이에 이스트 텍사스 사방에 피를 흘리고 다닌 데다 와중에 사람들도 죽이고, 자동차 연료가 떨어질 때까지 몰았으면서 여전히 속도를 유지하고 있어."

유스터스는 패티가 우리보다 훨씬 앞섰으리라고 여겼으나, 아무래도 챙겨온 식료품으로 저녁을 먹는 동안 총알이 날아올 걱정은 하지 않는 쪽이 좋은 생각일 터였다. 우리는 음식을 데울 작은 모닥불 정도는 상관없다고 결정했다. 이렇게 나무가 무성한 데다 패티가 벌린 거리를 생각하면 들킬 염려는 없을 것이다. 또한 연기가 많이 나는 마른 낙엽이나 젖은 나무를 쓰지 않으려 조심했다.

유스터스는 내일쯤 패티를 발견할 거라 짐작했다. 훔친 말에서 낙마하고 출혈로 죽었을 거라고. 나는 그 말이 마음에 들었고, 그렇기를 바랐다. 마치 주님의 선택이지 우리 총에서 발사된 총알이나 유스터스의 산탄총 유탄에 의한 것이 아니라는 기분이 들었다.

그날 밤 나랑 지미 수는 전날 밤 일을 되풀이하진 않았으나, 이번에는 우리가 함께 눕는다는 걸 비밀로 하지 않았다. 기껏해야 얕은 쪽잠을 자며 그녀가 아직 그 자리에 있음을 확인하기 위해 이따금 건드려본 게 전부였지만, 이불 속 그녀는 좀 과하게 뜨끈했지만 그럼에도 불구하고 그 존재에 마음이 푸근해져 그냥 견뎠다.

유스터스가 첫 번 보초를 서고, 그다음 쇼티, 그다음 윈튼이었다. 그 후 내 차례, 그다음 스팟이 될 예정이었다. 지미 수는 여자라서 제외였지만, 건전한 정신에 웬만한 결의를 갖춘 터라 했어도 잘했을 거란 생각이 들었다. 교역소에서 패티를 쏘기도 했으니 소리나 지르는 여린 아가씨는 아니었다. 그래도 다른 사람들이 찬성하지 않았다.

결국 실제로는 처음 세 명이 보초를 서고 나나 스팟은 깨우지도 않았다. 그들이 예의를 차리느라 그런 건지, 아니면 내가 제대로 못 하고 스팟이 밤사이 집에 가버릴까 걱정해서였는지는 모르겠다.

다음 날 아침 깨어나 보니 다른 사람들이 말을 준비하고 있었다. 돼지는 주저앉아 마치 자기가 감독관이라도 되는 듯 지켜보고 있었다. 지미 수 역시 일어나 있었고 스팟도 마찬가지였다. 내가 제일 마지막이었다. 무슨 말을 할까 생각했지만 사실은 너무도 동생을 찾고 싶은 마음과 달리 슬슬 엄청나게 지쳐가고 있었다. 마치 뼈에 묵직한 추가 달려 있고 그게 나를 땅속 깊숙이 끌어당기는데 나는 기어 올라갈 기운이 없는 것처럼. 내가 되고 싶은 나보다 더 나이가 들고 못된 기분이었다.

지형이 험해져서 내내 말을 탈 수가 없었고 말들을 숲속으로 이끌어 패티가 간 길을, 유스터스가 추적한 길을 따라갈 수밖에 없었다. 몰래 지미 수를 여러 번 곁눈질해보니 볼수록 더 예뻐지는 것 같았다. 말하자면 꾸밈이라곤 없는 상태였다. 화장이라고 할 만한 것은 전부 사라진 지 오래였다. 머리는 검은 리본으로 뒤로 묶었고, 그 머리채가 등에서 찰랑거리는 모양새에 나는 마음이 들떴다. 어째서 그런지 잘 알 수가 없었다. 그냥 머리일 뿐인데 다시 그녀와 함께하고픈 갈망이 생기고 그녀를 안고 싶어졌다. 그리고 물론 나는 할아버지가 육적인 관계라고 표현하던 것의 기쁨을 발견한 터였다.

그 생각은 벽돌로 된 타격처럼 무겁게 다가왔다. 지미 수가 할아버지랑, 그리고 보안관과 했다는 건 기분 좋은 생각이 아니었다. 곧 그녀에 대한 나의 끌림은 한풀 꺾였다. 하지만 그 사실을 알게되고서도 곧 그걸 한편으로 미뤄두고, 그녀가 함께 도망친 사람은 다른 누구도 아닌 나라고, 뭔가 의미가 있을 거라고 생각하기 시작했다. 이 역시 현실적인 생각은 아니었고 여자에 대해 내가 이제까지 배운 게 있다면 사람의 논리를 망가뜨리는 경향이 있다는 것이다. 나는 그녀가 고된 숲길과 위험 가능성에 매달리는 대신 언제라도 나를 저버리고 제 갈 길을 갈 수 있다는 생각으로 그 논리를 뒷받침했다.

그녀가 계속 내 곁에 남아줄까, 무엇이든 희망을 걸어도 될까, 아니면 옛날 직업으로 도로 끌려갈까 궁금해지기 시작했다. 처음에는 그녀가 돌아가고 싶어 하는 논리를 이해할 수 없었으나, 엄마 그리고 잘 기억나지 않는 할머니를 떠올려보면 대부분 빨래하고 청소하고 남자들에게 해먹이고 보살피는 모습이었다. 나름대로는 지미 수가 이미 그러고 있는지도 모른다. 다만 자기 방식대로 그리고 돈을 받고. 복잡한 기분이 들었다. 어느 쪽 난관에 정착해야 할지 알 수 없었다. 사실 기꺼이 자기 물을 스스로 나르고 자기 생각을 말하는 여자에게는 뭔가 끌리는 구석이 있었고 그녀가 나를 아가미 깊이 낚싯바늘 박힌 물고기처럼 팽팽하게 끌어당기긴 했다.

이 모든 상념은 정오 무렵 패티의 도둑맞은 검은 말과 맞닥뜨리며 싹 날아갔다. 약간 경사진 소나무 여러 그루 사이에 옆으로 누워 있었다. 살아 있었지만 다리가 부러졌고, 숨은 가빴으며 기력을 거의 잃었다.

말에서 내려 끌고 가며 숨 돌릴 시간을 주던 참에 그 죽어가는 말과 맞닥뜨렸다. 유스터스는 자기 고삐를 나에게 넘기고 가서 그 짐승을 살펴보았다. 지미 수 옆 내가 선 곳에서도, 말 안장에 마른 핏자국을 볼 수 있었다. 패티는 안장은 챙겨가지 않았지만 안장 자루는 없었다. 아마 음식이나 무기가 들어서 안장 자루는 챙겼겠고, 아무리 좋은 물건이라도 안장을 끌고 다니는 건 영리하지 못한 일이다.

유스터스는 쭈그리고 앉아 말 머리를 토닥이고 달래는 말을 했다. 돼지가 구경하러 왔지만 유스터스가 저리 가라고 좋게 말했다. 돼지는 가끔 하던 대로 화난 듯이 풀숲으로 뛰어들었다.

쇼티가 칼을 들고 가서 말의 목을 그었다. 코만치족을 추적할 때 말 목을 그었다고 했던 것과 마찬가지였다. 불쌍한 말은 이내 고개를 내젓던 것을 멈추고 피를 흘리다 죽었다. 어째 고개만 돌려도 뭔가 다치거나 죽는 모습을 보고, 보고 있지 않으면 듣게 되는 것만 같았다.

"바로 여기서 구멍을 디뎠군." 유스터스가 말했다. "그 개새끼는 말이 힘들지 않게 숨통을 끊어 주는 마음 씀씀이조차 없네. 이젠 확실히 싫어졌어. 놈이 고생시켜 죽인 말이 두 마리째야."

"총으로 쏘면 우리에게 들킬 거라 여겼겠지." 윈튼이 말했다.

"목을 그었어도 됐잖아." 유스터스가 말했다. "그럴 순 있었을 거라고."

"자기밖에 모르니까." 지미 수가 말했다. "항상 그랬어요. 윤락업소에 왔으면 자기가 말똥만큼 못생긴 거 알 만도 하지 싶은데, 항상 머리에 기름칠해 본 남자 중 제일 잘났고 뉴욕 출신이라도 되는 양 굴더라니까. 거울을 봐도 생판 다른 사람을 보는 것 같았어요."

"음." 스팟이 말했다. "그 거울 대단하네요."

유스터스는 죽은 짐승 옆에 다시 쭈그리고 앉아 안장에 말라붙은 핏자국을 살폈다.

"여기 피를 보면 말이 넘어진 게 몇 시간 전이야. 피가 마른 걸 보니 패티의 피지. 날이 더워 빨리 마르니까, 우리보다 앞서 있긴 한데 그렇게 많이는 아냐." 일어선 유스터스는 주위를 둘러보았고 뭔가 관심 가는 것을 발견했다. "저기 서쪽으로 갔네. 절뚝거리면서 걷고 있긴 한데, 그래도 걷고 있어."

"이제 기력이 거의 다했겠죠, 이렇게 피를 흘렸는데." 스팟이 말했다.

유스터스는 고개를 내저었다.

"내내 피를 흘리진 않았을 거야. 전부 틀어막아 놨는데, 말에서 떨어졌을 때 다시 피가 나기 시작했겠지. 그래도 저렇게 계속 나아 갈 수 있다면 아직 제법 기운이 남은 거지."

유스터스는 무성한 나무 사이로 사라졌다. 오랫동안 자리를 비우진 않았고, 돌아와서는 말했다. "내 생각엔 이제부터 내가 놈을 쫓아가서 따라잡을 수 있나 봐야 할 거 같아. 다 함께 가면 우리 전체를 걱정해야 하는데, 내가 걸어서 따라가 놈을 찾아낼 수도 있겠지. 제압할 수 있을지도 모르고."

"내 장총 가져가." 쇼티가 말했다.

"아냐." 유스터스가 말했다. "샷건 들고 접근할 거야, 놈의 관심을 끌 수 있나 보게."

"내가 같이 갈게." 윈튼이 말했다. "추적대를 소규모로 유지하는 건 괜찮지만 지원은 있어야지. 패티가 내가 짐작했던 것보다 머리가 좀 있나 본데. 상처 입은 살쾡이는 도리어 덤빌 수 있다고. 어디 매복하고 있다가 널 유인할 수도 있고. 최소한 둘은 되어야 나을 거야."

"좋아, 그럼." 유스터스가 말했다. "하지만 어서 준비해서 후딱 가자고."

그들은 안장 자루에 몇 가지 물품을 챙겼고 윈튼이 어깨에 둘러 맸다. 그에게는 교역소에서 챙겨온 윈체스터가 있었고 물론 유스터스에게는 그 대포와 바지 오른쪽 앞주머니에 찔러넣은 권총이 있었다. 전에 그 주머니가 가죽으로 안감을 댄 것을 보았다. 그의 다른 바지 주머니에는 샷건용 탄약이 가득했다. 유스터스는 여전히 조끼를 입고 있었고, 모자를 푹 눌러쓴 모습은 그가 진지한 일을 하는 중이라 느낄 때 하는 방식이었다.

"그러니까," 쇼티가 말했다. "너희 둘은 최대한 빨리 길을 따라가고, 우린 너희 뒤를 따라가도록 해볼게. 알다시피 내가 추적꾼은 아니긴 하다만."

"하지만 내 말이 맞지?" 유스터스가 말했다.

"네가 길을 덜 잃기야 하겠지." 쇼티가 말했다. "그만큼은 인정해."

유스터스는 미소 짓고 손을 뻗어 아이에게 하듯 쇼티의 모자 쓴 머리를 툭 건드렸다.

"내가 죽거든 따라오는 동안 발견할 내 똥은 네가 챙기든가. 알아두라고."

그들은 악수하였고, 유스터스는 우리를 향해 씩 웃어 보였다. 윈튼은 손을 흔들었고 그들은 말을 붙들고 있는 우리를 남겨두고 떠나갔다.

그들이 시야에서 사라지자 쇼티가 말했다. "우리가 할 일은 저들이 앞서갈 시간을 주는 거야. 우리가 소 떼처럼 요란하게 뒤에 따라붙으면 안 되니까. 두 시간 지난 다음에 말 이끌고 따라가자. 지형이 적당하다 싶으면 말을 타고 계속 추적하고. 그러면 따라잡기 나을 거고 그 친구들이 패티를 기습할 시간을 줄 수 있겠지."

유스터스와 윈튼이 조용히 앞서가게끔 두 시간을 죽이려, 우리는 불을 피우고 흰콩과 소금 절인 돼지고기를 작은 냄비에 요리했다. 나는 옥수숫가루와 물로 간단한 반죽을 만들어 약간의 라드로 전부 붙여 버렸다. 아무리 튀긴 빵이라도 옥수수빵을 만들기에 아주 좋은 방법은 아니었다. 달걀을 반죽에 넣으면 훨씬 나아질 텐데. 요리를 하는 사이 돼지가 나타나 내가 빵 튀기는 것을 구경했다. 옥수숫가루가 좀 남았기에 갖고 있던 종이 포대를 뜯어내 바닥에 놓고 거기에다 옥수숫가루를 부어주었다. 돼지는 옥수숫가루를 먹고, 갈색 종이 포대까지 먹었다. 그냥 땅바닥에다 부어주는 게 나았을지도 모른다.

식사를 마친 다음 우리는 커피를 끓여 마시고, 불을 껐다. 쇼티가 회중시계를 꺼내 들여다보았다.

그러는 사이 스팟이 말했다. "총소리 하나 안 들려요."

"나도." 쇼티가 말했다. "하지만 벌써 패티를 따라잡을 시간이 되었을 리 없고, 놈이 그 친구들을 따돌렸을 수도 있지. 만약 그랬다면 빙 돌아서 우리에게로 올지도 모르겠다 싶은데."

그 생각은 미처 못 했지만, 이제 주위를 살피고 허리에 꽂은 권총에 손을 얹었다. 다시 총을 뽑아야 한다면 가늠자가 걸리지 않게 할 것이다.

"우리가 어디 있는지 알까요?" 지미 수가 말했다.

"아니겠지." 쇼티가 말했다. "도망에만 골몰하고 일종의 성역을 찾으려고 할 거야. 상처가 심하다면 그 생각뿐이겠지. 놈이 계획한 성역이 우리가 의도한 곳이 아닐 수도 있겠지만, 그래도 놈이 최선의 패야. 그게 실패하면 빅 티켓이 어딘지 가능한 잘 알아보고 그리 가서 염탐해야지. 길은 언제나 있어. 즉, 너무 맘 편히 유스터스의 추적 기술에 의존하지 않도록 하자."

"절대 그 양반을 호락호락 봐줄 맘 없는가 봐요?" 스팟이 말했다.

"나만큼이나 많이 허탕 쳐 봤으면 그런 말 안 할걸." 쇼티가 말했다.

바로 조금 전까지 그렇게나 패티를 경계하느라 신경 곤두세웠던 걸 생각하면 참 이상한 일이지만, 나는 왠지 다시 피곤해져서 나무에 등을 기대고 앉았다. 방금까지 기운 팔팔했는데 다음 순간 술꾼의 술잔처럼 텅 비어 있었다.

모자를 눈 위로 끌어내리고 꾸벅꾸벅 졸던 중 날카로운 딱 소리를 두 번 들은 것 같았다. 이어 세 번째, 마치 누가 나뭇가지를 밟아 부러지는 듯한 소리. 하나, 둘…… 그리고 셋……. 하지만 가까운 것 같진 않았다. 멀리서 나는 소리였다. 나는 누구 다른 사람도 알아챘나 보려 고개를 들고 모자를 젖혔으나, 모두 느긋하니 아무 소리도 듣지 못한 듯했다. 잠깐 궁리하다가, 내가 깜박 졸아 꿈을 꿨나 보다 했다. 돼지가 다가와서 내 옆에서 잠들어 있었고, 내가 나무에 기대어 있는 사이 자기 머리를 내 무릎에 올렸다. 나는 그 단단한 코 위에 한 손을 얹고 눈을 감고 다시 잠에 빠져들었다.

이만하면 충분히 기다렸다고 판단되자 쇼티는 우리를 깨웠고, 우리는 유스터스와 윈튼이 사라진 방향으로 말을 이끌었다. 흔적을 아주 분명하게 남겨놓아 나조차도 따라갈 수 있었다. 한동안 나무 사이를 지나고 나니 숲 한복판에 나무를 베어 만든 벌목 길이 나왔다. 사방에 나무 그루터기였지만 다이너마이트로 그루터기를 날려버린 넓은 길이 있었다. 이전에 존재했던 천연의 녹지와 닮은 점이 있다면 순전히 우연이었다. 활엽수가 쌓여 불타고 있었으며, 소나무는 모두 베여 목재가 되었다. 새들조차 노래하지 않았다.

넓게 나무가 베여나간 길을 따라 우리는 나아갔고 마침내 철제 우유 통 더미와 뒤집힌 고구마 바구니 몇 개 그리고 죽은 개와 맞닥뜨렸다. 중간 크기의 검은 개였고 고구마와 우유 통 사이에 쓰러져 있었다. 우유 통 몇 개는 뚜껑이 열려 우유가 쏟아져 개 피와 섞이고 말라붙은 고구마 더미에 고여 있었다. 개는 총을 맞은 듯했다.

이때 우리는 말을 타고 다른 말들을 끌고 가고 있었으나, 이걸 살피려 말에서 내렸다.

스팟이 길을 가리키며 말했다. "내가 탐험가는 아니지만서두, 저기 저 짐마차 자국은 꽤 최근에 났나 본데요."

나는 새로 난 바퀴 자국과 지난주에 난 자국을 구분할 수 없었지만 스팟은 상당히 확신하는 듯하기에 믿기로 했다. 쇼티도 마찬가지였다. 그는 말에서 내려 몸을 굽혀 살펴보고는 일어서서 주위를 둘러보고 고개를 끄덕였다.

우리도 말에서 내려서 이 상황을 이해할 단서를 찾아 주위를 두리번거렸다.

쇼티가 땅을 가리키며 말했다. "짐마차가 여기를 지나간 지 오래되지 않았고, 여기 사람들이 걸어간 흔적이 보여. 그리고 나중에 온 흔적들이 또 있고, 더 뚜렷하네. 이 흔적 중 하나는 유스터스고, 그럼 다른 하나는 윈튼이겠지. 부츠 굽 양쪽이 닳은 걸로 유스터스의 흔적을 알아볼 수 있지. 유스터스는 몸무게를 발 가장자리로 분산시키는 버릇이 있어서 항상 한쪽 굽이 다른 쪽보다 더 닳거든."

"아저씨는 추적꾼이 아닌 줄 알았는데요." 내가 말했다.

"아니지." 쇼티가 말했다. "하지만 유스터스한테 배웠어. 그 정도는 유스터스도 아니까."

"맞아요." 스팟이 말했다. "거기 그 흔적은 나중에 왔네요. 나도 진짜 추적꾼은 아니지만서도, 사슴은 가끔 쫓아봤거든요, 이건 알아보겠네."

지미 수가 말했다. "있지, 저 우유 아직 안 상했을지도 모르잖아, 나 좀 마시고 싶거든. 통 하나 열어도 될까?"

아직 뚜껑이 제대로 닫힌 통이 몇 개 있기에, 우리는 괜찮다고 동의했다. 나는 그녀를 도와 통 하나를 바로 세웠고 그녀는 스팟의 도움을 받아 뚜껑을 땄다. 우유는 아직 괜찮은 것 같은 냄새였지만 뜨뜻해져 가고 있었다. 우리는 가방에서 컵을 가져다가 우유를 떠 담았다. 내가 한 석 잔쯤 마셨을 때 쇼티가 다들 그만 마시라고, 우유가 더운 날씨엔 속에 잘 안 받고 말을 탈 때는 특히 그렇다고 했다.

지미 수는 좀 멀쩡한 고구마 몇 개를 주워 모아 자기 안장 자루에 쑤셔 넣었다. 그때, 우유 잔을 거의 입술까지 가져갔던 스팟이 말했다. "아, 젠장. 저기 봐요."

그는 컵을 내리고 가리켰다.

보니, 통나무 너머로 다리 하나와 맨발이 삐죽 솟아 있었다. 그리로 가 보니, 그 다리에는 남자 몸뚱이가 붙어 있었다. 백인 남자로 마흔 살쯤 되었고, 모자가 뒤틀려 얼굴을 모자에 틀어박았으며 그 모자가 땅에 눌려 있었다. 개와 마찬가지로 죽어 있었다. 돼지는 잠시 숲속으로 사라졌었지만, 이제 돌아와서 살펴보려 다가왔다.

쇼티가 말했다. "안 돼, 돼지야. 내버려 둬. 가서 개나 먹든가."

돼지는 남자를 내버려 두었으나, 개도 건드리지 않았다. 아마 도토리와 뿌리를 잔뜩 주워 먹고 배가 가득 부른 모양이었다.

"머리에 총을 맞았네." 쇼티가 말했다. "이제 어떻게 된 건지 알겠다. 패티가 말을 잃고 이 길로 가는데, 무슨 운명이었는지 짐마차에 우유와 고구마를 싣고 시장으로 가던 저 남자와 개가 온 거지. 패티가 남자와 개를 기습 공격한 거야. 아마 개가 놈을 물려 했든가 짖었든가 아니면 개가 위험할 거라 생각했겠지. 그다음 더 빨리 가려고 짐마차 뒤에 실린 상품을 몽땅 내던진 거야. 그 일을 마치고 길을 따라 떠났지. 윈튼과 우리의 전설적인 추적꾼 유스터스가 거기에 나타났고, 이제 말이 끄는 가벼운 짐마차를 유스터스와 윈튼은 도보로 쫓아가고 있는 판이네."

그제야 내가 아까 들었던 세 번의 딱 소리가 세 발의 총성이었으며, 이 남자와 개, 그리고 세 번째는 아마 빗맞은 것이겠구나 하고 깨달았다.

우리는 말에 올라 그들의 흔적을 쫓아갔고, 나는 매장해줘야 한단 말은 뻥긋도 하지 않았다. 그 살인마 놈을 따라잡고 싶을 뿐이었다. 무슨 이유에서든 누구든 살인하고, 가축에게나 개에게도 사람에게 하듯 모진 그런 사람은 살다 처음 보았다. 우유 통과 고구마를 내다 버린 건 말할 것도 없고.

17장

우리는 속보로 말을 몰았으나 달리진 않았다. 쇼티는 패티가 남긴 흔적을 추적 중인 유스터스와 윈튼과 곧 조우할 거라고 확신했다.

지미 수와 스팟은 뒤로 약간 처져 나란히 말을 타고 있었고, 어쩌다 보니 고구마를 어떻게 조리하는 방법이 최고인지를 두고 논쟁이 벌어져 있었다. 지미 수는 반 갈라 버터와 설탕을 올려 구워야 한다고 주장했고, 반면 스팟은 고구마에 포크로 구멍을 내서 조리하고 익으면 가른 다음 설탕과 버터를 더해야 한다고 단언했다. 또한 고구마튀김은 먼저 고구마를 우유에 잠깐 담갔다가 해야 한다는 논쟁도 있었지만, 본인들에게야 성경 해석만큼 중요할지 몰라도 그냥 대화일 뿐이라 나는 제대로 따라잡을 수도 없거니와 관심도 없었다. 그래서 쇼티 곁에서 가게 된 것이다.

이미 날이 더워지고 곧 겨드랑이에 고인 당밀처럼 끈적해질 참이라, 말들이 너무 일찍부터 지치지 않도록 속보를 그만두고 그냥 걷도록 하던 잠깐 사이였다.

나는 말했다. "여자는 모르겠어요. 지미 수를 모르겠어요."

"지금 충고해달라고 꺼낸 소리냐?" 쇼티가 말했다.

"아마도요."

"내가 사랑이나 그 구성 요소에 별로 긍정적이지 않은 사람인 건 알 테지. 완전히 담쌓은 건 아니다만."

"그럼 사랑에 빠진 적이 있어요?"

"욕망에." 그가 말했다. "젊은 시절 사랑과 욕망을 구분하길 어려워하던 때가 있었지, 둘 다 성교가 관련되니까. 그래도 거기엔 차이가 있을 테고, 당시엔 내가 느끼는 게 사랑이라고 생각했어. 이제는 타인에 대한 갈망은 보통 본인의 나약함이라는 걸 알지."

"설마 그렇게 믿는 건 아니죠."

"진짠데, 잭. 체리 윌슨이란 여자가 있었어. 지미 수처럼 매춘부였고, 그만큼 예뻤지. 그 여자도 나한테 상당히 감정이 있었다고 생각해. 문제는 남들 눈이었지. 남자와 길거리를 걷는데 남들 눈에는 어머니가 어린애 손을 잡고 가는 것처럼 보인다는 일이 그녀에겐 너무 감당할 수 없었던 거야. 한번은 뒤쪽에서 관계할 때 자세를 잡으려니 발 받침대 위에 올라서야 하더라고. 처량한 기분이었고 그녀는 더욱 그랬지. 처음부터 망한 관계였어. 그녀는 내 곁에 있고 싶었을 거야. 개인적 측면에서야 어두운 방에서 내 키는 문제될 게 없지만, 우리 로맨스에 길거리 데이트는 없었지. 우리를 볼 사람이 너무 많았어. 그녀는 난쟁이보단 차라리 애꾸에 절름발이 인 소문난 살인마와 함께 다니고 싶었을 거야.

　우리는 결국 헤어졌고 그 후 한동안 난 엉망이었어. 고주망태가 되어 매춘부를 샀지. 이런 말 하려니 부끄럽지만 그 여자들에게 모질게 대했어. 보통 사람들처럼 일자리를 구했지. 텍사스 중부에서 교역소를 했고. 험한 동네야. 텍사스의 막장 그 자체라. 내 가게는 도로변에 있었고 통행이 잦을 거라 확신했거든. 아니더라고. 오가는 사람들은 기차역을 지나는 다른 길을 택했어. 공짜 나귀를 얹어준다 해도 밀가루 한 통도 못 팔았을걸. 내 가게에서 소똥이라도 파는 것 같았다니까. 장사가 될 만큼 들르는 사람도 없는데, 사지도 않으면서 와서 포치에 앉아 정치 얘기하는 이들은 몇 있긴 했지. 평생 투표를 해보기나 했을까, 방법은 알까 싶긴 했지만. 그치들은 종교 논쟁도 좋아했는데, 보통 세례를 줄 때 성수에 담그냐 뿌리냐 하는 논란까지 가더라니까. 나한테는 중요하지도 않고 목적도 없는 차이 같았다만. 나를 구경하러 오는 작자들도 많았지만 뭘 사려는 마음은 없었지. 꼭 서커스에 있을 때 같았어.

　구경거리가 되는 데도 질려서, 어느 컴컴한 수요일 내 옷을 잡아벗기고 드레스를 입혀 춤추게 시키겠다는 놈한테 그 의사를 확실히 밝혔지. 드레스를 챙겨오기까지 했더라고. 멋진 드레스였고 눈부신 붉은색이었지만 내 취향은 아니지. 날이 괜찮았고 공짜 구두까지 딸려왔더라면 바지를 벗고 드레스를 입을 준비가 되어 있지 않다고 분명하게 말해줬을 텐데. 내 체격만 보고 만만하게 여기길래, 총으로 불알을 쐈더니 죽었어.

　법은 내가 과잉 대응했다고, 순순히 그 남자가 내 바지를 벗기
고 드레스를 입히게 뒀으면 훨씬 간단했을 거라고 믿고 싶어 하더
라. 나는 의견이 다르다는 견해를 고수했지. 결국 내가 목이 매달
리든, 거세되든, 그 드레스와 구두 차림으로 티파티를 하든 상관
도 안 할 주정뱅이 변호사를 법원에서 국선 변호인으로 지정해 주
더군. 그리고 티파티 하면 웃기지 않겠냐면서 자기도 보고 싶다고
농담하더라고. 내 능력을 과소평가하기에 뛰어올라서 주먹을 휘둘
러 한 방 먹였지. 그 일로 결국 도주하기에 이르렀고, 몇 년을 잡힐
지도 모른다고 생각하며 살았어. 법원에 불이 나서 내 체포 기록도
타버렸다는 걸 나중에 알게 되었지. 내가 하던 교역소는 나한테 드
레스를 입히려 하던 남자의 친척한테 넘어갔고, 그걸로 적절한 보
상이 되었다고 여긴 모양이야. 어차피 죽은 사람이 친척들 사이에
도 영 인기가 없었던 터라. 알고 보니 그 친척들 또한 여러 명이 억
지로 드레스를 입어야 했대. 몰랐는데 근방에서는 다들 알았던 모
양이야. 내가 불알을 터트려버린 남자가 본인도 드레스를 차려입
기를 좋아했고 여자 속옷, 특히 거들에 별난 취미가 있었나 보더라
고. 내 기록이 타버리기도 했지만, 빨간 깅엄 매춘부 드레스를 입
은 독불장군을 편드느니 이번에는 그냥 내가 도망쳐도 눈감아 주
려는 게 분명해 보였어. 그래서 지금 여기 이렇게 있는 거야. 진정
한 사랑이나 교역소는 없지만, 드레스나 조그만 구두를 입진 않았
지."

300

이 모든 것을 곱씹던 중에 저 앞에 유스터스와 윈튼이 길가에 흑인 소년과 앉아 있는 것이 보였다. 열서너 살쯤 되어 보였으나, 가까워지니 그보다는 나이가 많긴 했지만 그래도 소년이었고 키가 작고 마른 체격이었다. 아이는 한 손을 머리에 대고 입을 벌려 이를 내보이고 있었다. 우리가 다가가자 유스터스는 올려다보고 한 손을 들어 올렸다. 옆에 도착하자 지미 수를 제외하고 우리는 말에서 내려 살피려 다가갔다. 돼지 역시 다가왔고, 처음에 아이는 겁내는 거 같았으나 유스터스가 다독였다. 조금 후 아이는 돼지를 쓰다듬고 있었다.

"패티 짓이야." 유스터스가 말했다. "숲에서 나와 죽은 남자와 개, 그리고 쏟아진 우유를 발견했어. 짐마차 자국이 있기에 무슨 일이 벌어졌는지 짐작하기 쉬웠지. 패티. 우리는 놈을 쫓아왔어. 하지만 짐마차 짐을 다 내버렸으니, 가벼워져서 빨리 가고 있네."

"다 봤어요." 나는 말했다.

"길을 따라오다 보니 이 아이가 여기 앉아 머리를 감싸고 있더라고." 윈튼이 말했다.

"리빙스턴에 있는 시장 가는 길에 우유와 고구마를 싣는 걸 도우라고 고용됐대." 유스터스가 말했다.

"애가 말하게 둬." 쇼티가 말했다.

"말은 전부 했는데." 흑인 소년이 말했다. "짐마차 뒤에 팔 물건하고 같이 타고 있었더랬는데요. 드러스킨 씨와 그 개 부치는 마부석에서 노새를 몰았고요. 그러니까 드러스킨 씨가 몰았다고요. 개는 할 줄 모르죠."

"실망이네." 지미 수가 말했다.

"그러게." 스팟이 말했다. "그랬음 좋았을 텐데. 짐마차를 모는 개라."

"둘이 좀 닥치지?" 쇼티가 말했다.

아이는 다시 이야기를 이어갔다. "뚱뚱한 백인 남자가 숲에서 우리 쪽으로 오는 거예요. 라이플을 들고 있는데 딱 봐도 거칠어 보이고 얼굴은 시뻘게서 삶아서 버터 바를 가재 같더라고요. 바로 총을 쐈어요. 개를 먼저 쏘고, 그다음 드러스킨 씨를. 나는 짐마차에서 뛰어내려서 토끼처럼 토꼈죠. 나한테 쏜 총알이 머리를 스치고 갔어요. 바로 여기."

아이는 피투성이 손을 내렸다. 귀 위에서부터 뒤통수를 따라 얇은 홈이 곱슬곱슬한 머리칼 사이로 지나고 있었다. 불에 탄 풀밭에 난 밭고랑처럼.

"숲으로 들어가서 숨었어요. 한 시간쯤 거기 있다가, 살금살금 돌아가 보니 드러스킨 씨하고 개는 죽었더라고요, 그럴 거 같았어. 우유하고 고구마는 몽땅 내버렸고, 짐마차는 사라졌고. 그 사람 그 꼴을 해가지고 어떻게 갔는지 모르겠어요. 딱 봐도 심하게 다쳤던데. 하지만 짐마차를 빼앗아 몰고 가버렸죠. 나는 따라갔어요. 그 사람을 잡으려는 게 아니라, 이쪽으로 돌아오지는 않겠거니 했고 혹시 돌아오면 보이자마자 다시 토끼처럼 튀려고요. 그러다가 어질어질해서 총이 스친 걸 깨달았어요. 길가에 앉아 있는데 여기 아저씨 둘이 온 거고요. 저 아저씨들에게 방금 이대로 얘기했고. 돼지가 물지는 않겠죠?"

"갑자기 움직이지만 마."유스터스가 말했다.

"우리한테 남는 말이 있어, 네가 원하면."윈튼이 말했다.

"태워주신다면야 고맙죠."흑인 소년이 말했다.

"이제 필요하지 않은 말이야."윈튼이 말했다. "가져가서 타도 돼. 재갈이나 안장은 없지만, 나무로 재갈을 만들고 밧줄로 고삐 삼을 수 있겠지. 밧줄은 우리한테 좀 있을 거다."

"그럼 정말 고맙지요."흑인 소년이 말했다.

"리빙스턴은 얼마나 멀지?"쇼티가 물었다.

"이 길 따라 별로 안 멀어요."흑인 소년이 말했다.

"됐다, 그럼."유스터스가 말했다. "그 방향으로 가야겠네. 그리고 너무 서두르지 않는 게 좋겠어. 패티가 일당들과 합류했을 때 잡는 게 최선이겠지. 그러면 뱀을 모조리 한데 모으는 거잖아."

"그래."윈튼이 말했다. "하지만 뱀 한 마리는 호미로 충분히 죽일 수 있지만 한꺼번에 몰려 있으면 더 다루기 어려울 수 있어."

"리빙스턴에 가면,"쇼티가 말했다. "지미 수는 우리가 끝장낼 때까지, 아니면 저들이 우리를 끝장낼 때까지 있을 곳을 찾는 게 좋겠어."

"아닌데요."지미 수가 말했다. 그녀는 말에서 내리지 않았고 아직도 말 등에 앉아 우리를 내려다보고 있었다. "이만큼 왔는데 그만둘 생각 없어요."

"당신 일이 아니잖아요." 내가 말했다.

"너랑 나 함께 아니야?" 그녀가 말했다.

"그런가 봐요."

"그럼 괜히 지레짐작 말고 이제 알아둬."

바로 그때 내가 갖고 있던 모든 의혹은 날개가 돋아 저 멀리 내 생각이라는 하늘 밖으로 날아가 버렸다. 기분 좋게 말할 수 있었다.

"우린 함께죠."

"그럼 정리됐네." 지미 수가 말했다. "다 함께 그 악당들을 만나러 가자. 그 남자들을 쏴버리는 걸 구경할 생각 하니 좋은걸. 내 손으로 쏴버려도 좋고."

그 의혹의 새들 몇 마리가 돌아와 내 머리로 다시 들어왔고, 어쩌면 다른 날갯소리도 들리는 것 같았다.

"우린 친구지?" 윈튼이 지미 수에게 말했다. 그녀와 경험이 있는 터라, 자신이 어떤 쪽으로 분류되어 있는지 알고 싶었던 것 같았다.

"당신은 괜찮은 쪽이었죠." 그녀가 말했다.

"나는 안 듣는 게 낫겠는데." 내가 말했다.

"아휴, 넘겨버려." 지미 수가 말했다. "나는 너를 위해 다른 사람들을 다 포기했고, 넌 이제 나를 다르게 생각하도록 해야 해. 안 되면 너랑 나는 더 같이할 필요가 없지. 생각 좀 해봐, 잭. 진지하게 생각해. 나는 너한테 강한 감정이 있지만 그건 시들 수 있어. 나 같은 여자는 이사할 짐이 그렇게 많지도 않고."

"넌 어때, 스팟?" 쇼티가 물었다. "이 문제에 대한 네 입장은?"

"저야 그냥 오 달러 받으려고 온 건데요." 스팟이 말했다. "총싸움, 칼싸움, 주먹 싸움에는 안 껴요. 그러니 아직 생각 중이고 확실한 건 아무것도 없네요."

"그래." 쇼티가 말했다. "하지만 급하게 결정을 내려야 할 수도 있어."

우리는 이름조차 묻지 않은 흑인 소년에게 말 한 마리를 주었고, 아이는 결국 리빙스턴에는 가지 않기로 하고 왔던 길로 돌아갔다. 우리는 다시 말에 올라 길을 나섰고, 돼지는 우리와 함께 바지런히 걸었다. 지미 수는 내 옆에서 말을 몰았고 나는 그녀가 한 말을 생각했다.

우리가 쫓는 짐마차는 바퀴 하나에 흠이 있어서 붉은 진흙 길에서 다른 흔적과 분명하게 구분이 되었으나, 길이 군데군데 단단해지는 곳에선 흔적이 가끔 사라지곤 했다. 다만, 대부분 길이 더위에 마르고 부드러워져 붉은 고춧가루 같았다. 바람이 불면 마른 붉은 진흙이 날려 코와 눈에 들어가고 온통 붉은색의 고운 가루가 뒤덮었다. 지미 수는 그게 내 머리카락 색과 어울린다고 말해주었다.

생각만큼 리빙스턴이 가깝진 않았으나 그날 해가 저물 무렵이 되어 그곳에 도착했을 때는 우리 모두 지치고 흙이 두껍게 더께가 앉아 있었다. 시라고 할 만한 정도는 아니었으나 우리 각자의 고향보다는 컸고 더 잘 운영되고 있었다. 쇼티는 너무 교회가 많이 들어서는 바람에 온갖 재미가 다 빠진 곳이라고 했다. 그곳이 조금 더 편안하긴 했지만, 솔직히 노 엔터프라이즈에서 맛본 죄악은 그렇게 불편하지만은 않았다. 어느 면에서 죄악은 커피 같았다. 어려서 커피를 처음 맛보았을 때는 쓰고 고약했지만, 나중에는 우유를 조금 넣으니 좋아졌고, 그다음으로는 블랙에 맛을 들였다. 죄악도 바로 그랬다. 처음엔 약간의 거짓으로 달콤하게 하고, 나중에는 길이 들어 곧장 들이킬 수 있게 되는 것이다. 나는 그저 거기까지 가고 싶진 않았다. 계속 우유를 넣어 마시고 싶었다. 그리고 지미 수와 내가 하는 일을 죄악이라고 여기기가 점점 더 힘들어지는 현실이 있었다.

리빙스턴에 도착했을 즈음엔 나는 안팎을 홀딱 뒤집어 소금에 절어 시들해진 개밥이 된 기분이었다. 말에 제대로 붙어 있기조차 힘들었다. 우리는 말 보관소로 향했고, 윈튼이 안에 들어가 관리인과 얘기해서 뒤쪽에 있는 작은 오두막에서 머무르기로 했다. 바닥에 건초가 깔리고 상당한 양의 말똥이 있는 곳이었다. 갈퀴와 커다란 삽을 받아, 우리는 청소에 나섰다. 아마 그곳에 묵을 수 있게 허락받은 대가였을 것이다. 우리 모두 얼른 끝내고 싶은 마음이 굴뚝같았기에 보통 예상할 만한 것보다 금방 끝났다. 깨끗이 치우고 나자, 윈튼이 외바퀴수레로 말 보관소에서 건초를 날라와 바닥에 깔았고, 그다음 내가 교대해서 가져왔다. 돌아가며(심지어 지미 수조차 하겠다고 나섰다) 몇 번 건초를 나르니 오래지 않아 축축하고 더럽던 바닥에 건초가 깔려 깨끗한 냄새가 나고 보송해졌다.

관리인은 우리 말을 데려가 안장을 내리고 곡물과 물을 주었으며, 우리는 오두막에 침낭을 깔고 자려고 누웠다. 지미 수는 내 옆에 자리를 깔았고 우리는 가볍게 끌어안았다. 그녀와 얼굴을 맞대고 나는 그녀의 냄새에 익숙해졌음을 알았다. 사창가를 떠난 이후로 목욕을 하지 않았어도 그녀에게선 좋은 냄새가 났다. 그녀에게선 자연적으로 달콤한 냄새가 났고, 그 체향이 건초 냄새와 근사하게 어우러졌다.

얘기하다 보니 상사병 걸린 코요테같이 들리겠지만, 그때의 나는 그랬기에 마저 이어가기로 하겠다. 우리는 잠들었고, 깊고 곤한 잠이었다. 캔자스로 가려 농장을 떠났다가 일이 꼬인 이후로 제일 잘 잤다.

깨어 보니 밤이었다. 모두 잠들어 있었다. 쇼티만 제외하고. 오두막 문이 열려 있었고 쇼티는 뒤집은 양동이 위에 앉아 달빛 속에서 시가를 피우고 있었다. 무릎엔 트웨인의 책이 놓여 있었다. 담배 타는 냄새가 났고 그가 몸을 돌려 나를 보았다. 그는 누가 뒤척이면 항상 아는 듯했다. 나는 아무 말도 손짓도 하지 않았다. 그냥 다시 지미 수에게 바싹 붙어 도로 잠들었다.

더워서 잠에서 깨어났다. 아마 그래서 밤사이 나와 지미 수가 떨어지게 되었던 모양이었다. 그녀는 바로 누워 눈을 감고 입을 벌린 채 숨소리를 내고 있었다. 모두 뒤척거리기 시작했다. 스팟은 보이지 않았다. 쇼티는 아직 문간에 있었지만, 위치는 바뀌어 있었다.

나는 일어나 앉아 오두막 벽에 등을 기댔다. 내가 묻지 않아도, 부츠를 신던 윈튼이 말해주었다. "스팟은 카페에 우리 먹을 거 사러 갔어. 내 안장 자루에 아직 비스킷이 좀 있긴 한데, 오늘 아침에 깨물어 보니 이도 들어가지 않더라. 완전히 딱딱해졌어. 물에 담가 보려 하다가 생각해 보니 우리 모두 아침 먹을 돈 정도야 충분하지 싶어서. 이다음부터는 풀을 뜯어야겠지만. 이제 동전 하나밖에 없는데 이건 비상사태를 대비해 남겨두려고."

유스터스도 부츠를 끌어당겨 신고 있었다. 그가 말했다. "아직까지 비상사태를 겪어보지 못했으면, 비상사태가 닥쳐도 알아보지 못하는 거 아니냐."

윈튼이 그를 향해 씩 웃었다.

스팟은 금속 양동이 두 개를 들고 돌아왔다. 양동이 위에는 얇은 하얀 수건을 덮어두었다. 오두막 안에서 스팟이 수건을 벗기자 한쪽 양동이 안에는 달콤한 냄새가 나고 구름처럼 부풀었으며 민들레처럼 결이 살아 있는 비스킷이 쌓여 있었다. 그 아래에는 또 다른 수건이 있었고 아래에선 소시지 더미가 나왔다. 거기서 나는 냄새가 너무 강하고 좋아서 그 작은 오두막의 천장까지 둥실 떠오르는 기분이었다. 비록 덧붙이자면 그렇게 높은 천장은 아니었지만. 그 안은 좁았다.

돼지는 내가 남긴 오래된 옥수숫가루를 조금 먹었다. 우리가 먹기 전에 내가 돼지에게 주었다. 비스킷도 물론 괜찮겠지만 우리는 돼지에게 비스킷을 나눠주기엔 너무 식탐이 많았고, 소시지를 돼지에게 주는 건 그야말로 잘못된 일 같았다. 돼지는 우리가 음식을 나누기도 전에 옥수숫가루를 냉큼 먹어 치웠다.

다른 양동이에는 커피 주전자와 두껍고 단단한 컵 몇 개가 들어 있었다. 우리는 옥수수밭에 풀어놓은 돼지처럼 열심히 아침을 먹고 커피를 마셨다. 식사를 마치고 커피 한 방울까지 전부 마시고 나자, 윈튼이 말들을 살피러 갔다.

돌아왔을 때 남은 것은 한 사람당 말 한 마리씩이었다. 그는 교역소에서 데려온 남은 말들을 팔아 우리 숙박비를 내고 남은 돈을 주머니에 챙겼다.

물자를 확인해 보니 무기 총탄은 충분했고, 쇼티는 전원 칼을 지참하게 시켰다. 몇몇은 이미 갖고 있었고 일부는 잡화점에서 샀다. 비록 윈튼은 자기 돈도 아닌 일 달러를 내주기 아까워하는 은행가처럼 주저하긴 했지만.

다음으로 한 일은 윈튼과 쇼티가 술집에 잠시 들어간 샛길에서 기다리는 것이었다. 기다리는 시간이 예상보다 길어져, 우리는 술집 앞에 세워져 있는 커다란 금속 고리가 달린 기둥에다 말들을 묶었다. 우리는 길가 판자에 앉아 기다렸다. 지미 수는 내 옆에 앉아 나랑 팔짱을 끼고 고개를 내 어깨에 기댄 채 조금 더 잤다. 그녀에 대해 알게 된 것 한 가지는 잠자기를 좋아하여 남들의 직업정신 수준으로 임한다는 것이었다.

그녀가 자는 사이 나는 거리를 오가는 말 탄 사람들과 자동차를 구경했다. 자동차에 말이 펄쩍 놀라 탄 사람이 떨어지는 바람에 언쟁이 벌어졌다. 차에서 남자가 내렸다. 남자와 말 탄 사람은 서로 삿대질하며 나한테 욕설 공부를 제대로 시켜주었다. 기독교인으로

서 인정하기 싫지만 그 어휘 몇 가지를 나중에 써먹으려 간직해 두었고 그중 하나는 너무 심해서 머릿속에서만 쓰기로 내 자신과 약속했다.

그러는 내내 돼지는 우리 발치에 누워 코를 골고 있었다. 아니, 꿀꿀대고 있었다. 돼지는 참 크기도 했다. 사람들이 연이어 구경하러 다가왔고, 어떤 남자는 우리한테 이 돼지를 사겠다며 돈을 줄 테니 뜨거운 물에 넣었다가 털을 뽑고 해체하는 걸 도와달라 했지만 우리는 거절했다. 돼지는 꿈쩍도 하지 않았다. 지미 수와 마찬가지로 돼지도 자는 걸 즐겼고, 우리가 목을 베어 팔아버려도 까맣게 모를 정도였다. 나는 유스터스에게 그렇게 말했다.

"우리를 믿지 않으면 저렇게 자지 않을걸." 유스터스가 말했다. "보통은 좀 더 정찰꾼 타입이야. 너하고 지미 수를 정말 좋아하나 보다."

한 시간쯤 지나고 나자 윈튼과 쇼티가 술집에서 나왔다. 윈튼은 폭풍 속에 갑판 위를 걷는 선원처럼 휘청거렸고 하마터면 판자길에서 떨어질 뻔했다. 천만다행으로 쇼티가 그를 붙들어 보기보다 훨씬 힘이 세다는 것을 보였다.

"난 너희들이 다 들어간 줄 알았는데." 유스터스가 말했다.

"정보 수집 임무를 수행 중이었지." 쇼티가 말했다. "그 과정에서 윈튼이 술을 사는 게 예의겠다고 생각하고 자기도 좀 마셨단 말이야."

"좀?" 스팟이 말했다. "무슨 바다를 다 들이키려 한 물고기 같은데요."

"그래." 쇼티가 말했다. "하지만 이 바다는 최소한 도수가 50도라고."

판자길에 앉아 있던 윈튼이 몸을 숙이고 길거리에다 토했다.

"아침 잘 먹은 걸 날렸네." 쇼티가 말했다.

나는 쇼티 근처에 있었는데, 비록 취하진 않았지만 그 역시 바다를 일부 들이켰음을 알 수 있었다.

"알게 된 바로는 우리가 찾는 그 일당은 인디언 보호구역 근처에 있을지 모른대. 좀 더 들어갔을지도 모르지만 아무튼 근처에. 거기 깊은 숲속에 자기들 캠프가 있고, 컷스로트와 니거 피트뿐만 아니라 더 있을 거래, 예상대로지. 하지만 그렇게 엄청난 숫자는 아닐 수도 있겠다. 사실, 진작 알던 것보다 딱히 더 알게 된 것도 없어."

"그럼 이제 뭘 알게 된 거죠?" 내가 물었다.

"제일 먼저 할 일은 우리 중 얼마나 계속 갈지 확인하는 거야. 유스터스와 윈튼 그리고 나는 할 거고, 잭 너는 이 모든 일을 시작한 장본인이니 하겠지. 지미 수는 우리와 함께 있겠다고 의사 표시를 했으니, 스팟만 남는가 본데. 이제 우리랑 얼마나 친해지고 싶은지 결정해야 해, 스팟, 그리고 그 오 달러가 얼마만 한 가치인지도."

"총을 맞게 될 수도 있나요?" 스팟이 물었다. 그는 판자길에 앉아 잡화점에서 산 새 나이프를 시험할 겸 심심풀이용으로 갖고 다니는 막대기를 깎고 있었다. 그 질문을 할 때 스팟은 고개를 들지 않은 채였다.

"상황이 꼬일 수 있지." 쇼티가 말했다.

"내가 총을 맞을 수도 있단 소리네요." 스팟이 말했다.

"맞아." 쇼티가 말했다.

"총에 맞긴 싫지만, 돌아가서 감방 치우고 요강이나 비우기도 싫거든요. 그냥 정보 제공한 돈만 챙겨 아무 데나 갈까 싶기도 하고. 개죽음할 이유가 없으니까. 벌써 생각보다 더 어려운 상황에도 처해 봤고."

"너한텐 국물도 없어." 원튼이 말했다. 그는 아침을 토해낸 후 훨씬 상태가 나아져 고개를 들고 있었다.

"돈 주신다면서요." 스팟이 말했다.

"그런 뜻이 아니라." 원튼이 말했다.

"돈 줄 거야." 쇼티가 말했다. "하지만 솔직히 말하면, 우리 임무를 마칠 때까지는 우리가 가진 돈 전부가 필요해. 식량과 탄약이 더 필요할 수도 있고. 너는 여기서 우리가 돌아올 때까지 기다렸다가 현상금을 좀 받을 수 있을지 확인할 수 있겠지. 시간이 좀 걸리겠지만 보안관이 돈 줄 거다. 놈들 수배 전단이 이스트 텍사스 전역에 널렸는걸."

스팟은 그 제안을 곰곰이 궁리했다.

"같이 가는 게 낫겠네요. 내가 기다리는데 아저씨들이 죽으면, 나는 확실히 모르니까 여기서 또 요강 비우는 일이나 찾게 되지 싶고. 배를 곯을 수도 있고."

"우리가 죽지 않으면 너한테 오 달러 챙겨줄 거야." 쇼티가 말했다.

"지금 줄 수도 있으면서." 스팟이 말했다.

"그렇지." 쇼티가 말했다. "하지만 그러지 않을 거다. 말했듯이 그 돈이 필요할 수도 있어서."

"좋아요, 그럼." 스팟이 말했다. "같이 가요, 하지만 가능하면 난 장판에는 안 껴요. 어디 숲에서 기다리든가 할게요."

"그건 괜찮지." 쇼티가 말했다.

"저 안에서 만난 절름발이 친구가 그자들이 어디 있는지 좀 안대." 윈튼이 말했다. "나중에 마구간에 와서 말해준다고. 술집에서는 우리하고 길게 얘기하는 모습을 보이기 싫다더군. 누가 볼지 모르니. 컷스로트에게 얘기가 들어갈까 두려워하더라고. 놈을 엄청나게 겁내는 것 같던데. 아, 젠장. 기분이 너무 끔찍한데."

"아직 취해서 그래." 유스터스가 말했다. "그랬음 좋겠다."

"그럴 만도 하지." 쇼티가 말했다.

그 절름발이 친구가 온다던 나중은 늦은 오후였다. 체구가 작은 남자였는데, 물론 쇼티만큼 작지는 않았다. 고민이 가득한 자루 같은 얼굴을 하고 있었다. 남자는 오두막으로 우리를 만나러 왔다. 걸을 때 다리를 많이 절었고 여자와 함께 왔다. 여자는 체격이 좋았으며 검은 옷차림에 모자에 달린 베일을 내려 얼굴을 가리고 있었다. 일반적인 베일이 아니라 천에 가까웠다. 앞을 볼 수 있게 눈 있는 데가 트여 있었다.

남자가 들어와 바닥에 앉았다. 쇼티는 양동이를 가져다 뒤집어 여자가 앉을 수 있게 했다. 우리는 여자 주위 근처에 둘러앉았고, 지미 수가 제일 가까웠다. 유스터스는 돼지를 살살 달래 구석에 가만히 있게 했다. 일반적으로 돼지는 구석을 좋아한다. 보통 그 구석에다 변소마냥 볼일을 보고, 우리 안 나머지 구역은 가능한 한 깨끗하게 유지한다. 저 돼지에게는 우리는 없지만, 건초 깔린 구석 쪽에다가 똥을 싸놓았고 내가 막 그걸 치우고 새 건초를 깔아놨을 때 작은 남자와 여자가 찾아온 것이다.

남자가 말했다. "여러분이 맞설 상대에 대해 말씀드리는 게 좋을 거 같아서요, 만만한 상대라고 얕볼까 걱정이 돼서."

"그런 생각 한 적 없습니다." 쇼티가 말했다.

"그래요." 작은 남자가 말했다.

"이름이 기억 안 나는데." 쇼티가 말했다.

"말을 안 했으니까, 에프렘이고요."

"좋아요, 에프렘." 쇼티가 말했다. "컷스로트가 얼마나 못된 작자인지 알리고 싶은 마음은 이해하겠는데, 우리가 알고 싶은 건 어디 숨어 있느냐라서."

아직 술기운이 채 가시지 않은 윈튼이 말했다. "그리고 저 여자는 무슨 일로 여기 왔는지 그리고 어쩌다 저런 마스크를 쓰고 있는지도 알고 싶은데."

에프렘이 고개를 끄덕였다. "여러분이 들어가기 전에 말해두는데. 정확히 어디 있는지는 모르고 대략적인 방향만 알려줄 수 있어요."

"그 정도 정보는 저희도 있어요." 내가 말했다.

"그쪽에 있는 것보단 구체적이지." 에프렘이 이어 말했다. "최소한 내 생각으로는. 하지만 컷스로트 빌에 대해 먼저 얘기하지 않고서 방향을 알려줄 순 없군요. 여기서 3킬로미터쯤 떨어진 곳에 우리 농장이 있는데, 이 년 전쯤 어느 날 문득 보니 그 사람들이 오고 있었어요. 남자 세 명이었지. 말을 타고 농장에 와서는 말들에게 물 주고 자기들도 마시게 우물 좀 써도 되겠냐고 묻더라고. 우리야 꺼릴 게 없어서 그러라고 해서 그 사람들은 말들한테 물 주고 마셨고, 여기 내 동생 엘라가 뭐 먹을 거라도 좀 만들어 드리겠다고 했지. 그중에 젊고 외모 제법 반반한 놈이 동생 눈에 들어왔던가 봐요. 맞냐, 엘라?"

엘라가 고개를 끄덕였다.

"그래서 남자들이 저녁을 대접받아 먹고 나니 술을 찾는데, 우리 집엔 술이 없었거든. 그쪽에선 의료용으로라도 좀 있지 않겠냐 그러고. 하지만 정말 없었어요. 우린 술을 안 마셔서. 그중에 뚱뚱한 사람, 저들끼리 패티라고 부르던 사람이 일어나서 밖으로 나가더니 작은 병을 갖고 돌아왔단 말이지. 자기들한테 술이 좀 있었는데 우리 위스키를 마시고 싶었던 거죠. 하지만 우린 술이 없었으니까. 그러는 내내 예의 바르긴 했는데, 어째 일이 굴러가는 방향이 영 마음 불편하더라고. 술을 마실수록 남자들은 더 시끄럽고 소란스러워졌고, 그러다가 젊은 남자가 자기한테 카드가 있는데 우리한테 보여주고 싶대. 자기 셔츠 주머니에서 카드를 꺼내더군요. 다

벌거벗은 여자 그림 카드였고. 그걸 보고 내가 그랬지, '왜 그걸 보이나? 내 여동생이 이 자리에 있는데.' 그러니까 그 젊은 남자는 그냥 웃기만 하고, 그쯤 되자 엘라의 호감도 시들었고. 남자가 엘라더러 카드를 보고 싶지 않냐는 말을 하기에, 내가 동생한테 그런 거 보이지 말았으면 한다고 했어요. 갑자기 남자가 일어나서 불쏘시개로 쓰려 벽난로 옆에 둔 도끼를 번쩍 들어 내 발을 내리찍더라고. 그래서 내가 다리를 저는 거요. 내 발가락을 싹둑 잘라냈지. 난 쓰러졌고, 솔직히 말할게요. 기절했어요. 정신을 차려보니 놈들이 엘라의 옷을 벗기고…… 괜찮아, 엘라."

엘라는 우리를 보지 않으려 고개를 돌렸다.

"이분들께 말씀드려야 어떤 상황에 발을 들이는지 알지. 그자들이 동생의 옷을 벗기고…… 함부로 했고, 그 젊은 놈은 계속 다른 놈들에게 자기가 첫 차례로…… 음, 개통해야 한다고."

"알아들었어요." 유스터스가 말했다.

"이 일은 진짜 입에 담기 싫고, 유색인 앞에서는 더욱 힘드네." 에프렘이 말했다.

"내가 나가도 되는데요." 유스터스가 말했다.

"아뇨." 쇼티가 말했다. "안 돼. 백인 귀에 담아도 될 거면, 흑인 귀도 마찬가지지. 피부색이 듣는 걸 바꾸진 않습니다."

에프렘이 고개를 끄덕였다.

"그 말이 맞겠지요. 벽난로 선반 위에 걸어둔 라이플을 가져오려 했지만 이 발 때문에 제대로 움직일 수가 없었고, 놈들이 나를 불

들더니 이미 엘라와 자기 차례를 마친 컷스로트가 와서는 내 발을 끌고 벽난로로 가는 거야. 콩 요리를 하느라 불을 피웠거든. 내 발을 거기 집어넣어 거의 다 태우다시피 했고 그러는 사이 그 뚱뚱한 남자는 내 머리를 깔고 앉아 있었지. 이번엔 기절하지 않았지만 차라리 그랬으면 싶었지. 문제는, 그 이후로 내가 한동안 완전히 겁쟁이였다는 거요. 아무것도 할 수 없고 하지도 않았어. 젊은 놈이 자기가 첫 번째가 아니었다고 하도 불평을 해대니까, 컷스로트가 놈에게 처녀를 되돌릴 순 없으니까 남은 껍데기를 갖고 하라더라고. 미안해, 엘라. 하지만 그게 그자가 한 말이라서요."

"그만해도 됩니다." 쇼티가 말했다.

"나야 그럴 수 있고, 그러길 원하지만, 엘라가 여러분에게 들려주고 싶어 했어요." 에프렘이 말했다. "마음의 짐을 덜고 싶은가 봐."

"계속하세요, 그러면." 내가 말했다.

지미 수가 엘라 곁으로 다가가 양동이 옆 건초에 앉아 가만히 엘라의 손을 잡았다. 엘라는 그러도록 두었다.

"젊은 남자가 엘라를 뒷방으로 끌고 들어가고, 다른 놈들은 나하고 불가에 앉아 그 병에 둔 술을 마시고 있었지요. 그날 처음 만났을 땐 빌이라고 자기소개했던 컷스로트 빌은, 자기가 어렸을 때 어머니가 애초에 자길 원하지 않아서 없애려 했다고 그랬다나. 그 뚱뚱한 자가 말하더군요. '그건 너네 아버지인 줄 알았는데.' 컷스로트가 말했죠. '언제 얘기하느냐에 달려 있지.' 내 짐작엔 그 얘기 대부분은 진실 같았고, 말하는 걸 듣고 있자니 누군지 알겠더군요.

소문을 들어 알고는 있었지만, 그 목 주위에 있는 흉터를 보고도 별생각 없었어요. 그저 사고를 당했나보다 했지. 다른 원인일 거라 고는 생각하고 싶지 않았지. 그가 어릴 때 도둑이 그랬다고 들었어 요. 싸구려 소설에서 컷스로트 빌 이야기를 읽었는데 아마 거기서 봤지 싶어요. 하지만 빌 말로는 목을 아주 천천히 그어서 다들 그 가 죽을 줄 알았는데 죽지 않았다더군요. 아주 엄청나게 아팠다고. 그 당시에, 발이 아파 쓰러진 채 움직일 수도 없고 말할 수도 없었 던지라 무슨 뜻인지 나도 알 만했죠. 빌이 그러더군요. '있지, 그게 참 이상하단 말야, 처음엔 하나도 안 아팠거든.' 직후에 약간 따끔 했고, 그다음 출혈 때문에 힘이 빠졌지만 상처를 지혈하고 어머니 가 일자 면도칼로 깊게 베지 않아서 살아남았다고. 그러더니 말하 더군요. '있지, 사실 우리 어머니가 한 게 아니었어. 악마가 저지른 짓이야. 내 영혼을 원하는 악마. 그리고 이거 알아? 놈은 그걸 가져 갔지.'

그러더니 갑자기 입을 다물고는 주머니에 손을 넣더니, 면도칼 을 꺼내서 성큼 다가와서 불에 타고 잘린 내 발을 붙들고는 살점을 썰어내기 시작하는 거요. 워낙 기력이 없었고 너무 빨리 일이 벌 어져서 난 아무것도 하지 못했지. 무슨 일인지 알기도 전에 끝나버 렸지만, 조금 지나니 무슨 일인지 아주 확실히 알겠더군요. 그 발 의 통증이 그야말로 격렬해서. 난 다시 기절했고. 왜 나를 죽이지 않았는지는 모르겠지만, 그 일 도중에, 내가 기절하기 직전에 빌은 일어나서 침실로 들어갔어요. 그 이후 일은 까맣게 모르지만 정신을 차려보니 놈들은 사라졌더군요. 현관문이 열려 있고, 집안은 다 뒤집어 놨고. 내 라이플하고 이것저것 물건이 사라졌고, 나중에 보니 우리가 침대 밑 우유병에 모아둔 돈하고 들보 위에 숨겨둔 돈도 도둑맞았더군요. 깨어났지만 걸을 수가 없었어요. 컷스로트 빌이 바닥에 던져놓은 도끼 있는 데까지 기어가서 그걸 챙기고, 다시 기어서 뒷방으로 향했죠. 무슨 일이 있었는지 왜 그랬는지는 모르겠는데. 그 젊은 남자가 침대에 엎드려 있었지만 얼굴은 내 쪽을 향해 돌리고 있었어요. 눈을 뜨고 있었고 피가 침구에 흠뻑 배어 있었지. 바지가 발목까지 내려가 있고. 엘라는 보이지 않았어요. 바닥에 있는 채 손을 뻗어 남자를 끌어내렸더니 등을 바닥으로 해서 떨어졌고 보니 목이 칼로 그였더라고. 사실 거의 머리가 떨어져 나갈 지경으로. 무슨 이유였는지 빌이 그 남자에게 화가 나 뒤에서 다가가 목을 그어버린 거지. 그 남자를 쳐다보고 있는 사이 무슨 소리가 들리길래 침대 아래를 들여다봤더니…… 거기 엘라가 있더군요. 동생이 입을 벌렸고, 그 즉시 혀가 잘린 게 보였어요."

"세상에." 윈튼이 말했다.

"엘라?" 에프렘이 말했다.

엘라가 마스크 아래쪽을 붙잡고 들어 올렸다. 과거에는 굉장한 미인이었음을 알 수 있었으나, 이제 입이 양쪽으로 찢어져 입가에서부터 양쪽 귓가까지 두꺼운 흉터가 자리하고 있었다. 그녀가 입을 벌려 보이니 혀뿌리만 남아 있었다. 작은 물고기 꼬리처럼 혀가 꿈틀거렸다. 나는 인간은 거의 똑같다고 했던 쇼티의 말을 생각했다. 인디언, 백인, 무엇이든 간에. 그럴 생각은 아니었지만 나는 윈튼을 쳐다보고 그들이 그에게 한 짓을 보고, 그리고 다시 그녀를 보았다. 인간이 아니라 차라리 매가 되고 싶었다. 살육에 있어 일종의 고결함을 갖고 있으며, 먹거나 생존하기 위해 하지 장난이나 복수 또는 내면의 썩은 욕구를 충족하기 위해서 그러지 않는 무언가가.

엘라가 입을 다물고 얼른 마스크를 내렸다. 그래 주어서 다행이었다.

"놈은 그냥 총과 면도칼을 든 악당이 아니란 거죠." 에프렘이 말했다. "사악한 존재야. 목이 베인 사연은 어느 게 진짜인지 모르겠고 어쩌면 본인도 모를지 모르지만, 이건 확실히 말해둘게요. 놈은 잘못 건드리면 큰일 나. 그냥 이대로 떠나고 싶을 수도 있겠지. 나는 여러분이 그러지 않기를 바라요. 여러분이 놈을 추적해 죽이고, 뭔지 몰라도 놈이 치러야 할 대가를 치르게 했으면 좋겠어, 그러면 우리 몫의 대가도 치르는 셈이 될 테니까. 하지만 어떤 자인지 모르고 어떤 일이 벌어질지 모르는 채로, 그리고 여러분에게 승산이 없는 채로 그냥 보낼 순 없더라고."

"이해하는데." 쇼티가 말했다. "우리는 무슨 일이 있어도 놈을 찾기 위해 진지하게 나선 겁니다."

"어디 있죠?" 유스터스가 말했다.

"내가 할 수 있는 말은 남서쪽이고 티켓 안에 있다는 거요." 에프렘이 말했다. "제재소에서 몇 킬로미터 떨어지지 않은 곳에 집이 있어요. 주도로를 따라 내려가면 그 제재소가 나오는데, 거기서 멀지 않아. 그 이상은 말 못 해. 그만큼도 주워듣고 안 거라."

"그럼 실제로 아는 것도 별로 없네," 윈튼이 말했다. "항상 직접 그놈을 잡으러 가고 싶었던 모양이네. 그 이야기로 우리를 부추기려 한 거야. 도움이 될 만한 방향은 전혀 알려주지도 않았고. 우리가 모르는 건 하나도 못 들었는데."

"그래요." 에프렘이 말했다. "그 말이 맞는 것 같네요. 놈들은 우리 삶을 망쳤어요. 난 일도 제대로 못 해요. 조그만 채소밭을 가꾸고 닭 몇 마리나 키우죠. 우리 엘라는 결혼하긴 틀렸어요. 동생과 내겐 죽을 때까지 살아가는 것 외엔 아무것도 없다고. 그래요, 여러분이 놈을 해치웠으면 좋겠습니다."

"굳이 절 설득할 필요 없어요." 나는 말했다. "놈이 제 여동생을 데리고 있거든요."

"오, 세상에." 에프렘이 말했다.

"말하지 않아도 돼요." 나는 말했다. "전 동생이 무사하다고 믿을 거니까."

"그럴 수도 있겠지." 에프렘이 말했다. "컷스로트에겐 일관성이란 게 없으니까. 가끔은 자기가 뭘 할 계획인지 모르는 것 같아. 법은 그에겐 아무 의미가 없고 전혀 두려워하지도 않고."

"주님을 믿고 동생이 무사하리라 여겨야죠." 내가 말했다.

"컷스로트가 우리 집에 왔던 그날 밤 내가 기도를 안 했을까? 놈이 내 발을 도끼로 찍고 불에 넣고, 구이처럼 살점을 썰어낼 때 내가 기도를 안 했을까? 내가 안 했을 거 같아? 엘라가 그들과 방에 있을 때 내가 기도를 안 했을까? 안 했을 거 같아?"

"하셨겠지요."

"짐작하고 말 것도 없어." 에프렘이 말했다. "했으니까. 그리고 엘라를 살려주신 하나님께 감사드릴 수도 있겠지. 하지만 그러다 보면 애초에 우리한테 무슨 억하심정을 품으셨을까 싶은 거야. 우리는 착하게 자랐고, 교회가 열 때마다 갔어. 하지만 이거 아냐, 얘야. 나는 그 이후로 교회 안 갔어, 우리 둘 다, 그리고 다시는 갈 생각 없고."

뭐라 대답할 말이 없었다.

"네 동생이 무사하기를 바란다." 에프렘이 말했다. "정말이야. 그럴 수도 있고. 말했다시피 컷스로트는 일관성이란 없으니까. 뭘 할지 전혀 알 수가 없거든. 그 젊은 남자는 컷스로트와 사이가 틀어졌고, 그 생각을 좀 하다가 처리해야겠다고 결정한 것 같아. 그다음 엘라를 저렇게 해놨고. 이유는 모르지. 그가 뭘 하든 이유는 모르겠어."

그 이후 우리는 한동안 말없이 둘러앉아 있었다.

침묵이 너무 무거워지자 에프렘이 일어서더니 말했다. "아무래도 여러분을 속여서 얘기를 듣게 만들었나 보군요. 그자들이 어디 있는지 말해줄 건 없고. 그냥 우리에게 있었던 일을 말해주고 싶어서. 여러분은 놈을 찾고 싶고, 나도 여러분이 찾길 바라요. 나는 아무것도 할 수 없고, 할 수 있다 해도 과연 했을지 모르겠어. 놈들이 너무 무서워서 날아가는 새 그림자만 드리워져도 겁에 질리는데."

"부끄러워할 거 없어요." 윈튼이 말했다. "나도 밤이 되면 가끔 겁이 나거든. 그리고 거울도 문제고, 한 가지도 아닌걸."

에프렘은 양동이에서 일어나는 여동생을 도우러 손을 내밀었으나, 지미 수가 이미 일어나 돕고 있었다. 그녀는 엘라와 팔짱을 끼고 오두막을 나가, 거리까지 배웅했다.

우리가 에프렘과 엘라가 가는 모습을 지켜보는 사이, 지미 수가 돌아오는 모습을 보자 윈튼이 말했다. "그 컷스로트 개새끼를 꼭 잡고 싶어. 반드시."

유스터스의 목소리는 우물 속처럼 깊게 울렸다. "나도."

쇼티는 묵묵히 서 있었고 그답지 않은 모습이었다.

우리는 말을 타고 시내를 떠나 공터 근처에 멈췄다. 쇼티는 우리를 말에서 내리게 한 다음, 말 담요 위에 총을 늘어놓았다. 우리에겐 이미 무기가 있었지만, 그는 무기를 모아들인 다음 탄약과 함께 늘어놓아 다른 사람들이 뭐가 있는지 볼 수 있게 했다. 모아들여 재배급하지 않은 유일한 무기는 유스터스의 샷건뿐이었다. 개머리판에 이 나가지 않고 그걸 편하게 쏠 수 있는 사람이 달리 없었다. 쇼티가 왜 이러는지는 몰랐으나 나는 입 뻥긋하지 않았다. 쇼티의 생각을 헤아리려는 시도는 포기한 지 오래였다.

쇼티는 자기 샤프스와 대형 콜트권총을 챙기고 작은 권총은 부츠에 쑤셔 넣었다. 유스터스는 그 대포 같은 샷건과 함께 작은 리볼버를 받았다. 윈튼은 교역소에서 가져온 자동 권총을 챙겼다.

나는 오래된 네이비 36구경과 탄약을 받았고 다 교역소에서 챙겨온 물건이었다. 지미 수는 윈체스터를 받았다. 그들은 스팟에게 비상용으로 가운데를 꺾어서 여는 이상한 모양의 권총을 주었다. 내 기억이 맞는다면 다섯 발을 쏠 수 있었다. 나는 워낙 총을 좋아하지 않았고, 다른 사람들 같은 감정을 총에 갖지 않았으며, 총의 세세한 정보를 늘 기억하진 못했다. 총은 도구지만, 갈퀴나 호미처럼 정을 붙이진 못했다.

다시 말을 타고 가면서 나는 그 의견을 쇼티에게 전달했다. 당시 스팟과 함께 나와 제일 가까운 위치였다. 나는 총을 갖고 있으면 안심이 되기는 하지만, 전면에 설 만한 솜씨가 되는지는 모르겠다고 말했다.

"기꺼이 서긴 할 거예요." 나는 말했다. "그냥 결전의 순간이 왔을 때 내가 얼마나 잘할지 모르겠다고요."

"네가 이미 총을 써봤고 상당히 잘했다는 걸 말해줘야 하나?"

"그건 거의 우연이었죠. 그냥 맞을 때까지 쏜 건데."

"그럼 가까이서 하는 게 낫겠지. 들어봐. 너는 위기 상황에서 내가 아는 웬만한 남자들만큼 용감하게 행동했어. 해야 할 일을 하고 토끼처럼 내빼지 않았지."

"난 총이 싫어요, 살인도 싫고."

"총을 들면 내가 커진 기분이 들어. 사람이 나이를 먹을수록 총 구조가 육체의 구조보다 중요해지지. 오래된 총은 고치거나 교체

할 수 있지만, 오래된 사람은 못 고쳐. 그건 그렇다 치고, 총에 정을 붙이지 않는 게 좋아, 총은 너에게 사랑을 돌려주지 않을 테니까."

"전에 내가 있는 오두막을 쪼던 까마귀를 쏴버린 적이 있는데." 스팟이 말했다. "그 바람에 잠을 깨서 화가 났더래서요."

스팟이 입을 열었을 때 나는 화들짝 놀랐다. 스팟이 우리 곁에서 말을 타고 있는 줄 까맣게 잊고 있었다. 나는 안장에서 몸을 돌려 말했다. "뭐라고?"

"그 새 새끼를 쏴버렸다고." 스팟이 말했다. "그러다가 보니까 다른 까마귀가 근처에 있더라고. 그것도 쏴버릴 참이었는데, 보니 그게 나뭇가지를 이리저리 슬피 오고 한번은 죽은 까마귀 근처까지 슉 내려가서 보고는 다시 날아올랐어. 내가 죽인 새의 짝인가 보다 했지. 좀 생각을 하다가, 그 다른 새를 혼자 두고 싶지 않아서 쏴버렸어."

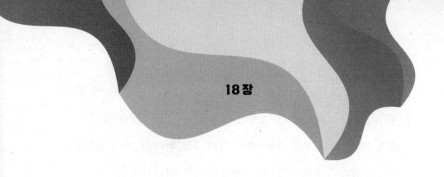

18장

어떻게 패티의 자취를 쫓을 수 있다고 생각했는지에 대해서 이제까지 제대로 설명하질 않았다. 특징 있는 짐마차 바퀴 자국도 이제 도로의 수많은 자국 속에 사라졌다. 에프렘이 알려준 것이라고는 그야말로 대략적인 방향과 짐작, 그리고 가능성 제시뿐이었다. 그가 한 얘기 중에 확실한 것이라고는 그들이 숲속 제재소 근처에 머물고 있다는 것뿐이었다. 하지만 빅 티켓에는 숲이 많았다. 그리고 그런 이유로, 면화 속을 파고드는 쥐들만큼이나 전원을 갉아먹는 제재소가 많았다.

곧 우리는 그런 제재소와 맞닥뜨리게 되어 근처에 말을 멈추고, 흑인 일꾼들이 통나무에서 작은 가지를 도끼로 쳐내고 큰 가지는 아이 우는 소리가 나는 석유 톱으로 썰어내는 광경을 지켜보았다.

제재소를 운영하는 사람은 키 작은 백인 남자였다. 남자는 길가 작은 창고 앞에 서 있었다. 멀리서 봐도 오래 일한 제재소 사람 티가 났다. 남자는 손가락 몇 개가 없었다. 왼손에 두 개, 그리고 오른손에는 검지와 새끼손가락이 끝이 잘려 누렇게 변해 있었다. 남자는 안절부절못하는 모양이, 마치 멀리서 오는 중요한 소식을 기다리는 것 같았다.

나와 쇼티는 일행을 길 저편에 두고 남자와 얘기해보러 갔다. 남자는 창고 옆에 서서 제재소 천막에다가 목재를 밀어넣는 흑인들을 지켜보고 있다가, 우리가 다가가자 돌아보았다.

남자는 웃음을 터트리고는 쇼티를 보고 말했다. "한 시간 전에 눈에 들어간 톱밥 때문에 내가 잘못 봤나 했지 뭐야. 그쪽이 못생긴 어린애고, 이쪽이 애 아버지인 줄 알았는데, 이제 보니 이쪽은 그러기엔 너무 어리고 그쪽은 어린애라기엔 너무 나이가 많네."

"관찰력이 뛰어나시네." 쇼티가 말했다.

"잠깐만." 남자가 말했다.

남자는 창고에 들어가 위스키병을 들고나왔다. 병을 열어 한 모금 들이켜고는 뚜껑을 닫아 뒷주머니에 넣었다. 아마 손가락을 잃게 된 이유 중 하나일 법했다.

나는 남자에게 짐마차와 패티에 대해 말했지만 우리가 그를 찾는 자세한 이유는 생략했다. 제재소 주변 숲속에 캠프를 차리고 사는 사람들에 대해 들었고, 패티가 그중 일원일 거 같다고 말했다.

남자는 머리를 긁적거리며 말했다. "캠프는 전혀 모르는 일인데, 그 남자는 본 거 같네, 거의 확실해." 남자는 쇼티를 보고 히죽거렸다. "재주 넘을 줄 아나?"

"뭐라고요?" 쇼티가 말했다.

"왜, 공중제비 말이야."

"내가 왜 재주넘기를?"

"난쟁이들은 재주넘기며 뭐 그런 걸 하잖아. 전에 서커스에서 개를 타고 다니는 난쟁이를 봤는데."

쇼티의 얼굴이 시뻘겋게 달아오르고 있었다.

내가 말했다. "이 사람은 재주넘기 안 해요. 하지만 보셨다는 그 짐마차 탄 뚱보 말인데. 우리가 잡으려는 사람이거든요."

"왜 그러는데?" 남자가 말했다. "그걸 아직 말 안 했잖아. 그 남자에 대해 말해주려면 우선 그것부터 알아야 할 것 같은데."

남자는 마치 진실이 아니라면 피하고 싶다는 듯이 고개를 한쪽으로 약간 기울였으나, 알고 보니 거짓을 신나게 받아들일 수 있는 부류였다. 그리고 거짓말이 황당할수록 더 그대로 믿고 싶어했다.

나는 남자에게 이 말을 했을 때 그걸 알았다.

"그 뚱보가 이 난쟁이 양반 매니저인데, 여기 쇼티가 난쟁이 아내의 발을 고쳐주려고 모은 돈을 들고 도망갔거든요."

"아내 발?" 남자가 말했다. "발이 어디가 잘못됐기에?"

"잘 모른대요." 나는 말했다. "하지만 그 발을 부러뜨렸다가 한동안 고정해야 하는데, 그다음에도 걸으려면 특수 신발을 신어야 한다더라고요."

남자는 쇼티를 내려다보았다. "그 남자가 신발 살 돈을 훔쳐갔다고?"

쇼티는 고개를 끄덕였다. "네, 선생님. 그랬답니다. 몽땅 다."

"쇼티의 옷도 몇 벌 가져갔어요." 내가 말했다. "그걸 자기 원숭이에게 입힐 생각인가 봐요."

"원숭이가 있어?" 남자가 말했다.

"두 마리요." 나는 말했다.

"꽤 작지 않나?"

"내 옷이요? 아니면 원숭이?" 쇼티가 말했다.

"원숭이 말이야." 남자가 말했다.

"아, 그래요, 보통 그렇죠." 쇼티가 사기극에 합세했다. "하지만 큰 원숭이도 있거든요, 브라질 정글 출신. 거의 나만 한 덩치에다가 육식성으로 알려져 있어요."

"뭐라고?" 남자가 말했다.

"고기를 먹는다고요." 쇼티가 말했다. "내 바지와 셔츠쯤 꿀꺽 먹어버릴 수 있고, 어쩌면 내 부츠 그리고 맥도 먹어 치울 수도 있겠죠."

"거 못된 놈이네, 남의 물건을 그렇게 가져가나." 남자가 말했다. "그리고 그걸 사람 먹는 원숭이에게 줄 셈이라니."

"딱 내 심정이에요." 쇼티가 말했다. 그는 눈을 내리깔고 입술을 늘어뜨려 약간 바르르 떨었다. 세상 이만큼 처량한 난쟁이가 또 없었다.

"어, 그 남자가 여길 통과했지. 남자가 지나갈 때 내가 바로 여기 있었거든. 댁들이 말하는 남자가 맞다면. 하지만 원숭이는 보지 못했는데."

"같이 있지 않거든요." 내가 말했다.

"맞아요." 쇼티가 말했다. "원숭이는 딴 데 숨겨놨고 거기로 옷을 가져가는 중이라서. 원숭이들에게 다시 옷을 입히고 나면 데리고 나서려는 거 같아요. 그 원숭이들이 하는 쇼가 있거든요. 나도 원래 그 쇼의 일원이었는데, 우리 아내 일로 사이가 멀어져서. 그 원숭이가 아내의 새끼손가락을 물어뜯었거든요."

남자는 자기 왼손을, 그다음 오른손을 들어 보였다.

"그나마 한 개만 당했네. 아내는 어디 있고?"

남자는 마치 그녀가 나타나기라도 할 것처럼 주위를 둘러보기 시작했다.

"서커스에 있죠." 쇼티가 말했다. "여행하기가 힘들어요. 발 문제도 있고 해서. 그 발을 고치고 신발 맞추려고 아내하고 내가 한동안 돈을 모았는데요. 그런데 이제 수술할 돈도 신발 살 돈도 없고."

제재소 남자는 고개를 끄덕이며 위스키를 홀짝 마셨다. 잠깐 남자의 눈이 젖어 드는 걸 본 듯했다.

"어, 그 남자가 뚱뚱했지, 확실히, 그리고 몰골이 말이 아니었고. 얼굴은 창백하고 뭐 배라도 아픈지 몸을 앞으로 좀 숙였던데."

"그 사람 맞는 거 같아요." 나는 말했다.

"제법 빠르게 지나갔고 짐마차 끄는 노새를 상당히 세게 부리던데 노새든 깜둥이든 그렇게 부리면 안 되지. 나는 깜둥이들을 그렇게 심하게 부리지 않아. 깜둥이하고 노새를 같은 수준으로 일을 시키려고 하고 있어. 꾸준히 하지만 모질지 않게."

"그거 대단히 백인답군요." 쇼티가 말했다.

"보니 같이 온 깜둥이가 있던데." 남자가 말했다. "혹시 일하고 싶으면 자리가 있거든. 돈은 백인 절반쯤 받는데, 이 근방에서 깜둥이한테 그만큼 잘 주는 건 나뿐이야."

"아뇨, 사실 우리가 일 시키고 있어요." 쇼티가 말했다. "서커스 출신이죠."

"재주넘기를 하기엔 덩치가 너무 크지 않나?" 남자가 말했다.

"네, 그렇죠. 청소를 하고 사자 조련사 노릇도 하고."

"사자에 대해 아는 사람이라면 깜둥이일 거 같더라. 그리고 혹시 잡아먹혀도 일이 필요한 깜둥이는 항상 있으니."

"대체하기 아주 쉽죠." 쇼티가 말했다.

"그 커다란 돼지도 서커스 출신인가?"

"외줄 타기를 하지요." 쇼티가 말했다.

"저 돼지가?"

"아주 민첩한걸요." 쇼티가 말했다.

"거 내가 나무 사이에 밧줄을 매주면 그 위를 걸을 수 있나?"

"아뇨." 쇼티가 말했다. "아주 팽팽한 철선이어야 하고 저 돼지는 그물 없으면 일 안 해요."

"왜?"

"떨어져서 땅에 부딪히고 싶지 않으니까."

"아, 그래. 알겠네. 나라도 그물이 있어야 하겠어. 물론 나는 발받침대보다 높은 데는 안 올라가지만."

"그 뚱뚱한 도둑 말인데요." 나는 말했다. "우린 돈을 되찾아서 신발을 사고 싶거든요."

"옷은 원숭이가 가져도 상관없지만." 쇼티가 말했다.

알고 보니 남자가 아는 건 남들과 다를 바 없었다. 숲속 어딘가에 악당 무리들이 살고 있으며, 컷스로트라는 남자가 그중에 있다는 것. 우리는 물론 패티가 우리 돈을 훔쳐 그들과 합류했으며, 그들이 모두 쇼티 아내의 신발 맞출 돈을 밑천 삼아 서커스 사업에 뛰어들 계획이라고 둘러댔다.

"그게 말이야." 남자가 말했다. "내 그 컷스로트에 대해 들은 얘기가 있어. 지나가는 걸 본 거 같아, 맞는지는 확신 못 하지만. 깜둥이가 그 사람이라 하더라고. 누구든 간에 항상 제 무리를 이끌고 다니더라고, 열 명에서 열두 명. 그리고 내가 들은 그 남자 얘기 중에 절반만 사실이어도, 그 난쟁이 여자한테 그냥 포기하고 절름발이로 살아야 한다고 말하고 싶어질걸. 아니면 신발 맞출 돈을 처음부터 다시 모으든가."

"명심할게요." 내가 말했다.

그들이 머무는 곳의 정확한 위치는 그도 몰랐지만, 남서쪽 어디라는 건 알고 있었다. 땅바닥에 병을 눕혀 돌려서 병 입구가 가리키는 방향으로 가는 것과 별 다를 바가 없었다. 하지만 최소한 그는 패티를 보았다.

우리가 일행과 합류하러 돌아가는데, 제재소 남자가 외쳤다. "그 난쟁이 여자 발을 고치고 신발값도 마련하게 되었으면 좋겠어, 작은 친구. 좀 보태주고 싶긴 한데, 깜둥이들한테 품삯을 줘야 해서."

우리는 충분히 이해한다고 대답하고 일행에게로 슬렁슬렁 돌아왔다.

멀찍이서 우릴 지켜보고 있던 유스터스가 말했다. "어떻게 됐어? 그 신발 얘긴 또 뭐야?"

"저 남자한테 널 사자 조련사라고 말했어." 쇼티가 말했다.

"뭐라고?" 유스터스가 말했다.

"들었잖아." 쇼티가 말했다. "그리고 사람 잡아먹는 원숭이와 절름발이 난쟁이 여자를 위한 신발 얘기도 많이 했지."

"도대체 무슨 소리예요?" 지미 수가 말했다.

"네 남자친구가 시작했어." 쇼티가 지미 수에게 말했다. "그리고 솔직히 말해, 꽤 훌륭하던데. 물론 그 남자가 반쯤 취한 데다가 완전 멍청한 덕도 봤지만. 그건 그렇다 치고, 패티가 지나가는 걸 봤단 것만 알았어. 정보는 그 정도야."

스팟은 갑자기 생각에 빠진 듯했다. 잠시 후 그가 말했다. "사람 먹는 원숭이가 있어요?"

"물론이지." 쇼티가 말했다.

한낮의 열기가 가시며 선선한 어둠이 약간 스며들기 시작하고 도로와 숲이 그림자가 하나고 되고 새들이 노래를 멈추고 어둠 속에 잠들기 시작할 때 우리는 한창 길을 가고 있었다.

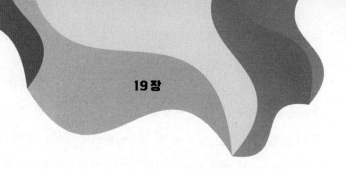

19장

상당한 거리를 간 후 우리는 숲속에 난 좁은 길을 발견하고 그리로 가서 큰길에서 벗어난 곳에 캠프를 칠 장소를 찾기로 결정했다. 처음에는 길을 잘 분간할 수 없었으나 무성한 숲속에 잠시 있다 보니 눈이 익숙해졌고 이어 나무가 베여나가 넓게 트인 공간이 나타났다. 십중팔구 아까 제재소의 흑인들이 한 작업일 것이다.

우리는 공터를 지나 다시 나무가 무성한 데까지 왔고, 우리를 가려줄 소나무와 활엽수 사이에 자리잡았다. 거기선 충분히 안전하리라 여겼고, 말들을 먹이고 물을 주고 다리를 묶고 나니 시간이라곤 없었다. 뭘 먹기에도 너무 피곤했고 그야말로 쓰러지다시피 했다. 나는 지미 수와 함께 한데 펼친 침낭에 누웠고, 돼지가 와서 우리 옆에 누웠다.

잠이 거의 들려는 차에 지미 수가 내 가슴에 팔을 얹고는 귓가에 입을 가져왔다.

"나는 커서 공주님이 되고 싶었는데 매춘부가 되었네. 어쩌다 이렇게 됐을까?"

"잘못 길을 들었겠죠."

"그거야 당연하지."

"난 농부가 되고 싶었는데 살인자가 됐어요."

"우리 둘 다 길을 잘못 들었네?"

나는 그녀의 목 아래 팔을 넣어 내게로 끌어당겼다.

"나한테는 공주님인걸요, 지미 수, 어떤 길을 들어섰든. 전에 길에서 나한테 뭘 원하냐고, 뭐 그런 말을 물었죠. 그리고 이제 답할게요. 당신을 원해요."

"오늘 밤 아니면 영원히?"

"사실 오늘 밤은 원하지 않고요." 나는 말했다. "너무 피곤해서 바지도 못 벗겠어."

"그거 의미 있네."

"어째서요?"

"바지 입고서도 나를 원한단 말이잖아."

"그래요. 그런가봐요." 나는 말했다. 지미 수가 그다음 뭔가 말했더라도 나는 들을 수 없었다. 금방 잠들어 버렸으니까.

한밤중에 타들어 가는 갈증에 깨어나 보니 스팟이 깨어, 무성한 소나무 숲 바로 바깥쪽 삐죽삐죽한 그루터기와 한때 그루터기가 있었을 불에 탄 자리 사이 바닥에 앉아 있었다. 또한 그루터기를 다이너마이트로 날려 버린 데가 군데군데 있었다.

주위를 둘러보니 유스터스만 제외하고 모두 자기 잠자리에 들어 있었고 말들은 고요했으며, 아무도 우리 목을 그어버리려 습격해 오지 않았다. 지미 수 옆에서 돼지의 코 고는 소리가 들렸다. 싸움은 잘하고 위험할지 몰라도, 감시꾼으로는 쓸데가 없었다.

말했듯이 나는 기진맥진했지만, 깨어났을 때는 상쾌하고 약간 열의가 생겼다. 지미 수를 생각하니 흐뭇했다. 잠시 자는 그녀를 지켜보았다. 잠든 그녀 얼굴은 매끄러웠고 평소보다 더 어려 보였으며 덜 풍파에 시달려 보였고 더욱 예뻤다. 잠 속에서 그녀는 되고 싶어하던 공주님이었다.

좋은 기분은 겨우 잠깐이었고, 이어 룰라 생각이 나기 시작했다. 낡고 거친 셔츠와 남자 오버올, 그리고 투박한 부츠 차림으로 엎드려 풀잎에 맺힌 이슬을 들여다보던 동생을 떠올렸다. 심부름을 하거나 와서 아침 먹으라고 내가 부르러 가면, 이슬 맺힌 풀잎에서 눈도 떼지 않고 말하곤 했다. "오빠, 여기 풀잎 위에 물방울 봐. 만약 우리가 아주 아주 작은 물고기라면, 저 물방울은 바다나 마찬가지겠지." 작지도 않고 물고기도 아닌 나는 룰라가 무슨 말을 하고 싶은 건지 이해할 수 없었다. 지금 동생이 어디 있을까, 무슨 일을 당하고 있을까, 무슨 일을 당했을까 생각하면 속이 끓어오르고 소리를 지르지 않는 게 내가 할 수 있는 전부였다.

나는 지미 수를 깨우지 않고 후끈한 담요 속에서 빠져나와, 권총을 집어 벨트에 찔러넣고 스팟에게 터벅터벅 걸어가 옆에 앉았다.
그는 작게 불을 피우고 커피를 끓이고 있었다. 자기가 받은 권총을
옆에 놓아두었다.

"그거 쓸 줄 알아?" 나는 그에게 물었다. 다른 사람들을 깨우지
않으려 나직하게 말하고 있었다.

"커피 주전자 말고 총 얘기겠지." 그가 말했다.

"어느 쪽이든." 나는 말했다. "이번 여행에서 맛없는 커피에 질렸
어."

"권총은 잘 쏘지도 못하고 쏠 계획도 없고. 커피에 대해서라면,
쇼티는 너무 블랙이고, 유스터스는 너무 맹탕이고, 지미 수는 어차
피 별로 마시지도 않으니 상관없고, 보안관님은 이러나저러나 상
관없지. 그래서 내가 좋아하는 식으로 만들려고."

"나는?"

"너는 별로 고려하지 않았어."

"고맙기도 해라."

"너는 감이 안 온단 말이야. 네 방식을 파악할 수가 없어."

"무슨 소리야?"

"여동생이 끌려간 건 아는데, 뭘 되찾을 수 있다고 생각하는가
싶어."

"내 여동생이지."

"겉껍데기일 뿐이야."

"그건 모르잖아. 다들 그 소리 하는 데 질렸어. 알지도 못하면서."

"모를지도 모르지." 그가 말했다. "하지만 우리 위든 할아버지가 그랬는데, 노예 시절에 부모님과 헤어져 팔렸대. 사실은 할아버지가 꼬마일 때 아버지가 먼저 팔려나가고, 몇 년 후 본인도 팔렸지. 아마 열 살쯤일 거라 짐작하던데 확실히는 모른대. 별로 비싼 값에 팔리진 않았고 할아버지를 산 남자는 정말로 필요해서가 아니라, 말하자면 새끼돼지를 암돼지에게서 떼어놓기 위해서였어. 위든 할아버지는 상황이 그랬고 이유가 그랬을 거래. 농장에서 그 남자가 새끼돼지를 어미돼지에게서 떼어내고, 새끼돼지가 꽥꽥거리고 엄마 돼지가 몸부림치는 걸 좋아했거든. 그 짓을 너무 좋아해서, 나무판자를 가져다가 엄마 돼지를 철썩 때렸대. 그다음 새끼돼지를 우리 지붕 위로 던져올려서, 진흙탕에 털썩 떨어지게 하는 거야. 그걸 재미있어하더래. 위든 할아버지는 남자가 자기를 그런 식으로 봤을 거라고 하더라. 싼값에 사들여 어미에게서 떼어놓고는 어디서 데려왔는지 신경 끊어버릴 새끼돼지."

"내 여동생이 가족과 떨어지게 되었다는 얘기라면, 걔는 당연히 자기가 어디 살았고 어땠는지 다 기억할 거야."

"그게 내가 지금 말하는 문제야. 기억이야 하겠지, 위든 할아버지처럼. 하지만 다시는 돌아갈 수 없는 부분이 있고, 그걸 기억하니까 더 힘들 거야."

커피 물이 끓고 있었다. 나는 안장주머니로 가서 내 양철 컵을 가져왔다. 스팟은 자기 컵이 있었고 커피를 각자 따라주었다. 맛있고 진했지만, 너무 쓰거나 연하지 않았다. 그 향기와 비슷한 맛이 났는데, 커피가 늘 그렇게 나오진 않는 법이었다.

주위를 둘러보니 유스터스가 아직 돌아오지 않았다. 나는 말했다. "유스터스는 어디 있어?"

"나도 정확히는 모르는데, 아까 숲속으로 사라지는 걸 봤어. 병을 하나 들고 있던 거 같고 걸음걸이를 보니 꽤 취한 모양이던데, 한 발은 높은 데 있고 다른 발은 다친 것처럼."

"그 사람 술 마시면 안 되는데."

"가서 말해."

나는 고개를 저었다.

"나는 안 돼."

"저기," 스팟이 말했다. "나 냄비에다가 콩을 좀 데울 참이거든. 내가 숲속에서 볼일 보는 사이 좀 지켜보고 있어줘. 가끔 저어주고 끓어오르지만 않게 해."

"알았어." 나는 말했다.

스팟은 콩을 준비하고 내게 큰 숟가락을 준 다음 숲속으로 사라졌다. 거의 아침이 되어 이제 덜 어두웠다. 빛이 숲 아래쪽 근처로 스며들고 있었다. 그게 금빛이고 빛이 약간 튀어 오르는 것처럼 보이는 자리가 있었다. 그걸 보고 있을 때 쇼티가 다가왔다.

"콩 더 있어?" 그가 말했다.

"아뇨." 나는 말했다. "스팟에게 물어봐요. 곧 돌아올 거예요. 볼일 보러 갔어요."

"유스터스는 어디 있고?" 쇼티가 말했다.

"스팟이 그러는데 병을 갖고 있었대요. 아침에 숲속으로 들어가는 모습을 봤다고."

"젠장. 시내에서 구했나 본데. 어젯밤 숨결에서 술 냄새가 난다 싶었어. 한 모금 마시고, 밤에 일어나 또 마시고, 마저 마시려 숲속으로 들어갔겠지. 좋은 징조가 아니야. 하지만 내가 해결할 거고…… 잭, 딱 한 번만 얘기할게. 내가 진정한 사랑에 대해 한 얘기 말이다. 어쩌면 내가 틀렸는지도 모르겠다. 네가 지미 수를 쳐다보는 눈길과 그녀가 너를 쳐다보는 눈길을 보니, 욕망 이상인 것 같더라."

"우리 결혼할 것 같아요."

"너무 섣부른가 싶기도 한데 복 많이 받고 잘 살아라. 그렇다 해도 이 일이 끝나면 유스터스와 내가 네 땅을 전부 가지게 되는데."

쇼티는 씩 웃으며 손을 내밀었고, 우리는 악수를 했다.

"행운을 빌어, 잭." 그가 말했다.

"고마워요." 나는 말했다. "사랑과 결혼에 대한 아저씨의 의견을 고려하면, 진심이라고 받아들일게요."

"지금 당장은 진심이지." 여전히 내 손을 잡은 채 그가 말했다. "내일은 어떨지 내일 물어봐."

그는 내 손을 놓았다. 나는 말했다. "좋은 분위기 망치긴 싫은데, 소변 좀 봐야겠어요. 콩 좀 보고 있어 줄래요?"

"사랑에 빠졌을지언정 현실적이다 그거지." 쇼티가 말했다.

나는 그에게 숟가락을 넘겼다.

마치 나방처럼 나는 해가 가장 빛나는 쪽으로 향했다. 그냥 소변만 볼 참이 아니라서 숲속으로 상당히 들어갔다. 땅에 권총을 떨어뜨리지 않고 바지를 내린 다음, 나무에 기대어 그 자리에서 큰일을 봤다. 혹시 옻나무 잎이 걸리지 않게 주의하며 나뭇잎을 모아 뒤를 닦았다.

볼일을 마치고 바지를 올린 다음, 환한 태양 쪽으로 몸을 돌렸다. 내가 아까 봤던 그 반짝임은 여전히 그 자리에 있었다. 날이 환해지는데도 여전히 나무 사이에 걸려 있는 것 같았다. 그쪽을 향해 걸어가다 쿵쿵 냄새를 맡았다. 이제 연기 냄새가 났다. 그리고 뭔가 울음소리 같은 것도 들렸다. 나는 권총을 뽑아 들고 조용히 나아갔고, 소리를 덜 내려고 짐승길을 따라갔다. 내가 봤던 빛이 더 환해지고 약간 튀어 올랐다. 연기 냄새가 더 짙어졌으며 가느다란 연기 줄기가 허공에 피어올랐다. 그제서야 내가 봤던 것이 아침 햇살이 아니라 큰 모닥불임을 알았다. 울음소리가 계속 이어졌다. 총을 든 손이 떨렸다. 여러 목소리, 웃음소리, 그리고 뭔가 쿵쿵거리는 소리가 들렸다.

나는 몸을 숙이고 기어가 목소리가 더 잘 들리고 불이 보이는 데까지 나아갔다. 불길은 관목으로 덮인 언덕 위로 높이 솟아오르고 있었다. 나는 관목으로 살금살금 다가가 그 뒤에 웅크리고 틈새로 내다보았다.

20장

내 아래쪽으로는 거대한 모닥불이 있었고, 장작이 무너져 불꽃이 마지막 남은 잔해를 핥고 있었다. 대부분은 이미 다 타서 불씨와 재만 남았다. 햇빛이 쨍하고 무겁게 쏟아져, 모닥불과 떠오르는 태양으로 인한 모든 것이 장밋빛을 띠고 있음에도 아래에서 벌어지는 일을 더 잘 볼 수 있었다. 그 빛으로 관목에 맺힌 이슬이 작은 보석처럼 빛났다.

숲이 넓게 베여나가 있었고 작은 오두막이 있었다. 교역소보다 조잡한 건물이었다. 평평한 지붕에 굴뚝은 없지만 금속 연통이 삐죽 빠져나와 있었고 거기에서 나오는 연기는 시커멓고 기름져 보였다. 그건 요리용 불이고, 앞쪽 공터의 불은 사람들이 모이는 장소 겸 주위를 밝히기 위한 목적이라 짐작했다. 날씨를 고려하면 저녁엔 더웠을 것이다.

더 특이한 것은 검은 곰이었는데 뒷다리에 굵은 벌목용 밧줄이 묶여 있고 반대쪽 끝은 나무에 묶었다. 곰을 묶은 밧줄 길이는 육 미터 정도 되어 보였다. 곰이 있는 곳은 불이나 오두막 근처는 아니었다. 그냥 가만히 앉아 가끔 쿵쿵거리기나 했다.

뒤쪽에는 얼기설기 만든 통나무 울타리 안에 말들이 있었다. 나는 세어 보았다. 열두 마리였다. 물론 여분의 말이 있을 수도 있으니 사람도 열두 명이라는 뜻은 아니지만, 그렇다고 해서 열두 명밖에 안 될 거란 뜻도 아니었다. 말마다 사람이 타고 몇은 둘씩 탈 수도 있으며 노새나 말이 매이지 않은 짐마차가 마당에 있었다. 오두막 옆쪽에서부터 죽 둘러서 좁은 흙길이 공터로 이어졌다. 벌목용이었고 새로 난 길이었다. 내기해도 좋지만 한 달 전까지만 해도 산짐승이나 다니는 길에 불과했을 텐데, 이제는 짐마차가 다닐 만큼 넓었고 사탄의 낫으로 썩둑 베어낸 듯한 땅에 구불구불 펼쳐져 있었다.

하지만 이 모든 것보다도 나의 주의를 사로잡은 것은 따로 있었다. 컷스로트와 니거 피트가 스팟을 모닥불 가까운 곳에 잡아두고 있었다. 곰의 행동반경 바로 바깥쪽에. 그들은 스팟의 옷을 벗기고 가슴을 불붙은 나무로 지져놓았다. 사실, 컷스로트는 아직도 그 나무를 손에 들고 있었다. 담배를 씹으며 스팟에게 뭔가 나로선 알아들을 수 없는 말을 하고 있었고 이따금 담배를 스팟에게 뱉고 있었다. 스팟은 아무 대응도 할 수 없었다. 컷스로트가 그의 다리 위에 앉아 있었고 니거 피트는 스팟의 팔을 붙들고 뒤통수를 자기 무릎에 대어 고정하고 있었다.

아래에는 다른 사람들도 있었고, 설렁설렁 다가와 스팟을 구경하다가 설렁설렁 멀어져갔다. 마치 꿀 항아리에 빠진 파리 같은 신기한 것을 구경하다가 질린 것처럼. 그들은 주위를 돌아다니며 침을 뱉고 저그 잔으로 술을 마시고 집 벽에다 대고 소변을 보았다. 깡마르고 셔츠를 안 입었으며 오버올 한쪽 끈이 풀려 늘어진 남자가 곰 근처에 있었다. 코가 영 체격이 큰 사람에게서 빌려온 듯이 보였고, 내가 본 중에 유일하게 총을 차고 있지 않았다. 남자는 흙을 뭉쳐 무력한 곰에게 던지고 있었다. 처음 흙덩이에 맞자, 곰은 일어나 앞발을 휘저으며 으르렁거렸다. 남자는 웃음을 터트리고 흙덩이를 더 던졌다.

그 순간 스팟이 고개를 들어 입을 벌리고 엉엉 울어댔는데, 솔직히 나를 진짜로 봤는지 알 수는 없었지만 내 쪽을 보고 있었고 한순간 눈이 커진 것 같았다. 관목 나뭇가지 사이로 내 얼굴을 본 것 같았으며 잠시나마 얼굴이 부드러워지는 것이 마치 내가 자기를 도우려고 그곳에 왔다고 생각하는 듯했다. 스팟은 나를 부를 수도 있었겠지만 그러지 않았다. 내 생각과 달리 사실은 나를 보지 못해서인지, 아니면 나를 붙잡히지 않게 하려는 용기인지, 아니면 단지 소리를 낼 기운조차 없어서인지 알 수가 없었다. 하지만 이건 알고 있다. 만약 스팟이 내가 도우려고 온 거라고 생각했다면 그건 아니었다. 아, 돕고 싶었다. 하지만 할 수 없었다. 그냥 할 수 없었다.

나는 제대로 사용할 줄도 모르는 총을 가진 애에 불과했고, 저 아래에는 괴물들이 득실거렸다. 그리고 어쩌면 나는 너무 거창한 설명을 갖다 붙이고 있으며 얼마나 겁먹었는지 제대로 설명하지 않았는지도 모르지만, 제일 밑바닥의 진실은 무서웠기 때문에 아무것도 하지 않은 것이다. 제대로 된 해명이라곤 할 수 없지만 내겐 그것뿐이다.

스팟이 내게서 고개를 돌리고 삶이라고 하는 이 모든 것을 그만두겠다고 말하는 듯한 태도로 옆을 보았다. 나는 그냥 포기했다. 그때 질릴 만큼 논 컷스로트가 불붙은 나무를 내려놓고 자신이 입고 있는 죽은 사람의 정장 안주머니에서 면도칼을 꺼내어 펼치더니 몸을 앞으로 숙여 아주 천천히, 성가신 눈썹을 면도하는 이발사처럼 능란하고 정교하게 스팟의 이마를 깊게 베었다. 피가 뿜어져 나오진 않았다. 면도칼 자국만 한 줄 나 있었고, 이제 숲 위로 떠올라 환해진 햇살 속에 자국이 붉게 변하고 컷스로트가 움직였다. 마치 연습한 것처럼 니거 피트가 스팟의 고개를 뒤로 젖히자 피가 뿜어져 나왔고 니거 피트는 막 알을 낳은 암탉처럼 캑캑거리며 웃었다.

컷스로트가 일어났고, 니거 피트는 스팟을 일으켜 발이 땅에 닿지 않게 했다. 스팟은 고개를 한쪽으로 기울이고 눈을 감더니 팔을 양옆으로 떨궜다. 니거 피트는 그를 더 높이 들어 올려 곰 쪽으로 옮겼다. 곰은 관심 없어 보였다. 흙덩이로 장난치던 남자가 아직 거기 있었고, 이제 상황을 알고 낄낄대더니 몸을 굽혀 바쁘게 흙을 모아 흙덩이를 만들어서는, 이제 독이 올라 뒷발로 선 곰에게 던져댔다. 컷스로트가 스팟 앞으로 왔고, 다시 면도칼이 움직이더니 컷스로트가 옆으로 비켜섰다. 이번에는 스팟의 목에 자국이 나 있었고 마찬가지로 묘한 시간차를 두고 붉은 선이 나타나더니, 피가 확 뿜어져 나와 곰 얼굴에 튀고 털에 송골송골 맺혀 젖은 루비처럼 보였다.

곰은 처음엔 주저하는 듯했으나 피는 뜨겁고 곰은 배가 고팠다. 곰이 앞으로 다가왔고, 피트는 스팟을 그쪽으로 밀어 곰 앞에 풀썩 얼굴을 박고 쓰러지게 했다. 곰이 덤벼들었을 때 스팟은 이미 죽어 있었다고 생각하고 싶다. 곰에게 뒷머리를 잡혀 누더기처럼 흔들리고 내던져진 것을 제외하면 스팟이 고통스러워했으리라 생각할 만한 움직임은 보이지 않았다.

마당에서 소변보고 어슬렁거리던 두어 명이 곰이 하는 것을 구경하러 다가왔다. 한 명이 스팟을 발로 밀면서 말했다. "이제 깜둥이 꼬마가 하늘나라로 갔네."

그 순간 마치 내가 삶에서 벗어나 진짜 세상 밖의, 일반 상식이나 법 따위는 레이스 바지 입은 원숭이처럼 그저 웃음거리에 불과한 정신 나간 곳으로 날아온 기분이었다. 눈이 축축해졌다. 속이 뒤집힐 것 같았다. 움직여야 하나 아니면 가만히 있어야 하나 알 수가 없었고, 어느 쪽이든 할 수나 있을지 자신이 없었다. 그때 내 어깨에 손이 얹혔다.

"조용히." 쇼티의 목소리였다.

돌아보자, 내 뒤에 샤프스를 들고 무릎으로 선 쇼티가 뒤로 물러나기 시작하고 있었다. 나는 그와 함께 후퇴해서 있던 자리에서 육

미터쯤 떨어진 무성한 느릅나무 아래 웅크렸다. 입을 열었을 때 우리 얼굴은 연인들만큼 가까웠고 우리 목소리는 모깃소리만 했다.

"컷스로트요," 나는 말했다. "그놈이……"

"봤어."

"난 아무것도 못 했어요."

"네가 할 수 있는 일은 아무것도 없었어. 나도 아무것도 할 수 없었고. 스팟은 우리 둘 다 봤다, 잭. 난 네 어깨너머로 지켜보고 있었어."

"거기 계신 줄 몰랐어요. 난 아무것도 못 했어요."

"네가 할 수 있는 일이 아니었지. 스팟은 한마디도 하지 않았어. 용감하게 죽었다."

"전혀 위안이 되지 않아요."

"그 애한테는 되었을 거야."

쇼티는 내 소매를 잡아 끌어당겨, 오두막이 보이는 곳에서 더 멀리 떨어졌다. 그리고 나니 다리가 버티질 못해 나는 그냥 길 한가운데 주저앉았다. 세상이 흐릿했다.

쇼티가 내 옆에 쭈그리고 앉았다.

"스팟이 우리에 대해 불었을지도 몰라요. 다만 우리가 아직 모르는 거고. 안 불었는지 모르잖아요."

나는 차라리 그가 우리에 대해 불었기를 바랐다. 스팟이 나를 봤고 내가 마주 보면서도 아무 말도 하지 않았고 그는 용감하게 버텼고 나는 겁먹고 주저앉아 있었다고 생각하고 싶지 않았다.

"아니라고 본다. 그들은 누가 주위에 있을까 걱정하거나 조금이라도 염려하는 사람들처럼 굴지 않았어. 스팟이 거짓말을 했고 놈들은 곧이들은 거 같아."

"스팟은 그냥 똥 싸러 멀리 갔을 뿐인데, 그자들은 스팟을 잡아 고통을 주고 곰 먹이로 줬어요." 나는 말했다. "조금 전까지 콩을 먹으려고 요리하고 있었는데, 그다음엔 잡아먹혔다고요."

"대충 그렇게 됐구나." 쇼티가 말했다.

몸에 뼈가 없어지고 부스러져 땅에 난 구멍으로 흘러 들어갈 것 같은 기분이었다.

"그럼 어떻게 해요?" 내가 말했다.

"일행들을 모아 기습해야지 정확히 말하자면, 우리가 들이닥친다는 걸 놈들이 알기 전에 총으로 갈기는 거야. 그런데 유스터스가 문제다. 찾아봤는데 보이지 않아, 술에 취했을 때 그런 식이거든. 헤매다 숨어서는 술에 잡아먹히는 거지. 그럴 때는 들짐승이나 다름없어. 유스터스가 술기운이 깨게 해야 해. 그의 샷건이 필요하다고. 저 아래 몇 명이나 확인했냐?"

"돌아다니는 건 여섯 명, 컷스로트와 피트 포함해서요. 하지만 말들하고 오두막 안에서 나는 연기를 보니 안에 더 있을 거 같아요."

"네 동생은 봤고?"

나는 고개를 저었다.

"오두막 안에 있을지도 모르지." 쇼티가 말했다.

나는 고개를 끄덕였다.

"스팟에게 그런 짓을 한 게 믿겨지지 않아요."

"믿어라, 애야. 자, 가서 다른 사람들을 찾자."

돌아가는 길에 오솔길에서 유스터스와 맞닥뜨렸다. 위스키 술통 밑 비버처럼 취했고 컷스로트의 부하들을 깨울 만큼 쿵쿵거리는 소리를 내고 있었다. 한 손에는 샷건, 다른 한 손에는 술병이 들려 있었다.

"어이." 유스터스는 우리를 보자 말했다. "나 술 마셨어."

"봐서 알아." 쇼티가 말했다. "유스터스, 조용히 하고 얼른 정신 차려야 해, 놈들을 찾았어."

"누구?"

"살인자에 납치범들." 쇼티가 말했다.

"어, 그래, 그놈들." 유스터스가 말했다. 그는 끅 하고 트림을 하더니 커다란 병을 들어 들이켰다. 병은 거의 비어 있었다. 병을 내린 그는 주위를 돌아보고 말했다. "여기 솔방울이 얼마나 많은지 봤어? 참나무 아래에도 좀 있던데. 어째서 그럴까?"

"바람에 굴러가니까." 쇼티가 말했다. "간단한 수수께끼야. 자, 들어봐, 유스터스. 제발. 우린 전략을 준비해야 해."

"뭘 준비해?"

"납치범들을 처리할 계획을 준비해야 해."

"허, 계획은 나한테 다 있지." 유스터스가 말했다. "아래 내려가서 놈들 좆을 다 쏴버리는 거야. 어느 쪽에 있다고?"

"놈들이 스팟을 죽였어."쇼티가 말했다.

"스팟?"

"볼일을 보러 여기까지 왔다가, 놈들 소리를 들었든가 아니면 놈들 일당에게 들켰나 봐. 아무튼, 놈들이 스팟을 잡아 아주 고약한 방식으로 죽였어."

유스터스는 마치 동의가 필요한 일인 양 나를 쳐다보았다. 나는 고개를 끄덕였다.

"스팟 그 어린애를? 그럴 리 없어. 아무한테도 아무 짓도 안 했는데. 통나무에 달린 혹보다도 크지 않은데. 그냥 우리와 동행했을 뿐이야. 이 일에 관여한 게 아니라고."

"그래도,"쇼티가 말했다. "스팟은 놈들 손에 죽었어."

유스터스는 울기 시작했다. 쇼티가 병을 든 그의 손을 잡았다.

"가자, 유스터스. 우리 캠프로 돌아가서 윈튼을 데려와야 해."

유스터스는 그를 무시하고 컷스로트의 캠프 쪽으로 걸어가기 시작했다.

"개씹새끼들."유스터스가 말했다.

"안 돼."쇼티가 말하며 유스터스의 팔을 단단히 잡았다. "안 돼."

유스터스는 팔을 풀려고 했으나 쇼티가 매달렸다.

"뭐냐 너?"유스터스가 말했다. "진드기야?"

"윈튼과 돼지, 어쩌면 지미 수까지 있어야 해."쇼티가 말했다. "우리 총도 다 있어야 하고."

유스터스는 시끄러워지기 시작했고, 컷스로트와 부하들과는 거리가 있긴 했지만 걱정이 안 될 정도는 아니었다. 유스터스가 팔을 휘둘러대기 시작하자 쇼티가 거기 묶인 양 휘둘러졌다. 그러다가 유스터스가 팔을 탁 털자 쇼티가 떨어져 소나무 아래를 굴렀고 모자와 라이플이 날아갔다.

나는 달려가 유스터스의 다리를 끌어안아 쓰러뜨리려 했으나 그는 까딱도 하지 않았다. 쇼티가 일어났다. 그는 유스터스 뒤로 달려가 뛰어올라, 유스터스의 셔츠 뒷자락을 붙들고 당겼다. 우리 둘이 힘을 합쳐 그를 끌어눕혔다. 그는 샷건을 떨어뜨렸지만 위스키병은 단단히 붙들고 있었다.

승리는 잠깐이었다. 유스터스가 심호흡을 하더니 일어나 앉아 우리 둘 다 떨쳐버리자 나는 오솔길 쪽으로 넘어지고 쇼티는 아까 그 소나무 아래로 굴러갔다.

"젠장." 쇼티가 말하며 모자를 주워 다시 눌러 썼다.

쇼티는 큰 나뭇가지를 주워, 일어서려 애쓰는 유스터스 뒤로 달려가 뒤통수를 온 힘을 다해 갈겼다. 유스터스는 한쪽 무릎을 바닥에 대고 있다가 머리를 맞았다. 그는 꿈쩍도 하지 않고 그저 고개를 돌려 쇼티를 쳐다보았다.

"젠장." 쇼티가 말했다.

유스터스는 일어나 산처럼 쇼티를 내려다보았다. 표정을 보면 쇼티를 붙잡아 아코디언처럼 구겨버릴 것만 같았다. 그러다가, 아무 징조 없이 유스터스가 뒤로 벌렁 넘어졌다. 무슨 재주인지 손에 들린 위스키병은 놓치지 않은 채였다. 그대로 누워 움직이지 않았다.

나와 쇼티는 그에게로 다가갔다. 유스터스는 두 눈을 감고 있었다. 갑자기 눈을 뜨는 바람에 나는 펄쩍 뛰었다.

그가 말했다. "놈들이 스팟을 붙잡았어?"

"그래," 쇼티가 말했다. "놈들이 끝장냈지."

유스터스가 일어나 앉았다. 그는 병을 입가로 가져가 얼마 남지 않은 술을 들이켜기 시작했다. 잠시 후 빈 병을 옆으로 던져버리고 그가 일어났다. 자기 샷건이 있는 곳으로 가서 집어 들었지만, 두어 번 헛손질을 했다.

"너 좀 쉬어야 해." 쇼티가 말했다. "고주망태로 취했다고."

유스터스가 말했다. "죽여버릴 거야. 주머니에 탄약도 많이 들어 있어. 몇 놈은 두 번도 죽일 거야."

나는 입을 열려고 했다. 쇼티가 말했다. "소용없어. 정신이 좀 들기는 했지만 상식은 별로 안 돌아왔네. 너는 돌아가서 윈튼과 지미 수를 데려와. 나와 유스터스는 내려가서 급습할 수 있을지 볼게."

"아뇨," 나는 말했다. "같이 갈래요."

"반박은 안 받는다." 쇼티가 말했다. "유스터스를 혼자 둘 순 없고, 다른 사람들을 데려와야 해."

우리에겐 선택의 여지가 없었다. 유스터스는 이미 비틀비틀 오두막을 향해 오솔길을 가고 있었다. 쇼티는 샤프스 라이플을 집어 들고 따라갔고, 나는 그 둘을 따라갔다. 내 머릿속 일부에서는 이건 제 발로 죽으러 가는 짓이라고 생각했지만, 교역소에 있던 남자들을 떠올렸다. 특히 나갔다가 나중에 다시 돌아와 합류한 남자.

그들도 자신의 어떤 면을 고치려 노력하고 있었다. 그들 입장에서 좋은 결과가 나오지는 않았으나, 이제 나는 이해가 갔다.

다만 약간 운이 따라주었다. 유스터스는 술이 깨진 않았으나, 스팟이 죽었다는 쇼티의 말에 정신이 좀 들어 술기운을 이긴 것 같았다. 그는 휘청거림을 멈추고 조용히 그리고 조심스레 걷기 시작했다. 오두막을 내려다보는 곳에 가까워지기 전 우리 모두 속삭임으로 바꾸었다.

유스터스는 나와 쇼티와 마찬가지로 몸을 숙였고, 우리는 언덕 위 관목 뒤에 숨어 아래를 내려다보았다. 아까보다 밝아져 있었다. 같은 남자들이 보였고, 내가 아까 보지 못한 남자가 하나 있었다. 누가 머리 가죽을 벗기려 들었지만 끝내지 못한 것처럼 이마가 벌겋게 상처 난 땅딸막한 남자가 오두막에서 나와 기지개를 켜고 땅에 퉤 침을 뱉고는 그날 날씨를 가늠하려는 듯 하늘을 올려다보았다. 남자는 걸어가 스팟의 남은 시체에 코를 박고 있는 곰을 쳐다보았다. 남자가 코 큰 남자에게 뭐라고 말하자, 코 큰 남자가 곰을 괴롭혔다. 곰은 스팟을 뜯어먹느라 신경 쓰지 않았다. 땅딸막한 남자가 몸을 앞으로 굽혀, 곰이 보지 않을 때 스팟의 발을 잡아서는 곰이 닿지 않는 데까지 시체를 끌어냈다. 곰은 남자에게 덤벼들었으나 밧줄에 붙잡혀 넘어졌다. 땅딸보가 웃어댔다. 못된 아이가 친구가 걸려 넘어지는 걸 보고 낼 법한 웃음소리였다. 곰은 시체를 향해 앞발을 휘두르고 있었으나 닿지 않아 그냥 땅만 긁고 있었다.

나는 고개를 돌리고 유스터스를 쳐다보았다.

"불쌍한 것." 유스터스가 말했다. 그는 목소리를 낮추려 주의하고 있었으나 관목 뒤 쪼그린 모습은 언제라도 꼬꾸라질 듯이 보였다. 그의 눈에는 눈물이 고여 있었다.

아래에서 소리가 더 요란해지기에 나는 고개를 돌려 내려다보았다. 곰에게 흙덩이를 던지던 코 큰 남자가 불에서 긴 나뭇가지를 꺼내다 가져왔다. 곰에게서 스팟을 끌어냈던 남자가 다가와 어린나무에 기대어 지켜보았다. 갑자기 남자는 피곤하고 술기운에서 깨어나려는 것처럼 보였다.

남자가 말했다. "그걸로 찔러 봐, 스키니."

스키니가 가진 나뭇가지는 끝이 벌겋게 달아올라 있었다. 그걸로 곰을 찔러대기 시작했다. 성난 곰은 밧줄 닿는 데까지 돌진하여 스키니를 할퀴려 했으나, 그 작은 남자는 쥐새끼만큼이나 빠르게 막대를 든 채 뒤로 휙 피하고는 웃어댔다. 이따금 동료들을 둘러보며 자길 보는지 확인한 다음, 다시 곰을 뜨거운 나뭇가지로 찔러댔다. 곰 털이 그슬리는 냄새가 여기 언덕에까지 올라왔다. 불쌍한 곰은 지치고 쓰러질 것처럼 보였다. 곰은 마르고 허약했으며, 오랫동안 먹은 것이라고는 아마 스팟의 시신 조각뿐일 것이다.

나뭇가지를 든 남자가 말했다. "이제 까불지 못하겠지, 응, 이 멍청한 곰아?"

바로 그때 패티가 오두막에서 나왔다. 믿을 수가 없었다. 그는 여전히 제 발로 서 있었다. 피가 튄 흰색 유니언 셔츠에, 너무 작은 검정 바지를 허리를 풀고 벨트로 고정한 차림이었다. 신발은 신지 않았다. 리볼버가 들어 있는 홀스터를 권총 벨트로 차고 있었고, 더 작은 권총이 배에 눌린 바지 벨트 안에 끼워져 있었다. 약간 기운이 없어 보였지만 그간 겪은 일을 고려하면 놀랄 만큼 튼튼한 체질이었다.

얼마 후, 다른 남자가 나왔다. 저 오두막은 다 자란 돼지가 들은 자루만큼이나 꽉꽉 들어차 있었던 게 틀림없었다. 전에 보지 못한 남자였다. 키가 크고 짙은 피부에 검은 머리는 정수리에 숱이 적었다. 빨간 내복 차림이었고 얼굴은 못생겼다. 권총이 든 권총 벨트를 차고 있었다. 속옷 차림에 총을 차고 있으니 좀 웃겨 보였다.

쭈그리고 있던 유스터스가 별안간 제법 요란하게 주저앉았지만, 저 아래서 남자가 곰에게 고함지르고 사람들끼리 얘기를 하기 시작한 마당이라 들키진 않았다. 유스터스는 눈을 감은 채 앉아 고르게 숨을 쉬고 있었다.

쇼티가 내 귀에 대고 말했다. "내가 소란을 피울 테니 그 상황을 이용하도록 해. 내가 소란 피울 때까지는 아무것도 하지 말고."

"유스터스는 어떻게 해요?"

"내가 신호를 주면 유스터스를 쿡 찔러, 살짝. 그리고 머리 조심해, 주먹 휘두를지 모르니까. 쿡 찌르고 이렇게 말해. '내려가서 해치워요.'"

"그럼 통해요?"

"모르지, 하지만 나라면 그렇게 할 거야."

그렇게 솔깃한 계획은 아니었지만 토를 달진 않았다. 머릿속엔

놈들이 스팟에게 저지른 일과 룰라가 저 오두막에 있을까 하는 생각뿐이었다.

내가 말했다. "아저씨가 소란 피울 때, 유스터스에게 내려가서 해치우라고 하고 나는 뭘 해요?"

"아직도 저들을 산 채로 잡고 싶으냐?"

"아뇨."

"그럼 하나 남김없이 다 죽여 버려야지." 쇼티가 말했다. "유스터스가 깨어나 너하고 같이 내려가게 되면, 그 샷건 총구 방향은 피하도록 해. 총알이 내 편과 적을 가리진 않으니까."

"룰라 조심해야 해요." 내가 말했다.

"알아. 오두막 밖에 있는 놈들이 안에 들어가 틀어박히기 전에 다 죽여버려야 해. 동시에 안에 총 든 다른 놈들이 있을 가능성도 명심하고."

쇼티는 곰을 고문하는 남자를 흘끗 내려다보았다.

"나는 동물 학대자는 못 참겠어." 그가 말했다. "죽은 우리 동료가 저 아래 바지도 없이 머리를 뜯어먹히고 있는 것도 싫고. 때가 됐어."

쇼티는 샤프스 라이플을 끌고 바닥에 배를 대고 기어갔다. 언덕 왼쪽면으로 몸을 숙이고 조용히, 곰이 묶여 있는 커다란 참나무 쪽으로 갔다. 나뭇가지를 든 남자는 여전히 불쌍한 곰을 찔러대며 이 이상 웃긴 일이 없다는 듯이 낄낄대고 있었다.

"맛이 어떠냐, 이 털북숭이 짐승아?" 스키니가 말하고는 몸을 돌려 곰에게 엉덩이를 흔들어 보였다. "요 엉덩이를 콱 물어뜯고 싶지? 내 사냥개들을 죽인 대가다, 이 새끼야."

유스터스는 눈을 조금 뜨고 입을 벌렸다가, 다시 감고 다물었다. 나는 생각했다. '끝내주네.' 유스터스는 수퇘지 젖꼭지만큼이나 쓸모없게 생겼다.

기어가는 쇼티의 모습이 내게는 잘 보였으나, 각도와 관목에 가려진 덕에 아래에서는 그를 볼 수 없었다. 그는 언덕 옆면을 살금살금 내려가 나무까지 갔다. 나무 뒤에 서서 샤프스를 기대 세우고, 나이프를 꺼내 나무에 묶인 밧줄을 잘랐다. 곰은 자기가 자유가 된 것을 바로 알지는 못했으나, 스키니가 간이 커져 곰을 향해 달려갔다가 밧줄 닿는 범위 바로 직전에 멈춰 서서 이제 불 꺼진 나뭇가지로 찔렀고, 이번엔 곰이 그 가지를 쳐내 날려 버릴 수 있었다. 그렇다고 스키니가 단념하진 않았다. 그는 곰을 향해 으스대며 다가갔다가 도로 물러나며 곰을 놀렸고, 양손을 겨드랑이 밑에 넣고 팔꿈치를 닭 날개처럼 퍼덕거렸다. 자기가 재미있다고 생각하는 것이 분명했으며, 이제 그를 지켜보는 주위 사람들로부터 웃음을 받고 있었다.

남자가 다시 춤추며 나아가자 곰이 돌진했고, 팔로 닭 날갯짓하며 다시 물러나는 사이 곰은 계속 다가갔다. 남자는 밧줄이 곰을 붙잡고 있지 않고 성난 검은 곰은 네 발로 아주 빠르게 움직일 수 있다는 것을 알게 되었다.

그걸 깨닫고는 "젠장." 한 것이 그의 마지막 말이었다. 곰은 세 가지를 한 번에 해치웠다. 뒷다리로 일어나 크게 울부짖고, 앞발로 후려쳤다. 스키니는 머리를 얻어맞고 곡예사처럼 빙그르르 돌았다. 남자는 꽤 먼 거리를 비틀거리다 털썩 모닥불에 쓰러졌다. 그의 머리칼에 불이 붙었고 머리에도 마찬가지였다.

앞문 근처 있던 컷스로트는 오두막 벽에 기대어 폭소를 터트렸다. 근처 있던 니거 피트도 웃기 시작했고, 다른 사람들과 함께 패티까지 다친 배를 끌어안고 웃었다. 그들에게 동료의 사망은 인형극보다 더 웃긴 일에 불과했다. 곰이 밧줄을 질질 끄며 그들을 향해 달려오기 전까지는. 여기저기서 총을 뽑아 쏘기 시작했지만, 곰은 맞았는지 몰라도 티조차 내지 않았다. 곰은 쇼티가 우리를 위해 벌인 소란이었다.

나는 유스터스의 무릎을 움켜쥐고 말했다. "언덕 아래로 내려가서 총질해요."

유스터스가 핏발 선 눈을 뜨고 나를 보았다. 그 눈에서 그 이전에도 이후에도 보지 못한 무언가를 보았으나 나는 아무렇지도 않았다. 나는 온통 웃음판이 벌어진 아래를 가리켰다.

숨을 기색이라고는 단 하나도 없이 유스터스는 일어나 관목 숲을 헤치고 언덕 아래로 내려갔고, 4게이지 샷건을 엑스칼리버처럼 들고 있었다.

곰이 내는 소리, 웃음, 그리고 총질 소리에 모두 오두막 밖으로 나왔다. 우리가 전에 보지 못한 두 명이 있었고 둘 다 권총을 든 땅딸막한 소년들이었다. 의심의 여지 없이 쌍둥이였고, 참 못생긴 쌍둥이였다.

유스터스는 언덕을 절반쯤 내려갔을 때 수박만 한 알을 낳으려 애쓰는 올빼미처럼 와와 소리를 내기 시작했다. 유스터스의 오른쪽으로 조금 넓게 간격을 두고 나 역시 뛰어 내려갔다. 시야 한구석에 쇼티가 곰이 묶여 있던 저 왼쪽 나무 뒤에서 나오는 것이 보였다.

유스터스가 고함을 질러대고 우리가 대놓고 드러나 있음에도 불구하고, 곰이 마당을 정신없이 빙빙 돌아다니며 여전히 그들의 정신을 빼놓고 있었다. 남자들은 여전히 곰에게 총을 쏴대고 있었으나 허사였다. 곰은 마침내 아마 앞마당이라고 할 만한 곳의 한가운데를 가로질러 오두막 옆을 돌아, 말 만큼이나 빠르게 도로를 달려가 버렸다. 질질 끌려가는 밧줄이 마치 그 뒤를 쫓는 뱀처럼 보였다.

이번에는 우리가 놈들을 덮쳤다. 가까이 접근해서 다행이었던 것이, 유스터스가 든 샷건은 바로 앞까지 들이닥쳐야 하는 데다가 앞서 말했듯 내 권총 솜씨는 차라리 놈들을 하나씩 붙잡아 그걸로 때려죽이는 게 나은 수준이었다. 쇼티는 샤프스 라이플로 잘 쏘겠지만 그가 소지한 권총에 비하면 장전이 느렸다.

곰이 사라지고 우리가 놈들에게 들이닥치는 참에, 앞문으로 룰라가 나왔다. 원래 입고 있던 옷차림이었으나 누더기가 되어 있었다. 불같은 빨강 머리는 말아 올려 뾰족한 막대를 비녀 삼아 고정했다. 마르고 핼쑥해 보였으며 내가 기억하는 것보다 훨씬 나이 먹어 보였다. 하지만 룰라의 외모를 길게 생각하고 있을 짬은 없었다. 난장판이 시작되었기 때문이다.

21장

내가 룰라를 봤을 때쯤 룰라도 우리를 보았다. 룰라는 나를 알아 보는 것 같진 않았으나 내가 총을 들고 있음을 깨닫고, 허둥지둥 오두막 안으로 들어갔다. 패티가 함께 뛰어 들어갔다.

쌍둥이는 도망가는 곰을 지켜보려 오두막 옆으로 가 있다가 그제 야 우리의 등장을 알아챘다. 쌍둥이가 나를 향해 총을 쏘기 시작함 과 동시에 나도 그들에게 총을 쏘았다. 사방에 총알이 날아다녔지 만 놈들이 여섯 발 그리고 내가 네 발 쏜 후에도 양측 아무도 맞지 않았다. 다만 두어 발이 친구처럼 가까이 스쳐 가는 것을 느꼈다.

내가 쌍둥이를 쏘아 맞히려 하는 사이 유스터스가 뭘 하고 있었 는지 다 알지는 못하지만, 그의 권총 소리가 들려 얼핏 보니 그의 왼손에는 여전히 샷건이 들려 있었고 권총을 뽑아 컷스로트한테 쏘고 있었다. 그가 쏘는 것은 두 발밖에 보지 못했다. 컷스로트 아

360

니면 니거 피트가 쏜 유탄이 낮게 날아 내 오른발 부츠 굽에 맞았다. 엉덩방아를 찧은 게 다행이었다. 그 부츠 굽이 날아가지 않았더라면 컷스로트와 십자로 교차하여 사격하던 니거 피트가 나를 노려 쏜 탄환에 머리가 쪼개질 뻔했다.

못생긴 쌍둥이가 내 쪽으로 달려오는 가운데 나는 쓰러진 채 마지막 두 발을 쐈으나 둘 다 빗맞았다. 그때 유스터스가 권총을 떨어뜨리고 샷건을 놈들에게 퍼부었다. 컷스로트가 쏜 총알에 어깨를 맞고서도 끄떡없었다. 샤프스 라이플 총소리가 나고 니거 피트가 오두막 바깥벽에 부딪혀 신음을 흘렸다. 쇼티가 총을 쏘기까지 긴 시간이 흐른 것 같지만, 모든 일이 너무나 빨리 벌어졌고 솔직히 이 중 일부는 나중에 꿰어맞추거나 아니면 머릿속 한구석에서는 의식했지만 당연히 당시에는 집중하지 않고 있었다.

유스터스의 샷건이 불을 뿜었고, 쌍둥이는 산탄에 찢겨나가며 제자리에서 춤추듯 움직였다. 나와 가까이 있던 쪽이 몸을 돌렸을 때, 그의 배가 사라지고 아기 머리만 한 구멍이 나 있는 것이 보였다. 다른 쌍둥이는 얼굴에 맞았다. 비명을 지르며 턱을 움켜쥐었다.

내 뒤에서 나는 함성을 듣고 돌아보니 말에 탄 윈튼이 관목숲에서 튀어나와 언덕을 내려오고 있었고 양손에 리볼버가 들려 있었다. 위풍당당해 보였다. 니거 피트인지 컷스로트인진 모르겠지만 둘 중에 한 명이 아마도 순전히 우연으로 그를 깨끗하게 명중해서 안장에서 떨어뜨렸다. 그다음 쏘아 죽인 말이 윈튼 위를 덮치고 계속 굴렀다.

나는 총에 든 총알을 다 쏴버렸지만 오두막의 거친 통나무 껍질을 조금 날려버렸을 뿐 피는 하나도 보지 못했다. 쇼티의 샤프스가 철컥거리는 소리와 니거 피트가 그에게 뭐라 외치는 소리를 들었지만 나는 그대로 땅에 쓰러진 채로 권총 벨트에서 탄알을 꺼내 권총에 넣느라 정신이 없었다.

나는 장전을 마쳤지만, 쌍둥이 중 턱이 날아간 쪽도 여전히 서 있었고 재장전하고 있었다. 그는 나를 향해 총을 쏘며 달려왔고, 총알이 내 머리 주위로 빗방울처럼 쏟아졌다. 오 미터도 떨어지지 않은 곳까지 다가왔으나 여전히 빗맞혔는데, 쇼티를 제외한 모두와 마찬가지로 총솜씨가 형편없었기도 했지만 자기 형제가 총에 날아가서 눈이 뒤집혀 있었기 때문이었다. 하지만 곧 내 바로 앞까지 닥쳐왔다. 내게 남은 것이라고는 하프 수업과 천사 날개 한 쌍뿐이겠구나 각오한 순간, 유스터스가 4게이지 샷건의 노새 귀 모양 공이치기를 당기고 다시 퍼붓는 소리가 들렸다. 그 쌍둥이 한쪽은 피를 뿜으며 쓰러졌다. 이번엔 탄환이 이전보다 훨씬 묵직하게 퍼부어졌고 더 가까운 위치에서 발사되었다. 누가 내 머리를 종으로 알고 때린 것처럼 울렸다.

전에 보지 못한 작은 남자가 권총을 들고 문간에서 뛰어나와 발사했다. 그 탄환에 유스터스의 모자가 날아가고, 두 번째 탄환에 맞은 유스터스는 대못에 꽂힌 것처럼 행동했다. 그가 총에 맞은 유일한 이유는 나머지 일행들보다 훨씬 큰 표적이었기 때문이라고 생각한다. 비록 그러면 말은 설명이 되지만 곰은 설명이 되진 않지

만서도. 뛰어나온 남자는 그 한 발 이후 다시 오두막 안으로 뛰어
들어갔다.

이번에는 컷스로트가 오두막 안으로 뛰어들며, 하마터면 그 작
은 남자를 날려버릴 뻔했다. 유스터스는 주머니에서 탄약을 꺼내
샷건을 장전하려 애쓰고 있었다. 갑자기 그가 바닥에 앉더니 누워
버렸다. 총상으로 타격이 커서라기보다는 술기운에 넘어간 것처럼.

니거 피트를 곁눈질하니 상처를 입고 오두막 벽에 기대앉아 있
었다. 그는 쇼티를 향해 총을 쏘고 있었으나 단 한 발도 맞히지 못
했다. 쇼티는 다시 샤프스를 장전하여 발사했고, 니거 피트의 가슴
을 맞혔다. 버펄로라도 죽일 만한 위력이었으나 여전히 니거 피트
는 죽지 않았다.

"이 조그만 새끼." 니거 피트가 말하고 벌떡 일어나 쇼티를 향해
달려가기 시작했다. 쇼티는 샤프스를 떨구고 권총을 꺼내 세 발을
쐈다. 세 발 다 니거 피트에게 맞았고 나는 그의 셔츠에 앉은 먼지
가 풀썩 날리는 것을 보았다. 그래도 쓰러지진 않았지만 돌아서서
오두막 옆쪽을 빙 돌아 달려갔고, 아까 곰의 속도에 비견될 만했
다. 쇼티는 그를 쫓기 시작했다. 그가 달리면서 리볼버를 발사하는
소리가 들려왔다.

나는 일어나 앉아 문간의 작은 남자에게 가능한 한 빠른 속도로
연사했다. 연신 빗맞혔고, 그러자 남자가 다시 안으로 피해 시야에
서 사라졌다. 그때 달랑 부츠만 신은 키 큰 남자가 사냥용 나이프
를 들고 오두막에서 나와 내게 돌진했다. 아무래도 남자에게 이게

총싸움이라고 아무도 알려주지 않은 모양이었고, 이런 난장판에 그의 평소 복장이 저것이라고는 진심으로 믿어지지 않았으나, 여전히 주저앉은 채 그를 향해 쏘았을 때 내 총의 약실은 비어 있었다.

몸을 웅크리며 권총으로 남자를 쳐서 막으려던 찰나, 옆쪽에서 흰 맹수처럼 지미 수가 나타났다. 그녀는 벌거벗은 남자의 목에 매달려 외쳤다. "우리 자기 건들지 마."

벌거벗은 남자는 어깨를 흔들어 지미 수를 떨쳐버리고, 내게 덤벼들었다. 그때 돼지가 언덕을 번개처럼 내려와 그 벌거벗은 남자에게 달려들었는데, 마치 하늘을 나는 듯했다. 돼지가 남자의 가슴에 세게 부딪히는 바람에 남자의 다리가 풀썩 꺾였다. 남자는 일어나려 했으나, 돼지가 남자의 다리를 물고 흔들어대기 시작했다. 돼지가 마침내 남자를 놓아주었고, 다시 물기 전 벌거벗은 남자가 돼지 목 뒤를 정통으로 찔렀다. 돼지는 꽥 소리를 지르며 펄쩍 물러났고, 그 순간 벌거벗은 남자가 내게 다시 덤벼들었다. 나는 권총으로 때리며 맞서 싸웠다. 남자가 나를 베는 동시에 나는 권총을 휘둘렀다. 나의 공격이 나이프보다 빨랐고, 나는 남자의 정수리를 내리쳤다. 그래도 남자의 칼날은 내 배를 그었다.

나는 배를 움켜쥐고 비틀비틀 물러섰다. 돼지가 다시 공격하여, 대포알처럼 남자의 정강이로 돌진했다. 벌거벗은 남자가 뒤로 날아갔고, 남자가 자신을 추스르기 전에 돼지가 남자를 끌고 숲속으로 사라졌다. 관목 사이를 뚫고 끌려가며 남자가 족제비에게 엉덩이를 물리기라도 한 것처럼 비명을 질렀다.

용기를 내어 상처를 내려다보았다. 놀랍게도, 나쁘지 않았다. 한쪽 부츠 굽이 없어 나는 다리 한쪽이 도랑길에 빠진 사람처럼 절뚝절뚝 지미 수에게 걸어갔다. 그녀는 울고 있었다. 내 창자가 쏟아져 나올 줄만 알고, 그녀는 곧장 내 셔츠를 끌어 올렸다. 하지만 셔츠만 잘리고 피부가 약간 베였을 뿐이었다. 상처보다 피가 더 많았다.

"어서." 지미 수가 말하고 나를 끌고 가기 시작했다.

"못 해." 내가 말했다.

"어서, 어서, 어서." 그녀가 말하며 나를 끌고 윈튼의 죽은 말한테 가서 나를 잡아당겨 그 뒤로 몸을 숨겼다. 거기에서 윈튼이 떨어진 곳이 보였고, 말이 구르면서 그의 머리와 얼굴을 납작하게 눌러놓았다. 의심의 여지 없이 죽었다.

지미 수에게 총이 없기에 내 권총을 넘겼다. 나중에 알고 보니 총소리를 듣고 기겁해서 뛰어오다가 그 와중에 무기를 잃어버렸다고 했다. 돼지는 그녀를 뒤따라왔다고 했다. 아무튼, 나는 지미 수에게 권총과 권총 벨트를 주고, 죽은 말의 안장 총집에서 윈체스터를 뽑아 들어 사체 위에 총신을 올리고 문을 겨냥했다. 장총으로 뭐라도 맞힐 수 있지 않겠냐고 생각했다. 비록 거의 소망에 가까웠지만.

오두막 뒤에서 벌어지는 총격전 소리가 들렸다. 니거 피트가 쇼티를 욕하고 쇼티가 마주 욕하는 소리가 들렸다.

꽤 오래 누워 있다가 나는 지미 수에게 말했다. "여기 있어요, 아니면 도망을 치든가. 하지만 난 가서 룰라를 구해야 해요."

"저 오두막에 가면 총 맞아 조각나."그녀가 말했다.

"시도는 해 봐야죠. 알잖아요."

"먼저 쇼티부터 찾아."그녀가 말했다. "유스터스는 죽은 거 같고."

"아뇨," 나는 말했다. "취했을 뿐이에요. 하지만 어차피 도움 안 돼요. 죽은 거나 다름없는걸."

지미 수가 나를 끌어당겨 키스했다. 나는 그녀에게 윈체스터도 넘겼다.

"이 윈체스터 가늠쇠를 저기 문간에다 겨냥해요."

그다음 나는 나이프를 뽑아 들고, 예상보다 수월하게 다른 쪽 부츠 굽을 잘라내어 균형을 맞췄다. 나는 껑충껑충 뛰어 오두막의 맨 왼쪽으로 달려갔지만, 가는 길에 유스터스의 샷건을 집어 들고 그의 주머니에서 탄약 한 줌을 챙겼다.

오두막 뒤 어딘가에서 니거 피트의 목소리가 뚜렷하게 들려왔다. "저 빌어먹을 난쟁이 새끼 총에 맞았잖아."마치 상대가 진짜 총알을 쏜다는 걸 방금 깨달은 듯한 말투였다. 이어 다시 총소리가 났다. 나는 오두막 옆까지 계속 달렸고, 거기서 뒤편을 보니 니거 피트가 통나무 위에 앉아 있었는데 부상이 심했다. 구멍 난 술통에서 쏟아지듯 피가 흘러나왔다. 쇼티는 삼 미터쯤 떨어진 곳에 서서, 빈 권총을 철컥거리고 있었다. 니거 피트도 손에 권총을 들고 있었으나 들어 올리는 것조차 힘들어했다.

"젠장, 이 똥덩어리 같은 게."니거 피트가 말했다.

쇼티는 권총을 내던지고 부츠에서 소형 권총을 꺼내 니거 피트를 향해 걸어가기 시작했다. 니거 피트는 마침내 권총을 들어 올렸으나, 이미 쇼티가 그의 머리를 쏴버려 뒤로 쓰러졌다.

나는 심호흡을 하고 4게이지 샷건을 열어 커다란 탄약을 밀어넣은 다음, 이쪽 집 벽에 창문이라도 있나 살펴보았다. 창문은 없었다. 나는 샷건을 들고 오두막 옆쪽 벽으로 슬금슬금 향하다가, 문득 이 괴물 대포가 안에 있는 악당들만이 아니라 룰라까지 죽일 수 있음을 깨달았다. 그 문제를 오래 생각할 시간은 없었다. 벽을 반쯤 지났을 때 작은 남자가 권총을 들고 팔짝 뛰어나와 "아하." 하고 말했고 지미 수가 윈체스터로 남자의 머리를 쐈다. 남자는 풀썩 쓰러져 피를 흘리기 시작했다.

"아하." 지미 수가 외쳤다.

나는 그녀 쪽을 쳐다보았다. 그녀가 죽은 말 뒤에서 고개를 내밀었다. 나는 고개를 끄덕여 보였다. 지미 수는 미소 짓고 고개를 숙여 시야에서 사라졌다.

나는 거친 숨을 쉬지 않으려 애쓰고 있었으나 말이 쉽지 실천은 어려웠다. 숨소리는 불에 바람 불어넣는 풀무 소리 같고 심장은 북 치는 소리일 거라고 확신했지만, 그래도 문간을 향해 계속 나아갔다. 작은 남자가 떨군 권총이 나와 가까운 쪽 문간 옆에 놓여 있었다. 저걸 챙겨 여동생을 포함한 집안의 모든 사람을 몰살시키지 않을 무기를 확보해야겠다고 결심했다. 문제는 나의 비루한 사격 실력이었다. 나는 그래도 권총으로 결정했다.

총질을 해대느라 머리는 지끈거리고 총소리에 귀가 울려 피라도 날 거 같은 기분에, 곰 학대자의 시체 타는 악취가 지독해서 뱃속의 커피가 다 울렁거리고 입안에서는 상한 우유와 구리 섞은 맛이 났다.

나는 목전의 일로 주의를 되돌렸고, 문간에 막 도착해서 죽은 남자의 권총을 향해 손을 뻗는 찰나 오두막 뒤에서 쇼티가 니거 피트에게 외치는 소리가 났다. "아직 안 죽었냐?" 그리고 또 총소리.

쇼티의 목소리와 총소리가 오두막 안 사람들을 잠시 동요하게 만들 테니 좋은 타이밍이라고 여겼다. 나는 문간에 발을 디뎠고, 오른손에는 권총, 왼손에는 샷건이 들려 있었다.

22장

 그들은 나를 기다리고 있었던 것 같지만, 사실 내가 워낙 겁 없이 불쑥 들어서는 바람에 허를 찔린 모양이었다. 두피가 벗겨진 땅딸막한 남자가 바로 거기 서 있긴 했지만 행동할 준비는 되어 있지 않았다. 뱀을 밟기라도 한 것처럼 남자의 눈이 휘둥그레지더니, 아마 무기를 들 생각이라도 했겠지만 그냥 생각까지였을 뿐이다. 나는 남자의 가슴에 권총을 갖다 대고 발사했다. 남자는 그 자리에서 즉사했다.

 컷스로트가 롤라의 팔을 움켜잡고 열린 뒷문으로 끌고 갔다. 롤라를 맞힐까 봐 총을 쏠 수가 없었다. 쇼티가 놈을 시야에 확보했기를 바랐지만 아니었다.

 잠시 멈칫한 사이 좌절 속에 머릿속은 바삐 돌아갔고, 내가 쫓아가려 뒷문으로 나서려는 찰나 패티가 무슨 더미 뒤에서 일어나 내게 총을 쐈다. 내가 거기 서 있는 사이 패티가 용기나 기운을 모으고 있었는진 모르겠지만 나는 그에 대해선 거의 까맣게 잊고 있었다. 그의 엉망인 사격 솜씨는 여전했다. 총알은 열린 문 위 오두막 벽에 박혔다. 나는 몸을 숙이고 아무렇게나 리볼버를 쐈다. 두 발. 내가 패티보다 운이 좋았다. 패티는 컥 소리를 내고 더러운 바닥에 쓰러졌다. 실내가 어두워서 그의 형체밖에 구분할 수 없었고 이제 그에게 가까워지니 눈이 어둠에 익숙해져 그가 아까 떨어뜨린 권총으로 손을 뻗고 있는 게 보였다. 패티에 대해 하나 확실한 건 포기를 모른다는 점이었다.

나는 권총을 내던지고 재빨리 바닥에 엎드려 샷건을 흙바닥에 수평으로 놓고 개머리판을 어깨에 바싹 붙였다. 패티가 막 총을 향해 손을 뻗을 때 나는 샷건의 노새 귀 모양 공이치기 두 개를 당겼다. 그는 나를 올려다보며 권총을 들어 올렸고 나는 방아쇠 둘 다 당겼다. 세상이 빨개지고 새까매지고 새하얘지더니, 온갖 작은 점이 사방을 돌아다녔다. 그다음 쇼티가 나를 흔들고 있었다. 정신이 들자 턱이 쑤시고 눈이 빠지도록 아팠다.

"괜찮냐?" 쇼티가 물었다.

"패티는요?" 내가 말했다.

"이젠 뚱보가 아니던데." 쇼티가 말했다.

나는 쳐다보았다. 정말이지 난장판이었다. 샷건이 내 힘에 부친 탓에 온몸이 죽을 만큼 아팠다. 총의 반동으로 어깨를 치고, 개머리판이 튀어 오르며 턱을 치고 눈을 때렸던 것이다. 눈은 금세 부어울렸지만 그래도 볼 수는 있었다.

"컷스로트하고 룰라는요." 나는 말했다.

"이미 말과 마구를 챙겨 여자와 함께 말 타고 갔어. 둘 다 안장 없이. 놈이 나올 때 내 위치가 좋지 않아서, 봤을 때는 이미 말 타고 갔어."

쇼티가 손을 내밀어 나를 일으켜 세웠다. 체구가 작은 사람치고는 힘이 좋았다. 통증이 지옥불처럼 온몸을 관통했다.

"놈을 쫓아갈 거예요." 나는 말했다.

지미 수가 앞문으로 들어와 윈체스터를 내던지고 달려오더니 내 얼굴을 감싸 돌렸다.

"맞았어?"

"샷건 반동이요." 나는 말했다. "옆구리에 작게 구멍이 나긴 했지만 피는 별로 안 나고. 룰라를 따라가야 해요."

나는 비틀비틀 밖으로 나가 울타리 쪽으로 향했다. 지미 수와 쇼티가 나를 따라왔다. 울타리는 컷스로트가 말 두 마리를 데리고 나가느라 열려 있었다. 인디언 조랑말 몇 마리가 도망갔지만, 근처에 돌아다니는 조랑말이 한 마리 있었고 열린 울타리 안에도 두어 마리 있었다. 몸에 힘이 하나도 없어 나는 울타리 기둥에 기대 숨을 들이쉬었다. 기운이 좀 돌아왔을 즈음엔, 지미 수와 쇼티가 말 두어 마리를 붙잡아 마구를 씌웠지만, 안장까지 찾아보진 않았다.

그 무렵 숲에서 나오는 돼지가 보였는데, 벌거벗은 남자를 해치우고 난 뒤라 주둥이가 시뻘겋게 물들어 있었다. 돼지 치고는 행복

해 보였다. 돼지가 지미 수에게 다가가자 그녀는 손을 뻗어 토닥여 주었다. 칼에 찔린 목덜미에 약간 핏자국이 있었고, 저녁밥을 파먹 느라 주둥이에 피가 묻긴 했으나, 그 외에는 멀쩡해 보였다.

"지미 수와 있어, 돼지야." 쇼티가 말했다. "알겠지?"

돼지는 알아들은 모양인지, 그녀 옆에 앉았다.

어깨가 그렇게 아파서 힘들었지만, 나는 얼룩무늬 말에 올라탔 고, 우리 둘은 안장 없는 말을 타고 컷스로트가 사라진 쪽으로 향 했다. 우리 앞에는 나무를 베어낸 공터가 몇 킬로미터 펼쳐져 있었 다. 컷스로트와 룰라는 보이지도 않았다.

우리는 넓은 짐마차 길을 나란히 말로 달렸다. 말 목에 바싹 매 달려 달리느라 말 콧구멍에서 나온 콧물이 뒤로 날리며 우리 얼굴 에 튀었다. 계속 나아가니 전원 경치가 바뀌었다. 나무 그루터기만 이 아니라, 그루터기에 불을 붙이고 일부는 다이너마이트로 날려 버려 땅이 패여 있었다. 심지어 쇼티가 놓아준 곰도 봤다. 우리 오 른쪽으로 멀찍이, 숲이 다시 시작되는 곳이었다. 그 밧줄을 질질 끌며 공터에서 벗어나 숲으로 향하고 있었다.

길 저 아래 귀뚜라미처럼 보이는 작고 검은 점 두 개가 있었고, 해가 그 위로 떠올라 그림자가 길게 드리워져 있었다. 햇빛 때문에 눈을 가늘게 뜨고 보니 귀뚜라미가 펄쩍 뛰는 것처럼 보였고, 다시 눈을 제대로 뜨자 내가 보고 있는 것이 말에 탄 컷스로트와 룰라임 을 깨달았다. 제대로 본 게 맞는지 몰라도, 컷스로트가 약간 앞에서 룰라의 말을 이끌고 있다는 인상을 받았다. 그들은 전속력을 다 하진 않았으나 빠르게 가고 있었고, 우리도 마찬가지였다. 내 짐작으로는 그들이 1마일 가깝게 앞서 있었고 말도 더 나았다. 컷스로트가 제일 좋은 말들을 고른 것이 분명했다.

나는 쇼티한테 소리쳤다. "쇼티, 저격해야 해요."

그는 나를 흘끗 보았고, 내 말을 제대로 들었는지는 모르겠지만 한 가지는 확실히 알았다. 우리는 저들을 따라잡지 못할 것이다. 그날 내에, 우리가 탄 말로는 무리였다.

나는 고삐를 당겨 말을 멈추고 말 등에서 뛰어내렸다. 쇼티를 말 머리를 돌려 내게로 돌아왔다. 그는 말 등에서 몸을 숙여 나를 쳐다보았다.

"뭐 하는 거야?"

"쏴야 해요."

"뭘 쏴?"

"무슨 말인지 알잖아요." 나는 말했다. "이 정도면 시야도 트였고."

"족히 1마일은 돼."

그러다가 그는 자신이 무슨 말을 했는지 깨달았다. 그는 라이플을 들고 말에서 휙 내렸고, 땅에 내려서며 굴렀다. 그의 말은 앞으로 훅 뛰어나갔으나 너무 지쳐 도망가진 않았다. 그냥 길에서 벗어나 나무 그루터기 사이 풀을 찾기 시작했다.

쇼티는 아까 떨어뜨린 샤프스 라이플을 집어 들고, 나무 그루터기 있는 데까지 달려갔다. 한 발을 그루터기에 올리고 말에 탄 사람들을 쳐다보았다.

"저격하기엔 너무 멀어, 그리고 태양을 마주하는 위치고."

"헛소리." 내가 말했다. "빌리 딕슨은 해냈잖아요."

"사람들 말론 그렇지. 하지만 그는 태양을 마주하고 쏜 게 아니야."

"아저씬 해낼 수 있어요."

"빌리 딕슨이라도 이런 저격은 해낼 수 있을까 의심스러운데."

말하는 사이 그는 바닥에 배를 깔고 엎드려 샤프스를 나무 그루터기 위에 걸쳤다.

그는 조준하더니 말했다. "이제 1마일을 넘은 거 같아."

그 말대로 이제 거의 보이는 게 없었다. 저 멀리 흙먼지 알갱이 두 개처럼 보였고 그들 너머로는 녹색의 줄이 자리했다. 저들이 숲까지 가면 숨을 곳이 널렸고, 저격할 기회조차 없을 것이다.

쇼티는 손가락을 입에 넣었다가 들어 올려 바람을 확인했다. "아무 말도 하지 마."

그는 샤프스 개머리판을 어깨에 단단히 대고 숨을 훅 내쉰 다음 천천히 들이쉬고, 계속 조준했다. 그러고 있은 지 한참이 된 거 같았다. 그러다가 공이치기를 젖히고 목청을 가다듬었다. 자세를 고치고 라이플을 더 높이 들었다. 그들을 향해서라기보다는 허공에 대고 쏘는 것 같았다. 그의 몸이 호흡과 함께 올라갔다가 숨을 내쉬더니, 막상 발사는 너무 빨리 이루어져 나는 화들짝 놀랐다. 발사하고 나서 금속 비둘기의 도착까지는 오랜 시간이 걸린 것 같았지만, 비둘기는 확실히 둥지를 찾았다. 이 거리에서조차 컷스로트가 마치 예수님을 찬양하듯 양손을 들어 올리는 게 보인 거 같았고 동시에 말 다리가 푹 꺾였다. 말이 쓰러지고 컷스로트가 굴러떨어지더니 움직이지 않았다. 말은 움직이지 않았다. 룰라는 고삐를 잡고 있던 컷스로트의 손에서 풀려나자 멈추지 않고 계속 말을 달렸다.

"빌리 딕슨 따위가 다 뭐예요." 내가 말했다.

룰라는 기다리지 않고 계속 말을 몰아 시야에서 완전히 사라졌다. 혹시 놈은 수작을 부리는 중이고 말이 총에 맞았을 경우에 대비해 우리는 컷스로트와 그의 말에 조심스럽게 다가갔다.

나는 말에서 뛰어내려 쇼티가 내리는 걸 도와주었고, 그 일로 그가 자존심을 다친 것을 알 수 있었다. 컷스로트를 살펴보니 총알이 그의 등을 관통하며 엉덩이에서 십오 센티미터쯤 위 척추를 절단냈다. 총알은 앞으로 뚫고 나가 말의 뒷목에 맞고 뇌 아래까지 파고들어, 컷스로트와 마찬가지로 죽고 말았다.

"말은 이렇게 되어 마음이 안 좋네." 쇼티가 말했다. 그리고 나를 쳐다보고 말했다. "솔직히 인정하자면 컷스로트의 머리를 노렸어. 탄환이 내 예상보다 훨씬 아래로 처졌네. 컷스로트가 내 총알에 맞은 곳보다 이 미터 남짓만 앞섰더라도 놓쳤을 거야."

"하지만 안 놓쳤잖아요."

"어, 뭐." 쇼티가 말하며 말고삐를 잡은 채 근처 그루터기에 앉았다. "나는 여기 앉아 있을 테니 가서 동생 찾아와. 내 말이 네 말보다 더 지친 거 같아서."

나는 룰라를 찾아 말을 타고 나섰다. 어느 정도 나아가 조금 지나고 나니 말이 있었다. 다리를 깔고 앉아 입을 벌리고 숨을 내뿜고 있었다. 기진맥진해서 웅크린 채였다. 룰라는 아무 데도 보이지 않았다.

나는 계속 나아갔고 마침내 저 앞에 걸어가는 룰라가 보였다. 빠르게 걷고 있었다. 나는 룰라를 부르기 시작했지만, 듣지 못했든가 아니면 신경 쓰지 않았다. 룰라는 점점 더 빠르게 걷더니, 마침내 아예 달리기 시작했다. 그러다가 넘어져 땅에 손과 무릎을 짚었다.

말에서 뛰어내려 나는 외쳤다. "룰라, 괜찮아? 멈춰. 나야."

나는 동생에게 달려갔다. 룰라는 몸을 돌렸고 그 손에는 데린저 권총이 들려 있었다. 총격전이 벌어지는 동안 주워서 옷 속에 숨겼던 모양이다. 룰라는 그 총으로 나를 쐈다.

23장

"젠장, 룰라." 나는 말했다. "네 오빠를 쏘냐."

무릎을 정통으로 맞는 바람에 몸을 지탱할 수 없었다. 나는 뒤로 엉덩방아를 찧고 무릎을 세워 양손으로 감쌌다.

그러자 룰라가 다가와 2연발 데린저를 내 얼굴에 곧장 들이댔다. 그 눈은 마치 불타오르는 것처럼 보였다. 룰라가 두 번째 공이치기를 당겼다.

"오빠야, 룰라. 잭."

룰라는 벌레를 밟아버리려는 못된 아이처럼 계속 나를 내려다보았다. 그러다가 얼굴이 풀어지며 뼈 위로 피부가 미끄러지는 것 같았다. 눈을 가늘게 뜨고 입술을 핥더니 마침내 표정이 자리 잡았다. 눈이 부어오르고 여기저기 터진 얼굴에다 흙투성이라 내 모습이 조금 달라졌던 모양이었다. 룰라는 데린저를 던져버리고 털썩 무릎을 꿇고 나를 붙잡아 얼굴을 들어 올리고 내 이마에 입 맞췄다. 나는 동생을 껴안고 눈물 젖은 얼굴에 입 맞췄고, 그러고는 나역시 울었다. 우리는 한동안 그렇게 울었다. 너무 울어서 무릎 아픈 것조차 잊었다. 우리 파커 가족에 대해 했던 말 기억하는가? 일단 한번 터지면 홍수를 각오해야 한다고. 그래서 우리는 수문을 열어, 울고 흐느끼고 서로의 머리와 뺨에 입 맞추며 그야말로 완전히 놓아버렸다.

룰라는 그제야 내 이름을 기억해낸 것마냥 "잭, 잭, 잭, 잭." 하고 불러대기 시작했다.

한참 지나서야 나는 일어섰고, 룰라의 도움을 받아야 했다. 무릎이 어마어마하게 아팠다. 고개를 들어보니 쇼티가 우리를 향해 천천히 말을 타고 오고 있었다. 이제 좀 기운을 차린 룰라의 말을 끌고 오고 있었다.

룰라가 말했다. "저 말에 탄 거 어린애야?"

"난쟁이야." 나는 말했다. "하지만 서커스 재주 보여달란 말은 하지 마."

다가오는 그를 지켜보는 중에, 룰라가 나를 쳐다보지 않은 채 말했다. "나 예전처럼 순수하지 않아, 오빠."

"누군 그렇다니?" 내가 말했다.

"그 남자들이," 그녀가 말했다. "나를 —"

"너한테 줄 게 있어."

나는 주머니에서 목걸이를 꺼내 가져가라고 들어 보였다. 룰라는 그걸 보고 거의 손을 뻗을 뻔하다가 말했다. "안 돼, 잭. 이젠 오빠가 보관해. 나는 못 받아. 그걸 하던 아이와는 다른 사람인걸."

"나한테는 그냥 똑같은데." 내가 그렇게 말하곤 목걸이를 룰라의 머리 위로 걸어 주었다. 동생의 표정이 살짝 변했지만 뭐라고 딱 설명할 수가 없었다.

쇼티가 와서 말에서 내렸다.

"밧줄 사다리나 도움 없이 어떻게 말에 탔어요?" 내가 물었다.

"높은 그루터기와 상당한 의지력의 도움으로. 그러니까 이쪽이 룰라구나."

"쇼티가 컷스로트를 총으로 쏜 장본인이야." 내가 말했다.

"그리고 불행히도 그의 말도." 쇼티가 말했다. 그러고는 룰라에게 말했다. "참 보기 좋네, 룰라 양."

룰라는 그에게 힘없는 미소를 지어 보였다.

"씻으면 훨씬 나아 보일 거예요." 그녀가 말했다.

"나한테는 괜찮아 보여." 쇼티가 말했다. "그리고 말해두자면, 나는 씻어도 거의 똑같거든."

룰라는 진짜로 미소 지었다. 마치 다른 사람에게서 빌려온 미소 같았다. 그 애의 얼굴과 딱 맞지 않았다. 하지만 그래도 미소였다. 그 미소는 따뜻한 창틀 위 서리처럼 녹아버렸다.

"내가 오빠를 쏜 거 같아요." 룰라가 말했다.

우리를 보자 지미 수는 마중하러 달려왔다. 돼지도 경중경중 따라왔다. 나는 무릎 총상을 까먹고 말에서 내리는 바람에 풀썩 쓰러졌다. 무릎은 너무 많이 채워 넣은 소시지처럼 부풀어 올랐다.

돼지가 먼저 와서 개처럼 내게 주둥이를 비볐다. 지미 수가 나를 도와 일으켜 세웠다. 나는 그녀를 품에 안았고 우리는 키스했다. 지미 수는 뺨에 눈물을 흘리고 있었다.

"네가 쓰러진 줄 알았어." 그녀가 말했다.

"아니," 나는 말했다. "멀쩡해요."

룰라가 말에서 내려 다가와, 지미 수를 쳐다보았다.

"이쪽은 나랑 약혼한 지미 수…… 성이 뭐였죠?" 나는 룰라에게 소개하다 말고 물었다.

"됐어." 지미 수가 말했다. "어차피 너하고 같은 성이 될 거니까."

"저기 못생긴 짐승은 돼지야."

지미 수가 룰라에게 미소 지었다. 그녀가 말했다. "언니한테 와."

룰라는 그 말을 따라, 다리가 나무로 된 듯이 걸어갔다. 지미 수는 룰라의 손을 잡아 껴안았다. 룰라는 다시 울음을 터트렸고 지미 수도 같이 울지 않을 도리가 없었다. 곧 나도 코를 훌쩍이며 둘을 남겨두고 자리를 비켜야 했다. 안 그러면 또 울보 바보가 될 판이었으니까.

별로 할 말이 남지 않았다. 유스터스는 죽지 않았지만 총에 맞았다. 그에게는 벌레 물린 정도였다. 술이 깨자, 유스터스와 쇼티는 시체들을 짐마차에 실었다. 불에 탄 곰 학대자만 빼고. 유스터스는 오두막에서 양동이를 가져다가 흙을 몇 번 퍼서 모닥불과 곰 학대자 위에 끼었었다. 별로 잘 되진 않았다. 팔과 손, 그리고 타버린 발 하나가 여전히 삐져나와 있었다. 유스터스가 일을 마치고 나니 상처에서 피가 나기 시작했다. 총알 하나는 완전히 관통했으나 중요 장기 어디에도 맞지 않았고, 다른 하나는 깊게 박히지 않아서 큰 상처랄 것도 없었다. 엄지와 검지로 꾹 눌러서 총알을 빼낼 수 있었다.

스팟과 윈튼도 짐마차 뒤, 악당 놈들과 따로 실었다. 쇼티는 오두막에서 담요를 가져다 그들을 덮어주었으나, 먼저 유스터스가 바지를 찾아다 스팟의 남은 유해에 입혀주었다. 니거 피트는 쇼티가 둔 자리에 있지 않았다. 알고 보니 그는 죽은 게 아니었고, 숲으로 기어들어가 거기에서 죽어 있었다. 시체를 짐마차에 실으며 쇼티는 그를 영락없는 라스푸틴(제정 러시아를 몰락으로 이끈 사제. 그의 죽음을 둘러싼 많은 미스터리가 있다─옮긴이)이라고 했다. 그게 뭔지는 모르겠지만.

나는 시체들을 싣는 동안 그루터기에 앉아 있었다. 제대로 걸을 수조차 없었다. 룰라는 내 바지를 무릎까지 찢어내고는 자기가 쏜 총상을 살폈다. 내겐 다행스럽게도 데린저는 제대로 된 총이랄 만한 물건이 아니었고, 룰라가 칼을 불에 달구어 총알을 빼냈다. 몇 번 거의 기절할 뻔했지만 총알을 빼내고 나니 훨씬 나아졌고 부기도 금방 가라앉기 시작했다.

지미 수가 우리 예전 캠프에서 남겨둔 말들과 물자를 챙겨 돌아왔을 때는 늦은 오후였다. 짐마차에는 컷스로트와 일당들의 말을 골라 맸는데, 그런 일에 익숙한 것이 분명했으며 아주 잘 끌었다. 나는 지미 수와 함께 짐마차 마부석에 앉았고 그녀가 말을 몰았다. 다른 사람들은 말을 타고 왔다. 돼지는 물론 늘 그렇듯이 근처에서 달렸고, 가끔 뭐든 간에 자기 내키는 일을 하러 사라지곤 했다.

우리는 가는 길에 컷스로트의 시신을 실었다.

모든 상황이 마무리되고 며칠이 지난 다음, 리빙스턴과 노 엔터 프라이즈, 그리고 심지어 일부는 힌지 게이트에서 현상금이 나왔 다. 다만 중복 지급은 없었다. 정부를 그런 식으로 굴러가지 않았 고, 그 도시들은 우리에게 지급을 약속했으나 아무것도 즉각 나오 진 않았다. 우리는 결국 전액 지급을 해결하러 카운티 소재지인 타 일러까지 가야 했다. 그곳에 있는 동안 자동차를 참 많이도 봤다. 마치 하룻밤 사이 구더기처럼 알에서 깨어 자라나 경적을 울리고 기름으로 달리는 것 같았다. 우리가 사람을 잡고 현상금을 받으러 다니 그 짧은 사이 세상이 변한 것만 같았다.

우리는 결국 돈을 받아냈고, 나, 쇼티, 유스터스, 그리고 지미 수 는 현상금을 나눴다. 나는 약속대로 유스터스와 쇼티에게 땅을 양 도했지만, 일은 내가 예상하지 못한 방향으로 흘러갔다.

그 설명을 하기 전에, 윈튼을 노 엔터프라이즈에 있는 묘지에 묻 게 되었다는 말부터 해야겠다. 마을 사람들은 아무도 보태려 하지 않아 우리가 매장 비용을 치렀다. 스팟은 할아버지의 옛날 토지, 멋지게 우거진 참나무 아래 묻혔다. 우리는 윈튼과 스팟의 무덤에 이름이 적힌 비석을 세워주었으나 스팟의 성은 들은 적이 없었다. 스팟이 말한 위든 할아버지가 친할아버지인지 외할아버지인지 알 도리가 없었기 때문이었다. 그냥 비석엔 스팟이라고만 새길 수밖에 없었다. 언제 태어났는지도 몰랐다. 그건 비워두고 죽은 날짜만 새겼다.

할아버지의 시체는 발견되지 않았지만, 우리는 내 땅의 부모님 무덤 옆에 할아버지 비석을 세우고 그걸로 무덤 삼았다. 가끔 사빈강 강바닥에 물풀에 휘말려 메기에게 뜯기고 있는 할아버지 꿈을 꾸기는 했다. 그 점은 슬프긴 했으나, 할아버지가 지미 수의 손님 중 하나였으며 평생을 내게 당신이 얼마나 바른 사람인지 말해왔다는 사실을 나는 절대 잊지 않았다. 나는 결코 할아버지 무덤에 꽃을 놓지 않았지만, 룰라는 놓았다. 하기야 나나 지미 수나 할아버지의 사창가 방문에 대해 누구에게도 말한 적 없었고, 공개적으로 언급하는 것은 이것이 처음이다. 그 비밀을 껴안고 있는 것에 지쳤든가 아니면 더 이상 신경쓰지 않게 되었다. 솔직히 말하자면, 어느 쪽인지 모르겠다.

내 토지를 유스터스와 쇼티에게 양도했다고 앞서 말했지만 그들이 전부 다 받지는 않았다고 덧붙여야겠다. 그 총격전의 날, 피와 화약으로 맺어진 우정으로 결국 모두 끈끈한 사이가 되었다. 그들은 부모님의 옛날 집 증서는 나한테 남겨주고 할아버지 땅은 둘이서 나누어 각자 토지의 끝 쪽에 집을 지었다. 덧붙이자면 꽤 괜찮은 집들이었지만 유스터스의 집은 항상 돼지가 누워 있는 관계로 희한한 냄새가 났다. 쇼티는 자기 옛날 집과 땅을 오클라호마에서 온 사람한테 팔았다.

부모님의 땅에 내가 다시 지은 집은 옛집이 있던 자리가 아니라 그곳에서 멀리 떨어진 곳이었다. 나는 항상 부모님이 묻힌 곳과 천연두를 연관지어 생각했고, 혹시나 역병이 땅에서 올라와 나를 찾아내 이전에 놓친 것을 끝장낼까 싶어서 거기 심은 것은 아무것도 원하지 않았다. 그 장소는 가족 묘지로 두었다. 비록 그 시점에서 거기에 묻힐 다른 사람이라고는 나와 여동생 그리고 내 아내가 된 여자, 지미 수뿐이었지만.

얼마 되지 않아 유스터스와 쇼티가 나눠 가진 그 땅에서 석유가 발견되었다. 석유는 바로 그들의 토지 경계선에서 발견되었고 덕분에 둘은 꽤나 재미있어했다. 그 유정으로 벌어들인 돈을 고려하면 즐거울 만도 했다. 그곳에 석유가 더 있을 가능성도 있었으나 그들이 시추를 허락한 유정은 그것 하나뿐이었다. 둘 다 차라리 토지를 숲과 농지로 유지하고 싶다고 결정했기 때문이었다. 많은 이들이 이상하게 여겼다.

석유가 발견되기 전, 또 다른 희한한 일이 있었다. 쇼티가 룰라를 만나러 새로 지은 우리 집에 찾아왔고, 몇 년 후 그들은 힌지 게이트에 가서(물론 천연두는 사라진 지 오래였다) 법원 판사 앞에서 결혼했다. 쇼티는 내게 말하길 룰라와 결혼하는 이유는 단지 그녀가 사랑스럽고 매력적이며 둘이 잘 지내고 별과 이슬 따위 얘기를 좋아해서만이 아니라, 어디를 가든 그녀는 기꺼이 그와 손을 잡고 다닐 것이기 때문이라고 했다. 쇼티는 물론 룰라보다 훨씬 나이가 많긴 했으나, 그 무렵엔 룰라는 어엿한 성인이었고 자신만의 생각을 갖고 있었다. 나는 그들이 서로 쳐다보는 눈길이 마음에 들었다.

유스터스는 결혼하지 않았다. 자기는 항상 곁에 있어야 하는 사람과는 누구하고도 잘 지낼 수가 없다고 했다. 그렇다고 해서 우리를 정기적으로 만나러 오지 않은 것은 아니었고, 우리는 유스터스, 쇼티, 룰라와 함께 멋진 명절을 여러 번 보냈다.

돼지는 나이 들어 죽었다. 유스터스는 짐마차에서 굴러떨어져 깔리면서 목이 부러져 죽었다. 어떤 사람들은 그가 취했다고 하지만, 나는 믿지 않는다. 나는 그가 다시는 한 방울도 마시지 않겠다고 한 말을 사실이라고 생각한다. 유스터스는 우리 카운티에서 제일 부유한 유색인이었다. 그는 가진 것을 지미 수와 나에게 남겼고, 거기에는 그의 땅과 집, 유정 절반, 그리고 오래된 4게이지 샷건과 탄약 한 줌이 포함되어 있었다. 그래서 우리는 하룻밤 사이 미다스 왕만큼 부자가 되었고 어마어마한 무기가 생겼으나, 전에 4게이지를 경험해봤기에 다시는 쏘고 싶지 않았고 이제까지 쏜 적 없다.

쇼티와 룰라는 제임스라는 아들을 낳았고, 보통 키로 자랐으나 꼭 자기 아버지를 닮았다. 이 말은 꼭 해야겠는데, 잘생긴 남자고 훌륭한 조카다. 내 보기엔 나중에 특별한 사람이 될 것 같다. 쇼티가 말하던 온갖 여행에 관해선, 룰라와 아들을 새 자동차에 태워 북쪽에서 열린 세계박람회에 다녀온 것을 제외하면 쇼티는 이스트 텍사스 밖으로 다신 나가지 않았다. 전혀 아쉬워하는 것 같지 않았다. 여행서는 집어넣었고, 그 책을 다시 읽는 모습은 보지 못했다. 쇼티는 자기 땅에서 제일 높은 곳에다 탑을 짓고, 그 꼭대기에 망원경을 놓았다. 예전 것이 아니라 새로 산 더 성능 좋은 것으로. 날씨가 나쁘면 방수포로 덮어두었다.

십여 년 후 룰라가 그곳에서 쇼티를 발견했다. 심장이 멈춰 있었다. 비록 한창때는 아니라지만 너무 젊어서 죽었다. 그는 높은 의자에 앉아 있었고 앞에 망원경을 두고 있었다. 별을 보고 있었던 것이다. 나는 쇼티가 죽을 때 눈을 렌즈에 대고 있었고, 마지막으로 본 광경이 화성이기를 바란다.

룰라와 그 아들에 대해, 그리고 나와 지미 수의 아이들인 아들 루카스 그리고 내 여동생 이름을 따서 지은 딸 룰라에 대해서 할 얘기가 더 많이 있다. 하지만 여기에는 맞지 않는다. 또한 내가 들려준 이야기가 모두 완벽한 진실은 아닐 수도 있지만, 내가 기억하는 대로의 진실이라고 말하고 싶다. 지미 수 말마따나, 사람은 생각하는 것만큼 항상 다 기억하는 건 아니니까.

쇼티가 죽고 오래지 않아 나는 우리가 함께했던 모험을, 우리가 어떻게 룰라를 구했으며 쇼티를 만나 어떻게 그녀의 삶이 더 나아졌는지를 떠올리게 되었다. 그가 해낸 위대하고 말도 안 되는 저격을 생각했다. 컷스로트로부터 룰라를 구했을 뿐만 아니라, 쇼티와 그녀를 엮어준 한 발이었다. 어느 날 밤, 이 모든 것을 생각하며 나는 새 포드 자동차를 몰고 쇼티의 망원경 탑으로 향했다.

늦은 밤 탑에 도착해 사다리를 올랐다. 꼭대기에 이르러 망원경

앞 쇼티의 특별한 의자에 앉았다. 거기 앉아 한동안 움직이지 않고 있다가, 그의 세팅을 건드리지 않으려 조심하며 망원경 렌즈에 눈을 가져가 별들이 가득한 벨벳처럼 검은 밤하늘을 보았다. 그 광경은 망원경을 바로 통과해 내 머리로 들어오는 듯했다.

한참 별들을 바라보며, 쇼티와 그가 들려준 얘기 속 양팔을 펼쳐 화성으로 간 책 속 남자를 생각했다. 만약 쇼티가 그렇게 되었다면 좋겠다고 생각했다. 그의 영혼이 화성으로 갔다면. 그러다가 쇼티는 더이상 그걸 원하지 않으리라는 걸 깨달았다. 그는 행복했다. 그리고 비록 쇼티가 마지막까지 주님은 믿지 않았으나 사랑은 믿게 되었다고 나는 생각한다.

별들과 그 사이 암흑을 바라보자니 좀 희한한 생각이 들었다. 하나님과 천국, 하프와 천사에 대한 나의 오래된 관념은 내가 보고 있는 이 모든 것에 비해 너무나 작았고, 저 위의 암흑과 거기 뿌려진 별들은 하나님보다 더 크고 설명하기 어려운 무언가에 속해 있다는 생각이었다. 나 자신이 진정으로 내가 상상했던 것보다 더 이상하고 멋진 무언가의 일부라고 느낀 것은 그때가 처음이었다.

그 생각은 전혀 마음을 불편하게 하지 않았다.

옮긴이 | 박미영

이화여자대학교 영어영문학과를 졸업한 후 KBS 방송아카데미 영상번역작가 과정을 수료한 기획자 겸 번역가. 프리랜서로 일하며 다양한 책을 기획하고 번역하고 있다. 옮긴 책으로는 『바람과 그림 자의 책』, 『프레셔스』, 『굿 메이어』, 『셜록의 제자』, 『뉴욕 미스터리』(공역), 『밑바닥』, 『블랙 머니』, 『우리가 추락한 이유』, 『누가 죽음을 두려워하는가』, 『일러바치는 심장』 등이 있다. 제11회 유영 번 역상에 『밑바닥』으로 최종심에 올랐다.

빅 티켓

1판 1쇄 찍음 2022년 3월 17일
1판 1쇄 펴냄 2022년 3월 25일

지은이 | 조 R. 랜스데일
옮긴이 | 박미영
발행인 | 박근섭
편집인 | 김준혁
펴낸곳 | 황금가지

출판등록 | 2009. 10. 8 (제2009-000273호)
주소 | 06027 서울 강남구 도산대로 1길 62 강남출판문화센터 5층
전화 | 영업부 515-2000 편집부 3446-8774 팩시밀리 515-2007
홈페이지 | www.goldenbough.co.kr

도서 파본 등의 이유로 반송이 필요할 경우에는 구매처에서 교환하시고
출판사 교환이 필요할 경우에는 아래 주소로 반송 사유를 적어 도서와 함께 보내주세요.
06027 서울 강남구 도산대로 1길 62 강남출판문화센터 6층 민음인 마케팅부

한국어판 ⓒ황금가지, 2022. Printed in Seoul, Korea
ISBN 979-11-7052-134-1 03840

㈜민음인은 민음사 출판 그룹의 자회사입니다.
황금가지는 ㈜민음인의 픽션 전문 출간 브랜드입니다.